Das Buch

Stephen, Greg, Brandon und Meredith kennen einander, seit sie denken können. Zusammen wachsen sie in einem feinen Vorort von New Orleans auf, besuchen dieselbe Schule und verbringen ihre freie Zeit am liebsten beim Versteckspiel auf dem Friedhof. Doch als sie auf die High School kommen, gehören nicht nur die gemeinsamen Spiele der Vergangenheit an. Gleichsam über Nacht zerbricht der Zusammenhalt und neue Fronten bilden sich: Greg und Brandon schließen sich dem Footballteam an und beginnen, Stephen öffentlich zu quälen. Auch Meredith schlägt sich auf ihre Seite, zahlt aber für ihre Aufnahme in die Cheerleader-Clique einen hohen Preis. Stephen wird zum Außenseiter. Doch dann zerstören ein tragischer Unfall und ein Selbstmord das Leben zweier Familien.

Fünf Jahre später kreuzen sich die Wege der ehemaligen Freunde wieder. Allmählich enthüllt sich die Wahrheit über die damaligen Ereignisse, lange gehütete Familiengeheimnisse kommen ans Tageslicht und aus grausamen Spielen wird tödlicher Ernst ...

Der Autor

Christopher Rice ist der Sohn der Bestseller-Autorin Anne Rice und lebt in Los Angeles. Sein Debütroman schaffte sofort den Sprung auf mehrere amerikanische Bestsellerlisten.

Christopher Rice

Grausame Spiele

Roman

Aus dem Englischen
von Barbara Ostrop

Ullstein

Besuchen Sie uns im Internet:
www.ullstein-taschenbuch.de

Umwelthinweis:
Dieses Buch wurde auf chlor- und säurefreiem Papier gedruckt.

Ullstein Taschenbuchverlag
Der Ullstein Taschenbuchverlag ist ein Unternehmen der
Econ Ullstein List Verlag GmbH & Co. KG, München
Deutsche Erstausgabe
1. Auflage Dezember 2002
© 2002 für die deutsche Ausgabe by
Econ Ullstein List Verlag GmbH & Co. KG, München
© 2000 by Christopher Rice
All rights reserved including the rights of reproduction in whole or
in part in any form.
Titel der amerikanischen Originalausgabe: A Density of Souls
(Hyperion, New York)
Übersetzung: Barbara Ostrop
Redaktion: Julia Riesz
Umschlaggestaltung: Thomas Jarzina, Köln
Titelabbildung: Mauritius, Mittenwald
Gesetzt aus der Sabon
Satz: Buch-Werkstatt GmbH, Bad Aibling
Druck und Bindearbeiten: Ebner & Spiegel, Ulm
Printed in Germany
ISBN 3-548-25660-0

FÜR MAM UND DAD
Felsen verrotten. Nur der Gesang bleibt.
Doch oben strahlt immer der Mond.

FÜR BRANDY EDWARDS PIGEON
Manchmal verwehrt das Schicksal uns Schwestern
und schickt sie uns später doch.

FÜR SPENCER RYAN DOODY
Manchmal kommt die Erlösung durch den ersten Menschen,
der uns anregt, die Hände auf die Tastatur zu legen.

PROLOG
SOMMER 1992

UNTER EINEM SOMMERHIMMEL, an dem die Gewitterwolken sich immer dichter zusammenballten, fuhren sie mit Fahrrädern zum Lafayette Cemetery, auf dem Friedhof, auf dem die Toten über der Erde begraben liegen. Die vier sausten die Chestnut Street hinunter, mit holpernden Reifen da, wo der Plattenbelag von den knorrigen Wurzeln alter Eichen auseinander gesprengt war. Sie kamen an schmiedeeisernen Gittern vorbei. Hinter diesen trugen dorische und ionische Säulen die Fassaden neoklassizistischer Villen, deren Veranden hinter einem Schleier wirrer Ranken verborgen waren.

Der Baldachin aus Eichenästen begann an der Jackson Avenue, beim Glockenturm der Bishop Polk Cathedral, der sich zehn Meter in die Höhe schwang. Ein blendend hell vergoldetes Kruzifix krönte das Ziegeldach über seinem Säulenvorbau. Das Wohnviertel mit seinen großzügig auf Pfählen errichteten kreolischen Cottages und klassizistischen Villen erstreckte sich über viele Straßen. Ihre Fahrt zum Friedhof an der Washington Avenue führte sie durch Sonnentupfer auf dem holprigen Asphalt der blumengesäumten Straßen des Garden District. Die größte Angst ihres dreizehnten Sommers war, dass plötzlich ein Auto auftauchte.

Niemals würde Meredith den Tag vergessen können, an dem das Tor verschlossen war und der Regen fiel.

Während ihres *allnachmittäglichen* Versteckspiels war die jahrhundertealte Gruft des Feuerwehrmanns von der Feuerwache Chalmette immer der »Anschlag«, und Es war immer Greg. Die vier legten ihre Fahrräder stets in der Mitte des

Friedhofs ab, wo die drei Hauptwege zusammenliefen. Greg lehnte sich dann an das säulenumsäumte Grab, die Augen mit den Händen bedeckt, was sein Gesicht vor dem harten Marmor schützte. Jeden Sommer wurde Gregs Stimme tiefer, und das Echo seines Zählens klang unheilvoller in den Ohren seiner drei Freunde, die auf der Suche nach dem besten Versteck hastig durch die Gassen aus Gräbern kletterten.

Brandon rannte immer am schnellsten und weitesten. Meredith suchte sich meistens ein Versteck in der Nähe des Anschlags; so nahe, dass sie Gregs Stimme hören konnte, die mit jedem »ein-Mississippi« lauter wurde.

Stephen klinkte sich normalerweise komplett aus dem Spiel aus und suchte das Conlin-Familiengrab auf, wo in all dem verwitterten Grau eine saubere weiße Marmorplatte die backröhrengroße Ruhestätte seines eigenen Vaters verkündete. Als einer der letzten auf dem Lafayette Cemetery begrabenen Menschen ruhte Jeremy Conlin, »Geliebter Gatte, geliebter Vater«, in einer ein Meter fünfzig hohen Familiengruft mit gotischem Spitzbogentor. Sie wurde versperrt von einer Marmortafel mit den Namen anderer Conlins. Diese waren an Krankheiten gestorben, die schon heilbar waren, als Jeremy sich die Pistole an den Kopf setzte.

Als der Regen einsetzte, verkroch Meredith sich zwischen den Rückwänden zweier Familiengruften. Steinengel hielten ihr den Rücken zugekehrt, wie sie sich so hinkauerte, die Turnschuhe zwischen den Steinstufen der gegenüberliegenden Gräber verkeilt. Sie reckte den Hals, um einen Blick auf Stephens schmalen Rücken und blonden Haarschopf zu erhaschen, während er auf den Namen seines Vaters hinuntersah.

Heftiger Regen fiel auf die Dächer der Grabmale und nach und nach füllten sich die Gassen mit dichtem Nebel. Als der erste Donner krachte, sah Meredith, wie Stephen plötzlich den Kopf hob. Seine blauen Augen weiteten sich und er schrie auf.

Mit einem eiligen Sprung seiner mageren, bleichen Beine war er Merediths Blick entschwunden. Greg stürmte in einer Verfolgungsjagd hinter ihm her durch den Schlamm. Meredith drückte sich gegen eine der Wände, als sie Stephen den Klagelaut eines Besiegten ausstoßen hörte. Donner und Regen dämpften das Geräusch, das wohl von zwei im Schlamm aufschlagenden Körpern stammte.

Meredith lauschte und ging dann durch die Gasse, wobei sie nur auf die höher liegenden Steinplatten trat und darauf achtete, nicht mit ihren regennassen Turnschuhen in den Schlamm zu geraten. Sie kam an den Rand der letzten Gruft und stemmte sich mit einer Hand dagegen.

Auf ihrer Haut glänzte Angstschweiß. Einen panikerfüllten Moment lang dachte sie, die anderen seien vielleicht verschwunden. Sie spähte um den Rand des Grabs.

Stephens nackte Beine ragten unter Gregs Hüften hervor. Der schlammbedeckte Saum seiner Khaki-Shorts klebte an seinen bleichen Schenkeln. Greg sah aus, als hätte er einen Hieb in den Rücken erhalten und wäre auf Stephen zusammengebrochen. Sein nasses Haar verhüllte die rechte Seite von Stephens Gesicht. Zunächst wurde Meredith nicht schlau daraus. Erst als Greg den Kopf hob, entdeckte sie, dass er langsam auf Stephen vor- und zurückschaukelte.

Ihre Panik verwandelte sich von einem eiskalten Klumpen in der Brust zu einem heißen Aufwallen wie beim Beginn einer Übelkeit. Ihr erster Gedanke war, dass einer der beiden sich verletzt hatte. Doch ihr Instinkt widersprach dieser Überzeugung. Unfähig, sie anzurufen, sah sie zu, wie Greg sein Gesicht auf das von Stephen herabsenkte und wie Stephens blaue Augen sich weiteten, als Gregs Nasenspitze ihn streifte.

Greg und Stephen blickten sich mit einer Intensität an, die Meredith sagte, dass sie Teil einer Welt waren, zu der sie keinen Zutritt hatte. Es musste eine Welt sein, die nur Jungs kannten.

13

Dann schreckte ein kehliger Kriegsruf sie auf und ließ sie rückwärts gegen die Wand des Grabmals fahren. Er zwang Greg und Stephen auseinander, als wäre ein Gewehr zwischen ihre Hüften geschoben worden. Brandon hatte es zum Anschlag geschafft.

Der erste Blitz schlug mehrere Straßen vom Friedhof entfernt ein. Es klang, als wäre eine riesige Gitarrensaite gerissen, und badete das mit einem Vorhängeschloss versperrte schmiedeeiserne Tor in ein kurz aufzuckendes weißes Licht. Meredith schrie auf und schlug sich die Hand vor den Mund. Sie stieß rückwärts gegen Stephen und trat dann von ihm weg. Sie alle starrten das Tor an.

»Wir können rüberspringen!«, blaffte Brandon.

»Nicht mit den Rädern. Wie sollen wir die denn da rüberkriegen?«, entgegnete Greg.

»Und was ist mit dem Letzten? Wenn wir Leiterchen machen ...«

Donner erschütterte den kohlschwarzen Himmel mit ohrenbetäubendem Krachen.

»... dann hätte der Letzte keinen, auf den er klettern kann!« Stephen sprach durch den Donner hindurch, mit hoher nüchterner Stimme.

Meredith drehte sich von den streitenden Jungs weg. Sie schaute zu den gezackten Wolkenrändern hoch, die über die Silhouette der steinernen Marien und Engel hinwegzogen. Hingen die Wolken wirklich so tief?

Stephen hörte ihren ersten Schluchzer.

Wütend schleuderte Brandon sein Fahrrad gegen eine Gruft. Er kniete sich daneben und starrte die anderen drei wütend an, als wolle er sie dazu provozieren, sich seinem Ärger zu widersetzen. Aber Stephen hatte Meredith schon einen Arm um die Schultern gelegt. Sie erstarrte unter der Berührung, war beschämt.

»Gott noch mal, Mer!«, höhnte Brandon.

Wieder schlug ein Blitz ein, diesmal näher.

»Weg vom Tor. Das ist aus Metall!«, blaffte Greg.

»Scheiße!«, schrie Brandon, sprang auf und stürmte auf das verschlossene Tor zu. Er warf sich mit beiden Händen dagegen, packte die Stäbe und rüttelte daran.

»Komm mit«, sagte Stephen gebieterisch mit tiefer Stimme. Meredith hob den Kopf. Sie brauchte einen Moment, bis sie merkte, dass er sie in die Mitte des Friedhofs zurückführte, wo die tropfenden Äste der Eiche über dem Grab des Feuerwehrmanns im Wind schaukelten, von den durch die Wege peitschenden Regenströmen bedrängt.

»Wohin geht ihr?«, schrie Greg.

»Kommt mit …«, rief Stephen über die Schulter zurück.

Stephen stellte Meredith an den Eichenstamm. Greg näherte sich zögernd, wobei er immer wieder zu Brandon zurückblickte, der weiter hinten blieb, die Fäuste in den Taschen. Der Regen hatte Brandons T-Shirt durchweicht, unter dem sich ein Ansatz von Muskeln über den Schultern abzeichnete. Meredith bemerkte, dass auch Gregs Arme unter den patschnassen Ärmeln seines Polo-Shirts kräftiger aussahen.

Als Meredith Stephen ansah, fiel ihr auf, wie blass seine Haut und wie zart seine Gliedmaßen waren.

»Mein Dad hat mir da was beigebracht …« Stephens Stimme erstarb.

Brandon blieb stehen.

Meredith, Greg und Brandon hatten sich die Geschichte von Stephens Vater aus mitgehörten Gesprächsfetzen und rätselhaften Bemerkungen ihrer eigenen Eltern zusammengereimt. Die drei unterhielten sich manchmal darüber, wenn Stephen außer Hörweite war, doch wann immer er selbst Jeremy Conlin erwähnte, verfielen sie in ein unbehagliches, ängstliches Schweigen.

»Es ist ein Gedicht. Also, er selbst nannte es Gedicht, aber meine Mom sagt, es ist eher ein Vers«, erklärte Stephen, den Blick auf den schlammigen Boden gerichtet.

»Verse, würg«, knurrte Brandon. Greg warf ihm einen nervösen Blick zu.

»Es geht ums Angsthaben«, fuhr Stephen fort, und seine Stimme erhob sich nun über das Getöse von Regen und Wind. Meredith dachte, dass Jeremy Conlin wohl eine Menge über das Keine-Angst-Haben gewusst haben musste. Man brauchte ganz schön Schneid, um sich selbst zu erschießen.

Stephen umschloss Merediths Hand mit seinen schmalen Fingern. Brandon und Greg beobachteten Stephen aufmerksam. Brandons Augen hatten sich zu Schlitzen zusammengezogen, voll Misstrauen und Faszination zugleich. Greg legte den Kopf schief und wartete nervös ab, was Stephen wohl sagen würde.

Meredith spürte eine Enge in der Brust. Plötzlich erwiderte sie Stephens Händedruck. Sie versuchte, nicht an das Gewirr von Gliedmaßen zu denken, das Knäuel aus Greg und Stephen, die nicht aus dem Schlamm aufgestanden waren, als ihre Hüften zusammengeglitten waren. Sie schloss die Augen.

Als sie sie wieder öffnete, stand Greg dichter bei Stephen. Brandon hielt in einigen Metern Entfernung die Stellung, mit dem Rücken zu ihnen.

»Brandon!« Meredith war überrascht von ihrer eigenen Stimme.

Er wandte sich um und stampfte ein letztes Mal widerwillig mit dem Fuß auf, bevor er herantrat und die Lücke zwischen Greg und Meredith schloss. Meredith sah Stephen lächeln, einen kleinen Triumph im Blick, bevor er die Augen schloss.

»Angst hält mich nicht …«

Bevor Meredith die Augen zumachte, sah sie, dass Greg nervös von Stephen zu Brandon schaute.

»... sie höhnt nur, sie holt mich nicht, sie weist nur den Weg.«

Meredith öffnete leicht die Augen. Greg hatte Brandons Hand ergriffen. Als Brandon die ihre fasste, hatte sie die Augen schon wieder geschlossen.

»Ich kann wählen: Ich folge dem Weg oder bleibe im Bett ...«

Meredith wusste, dass der Kreis nun geschlossen war. Zwar war ihr nicht klar, was es für sie vier bedeutete, sich so bei der Hand zu halten, wohl aber erkannte sie, dass Stephens Stimme lauter wirkte als das Grollen des über ihnen wütenden Unwetters.

»... und bewahre, was ich kenne ...«

Noch ein Donnerschlag. Meredith spürte ihn bis in die Brust. Stephen hielt inne und ließ ihn verhallen, bevor er weitersprach.

»Die Toten sind tot, sie gehen nicht um. Die Schatten sind das Dunkel, und das Dunkel ist stumm.«

Keiner sagte etwas.

Einen Moment lang kam es den anderen dreien so vor, als hätte das Lärmen des Unwetters seine Wut verloren, als wäre durch Stephens leise, beschwörende Stimme machtlos geworden. Der Rhythmus von Jeremy Conlins Versen löschte Donner, Blitz und Regen aus.

Meredith würde niemals vergessen, wie Regen ohne die Begleitung menschlicher Stimmen klang. Sie dachte immer an einen Kreis, dessen Geschlossenheit sie spüren konnte, ohne die Augen zu öffnen.

»So schwierig ist es nicht«, sagte Stephen schließlich. »Sprecht es diesmal mit.«

Ihre Stimmen folgten der von Stephen – erst Meredith, dann Greg und schließlich Brandon, der leiser murmelte als die anderen. Als sie fertig waren, hatte der Regen nachgelassen. Eine Frauenstimme rief vom Friedhofstor her nach ihnen. Als Meredith die Augen öffnete, sah sie Gregs Mutter, die mit dem Friedhofsaufseher zankte. Langsam ließ Meredith Stephens Hand los. Brach den Kreis auf.

Sie ging auf das schmiedeeiserne Tor zu. Der Aufseher schloss das Tor auf und es kreischte beim Öffnen metallisch in den Angeln, was die drei Jungs unter der noch immer tropfenden Eiche hervorscheuchte. Meredith kam es albern vor, dass sie überhaupt Angst vor dem Regen gehabt hatte. Sie konnte sich nicht entscheiden, ob sie sich von ihren Freunden verabschieden sollte.

Sie wusste, dass Stephen für sein Flüstern bezahlen würde, für seine Fähigkeit, aus der geheiligten Kraft der Poesie seines toten Vaters zu schöpfen.

Als die vier den Friedhof verließen, hatte der Regen ganz aufgehört.

Teil Eins
Das hereinbrechende Unmögliche

Plant of celestial seed! if dropt below,
Say, in what mortal soil thou deign'st to grow?
Fair op'ning to some court's propitious shine,
Or deep with diamonds in the flaming mine?

Du Spross aus Himmelssamen, sag zunächst,
auf welchem ird'schen Boden Du erwächst!
Gibst Zugang Du zu eines Hofes Pracht?
Lockst Du mit Diamanten tief im Schacht?

Alexander Pope, Epistle IV
»An Essay on Man«
(Übersetzung: Eberhard Breidert)

DIE CANNON SCHOOL in New Orleans nahm einen ganzen Straßenzug ein, und die sorgfältig gepflegten Rasenflächen und unregelmäßig verstreuten Backsteingebäude im Neokolonialstil teilten das Wohnviertel in zwei Hälften. Die Häuser, die von hinten an Cannons Footballplätze stießen, hatten einen großen Teil ihres Grundstückswerts verloren, was diesen Teil des Viertels in einen Schandfleck aus kümmerlichen Häuschen mit bröckelnden Vorderveranden verwandelt hatte. Die Vorderseiten der Schulhauptgebäude lagen zu den wohlhabenderen kreolischen Cottages der Oberstadt hin. Die Schule verkündete ihren Namen auf einer Bronzetafel über ihrem Eingangsportal, dessen Türflügel aus glänzendem Mahagoni außerdem im Mittelfenster das eingeschliffene Schulsiegel trugen. Das Portal führte in den Korridor des Verwaltungstrakts, wo die geschäftlichen Angelegenheiten der vornehmsten Privatschule von New Orleans in leisem Flüsterton besprochen wurden, hin und wieder durchbrochen von einem kultivierten Gelächter.

Der Handel und Wandel im vorderen Flügel der Cannon School wurde vom Teppichboden in allen Büroräumen gedämpft, so dass nur gelegentlich das Klacken von Absätzen auf dem Holzparkett des Korridors aus der Stille herausklang. An den Stuckwänden schauten Cannons hervorragendste Absolventen aus 20 x 25-Bilderrahmen heraus.

Es gab keinen Korridor, der die Schülergarderobe mit den Schließfächern und dem Verwaltungstrakt verband. Um vom einen Teil der Schule zum anderen zu gelangen, musste ein Lehrer das Gebäude vollständig verlassen und das Gelände über den Parkplatz an der Seite neu betreten. Für den größten Teil von Cannons Lehrerschaft war das ein ständiges Ärgernis, weil das Lehrerzimmer im hintersten Teil des Verwaltungstrakts lag. Man konnte also nicht einfach zwischen Cannons Klassenzimmern und dem üppig ausgestatteten Lehrerzimmer mit den abgesessenen, weichen Sofas und dem schweren Salontisch aus Mahagoni hin- und hergehen.

Am hinteren Ende des Geländes verband ein überdachter Gang aus schmiedeeisernem Gitter den dreistöckigen Sporthallenkomplex mit dem kleineren, niedrigen Theatergebäude; es war fast, als würde die Sportabteilung ihren weniger populären Vetter verspotten. Die Hand voll Theaterbegeisterte an Cannon mussten oft durch den überdachten Gang auf die Seitenstraße eilen, um nicht mit den Footballspielern der Schule zusammenzustoßen, die nach dem Nachmittagstraining anscheinend immer noch Dampf abzulassen hatten. Die Proben im Theatergebäude wurden manchmal vom Aufprall eines Balles gegen die Außenwand unterbrochen; dabei lag das Feld, wie die Schauspieler wussten, so weit entfernt, dass es sich nicht um Fehlschüsse handeln konnte.

Der Pausenhof der Seniorklassen lag genau in der Mitte des Geländes. Er trennte das Verwaltungsgebäude vom Englisch-Gebäude mit seinem Schließfachraum im Erdgeschoss und war mit rostigem Schmiedeeisen ausgestattet. Von gelbblättrigen Bananenbäumen gesäumt, war der Seniorpausenhof so ausschließlich für die Abschlussklasse reserviert, dass jeder jüngere Schüler, den man dort ohne Einladung sitzen sah, prompt in das nächstbeste leere Schließfach geschoben wurde. Für die Schüler aber führte der einzige Zugang von ihren Schließfächern in der Schülergarderobe zu den Korridoren der Unterrichtszimmer durch den Seniorpausenhof und dann über eine Außentreppe aus Beton zum ersten Stock des Englisch-Gebäudes hinauf. Die Unterklassenschüler huschten immer eingeschüchtert über die Treppe und vermieden den gereizten Blick der Senioren, die nur auf eine Gelegenheit warteten, ihren Spitzenrang in der Aristokratie Cannons unter Beweis zu stellen.

Cannons Lektionen wurden zur Hälfte von seiner verschrobenen Architektur gelehrt. Die Durchgänge und Verbindungen widersprachen jeder Logik und lösten bei den Schülern immer wieder Qualen und Verwirrung aus. Vier Jahre lang waren Cannons Schüler gezwungen, die richtige Mischung aus Aggression und Charme zu finden, um damit Durchgänge zu passieren, die in einer scheinbar endlosen Folge von Hierarchien von einem Ritual zum nächsten führten, bevor sie schließlich wieder in der Stadt abgesetzt wurden, die sie hervorgebracht hatte – dieselbe Stadt, die auch Cannon hervorgebracht hatte.

Wie Meredith Ducote am ersten Tag ihres Freshman-Jahres und letzten Tag ihres Lebens als Kind erfuhr, waren die Schüler gezwungen, Cannon jeden Morgen durch das Seitentor zu betreten. Dazu mussten sie die Hauptgebäude des Geländes von außen umrunden, bevor sie zum Eingang kamen, einer Glastür. Die Schülergarderobe nahm das komplette Erdgeschoss des Englisch-Gebäudes ein. Trotz der vielen Bänke und blau gestrichenen Schließfächer konnte die Halle Cannons dreihundert Schüler kaum fassen.

Die Flügel der Glastür glitten gerade zu, als Meredith um die Ecke des Englisch-Gebäudes bog. Das Glas war getönt und darauf klebte ein grünes Poster mit der Aufschrift WELCOME FRESHMEN! Eine Ecke war abgerissen, weil sie zwischen die auf- und zuschwingenden Flügel geraten war.

Merediths schweißfeuchte Hand rutschte vom Türgriff ab. Sanft trat sie mit dem Fuß gegen einen der Flügel. Er rührte sich nicht. Sie wischte sich die Hand am Rock ab und zog die Tür auf, hinter der, so kam es ihr vor, dreihundert Gesichter auftauchten, die sie alle anzustarren schienen, wenn auch nur für Sekunden, bevor wieder allgemeines Gelächter und Geschwätz ausbrachen.

Am Morgen hatte Meredith sich mit ihrer Mutter über das rückenfreie Top gestritten, das sie eine Woche vor der Freshman-Einführung bei Contempo Casuals gekauft hatte. Der Streit hatte in einem Zerrkrieg um das Top geendet, während dessen Trish Ducote immer wieder »Meredith, du bist erst *vierzehn!*« angestimmt hatte. Schrill, durch zusammengebissene Zähne drang jetzt die Stimme ihrer Mutter aus dem Gelärme der Schülergarderobe heraus. Die Ermahnung wurde zur Anklage.

Ihre Brüste kamen Meredith plötzlich riesig vor. Sie spürte mit einem Mal, wie sie gegen das rückenfreie Top drückten, und ihre entblößten Arme wurden heiß und feucht vor Schweiß.

Plötzlich stand sie wie gelähmt einige Schritte von ihrem Schließfach entfernt und war von lachenden, grölenden Klassenkameraden umgeben. Als Vierzehnjährige hatte Meredith bisher nur wenige Momente erlebt, aus denen ein Entkommen nicht möglich erschien, doch dies war einer davon. Sie warf einen Blick zurück und erblickte eine Gruppe Mädchen (alle in Shirts mit Ärmeln) um die Tür eines Schließfachs versammelt, das ziemlich sicher ihres sein musste. Sie schauten zu ihr her wie eine Verschwörung von Dieben.

Jemand streifte Merediths Schulter mit seiner Schultasche. Meredith hätte fast aufgeschrien vor Schreck, doch da sah sie Brandon.

Er saß auf einer Bank auf der anderen Seite des Raums. Den Jungen neben ihm konnte Meredith nicht erkennen; sein Gesicht war unter dem Schirm einer Baseballkappe mit der Aufschrift CANNON KNIGHTS verborgen. Er hockte vornübergebeugt da, die Unterarme auf die Knie gestützt, und erzählte offensichtlich gerade flüsternd die Pointe eines Witzes. Brandon brach in Gelächter aus und wippte auf der Bank nach hinten.

Als er Meredith erblickte, brach sein Gelächter ab. Meredith spürte, wie ein Lächeln ihr Gesicht spannte, doch es erstarb, als Brandon sie von oben bis unten musterte, das Gesicht plötzlich ausdruckslos. Er stieß den Jungen an seiner Seite an.

Greg Darby blickte Meredith unter seiner Kappe hervor an.

Einen kurzen Moment lang, während Greg ihren Anblick in sich aufnahm, verstand Meredith, was die vier Wochen Vorsaison-Footballtraining mit Greg und Brandon angestellt hatten. Es hatte sie zu Männern gemacht. Oder ihnen zumindest das Aussehen verpasst, das Männer nach Merediths Meinung haben sollten.

Als Greg lächelte, spürte Meredith, wie ihre Absätze auf den Boden sanken. Sie merkte, dass sie seit dem Betreten Cannons auf Zehenspitzen gegangen war.

Stephen wartete bei Merediths Schließfach und versuchte, es vor der Mädchenschar zu schützen. Sein Kommen hatten sie mit Kichern quittiert und danach über ihn getuschelt, aber er drehte ihnen den Rücken zu. Er wusste, nur so konnte er allein auf Meredith warten. Er sagte sich, dass Meredith wohl kaum einen Haufen Fremder aus dem Weg bitten wollte, und so würde er ihr freien Zugang sichern.

Sie hatte ihn direkt angesehen. Und dann weggeblickt.

Meredith setzte sich zwischen Greg und Brandon, und Greg legte ihr den Arm um die Schultern. Sie schlug ihn neckisch weg. Stephen starrte sie an; er war genau in ihrer Sichtlinie. Keiner von ihnen sah zu ihm hin. Als die drei schließlich von der Bank aufstanden, wobei Greg Meredith eine helfende Hand hinstreckte, rührte Stephen sich nicht, um ihnen aus der Tür in den Seniorpausenhof zu folgen.

In seinem Inneren entfaltete sich etwas Dunkles.

An seinem ersten Vormittag in Cannon hatte Stephen nur einen einzigen Begleiter: das kollektive Getöse des Geflüsters, Gekichers und die verächtlichen Blicke, die ihm beim Vorbeigehen zugeworfen wurden. All das machte ihm schneidend bewusst, dass seine blonden Ponysträhnen seine Augen zum Teil verdeckten, dass seine Rucksackriemen schwer an seiner mageren Gestalt zerrten und, schlimmer noch, dass er ganz unwillkürlich das Handgelenk beugte, als er im Unterricht ein Buch aus dem Rucksack holte. Alles kulminierte im Alptraum des Sportunterrichts, in dessen Folge es ihn zum hinteren, dem Lieferanteneingang von Cannons Theatergebäude trieb. Der Geruch von Zigarettenrauch zog durch die halb offene Tür eines hell erleuchteten Büros in den muffigen, abgedunkelten Korridor hinter der Bühne.

Stephen war absichtlich früher zur Sportstunde gegangen. Der Gedanke, seine Kleider ablegen zu müssen, hatte ihn erschreckt, und so wollte er sich schnell umziehen und vor allen anderen die Sporthalle betreten. Dann waren die Footballspieler über den Umkleideraum hereingebrochen, gegen Metalltüren schlagend und Kriegsrufe grölend, um den Weg vor sich frei zu machen. Bei der Initiation der Freshmen in Cannons Wettkampfliga hatte man allen die Köpfe kahl geschoren. Stephen musste an Neonazis denken. An Cannon waren Wettkampfsportler vom Sportunterricht befreit, doch die erste Woche des Semesters war Ausdauertests gewidmet, denen sich alle unterziehen mussten.

Sie hatten sich in der Sporthalle versammelt, wo alle Augen Stephen zu inspizieren schienen. Er entspannte sich ein wenig, als er sah, dass weder Brandon noch Greg in seiner Gruppe waren. Die Footballspieler hatten ihre Sporttrikots ruiniert, um gegen die Woche Sportunterricht in der dritten Stunde zu protestieren. Daniel Weber hatte zu beiden Seiten des Cannon-Logos Löcher für seine Brustwarzen in den Stoff gerissen. Coach Stubin wies ihn an, sie mit Klebeband zu flicken. Stephen sah von Daniels Brustwarzen auf den glänzenden Hallenboden, wo er sein eigenes Spiegelbild zwischen seinen Tennisschuhen erblickte. Er hob den Kopf, um in eine ferne Ecke der Halle zu schauen. Dabei heftete sich sein Blick unwillkürlich auf die Reihe von Flaggen, die vom Geländer der die Halle galerieartig umlaufenden Joggingbahn herabhingen und die zahlreichen Bezirkstitelsiege der ›Cannon Knights‹ verkündeten.

Jetzt dagegen, im Theater, fand er Rauch und Licht vor, zerschlissene Kostüme und alte Versatzstücke, die abgesplitterten Kanten von Bühnenkulissen. Carolyn Traulain warf die Bürotür auf und ein blendendes Lichtrechteck fiel über Stephen. Sie schaute verblüfft, als Stephen nicht die Hand hob, um die Augen vor der Helligkeit abzuschirmen.

»Kommst du zur Besprechung?«, fragte Carolyn.

Stephen stotterte ein Ja. Sie nickte und verschwand im Dickicht aus Vorhängen und Dunkelheit. Die Deckenleuchten erwachten flackernd zum Leben und beleuchteten die Theatertrümmer, die ihn umgaben. Da waren so viele Kulissen, über die er hätte stolpern können.

Carolyn Traulain hatte eine weiße Narbe, die unter dem Kragen ihres schwarzen T-Shirts abtauchte und auf der anderen Seite des Halses wieder hochkam. Sie warf Stephen gelegentlich einen Blick zu, während sie ein kleines Bataillon Metallklappstühle aufstellte, deren Beine sie mit den Füßen auseinander trat. »Du warst auf Polk?«, fragte sie.

»Ja«, antwortete Stephen, während er zum blassgrünen Sofa an der Wand trat. Offensichtlich hatte es in jeder Produktion seit der Schulgründung 1905 als Versatzstück gedient.

»Wir haben eine Menge Schüler von Polk«, sagte Carolyn. Sie war der erste Mensch, der sich an diesem Tag ganz normal mit Stephen unterhielt, und dafür liebte er sie auf der Stelle. Sie begegnete seinem Blick bei jeder Frage und er sah keine Belustigung in ihren Augen.

Doch die Erwähnung der Bishop Polk Elementary School, die seinem Zuhause so viel näher lag und sich nun abrupt in eine Erinnerung verwandelte, stieß etwas in seinem Inneren an. Er nahm seine Schultasche auf den Schoß und riss mit einem noch nicht abgekauten Fingernagel an einem der Säume herum. Er versuchte, nicht an die damalige allmorgendliche Fahrradfahrt zur Schule zu denken. Wenn die Schülerschar in die Jackson Avenue einbog, kam sie an dem Glockenturm vorbei, dessen Portikus so hoch hinaufragte, dass ihn die ersten Strahlen der aufgehenden Sonne trafen, die noch nicht über die Wipfel der Bäume gestiegen war.

Vorbei, dachte Stephen. Das ist jetzt vorbei.

Carolyns Stimme schreckte ihn auf. »Der erste Tag kann hart sein.«

Ein Aufflackern echten Gefühls machte ihre Augen weich. Stephen konnte nur mit einem gezwungenen Lächeln antworten. Carolyn nickte, als hätte sich ein Verdacht bestätigt.

Beide fuhren zusammen, als die Hintertür geöffnet wurde.

Ein Schatten näherte sich durch die Dunkelheit. Stephen erkannte den wuchtigen Umriss einer Jacke mit dem Aufdruck des Schulemblems und ihm stockte der Atem. Einen Moment lang hatte er geglaubt, es sei Greg.

Doch der war es nicht. Der Schatten war kleiner, untersetzter. Er bewegte sich mit gelassener Kraft über die abgelegten Damenkleider und paillettenbesetzten Blusen. Ein mächtiger Arm schob einen Vorhang beiseite.

Ein untersetzter, dunkelhäutiger Junge bog um die Ecke und betrachtete Stephen aus verhangenen braunen Augen. Auf der Schulter seiner Jacke erhob ein kleiner Cartoon-Ritter, ein ›Knight‹, sein Schwert.

»Wie läuft's?«, fragte er.

Stephen versuchte ein Nicken, das zu einem steifen Rucken seines Halses wurde.

»Freut mich, dass du kommen konntest, Jeff«, erklärte Carolyn, die mit einem Klappstuhl unterm Arm aus dem Büro kam.

Jeff schaute von den Stühlen auf Carolyn.

»Tut mir Leid, Miss T. Schauen Sie, der Coach hat diese Versammlung einberufen, weil wir gegen Buras spielen, am ...«

Carolyn warf Halt suchend einen Arm in die Luft und ließ dabei den Stuhl los. Er klatschte auf einen Stapel gesprenkelter Kunststoffplanen.

»Klar. Hätt ich mir denken können«, sagte Carolyn und klappte den Stuhl mit einer heftigen Bewegung auf.

Jeff wandte sich ihr zu. »Schauen Sie, es tut mir Leid ...«, begann er, beide Arme ausgebreitet.

Carolyn drehte sich um und verschwand in der Requisitenkammer. Jeffs Augen wanderten zu den leeren Klappstühlen um ihn herum, dann zu Stephen und wieder zurück.

»Und falls du mich noch ein einziges Mal nach dem Musical fragst, erwürge ich dich«, drang Carolyns Stimme aus der Requisitenkammer, gefolgt von einem metallischen Krachen.

»Sie bringen mich schon um, indem Sie mich so lange warten lassen, Miss T.!«, rief Jeff aus.

»Und du wartest sogar noch länger, wenn du mich weiter Miss T. nennst. Auf Wiedersehen, Jeff. Nimm deinen Knüppel und los aufs Feld!«

»Was ist denn ein Knüppel?«, fragte Jeff mit einem Lächeln.

»Wiedersehen, Jeff!«

Jeff machte auf dem Absatz kehrt und befand sich plötzlich Auge in Auge mit Stephen, dessen Anwesenheit er anscheinend vergessen hatte. Stephen schaute von dem Jungen weg, der schon im Profil breiter und dicker war als Stephens ganze Gestalt.

»Freshman?«, fragte Jeff.

»Ja«, antwortete Stephen und senkte dabei die Stimme so

plötzlich und lächerlich, dass Jeff lächelte und Stephens Unbehagen sich noch verstärkte.

»Junior«, sagte Jeff. »Es wird besser, Kumpel.«

Während Stephen sich an einem Nicken versuchte, sah Jeff ihn einen Moment lang an, bevor er kehrtmachte und ging. Als Stephen endlich die Hintertür hinter Jeff zuschlagen hörte, gerann das Nachbeben seines plötzlichen Begehrens zur Erstarrung. Mit einem Mal verstand er das Geflüster, das ihm den ganzen Tag gefolgt war. Er wusste, was da geflüstert wurde. Und er wusste, dass es stimmte.

Da Meredith den Vormittag über in Begleitungb von Brandon Charbonnet und Greg Darby gewesen war, konnte sie problemlos mit der Schar von Mädchen Bekanntschaft schließen, die die Mittagspause auf dem Hügel bei der Cafeteria verbrachten, die Ärmel und Rocksäume hochgeschoben, um sich von der Sonne bräunen zu lassen.

Kate Duchamp hatte sich sofort auf den Bauch gerollt, sich die Oakley-Sonnenbrille aus dem Gesicht geschoben und ein Wort gesagt, das ein Freshman am ersten Highschooltag sonst kaum jemals aussprach: »Hi.«

»Hey«, antwortete Meredith gespielt gleichgültig, während sie sich setzte.

»Du warst doch an der Polk, oder?«

»Ja.«

»Deswegen bist du mit diesen Jungs da befreundet?«

»Einer von denen ist so geil …«

»Greg«, schloss eine Stimme.

»Nein … Brandon ist einfach klasse! Hast du mal seinen Bruder gesehen?«, fragte eine weitere weibliche Stimme, die Meredith nicht zuordnen konnte. Alle Mädchen um sie herum lagen unter der brennenden Sonne ausgestreckt auf dem Rücken.

»Wer ist denn der andere?«, fragte Kate.

Meredith kam es so vor, als hätte der Flecken Erde unter ihrem Po sich bewegt und wäre eine Handbreit abgesunken. Der andere!

»O mein Gott …« Jetzt erkannte Meredith die Stimme. Es war Cara Stubin, die Tochter des Football-Coachs und außer ihr das einzige andere Freshman-Mädchen, das Cheerleading für die Football-Schulliga machte. »Der ist, also …«

»Stephen. Der ist irgendwie süß …«, meldete sich eine andere Stimme aus dem Gras.

»Ich hab gehört, seine Mom, also, die ist völlig durchgeknallt«, fuhr Cara fort. Meredith wäre fast aufgesprungen und hätte Cara in den Bauch getreten.

»Meine Mom sagt, beim Elternabend, da war die mit so 'nem Kleid, wo überall die Titten raushingen …«

Ein paar Mädchen lachten. Meredith merkte, dass Kate sie keinen Moment aus den Augen gelassen hatte.

»Tut mir Leid. Aber ich denke, ich wär auch ziemlich fertig, wenn mein Mann sich das Gehirn aus dem Schädel gepustet hätte«, meinte ein anderes Mädchen abwehrend.

»Kennst du ihn?«, fragte Kate Meredith.

Meredith erinnerte sich an einen regengepeitschten Friedhof. Sie erinnerte sich an ein Gewirr schlammverschmierter Beine. Diese Erinnerung ließ Meredith eine Handlung begehen, die sich mit der immer feiner werdenden Präzision der Reue in ihr Gedächtnis eingraben würde.

»Das ist eine Schwuchtel«, sagte sie entschieden.

Eine Flamme in ihrem Inneren senkte sich nieder, still und ohne Widerstand. Ihr war heißer geworden, doch sie dachte, das sei die Sonne auf ihren nackten Armen.

Kate lachte und gab damit zu verstehen, dass Merediths Erklärung eher eine Anklage als ein Scherz war.

Zehn Minuten vor dem Läuten fragte Kate Duchamp Meredith, ob sie sie zur Toilette begleiten wolle. Meredith folgte ihr schweigend durch den verlassenen Korridor des Englisch-Gebäudes, an Klassenzimmern vorbei, wo die Lehrer die Stille der Mittagspause an ihren Schreibtischen genossen. Als sie in der Toilette waren, sagte Kate: »Behalt die Tür im Auge«, und zeigte mit dem Daumen darauf, bevor sie langsam an den vier Kabinen vorbeiging und prüfte, ob Füße zu sehen waren. Sie öffnete die erste. Meredith stemmte sich gegen die Eingangstür.

»Wie lange bist du jetzt schon mit ihnen befreundet?«, fragte Kate, während sie das platinblonde Haar hinter dem Kopf zusammenfasste und fest in der Faust hielt.

»Von Kindheit an. Wir wohnen nahe beieinander.«

»Brandon ist prima. Ihr seid doch nicht, also ... Ihr beide seid doch nicht ...«

»Nein!« Meredith antwortete so schnell, dass Kate lachte, bevor sie auf dem Kabinenboden in die Knie ging. Meredith lauschte auf Kates Würgen, mit dem sie sich in die Toilettenschüssel erbrach. Kate erhob sich, Hintern voran, aus der offenen Kabinentür und wischte sich den Mundwinkel mit einem dreieckigen Toilettenpapierfetzen ab.

»Das Dreckzeug, was man hier kriegt, ist nicht mal Fleisch. Das ist wie Fleischsaft mit Extrafett obendrauf gekippt.«

Meredith brachte ein Lachen zustande. Kate hatte nicht einmal den Finger in den Hals stecken müssen, um ihr Mittagessen aus dem Magen zu katapultieren.

»Wie steht es mit dem anderen?«, fragte Kate und trat von der Kabinentür weg.

»Greg?«, fragte Meredith mit einer gewissen Ambivalenz in der Stimme. Es klang, als sei selbst sie – von Kind an mit ihm befreundet – sich seines Namens nicht sicher.

»Ja«, antwortete Kate, und ihre Augen flogen zwischen Meredith und der offenen Kabinentür hin und her. Wenn Meredith zögerte, würde Kate wohl das Interesse an der Unterhaltung verlieren und geradeheraus fragen, warum sie ihr Mittagessen nicht erbrochen hatte.

»Also ...«, sagte Meredith.

Kate lächelte.

Am Freitag war für Meredith Ducotes und Greg Darbys Klassenkameraden klar, dass die beiden »miteinander gingen«.

Stephen bekam die Neuigkeit im Geschichtsunterricht der vierten Stunde mit. »Greg Darby und Meredith Ducote gehen miteinander.« Das Geflüster, das vom Nachbartisch herübergeklungen war, hallte noch immer nach. Der Lehrer, Mr Humboldt, stellte gerade eine Frage. Stephen wusste die Antwort. Er schaute auf eine mesopotamische Zikkurat – einen monumentalen Stufenturm – in seinem offenen Lehrbuch hinunter, mit einem Gefühl irgendwo zwischen Übelkeit und akutem Schmerz. Ohne nachzudenken, hob er die Hand.

Unruhe ging durchs Klassenzimmer. Mr Humboldt konnte seine Überraschung nicht verbergen. Die ganze Woche hatte Stephen nicht ein einziges Mal die Hand gehoben.

»Ja, Stephen?«

Stephen gab die Antwort. Der Untergang alter Kulturen würde ihm vertrauter werden als die Schüler um ihn herum.

2

STEPHENS MUTTER WAR nach einem falsch ausgesprochenen grellen Mond benannt, gelb wie Fäulnis oder Krebs, der an einem schwülen Juniabend des Jahres 1943 über den Dächern des Irish Channel aufging. Der Mond zog die Bewohner, sonst Verandahocker, mitten auf die Constance Street, wo sie über seine heilige Bedeutung nachsannen. Schließlich war dies hier ein armes Viertel. Seine ›Flintenschusshäuser‹ (ein Spitzname, der nahe legte, dass ein Schuss durch die Vordertür durchs ganze Haus und hinten wieder hinausgehen würde, ohne Schaden anzurichten) breiteten sich spinnwebartig auf der falschen Seite der Magazine Street aus und zogen sich, durch eben diese Straße vom Garden District getrennt, bis zu den Werften entlang des halbmondförmigen Flussufers hin. Dies hier war schon immer die Flussschleife gewesen, wo die am wenigsten geschätzten Bewohner New Orleans' sich niederließen.

1943 waren das die Iren, deren Vorfahren auf den so genannten ›Sargschiffen‹ nach Amerika gekommen waren – ein Name, der den Leichenbergen der während der langen Atlantiküberquerung durch Hunger und Krankheit Hinweggerafften zu verdanken war. Entlang der Ostküste wurden die hohläugigen Immigranten wieder und wieder von wohlhabenden Amerikanern abgewiesen. Man sagte ihnen nach, sie brächten Seuchen und Tod.

Es passte gut, dass dann New Orleans – eine unsicher auf einer Sumpfbank errichtete Stadt – die Iren willkommen hieß. Sie fanden ihre besten Jobs in den luxuriösen Salons und Küchen der großen Garden-District-Villen auf der anderen Seite der Magazine Street. Der Irish Channel wurde regelmäßig von

Malaria heimgesucht und manchmal ließ man die Leichen einfach auf den Straßen liegen. Das Sumpfland von New Orleans war für Stechmücken besser geeignet als für Menschen.

Beatrice Mitchell hatte den flachen Kuchen aus dem Ofen geholt und auf den Herd gestellt, bevor sie Mother Millie in ihrem Schaukelstuhl auf der Vorderveranda parkte. Im boshaft unnachgiebigen Alter von zweiundsiebzig hatte Beatrice' Schwiegermutter wütend ihrem Wunsch nach »etwas Süßem auf den Zähnen« Ausdruck verliehen. Obwohl Mother Millie gewohnheitsmäßig Redewendungen verstümmelte, wurde sie dafür nur selten von ihrer Schwiegertochter getadelt.

In ihrem Haus an der Constance Street war die Antwort auf Bitten und Forderungen ein Schweigen, das massenhaft Raum für die schmerzlichen Erinnerungen an Söhne, Ehemänner und Töchter ließ, die dem gelben Fieber zum Opfer gefallen waren. Die gerahmten Fotos von John Mitchell – lächelnd und in Uniform – förderten Alpträume vom Sturz seines Kampfflugzeugs in den Pazifik und dienten als magerer Nachweis der einzigen Verbindung zwischen Mother Millie und Beatrice. Ein gemeinsamer Toter.

Mehrere Tage nach Eintreffen des Telegramms merkte Beatrice, dass sie schwanger war.

An jenem Juniabend des Jahres 1943 blieb Beatrice bei ihrer Rückkehr in die Küche wie erstarrt im Eingang stehen, die eine Hand auf dem Kind in ihrem Leib, die andere am Türrahmen. Der Anblick auf dem Herd war ein Schock. Zwei fette graue Ratten steckten im dampfenden Kuchenteig. Ihre Bäuche glitten über die heiße Masse und ihre langen rosa Schwänze peitschten den Rand der Kuchenform. Eine der beiden stieß ein Zischen aus.

Ohne nachzudenken, eilte Beatrice zum Ofen und schleuderte die Kuchenform aus dem offenen Fenster über der Spüle, ein kurzes Aufblitzen von Weißblech und ein letzter vergeblicher Peitschenschlag eines rosa Schwanzes. Sie hörte das metallische Scheppern auf dem betonierten Weg, und als die Ratten kreischten, war ihr klar, dass die Form kopfüber gelandet war und sie unter dem Teig feststeckten.

Gut, dachte sie. Sollen sie zur Strafe für ihr Eindringen in meine Küche eines langsamen und qualvollen Todes sterben.

Als sie die ersten Leute von der Straße hochschreien hörte, merkte sie, dass ihre Hände zitterten. Sie dachte über die Frage nach, ob Satan ein reales Wesen sei oder ob er es vorgezogen hatte, sich über die Welt zu verstreuen: in Ratten entlang der Flussufer und Fieberkrankheiten, die den Körper aufzehrten. Eine bessere Kampftechnik, dachte sie.

Sie kehrte zur Vorderveranda zurück, um Mother Millie mitzuteilen, dass es heute Abend keinen Kuchen geben würde, doch da sah sie die Straße voll von dunklen Gestalten, die die Arme zum Himmel reckten. Mother Millies Schaukelstuhl war leer. Beatrice erblickte sie beim Bordstein, wo sie zusammen mit Margaret O'Connell saß, der Witwe von nebenan, deren Mann vom Kai an der First Street gestolpert war. Die schnelle und unvorhersagbare Strömung des Mississippi hatte ihn in die Schaufeln eines Raddampfers getrieben, die ihn vor den Augen einer auf dem Bootsdeck versammelten Touristenschar in die Luft hoben.

Im Mondschein konnte Beatrice ausmachen, wie Margaret mit drei Fingern gegen ihren Handteller schlug, während sie ein biblisches Urteil verkündete. Beatrice trat an den Rand der Veranda. Als Erstes erblickte sie in der Ferne die Spitze der St. Mary's Cathedral, die sich einige Straßen weiter über die schrägen Dächer erhob: das Wahrzeichen ihres Viertels. Doch plötzlich war diese Spitze ein schwarzes Kruzifix, das sich vor einem riesigen gelben Mond abzeichnete.

»*Mooooond..........iiiis.........kooaammmhh!*«

Die Menschenmenge auf der Straße verdrehte die Köpfe nach dem schrillen Schrei. Beatrice kannte die Stimme. Sie kam von der Veranda direkt gegenüber der Constance Street, der Veranda, wo der achtjährige Willie Rizzo den größten Teil seiner Tage verbrachte.

Willie Rizzo war mit ein paar schwarzen Kindern im Fluss schwimmen gewesen, als ihm ein Kaipfosten seitlich den Schädel rammte und ihm den Kiefer brach. Um ein Haar hätte er ihm auch das eine Auge aus der Höhle gerissen. Voller Angst, die Schuld am Tod eines weißen Jungen zu bekommen, der es gewagt hatte, mit ihnen schwimmen zu gehen, hatten die anderen Kinder ihn zum Ufer geschleppt. Willie überlebte, doch mit dem kraftlosen Unterkiefer konnte er nicht mehr richtig sprechen. Er ging an einem hölzernen Gehstock, den sein Vater ihm gemacht hatte. Margaret O'Connell hatte Beatrice und Mother Millie enthüllt, dass Mr Rizzo den Stock aus demselben Pfeiler gefertigt habe, der beinahe seinen Sohn getötet hätte, als ständige Erinnerung an die Dummheit des Jungen, der sich selbst verkrüppelt hatte.

Jetzt stand Willie auf seinen Stock gestützt am Rande seiner Veranda, das eine wild umherwandernde Auge vom Licht des Mondes erfüllt. Die Bewohner der Straße hatten ihn noch nie mit dieser Art von Autorität heulen hören. Monate später erkannte Beatrice denselben Klang in den Stimmen der Priester, die in St. Alphonsus die Messe lasen.

Die Blicke waren vom Mond zu Willie gewandert. Mit Hilfe seines Stocks stieß er sich von der Veranda ab und hoppelte eilig an den schockierten Blicken von Margaret O'Connell und Mother Millie vorbei.

»De ..... Mhooon.... iii..... koam!«

Noch bevor Mr Rizzo über die Straße auf sie zugestürzt kam, entschied Beatrice, dass Willie vielleicht die Gabe einer fremden, außergewöhnlichen Sprache besaß, der Sprache der Halbtoten, die ihre Stimmen von beiden Seiten der *Kluft* erhoben. Noch während Willies Hände von ihrem schwangeren Leib gerissen wurden und Willies Vater den Jungen die Verandastufen hinuntertrug, den mächtigen Arm um seine Hüften geschlungen, fand Beatrice den Sinn des in dieser Sprache Geäußerten. Sie gab ihrer Tochter ihren Namen.

Monica.

»Manche Leute hielten mich für eine Hexe«, erzählte Monica Conlin mit einem melodramatischen Flüstern, während sie ihr Weinglas an die Lippen führte.

Zur Feier des Endes seiner ersten High-School-Woche und in Anbetracht der Tatsache, dass er sonst keine Pläne für Freitagabend hatte, hatte Monica ihren Sohn zum Abendessen ausgeführt. Das Houston's Restaurant vibrierte nur so vom Geklingel der Gläser und dem Gesumm alkoholisch angeregter Unterhaltung. Die gedämpfte Beleuchtung verschmolz mit dem Lichtkranz, der von einer Lampe auf jeden Tisch geworfen wurde.

Das Poltern einer Straßenbahn, die die St. Charles Avenue entlangfuhr, füllte das Schweigen zwischen Monica und Stephen aus.

Monica konnte nicht sagen, ob Stephens Geistesabwesenheit von Langeweile herrührte oder schon das Anfangsstadium einer ständigen Schwermütigkeit war, die Stephen, wie sie immer befürchtet hatte, von seinem Vater geerbt haben mochte. Daher setzte sie nach Abschluss des Dinners die Geschichte ihrer Kindheit fort und ging von der Schilderung ihrer Namensgebung zu ihren Heldentaten in der katholischen Schule über.

»Die Nonne ging immer von Tisch zu Tisch und ließ uns aufstehen und laut aus dem Lesebuch vorlesen. Und, willst du wissen, was ich machte?«

Stephen schaute auf die Stelle hinunter, wo sein Teller gestanden hatte.

»Ich rechnete aus, wie viel Text sie jedes Mädchen lesen lassen würde. Und wenn sie dann mich aufrief, stand ich auf und las den Text aus dem Gedächtnis vor. Willst du wissen, was ich dann tun musste?«

»Für den Rest der Stunde im Papierkorb stehen«, antwortete Stephen. »Du hast die Geschichte schon hundertmal erzählt. Und jedes Mal standst du im Papierkorb.«

Monica sah so scharf auf den sarkastisch verzogenen Mund ihres Sohns, dass er rot wurde und wegschaute. Sie folgte seinem Blick zu einem Kellner, der sie offen anstarrte, die ätherisch schöne Frau Anfang fünfzig mit dem über den Rücken fallenden blonden Haarschopf und den spindeldürren androgynen Jungen, der ihr – widerwillig, so schien es – gegenübersaß.

»Du hast den ganzen Abend kein einziges Wort gesagt.« Sie griff nach der Rechnung und holte ihre Kreditkarte aus dem Geldbeutel. »Jemand musste eben reden.«

Sie unterschrieb die Quittung. Die Atmosphäre war frostig geworden.

Die schweigende Wut ihres Sohnes ähnelte allzu sehr dem undurchdringlichen Schweigen, das ihren Mann in den Jahren vor seinem Tod überkommen hatte. Bis zu Stephens erster Woche an der Cannon war Monica überzeugt gewesen, dass Jeremy seine Düsterkeit nicht an ihn vererbt hatte. Jeremy hatte seinen Anteil an Stephen aufgegeben: Er hatte sich das Leben genommen und es seiner Witwe überlassen, alle verbliebenen Spuren des Mannes zu bekämpfen, der sie beide verlassen hatte.

Sie hatte Stephen verspottet, ihn absichtlich gelangweilt, um ihn vielleicht aus seinem Panzer herauszulocken.

»Es ist schon spät«, murmelte Stephen.

Er hob den Blick zu ihr. Sie sah etwas darin, was sie bestürzte.

Schmerz. In einer einzigen Woche hatte Stephen jene Art von durchdringendem Blick entwickelt, der aus der Resignation entsteht, die sich wie ein feiner Treibsand auf die Seele legt. Dieser Blick war bei jungen Menschen seines Alters so selten, dass gerade seine Abwesenheit deren eigentliches Charakteristikum darstellte.

Er hielt ihrem Blick stand.

»Ich liebe dich, Stephen.« Sie war überrascht, wie leicht ihr die Worte über die Lippen gingen. »Es wird Zeiten geben, wo dir das nicht viel bedeutet. Oder wo du es für selbstverständlich hältst. Oder wo es dir nicht so wichtig ist wie die Akzeptanz ... anderer Leute. Aber vertrau mir, du brauchst es. Und du wirst es auch später brauchen, darum ...«

Monica schaute nervös auf ihre im Schoß gefalteten Hände, hob dann den Blick und sah, wie Stephen eine Faust ans rechte Auge führte, bevor die Tränen ihm über die Wangen laufen konnten.

»... ist es wichtig, dass du weißt, dass ich dich liebe«, schloss sie.

Er nickte, ganz plötzlich, als wolle er sich die Worte aus den Ohren schütteln. Er ließ die Faust sinken. Tränen schossen ihm aus den Augen, obwohl er sie geschlossen hatte. Er nickte weiter stumm mit dem Kopf. Monica stand auf, ging zu seiner Seite des Tischs, legte ihm den Arm um die Schultern und führte ihn aus dem Restaurant. Dabei begegnete sie den neugierigen Blicken mit jenem feindseligen Starren, das sie als Kind vervollkommnet hatte.

Sie fuhren schweigend nach Hause. Monica wiederholte einen einzigen Gedanken im Kopf, flüsterte ihn fast laut: Gottverdammter Jeremy.

Jeremy Conlins Arbeitszimmer im zweiten Stock der Villa war genau so geblieben wie an dem Tag, als er sich erschossen hatte.

Als Sohn des Garden District hatte er Monica mit Gedichten umworben. Spätnachts, wenn Stephen ein Stockwerk tiefer schon schlief, stieg sie oft die Treppe hinauf in sein Arbeitszimmer. Durch das einzige Fenster warf die Straßenlaterne die spinnwebartigen Schatten der Eichenäste über die mit Zitaten gespickten Wände – Zitate, die sowohl seiner eigenen Feder als auch der seiner Vorbilder, Theodore Roethke und Thomas Mann, entstammten. Er hatte einen einzigen Gedichtband veröffentlicht, *Geschichten vom Stockwerk darüber,* der zwar von der Kritik zerrissen worden war, ihm aber eine Stelle in der Abteilung für Kreatives Schreiben an der Tulane University gesichert hatte. Monica hatte eine Ausgabe des Buches auf Jeremys Schreibtisch liegen. Es war das Einzige, was sie in dem Raum je berührte.

Als Stephen schlief, blätterte Monica durch die Seiten. Sie kannte die Gedichte auswendig. Der Zorn hinderte sie daran, Jeremys Weisheit nachzustöbern, sie aus den Zeilen seiner Gedichte zu entschlüsseln. Doch sie wurde nie so zornig, dass sie das Arbeitszimmer hätte ausräumen, die Hefte mit seinen Entwürfen in Kisten verpacken und die Wände hätte streichen können. Wenn sie hier mehrere Stunden schweigend saß, entspannte sie sich immer. Sie wusste, dass sie mit Jeremys Geist kommunizierte. Er suchte ihr Haus nicht als Erscheinung heim. Jeremy Conlin war vielmehr eine ständige schweigende Gegenwart im zweiten Stock und als solche im Papier, in den Regalen und in seinem Schreibtisch samt Schreibmaschine verstofflicht. Sollte er irgendeine Weisheit mitzuteilen haben, würde die aus dem Arbeitszimmer nach unten durchsickern, wo Monica und Stephen ihr Leben führten.

3

»Wer hat gestern Abend gelesen?«

David Carter, der ein Yale-Diplom in der Tasche hatte, war zu klug, seinen Ruf, den er sich bei seinen Schülern im Verlauf von vier Jahren erworben hatte, durch eine einzige Freshman-Englischklasse zu gefährden. Im November jedoch, eine Woche vor Thanksgiving, bemerkte David, dass eine Nachmittagsklasse in Englisch I ihm etwas aufzwang, was er sich immer eisern verboten hatte: einen Schüler zu hassen.

Er verlagerte das Gewicht in der Hüfte und zog die Taschenbuchausgabe von *Herr der Fliegen* mit einer einzigen sauberen Bewegung an die Taille, da Stephen Conlin ziemlich offensichtlich versuchte, Davids Randnotizen darin entziffern. Stephens Gesicht war in nachdenkliche Falten gelegt. Neunzehn Schüler schauten zu David zurück, die Gesichter voll gespielter Faszination, während sie auf ihren Stiften herumkauten.

Davids Kommilitonen an der Yale hatten ihn ausgelacht, als er ankündigte, er werde mehrere Jahre lang auf High-School-Niveau unterrichten. Seine verblüfften Eltern erklärten das Vorhaben ihres Sohns zu einer Verschwendung ihres Schulgelds. Drei Jahre lang hatte er alle eines Besseren belehrt. In seinen Junior- und Seniorklassen war es ihm gelungen, sich einen Ruf als gut aussehender junger Rebell zu erwerben, der Cannons Grenzen kannte. »Shit« konnte er recht freiheraus sagen, »Fuck« dagegen rief nur unnötiges nervöses Gekicher hervor. Inzwischen konnte er den Schülern Dickens und Chaucer unterjubeln, ohne auf größeren Widerstand zu stoßen. David war der Lehrer, dem die Schüler sich anvertrauten und den die Schülerinnen scharf fanden.

Doch all das wurde allmählich vom fiesen Grinsen Brandon Charbonnets aufgezehrt, der in der hintersten Reihe neben Greg Darby saß, seinem Zwillingsbruder in der Bruderschaft des Testosterons.

»Die Jungen finden das Flugzeugwrack«, half David nach, bemüht, seiner Stimme nichts anmerken zu lassen. Brandon und Greg tauschten einen Blick und prusteten dann ein unterdrücktes Gelächter heraus.

»Meredith, möchtest du hier einsteigen?«

Meredith legte den Kopf schief, mit einer Mischung aus Verzweiflung und Verärgerung, als wollte sie sagen: Haben Sie denn nichts Besseres zu tun, als mich zu belästigen?

David erwog, ihr laut zu antworten: Ja, zum Beispiel staatlich geförderte Forschung, eine Promotion, ein Buch, das ich seit sieben Jahren in mir herumtrage – aber nein, ich liebe es, an dem vergoldeten Schloss herumzumeißeln, das deinen Kopf verschließt, Meredith. Deswegen tue ich das.

»Welches Flugzeug?«, rief Kate Duchamp mit der hohlen Selbstgewissheit des beliebtesten Mädchens der Klasse dazwischen.

David verdrehte die Augen.

»Es gibt zwei Flugzeugwracks«, erklärte Kate selbstgerecht.

Stephen bellte ein Lachen heraus.

David verspannte sich. Das Buch in seiner Hand klappte ein Stück weiter auf, weil er die Hand am Buchrücken zur Faust ballte. Halt dich da raus, Stephen. Die fressen dich bei lebendigem Leibe.

Kate warf wütende Blicke auf Stephens Rücken drei Reihen vor ihr. David ertappte Brandon dabei, dass er gleichfalls Stephens Nacken anstarrte, aber mit einer Belustigung, die ebenso bedrohlich wie großspurig wirkte. Mit einem einfachen Lachen hatte Stephen sich in Brandons Revier verirrt – in die hinteren Reihen, wo die angehende Footballhoffnung sich mit Greg Darby verschwor, während Meredith Ducote und Kate Duchamp vor ihnen saßen wie Marionetten, an deren Fäden die beiden zogen.

»Sie finden ein Kampfflugzeug«, sagte Stephen.

Meredith merkte, dass sie wider Willen zuhörte. Stephen hielt den Kopf beim Sprechen gesenkt. Doch Meredith wurde plötzlich abgelenkt, als das Mädchen hinter Stephen mit der Schuhkante am Riemen von Stephens Rucksack zog und ihn unter seinem Tisch hervormanövrierte. Es schob ihn mit dem Fuß weiter nach hinten zu Kate Duchamp, die ihn mit einer Bewegung ihrer Clogs zu Brandon weiterleitete.

»Die Jungen finden das Wrack des Kampfflugzeugs, das auf der Insel abgestürzt ist, und … der Pilot. Er ist noch immer da drinnen, mit diesem Fallschirm an ihm dran. Und er hat seine Maske an, darum …«

Greg schrieb in großen Druckbuchstaben. Als er die Seite vorsichtig aus seinem Heft herausriss, schaute Meredith starr geradeaus. David Carter saß jetzt hinter seinem Pult und hielt die Stirn in die Hand gestützt.

»Darum denken sie, er ist dieses Ungeheuer … Aber in Wirklichkeit, also … Was nämlich passiert ist …« Stephen nuschelte jetzt. Meredith wusste, es war ihm peinlich, dass Mr Carter ihn so lange reden ließ. »Es ist eine Leiche. Es ist gar kein Ungeheuer …«

Die Schultasche wanderte über den Klassenzimmerboden. Meredith schaute nicht hinunter, als sie die Riemen übers staubige Linoleum an ihrem Tisch vorbeigleiten hörte.

»Die sind das Monster. Die Jungen. Weil sie ganz allein da draußen sind, und … Sie erfinden dieses Ungeheuer, um zu verbergen, dass sie sich verwandelt haben, in …«

Stephen rutschte auf seinem Stuhl herum, als das Mädchen hinter ihm seine Schultasche mit der Ferse unter seinen Tisch schob.

»… Tiere, im Prinzip.«

»Danke, Stevie!«, quietschte Brandon mit hoher Stimme von der hintersten Bank. Meredith sah, wie Stephen auf seinen Tisch starrte. »Leck mich«, murmelte er so deutlich hörbar, dass es sie erschreckte. Sie sah, wie Mr Carters Hand überrascht von der Stirn glitt.

Plötzlich schrillte die Schulglocke durchs Klassenzimmer. Stephen bückte sich nach seinem Rucksack, setzte ihn auf und stürmte dann wie immer fluchtartig zur Tür hinaus. David Carter starrte ihm mit großen Augen nach. Meredith sah, wie Kate Duchamp sich an ihrem Tisch vor Lachen krümmte, ein lautes Clownsgelächter von jemandem, der lacht, damit jeder es sieht. Greg stand als Erster auf und eilte an Meredith vorbei, die wie erstarrt dasaß und Stephens Rücken nachblickte. Meredith wartete darauf, dass sich im Korridor Gelächter erhob, während Stephen hindurchging, das Wort SCHWUCHTEL auf einem Blatt Papier an den Rucksack geklebt.

In der Requisitenkammer war eine Ratte. Carolyn konnte sie von ihrem Schreibtisch aus hören. Sie steckte fest und wimmerte, und Carolyn hoffte, dass sie entweder starb oder sich befreite und in den Zuschauerraum entschwand.

Der Lärm aus der Kammer kollabierte zu Keuchlauten. Ohne nachzudenken, erhob Carolyn sich von ihrem Schreibtisch, auf dem sie ihre Zigarette liegen ließ, und fand Stephen Conlin wie einen Embryo zusammengerollt auf einer Lage von Lamé-Vorhangstoffen, die sie im vorigen Frühjahr für das Bühnenwohnzimmer von *Lost in Yonkers* verwendet hatte.

In Stephens geballter Faust steckte ein zusammengeknüllter Zettel. Carolyn hockte sich hin, zwängte Stephens Finger auseinander und entfaltete das Blatt. Auf dem zerknitterten Papier stand das Wort SCHWUCHTEL.

Die Hintertür wurde so laut zugeschlagen, dass Carolyn das Blatt fallen ließ. Jeff Haugh kam auf sie zu. Er sprang über einen Stapel frisch gestrichener Kulissen. Als er sie erblickte, wurden seine Bewegungen auf untypische Weise unbeholfen. Seine Augen – normalerweise verhangen von einer sexuellen Freimütigkeit, die Carolyn bei Jungs im Teenageralter nicht gerne sah – weiteten sich ein wenig.

Ertappt, dachte Carolyn, die über Stephen gebeugt dahockte. Sie erblickte Angst in Jeffs Augen. Plötzlich sah sie ihren Verdacht gegenüber dem Jungen in sein Gesicht geschrieben. Er war gekommen, um Stephens Schluchzen zu hören und ihn vielleicht noch weiter zu verhöhnen. Sie spürte eine leichte Enttäuschung. Sie hatte gedacht, Jeff wäre tatsächlich besser als seine rohen Sportsbrüder.

Jeffs Blick glitt ab – vom Zettel in Carolyns Hand zum Anblick von Stephens Hintern durch den rechteckigen Ausschnitt der Kammertür. Sie stand auf und hielt den Zettel so, dass Jeff das Wort lesen konnte. Sie wartete darauf, dass er eine Antwort zustande brachte, während er das Ergebnis dessen betrachtete, was sie inzwischen für sein Verbrechen hielt.

Er sagte gar nichts.

»Raus hier«, zischte Carolyn.

»*Was?*« Jeffs Wut war ungläubig und unmittelbar.

»Ich sagte, raus hier. Geh aufs Footballfeld und bleib da! Komm nie wieder in die Nähe meines Büros! Hast du mich verstanden?«

Das Zittern seiner Oberlippe kam Carolyn wie ein höhnisches Grinsen vor.

Sie hielt die Stellung.

Jeff warf einen letzten Blick auf das, was er durch die Tür von Stephen sehen konnte, bevor er kehrtmachte und das Theatergebäude verließ, diesmal mit steiferen Schritten. Als die Hintertür hinter ihm zuschlug, führte Carolyn beide Hände an den oberen Rand des Zettels, um ihn in der Mitte zu zerreißen. Dann kam ihr der merkwürdige Gedanke, dass Stephen ihn vielleicht aus irgendeinem Grund aufheben wollte. Und wenn nicht, dann vielleicht sie.

Carolyn brachte Stephen zum Krankenzimmer im Erdgeschoss des Sportzentrums – er hatte nicht mit ihr gesprochen, doch als keine Tränen mehr flossen, ließ er sich führen. Anschließend marschierte Carolyn unter den an den Wänden des Verwaltungskorridors hängenden gerahmten Fotos der vom Schuldirektor Preisgekrönten zum Lehrerzimmer, wo sie David Carter bei der Kaffeemaschine antraf.

Er riss die Augen auf, als Carolyn den Zettel neben seinem Kaffeebecher auf den Tisch klatschte. Einige wenige Lehrer blickten vom Geplauder über ihre Pläne für den Thanksgiving-Tag und von ihren Stapeln noch zu korrigierender Klassenarbeiten auf, schauten dann aber ganz schnell wieder weg.

»Hast du das hier gesehen?«, fragte sie.

»Ja, aber …«

»Du hast diesen Zettel gesehen? Du hast …«

»Nein, habe ich nicht …« Er wich vor ihr zurück.

»Also, was ist jetzt, Dave? Hast du den gottverdammten Zettel nun gesehen oder nicht?« Sie spürte, wie die Reaktion auf ihre plötzlich erhobene Stimme sich durchs Lehrerzimmer ausbreitete.

»Es wäre mir lieb, wenn du mich nicht anschreien würdest«, erklärte David würdevoll.

An seinem Tonfall erkannte Carolyn, dass sie nach seiner Meinung gerade die Regel der High-School-Lehrer verletzte und zu emotional reagierte, sich zu sehr hineinziehen ließ. Er würde sie auffordern, sich zu beruhigen, ein wenig Distanz zu gewinnen und sich klar zu machen, dass es nur Kinder seien.

»Hast du mit Phillip gesprochen?«, fragte sie. Phillip Hartman war der Direktor.

»Ich habe nicht gesehen, wer es war, Carolyn«, flüsterte David.

Carolyns Schultern sackten nach unten. Sie hatte gerade eine Lüge gehört, die anzuprangern ihr die Energie fehlte.

»Carolyn.« David holte übertrieben tief Atem. »Hast du je

das Argument gehört, dass ein sofortiges Angehen des Problems das Opfer schlussendlich vielleicht in eine peinlichere Lage bringt als den Täter? Es gibt einen Punkt, wo ... also, die Kids wollen sich selbst um ihre Angelegenheiten kümmern. Es ist demütigend, wenn ein Lehrer eingreift ...«

Carolyn schnaubte und sah dann vom Zettel zu David. »Eine Woche nach den Thanksgiving-Ferien haben wir die Anhörprobe für das Musical«, begann sie, wobei ihre Stimme bei jedem Wort zitterte. David runzelte verwirrt die Stirn, doch Carolyn fuhr fort. »Stephen möchte vorsingen. Ich unterstütze das. Falls er es bis dahin nicht schafft, oder ...« – mit zusammengebissenen Zähnen und wütendem Blick – »... falls es ihm zu *peinlich* ist, auf der Bühne zu stehen, kannst du mit diesem Zettel hier in deinem Briefkasten rechnen!«

Im Krankenzimmer war gerade ein Mädchen aus dem Jahrgang direkt über Stephen von Mrs Schwartz an einen Aspirator gehängt worden. Mrs Schwartz war Mitglied des Cannon Mothers' Clubs, und ihre einzige Qualifikation für die Krankenpflege junger Menschen bestand in ihrer Fähigkeit, freundlich zu sprechen.

Während der Kunststoffschlauch Sauerstoff in die asthmatische Lunge des Mädchens pumpte, schaute es Stephen, der flach auf dem Rücken auf einer fahrbaren Liege lag, verständnislos an. Stephen betrachtete die Decke. ›Krankenschwester‹ Schwartz trat zu ihm und legte ihm sanft die Hand auf die Schulter.

»Meinst du, du kannst jetzt wieder in den Unterricht zurückgehen, Stephen?«, fragte sie.

»Nein«, flüsterte er.

»Nun ...« Schwester Schwartz wirkte verwirrt. Sie hob die Hand von seiner Schulter, berührte ihn dann aber noch einmal leicht, bevor sie sie vollständig zurückzog. Ihre Augen wanderten an Stephens Körper hinunter, als wäre in der Art, wie seine Beine an den Hüften angewachsen waren, irgendeine Lösung zu finden.

»Es ist niemals gut, so zu weinen wie du«, sagte Schwester Schwartz so leise, dass das Mädchen es nicht hören konnte. »Kinder können gemein sein, aber wenn sie dich weinen sehen, werden sie normalerweise noch gemeiner.«

»Wann hört es auf?«, fragte Stephen.

»Entschuldigung?«

»Wann werden sie mich in Ruhe lassen? Sie müssen mich ja nicht mögen. Aber ich möchte einfach nur wissen, wann sie mich in Ruhe lassen«, sagte Stephen.

Er hob die Augen und begegnete Schwester Schwartz' schmerzlichem Blick. Dort war keine Antwort auf seine Frage zu finden.

Nach dem Läuten zum Schulschluss ersparte Stephen sich den quälenden Gang durch die Eingangshalle des Englischgebäudes. Dort würde es, wie er wusste, nur so von älteren Schülern aus den Junior- und Seniorklassen wimmeln, die auf dem Weg zum Footballtraining waren. Der Verwaltungskorridor bot ihm einen stillen und einfachen Fluchtweg.

Die Bürotüren aus Kiefernholz und die gerahmten Bilder herausragender ehemaliger Schüler würden weder feixen noch kichern.

Stephen schlurfte auf ein gerahmtes 20x25-cm-Porträt eines Schulpreisträgers zu, dessen gemeines weißes Grinsen einem schon durch den halben Korridor entgegenblitzte. Zögernd ging er an der geschlossenen Tür des Direktors vorbei. Unten am Rahmen war eine kleine Bronzeplakette befestigt. In kalligraphischer Schrift wurde der Name des letztjährigen Preisträgers verkündet:

JORDAN CHARBONNET

Stephen starrte den Namen verständnislos an. Zunächst wurde es ihm gar nicht bewusst.

Seine Augen wanderten zum Gesicht des jungen Mannes hinauf. Jordan Charbonnets schwarzes Haar wirkte wie ein Werk der Bildhauerkunst, genau wie der wohlproportionierte muskulöse Körper, der unter Blazer und Krawatte zu erkennen war. Jordans braune Augen und leicht volle rotbraune Lippen hoben sich schimmernd von seiner makellosen olivbraunen Haut ab.

Aller Schrecken glitt von Stephen ab. Als er zu Jordan Charbonnet aufschaute, spürte er, wie ihn eine plötzliche Ruhe überkam. Jordan Charbonnet war eine Vision, ein Gott, und Stephen Conlin war ausgehungert nach dem Göttlichen.

Jordan Charbonnet.

Plötzlich wurde es ihm bewusst. Brandons Bruder.

Stephen hatte Jordan nur einige Male kurz gesehen, vor vielen Jahren. Das Einzige, was er über ihn wusste, waren die Geschichten seiner sexuellen Eroberungen gewesen, die Brandon ihnen allen berichtet hatte – Geschichten, die Meredith abstießen, Greg faszinierten und Stephen mit einer Erregung erfüllten, die er noch nicht verstehen konnte.

An diesem Novembertag stand Jordan Charbonnet vor Stephen Conlin und lächelte ihn mit einem Stolz an, dessen Stephen sich beraubt fühlte. Die Reinheit des Begehrens war zum ersten Mal etwas, das ihm Nahrung gab, statt ihn nur mit Neid zu erfüllen. Jordans Schönheit sprach lauter zu Stephen als das Geflüster seiner drei Freunde, die ihn verlassen und gebrandmarkt hatten. Stephen wusste, dass ein so starkes und unmittelbares Gefühl durch die Grausamkeit anderer nicht zu zerstören war. Sein Begehren bot ein Versprechen. Es würde, so hoffte er, seine Seele panzern und die lebenswichtigen Teile des Menschen beschützen, der er hoffentlich eines Tages würde sein dürfen.

Ich muss von dir träumen, dachte Stephen, ich muss dich

aus diesem Bild herausnehmen und fest in meiner Seele verankern.

Fünf Minuten waren vergangen. Stephen kam es wie eine Stunde vor. Er schätzte die Entfernung zwischen sich selbst, dem Bild und der Eingangstür ab. Er trat einen Schritt vor und nahm das Bild vom Haken. Ohne einen einzigen Zeugen verließ er Cannon mit Jordan Charbonnet unter dem Arm.

4

MEREDITHS FÜNFZEHNTER GEBURTSTAG lag einen Monat nach Thanksgiving und ihr Vater schenkte ihr ein Auto, einen brandneuen Toyota 4-Runner, komplett mit automatischem CD-Wechsler und ledernen Sitzen. Trish Ducote bemerkte dazu: »Er hätte wenigstens bis Weihnachten warten können!« Wie Meredith später klar werden sollte, verbarg sich hinter dem Geschenk ihres Vaters noch ein tiefer liegendes Motiv. Als Ronald Ducote sich von Trish scheiden ließ, hatte er widerstandslos ihre Villa im Garden District verlassen, den Familiensitz der Dubossants, der ursprünglich Marie Dubossant, Trishs Großmutter, gehört hatte. Außerdem hatte er jeden Anspruch auf Trish Ducotes beträchtliches Erbe und beider gemeinsames Kapital aufgegeben. Der Wagen sollte beweisen, dass Ronald inzwischen eigenes Geld besaß und Trish endlich nachgeben und wieder ihren Mädchennamen annehmen konnte. Die Tatsache, dass Trish ihren Ehenamen behielt, verblüffte die meisten Leute, doch Ronald hatte Meredith gesagt, seiner Meinung nach sei das eine wohl überlegte Geste, um seine Freundinnen einzuschüchtern. Ducote war ein ›Yat‹-Name und verwies auf die weniger wohlhabenden Bewohner von New Orleans, die eher italienischen als französischen Ursprungs waren und in den Vorstädten um die Ufer des Lake Pontchartrain lebten. Ein ›Yat‹ hatte einen Akzent, der an Brooklyn erinnerte, eine Mutter mit aufgebauschter Frisur und neigte dazu, »Where y'at?« zu fragen, wenn er sich nach jemandes Befinden erkundigte. Daher die Bezeichnung ›Yat‹ und daher auch der Scheidungsgrund ihrer Eltern. Meredith wusste, dass ihr Vater ein Yat war, ganz ähnlich wie Stephens Mutter Monica ein armes irisches Mädchen von der falschen Seite der Magazine Street gewesen war. Während Trish Ducote ihre Jugend mit Debütantinnenbällen verbracht hatte, gefolgt von den Karnevalsbällen im Umfeld der Mardi-Gras-Parade, war Ronald mit seinen Kumpels zu Krabben-Fang-und-Koch-Feten gegangen und hatte Angeltouren nach Manshack gemacht.

Bis zu den Weihnachtsferien waren es noch mehrere Wochen, als Meredith eines Tages die Cheerleader-Übungsstunde schwänzte und zu einem ›the Fly‹ genannten Abschnitt am Mississippi fuhr, einer grasbewachsenen, hügeligen Uferstrecke, wo häufig Fußballspiele der Mittelschule stattfanden und mehrere Klettergerüste standen. Hierher kam Meredith, um über das nachzudenken, was sie in den Gängen der Cannon-School nicht zu denken wagte.

Ein viel zu früher kalter Winter lag in der Luft. Der Himmel war von einem stumpfen Grau und das wilde Grün der Eichen in den Wohnvierteln von New Orleans zeichnete sich vor den steinfarbenen Wolken ab. Nach dem Schlussläuten hatte Kate ihr eine Marlboro Light zugeschmuggelt, die sie aus der versteckten Packung ihres Vaters gestohlen hatte. Kate war wie vor den Kopf gestoßen, als Meredith die Zigarette in die Manteltasche steckte und sagte, sie wolle sie allein rauchen.

Mit fünfzehn empfand Meredith vor kaum mehr etwas Ehrfurcht. Der Mississippi war eine Ausnahme. Wie sie so von ihrem Platz auf der Haube des 4-Runners auf den Fluss hinaussah, die glimmende Zigarette zwischen den Fingern, dachte sie an ein Poster, das Mr Carter an der Wand seines Klassenzimmers hängen hatte – das Bild eines Mannes im schwarzen Trenchcoat, der gelassen am Rand einer Klippe stand und aufs stürmische Meer hinausschaute. Sie glaubte, dass der Mann ein Dichter war, war sich aber nicht sicher. Jetzt fühlte sie sich ein bisschen wie der Mann auf dem Bild: Dieser Gedanke setzte sich in ihrem Kopf fest und milderte das untergründige

Brennen in ihrem Unterkiefer. Nur war die Luft nicht stürmisch und der Mississippi lag still und träge da.

Seit dem Monat, in dem Greg den Zettel geschrieben und Brandon ihn an Stephens Schultasche befestigt hatte, hatte Meredith kein Wort über den Vorfall verloren. Am Vorabend hatten sie und Greg zusammen gelernt, was normalerweise so aussah, dass sie eine Zeit lang unaufmerksam in ihre Bücher sahen und sich dann auf Merediths Bett zurückfallen ließen. Dort schob Greg dann ihre Bluse hoch und knabberte durch den BH hindurch an ihren Brustwarzen, bevor er ihr die Körbchen nach unten von den Brüsten zerrte und schließlich die Haken aufmachte und den BH abnahm. Er hatte sein Hemd ausgezogen, weshalb es besser war als sonst.

Doch dann war Greg in Fahrt gekommen. *Baby, Baby, Baby* ... wieder und wieder, mit leise gehauchten Stöhnlauten. Sie hatte sich schließlich mit einem ungeduldigen *»Was?«* gewehrt.

»Hm?« Greg keuchte auf, den Mund noch immer gegen ihre Brüste gepresst.

»Baby ... Was?«, fragte Meredith.

Er sprang von der Bettkante und nahm sich sein T-Shirt, das von Merediths Stuhllehne herunterbaumelte. Er stieß einen Arm durch den Ärmel. »Du brauchst nicht auf fies zu machen. Wenn du nicht willst, dann sag es einfach ...«

»Ich hab's nicht so gemeint«, antwortete sie und ließ den Kopf aufs Kissen fallen.

»Nein. Du hast einfach nur auf fies gemacht!«

»Weißt du was, Greg ...«, fing Meredith an, brach dann aber ab und führte beide Hände zur Stirn. Greg warf ihr einen verwirrten und frustrierten Blick zu. Noch fünf Sekunden und er würde in Wut geraten.

»Egal«, flüsterte sie.

»Du denkst also, ich bin ein Schwachkopf?«, fragte Greg.

Er las ihre Gedanken. Einen Moment lang dachte Meredith, sie könnte sich in ihm irren. Vielleicht wusste Greg die gleichen Dinge wie sie, nur konnte er sie einfach nicht artikulieren. Vielleicht dachten sie und Greg oft dasselbe, aber keiner von ihnen konnte es wissen, weil sie immer zu große Angst hatten, es zu äußern.

»Ja, egal!« Greg bekam vor Wut kaum noch Luft. »Weißt du, also, seit wir in der High-School sind, bist du total anders geworden. Als ob du denkst, wenn du genauso fies bist wie Kate, dann wirst du …«

»Ich bin *kein* anderer Mensch!«, unterbrach ihn Meredith und sprang vom Bett. »Herrgott. Geh einfach, bevor meine Mom reinkommt.«

»Meredith, wenn du denkst, du musst nur fies genug sein und schon wirst du in vier Jahren zur Queen für die Homecoming-Feier gewählt, dann vergiss das einfach, weil …«

»Was soll denn das heißen? Homecoming Queen?« Sie wurde immer wütender. Sie hatte nach ihrem BH gegriffen, doch jetzt war ihr Arm am Körper heruntergesunken, und es scherte sie nicht mehr, dass ihre Brüste noch immer nackt waren. Greg hatte tiefer getroffen, als ihm bewusst war. Sie gab sich gern dem Gedanken hin, ein Teil ihrer selbst sei unangetastet geblieben, ein kleiner Anteil, der sie noch immer mit dem Mädchen verband, das sie vor dem Eintritt in Cannon gewesen war. Sie war außer sich vor Zorn, dass ausgerechnet Greg versuchte, ihr diese Verbindung abzusprechen.

»Und du bist also genau derselbe geblieben?«, fragte sie, so hart sie nur konnte. »Du hast dich überhaupt nicht verändert? Haargenau. Warum fragst du denn nicht mal Stephen, was der dazu meint?«

Meredith wandte den Blick von ihm ab. Es folgte Schweigen. Als sie schließlich wieder zurückschaute, war Greg ganz starr. Sein Gesicht war eingefroren wie das ihrer Mutter, sprachlos vor Empörung, um ihr klar zu machen, dass sie etwas verletzt hatte – zu weit gegangen war, bis an die Schmerzgrenze.

Plötzlich schoss sein Arm in einem sauberen Bogen durch

die Luft und seine Hand ballte sich kurz vor dem Kinnhaken zur Faust. Als der Schlag sie traf, spürte sie, wie ihr Mund nach oben gezogen und ihr rechtes Auge in die Höhle gedrückt wurde. Dann starrte sie auf ihre Tagesdecke.

»Scheiße«, flüsterte Greg.

Meredith lag, das Gesicht in die Bettdecke gepresst, da. Vielleicht war sie zu weit gegangen. Stephens Name konnte jeden von ihnen schlagartig wieder in einen Abgrund der Wut schleudern.

»Ich wollte nicht …«, stammelte Greg. »Ich wollte nicht …«

»Geh«, sagte Meredith.

Nachdem er die Tür hinter sich zugeschlagen hatte, richtete sie sich auf. Sie nahm ihren BH von der Bettdecke und schlüpfte hinein. Sie machte sich nicht die Mühe, erst noch ihre Bluse anzuziehen, bevor sie sich zu ihrem Nachttischspiegel hinunterbeugte und die ersten Anzeichen der Schwellung unter der Oberlippe betrachtete.

Greg hatte ein Dutzend gute Gründe, mit denen er sich gegen jede Erwähnung Stephens verwahren konnte. Dafür hatte Brandon gesorgt. Stephen war eine Schwuchtel; er brach die Regeln; er verriet die Welt, in der sie jetzt lebten, und hatte sich niemals auch nur dafür entschuldigt. Warum musste Greg sie schlagen, um das zu beweisen? Hatte denn der Zettel, den die beiden an Stephens Schultasche geklebt hatten, die Sache nicht offensichtlich gemacht?

Ich weiß Dinge.

Der Gedanke durchzuckte sie als Erstes. Sie legte den Kopf schief, wie fasziniert von der größer werdenden Schwellung. *Ich weiß Dinge.* Gregs Fausthieb hatte ihr gezeigt, dass ihre Worte mehr Macht besaßen, als ihr klar war.

Jetzt tauchte die *Cotton Blossom* hinter einer Flussbiegung auf, direkt vor dem Fly, und das hell erleuchtete Deck und die schrille Musik der Dampfpfeifenorgel unterbrachen plötzlich ihre Gedanken. Sie spürte zitternd die Winterkälte in der Luft. Dann versetzte der verglimmende Stummel der Marlboro Light ihr einen Stich, und sie löste mit einem verärgerten Zischlaut die Finger.

Die *Cotton Blossom* fuhr an ihr vorbei den Fluss hinunter, eine Spur schwankender Lichter im Kielwasser. Sie versuchte sich darauf zu konzentrieren. Doch es kamen Erinnerungen auf, denen sie nicht ins Gesicht sehen wollte.

Es war ein Sonntag im Sommer vor dem sechsten Schuljahr an der Polk.

Merediths Mutter hatte Meredith in Tante Lois' Obhut zurückgelassen, die ihr beibringen wollte, wie man Bilderrahmen aus Makkaroni machte. Meredith hatte Brandons Mutter angerufen. Nein, die Jungs waren nicht da. Sie hatte Miss Angela, Gregs Mutter, angerufen, und keiner hatte abgenommen. Also ging sie zu Greg nach Hause, wo sie den versteckten Schlüssel unter dem Geranientopf auf der hinteren Veranda hervorfischte. (Stephens versteckter Schlüssel war in einem der Blumenbeete bei der Hintertür verbuddelt; Brandon hatte keinen, soweit sie wusste.) Als sie die am Haus vorbeiführende Auffahrt der Darbys entlangging, fiel ihr auf, dass das Familienauto, der Mini-Van, fehlte, was bedeutete, dass Mister Andrew und Miss Angela wahrscheinlich mit Gregs jüngerem Bruder Alex ins Aquarium gefahren waren. Hatten Greg, Brandon und Stephen sie begleitet? Und falls ja, warum hatte man sie dann nicht mitgenommen?

Sobald sie im Haus war, überkam sie das schwindelerregende Gefühl vom Eindringen in verlassene Räume. Ihre einzige Gesellschaft war der Plüschkröterich, der recht wackelig auf der Klavierbank im Wohnzimmer hockte. (Alex war ein Fan von *Der Wind in den Weiden.*)

Dann hörte sie die Jungs im Stockwerk darüber.

Sie reckte den Hals und starrte auf die Stuckverzierung an der Decke über dem Kronleuchter. Sie lauschte noch immer – aber die voyeuristische Erregung sackte in sich zusammen und wurde zum eiskalten Bad. Was sie da hörte, war kein Gelächter. Es klang wie eine Folge von Kicherlauten, aber es war zu dringlich und es kamen zu viele hintereinander. Sie konnte keine der Stimmen erkennen. Wenn doch nur einer von ihnen etwas sagen würde.

Sie hörte etwas, das wie das Aufjaulen eines Hundes klang.

»Guter Gott ...«

Das war Gregs Stimme. Aber etwas war verkehrt daran. Er klang nicht wie er selbst.

Dann hörte sie Brandons Gelächter, schrill und doch bemüht, der Lauteste zu sein. Tränen der Wut brannten ihr in den Augen. Was hatten die drei da ohne sie zu lachen? Was trieben sie, dass sie sie ausschlossen?

Meredith schloss die Hintertür des Darby-Hauses hinter sich ab und schob den Schlüssel wieder unter den Geranientopf. Sie rannte los, die Philip Street entlang. Je schneller sie rannte, desto schwieriger war es zu weinen.

Der schlammige Fluss lag in all seiner Breite vor ihr und Meredith dachte wieder: *Ich weiß Dinge.*

«Hey!«

Greg stand drei Meter vor der Stelle, wo sie auf der Haube des 4-Runners saß. Der Bronco seines Vaters war in einiger Entfernung geparkt. Er hatte sie überraschen wollen. Trotz der Kälte trug Greg sein Trainingsshirt mit den abgeschnittenen Ärmeln, was seine immer mächtiger werdenden Schultern und Unterarme zum Vorschein brachte. Sein Haar war schweißfeucht. Greg war zwar bereit, sich diesem Gespräch zu unterziehen, aber nur, nachdem er zweieinhalb Stunden lang auf dem Footballfeld seine Unbesiegbarkeit unter Beweis gestellt hatte.

»Schau, also, ich kann's verstehen, wenn du jetzt gerade nicht mit mir reden möchtest ...«, sagte Greg.

»Woher weißt du, dass ich hier bin?«, fragte Meredith.

»Kate.«

Merediths Atem zischte zwischen ihren Zähnen.

»Was ich da gemacht habe, war dumm ...« Gregs Stimme verlor sich, seine Hände zappelten herum, versuchten sich aneinander festzuhalten. Er starrte auf das Stück Straßenpflaster zwischen seinen Schuhstollen. Meredith hatte ihn noch nie so zusammengesunken erlebt, so bedürftig nach etwas, was von ihr kam.

»Es war nicht dumm«, antwortete sie, und ihr Blick wanderte zum Fluss zurück. »Es war etwas ... anderes.«

Sie hörte, dass Greg ein Schnauben ausstieß. Als sie schließlich genug Mut zusammenhatte, um wieder zu ihm hinzuschauen, sah sie, dass er weinte.

Stunden später konnte Meredith nicht einschlafen. Schließlich stieß sie ihre Bettdecken zu Boden. Sie stand auf und schlich lautlos zur Hausbar ihrer Mutter, die immer unverschlossen war. Sie wollte sich erst nur ein Glas Wodka einschenken, beschloss dann aber, Glas und Flasche mit nach oben zu nehmen.

Meredith wusste, warum sie nicht schlafen konnte. Sie konnte den Moment nicht vergessen, in dem Greg zu weinen begonnen hatte. Sie kippte ein halbes Glas auf einmal und zuckte zusammen, als der Wodka sich einen Weg durch ihre Kehle brannte. Ihre Haut wurde wärmer, ihre Füße leichter. Sie schlug ihr Biologieheft auf dem Schreibtisch an einer leeren Seite auf. Wenn die Erinnerung an Gregs Weinen sie so quälte, gab es ja vielleicht eine Möglichkeit, es sich von der Seele zu schaffen.

Sie schrieb. Die Worte flossen fast mühelos. Es frustrierte sie, wie wenig ihre Hand mit ihren Gedanken, mit den einzelnen Details Schritt halten konnte – Greg, die muskulösen Schultern gekrümmt, den Kopf gebeugt, das Gesicht verzerrt vom Zorn über seine eigenen Tränen. Sie beschrieb den Fluss hinter ihm. Meredith hielt inne; ihr war schwindlig. Das ursprünglich für den Biologieunterricht bestimmte Spiralheft würde ihr Tagebuch werden. Tagsüber würde es unter ihrem Bett liegen, neben den Wodkaflaschen, die sie nun immer wieder aus der Hausbar stiebitzen würde.

Um drei Uhr morgens hatte Meredith drei Seiten voll. Auf der vierten Seite schrieb sie Greg Darby einen Brief, den sie ihm niemals geben würde:

Ich will keine Verantwortung für dich übernehmen. Denn eines Tages wird etwas das Loch aufreißen, das ich gestern Abend gebohrt habe – wie wenn zwei Finger in einen winzigen Schlitz in einem Blatt vorstoßen und dort so lange ziehen und zerren, bis sie das Blatt in zwei Hälften zerrissen haben. Und wenn das passiert, Greg, dann wirst du hindurchfallen. Und das Risiko ist groß, dass du dann versuchst, jemanden mit dir zu nehmen. Falls aber dieser Jemand nicht ich selbst bin, falls du versuchst, andere Menschen mit in diesen durchgeknallten Wahnsinn zu ziehen, den du hinter Muskeln zu verbergen versuchst, dann werde ich zu ihrer Rettung herbeieilen, bevor ich auch nur einen Gedanken an dich verschwende.

5

Zu Carolyn Traulains stiller Freude war Stephen zum Vorsingen für das erste Musical der Cannon-Drama-Club-Saison wieder fit. Sie gab ihm die Rolle des Tenors in *The Mikado*. Da das Theaterbudget absurd klein war, brachte sie das verwickelte Musical konzertant auf die Bühne, mit drei Mikrofonen vorne am Bühnenrand, während die Darsteller Jackett und Krawatte oder Abendkleid trugen. Die vier Vorstellungen waren schlecht besucht; zur Abschlussvorstellung am Samstagabend kamen die meisten Zuschauer – zwanzig Eltern und Freunde in einem Saal mit dreihundert Plätzen. Monica, die in der ersten Reihe saß, fiel auf, dass sie nicht einmal gewusst hatte, dass ihr Sohn singen konnte.

In der hintersten Reihe schaute Meredith sich die Vorstellung an, nachdem sie Kate und Greg vorgelogen hatte, sie habe ihre Regel und ihr sei nicht danach, sich mit dem abgelaufenen Ausweis von Kates älterer Schwester ins Fat Harrys reinzuschmuggeln.

Im Gefolge von Davids Auseinandersetzung mit Carolyn brachen er und seine Frau mit der Tradition und sahen sich keine einzige Vorstellung an.

Nach der Vorstellung kämpfte Monica mit den Tränen, als sie ihrem Sohn einen Strauß weißer Rosen überreichte. Stephen öffnete die Karte, auf der stand: »Ich bin sehr stolz auf dich und würde gerne diesen Sommer mit dir nach Rom fahren, damit du dir ein paar Michelangelos anschauen kannst.«

Meredith kam nicht hinter die Bühne. Sie schlich sich während des ersten Vorhangs davon.

In ihrem Freshman-Jahr gehörten Greg Darby und Brandon Charbonnet einem leistungsstarken Footballteam an, das beinahe die Meisterschaften auf Bundesstaatsebene gewonnen hätte, wäre es nicht zum Schluss von den Thibodaux Boilers geschlagen worden. Coach Stubin verglich Brandon – seinen besten Abwehrkämpfer – oft mit Brandons älterem Bruder Jordan, der, wie er erklärte, »... der beste Wide Receiver war, den ich je gesehen habe«. Meredith jubelte ihnen als Cheerleaderin mit einer Hingabe zu, die ebenso energisch wie hohl war. Jeff Haugh wurde zum Cocaptain der Mannschaft der nächsten Footballsaison gewählt; er hatte seine Theaterambitionen aufgegeben, die Eltern, Freunde und Coach immer so verblüfft hatten, und konzentrierte sich nun ganz aufs Spiel. Dennoch wollte er diese Position nicht und hatte bei der Stimmabgabe nicht sich selbst gewählt.

Im Januar fiel der Empfangssekretärin der Schule endlich auf, dass Jordan Charbonnets Bild nicht mehr vor dem Büro des Direktors hing. Der Direktor verwarf die Sache schließlich als Schülerstreich und wies die Sekretärin an, die Familie Charbonnet direkt zu ihm durchzustellen, sollte sie sich nach dem Foto erkundigen. Das tat sie jedoch nie.

Im März war Meredith Ducote bei einer Flasche Stolitschnaja pro Woche angelangt. Das half ihr, sich nach dem Essen zu erbrechen. Trish Ducote hatte wegen der fehlenden Flaschen schon zwei Haushälterinnen entlassen und Merediths geheimes Notizbuch war halb voll.

Greg beschloss, sich nicht für Basketball zu melden. Doch als Brandon sich meldete, revidierte Greg eilig seine Entscheidung. Zu Merediths Entzücken und der Jungen gemeinsamer Empörung hielten Brandon und Greg das ganze Jahr über die Ersatzbank warm, da keiner der beiden die Fähigkeit besaß, gleichzeitig elegant und schwungvoll mit dem Ball umzugehen.

Brandon bestand schließlich David Carters Freshman-Englischkurs mit D minus. Er war der erste und der letzte Schüler, den David Carter je mit einer so schlechten Note bestehen ließ. Der Gedanke, Brandon noch ein weiteres Jahr unterrichten zu müssen, erstickte jedes Vergnügen, das David angesichts seines Durchrasselns empfunden hätte. Stephen bekam eine Auszeichnung, weil er lauter A hatte, außer einem B in Algebra, einem Fach, das er verabscheute. Meredith schloss ihr Freshman-Jahr mit vier C und einem B ab, aus Rücksicht gegenüber Greg und Brandon. Kates mittelmäßige Noten entsprachen der Tatsache, dass sie in ihren drei gemeinsamen Kursen regelmäßig bei Meredith abgeschrieben und Meredith beschlossen hatte, viele Multiple-Choice-Fragen falsch zu beantworten, weil sie es nicht richtig gefunden hätte, wenn Kate A bekommen hätte. Greg belog Brandon, er hätte »lauter C«, doch Meredith fand heraus, dass in Wirklichkeit zwei A und drei B minus darunter waren. Sie fragte ihn nie danach, doch nach mehreren spätabendlichen Gläsern Wodka widmete sie einen Tagebucheintrag einem detaillierten Szenario, in dem sie Brandon verriet, dass Greg ihn belogen hatte.

Anfang Mai hörte Stephen von Carolyn Traulain. Ihr Krebs war wiedergekommen. Er fragte sie, was das bedeutete. Doch sie sagte es ihm nicht, damit er nicht weinte.

Sie saßen allein in ihrem Büro, und mehrere leere, stille Sekunden verstrichen, bevor Carolyn wieder etwas sagte. Sie erklärte ihm, sie wolle dem Cannon Drama Club mehr Profil geben: Sie könnten durch Kuchenverkauf Geld verdienen, regelmäßige Versammlungen abhalten und einen Vorsitzenden ernennen – ihn. Als Stephen aufsprang, um sie zu umarmen, meinte Carolyn einen Moment lang, den Knoten spüren zu können, den das Ultraschallgerät in einem ihrer Lymphgefäße aufgespürt hatte.

Als er an diesem Tag – dem letzten Tag seines Freshman-Jahres – in der Eingangshalle des Englischgebäudes benommen an Jeff Haughs vorbeiging, nickte Jeff ihm zu und nuschelte ein »Hey«. Stephen bemerkte es nicht.

Mitte Juni, zur selben Jahreszeit, in der zwei Jahre zuvor vier Kinder mit dem Fahrrad zum Lafayette-Friedhof gefahren waren und im Regen Verse gesungen hatten, brachen Stephen und Monica nach Rom auf. Brandon wurde von seiner Stelle als Laufbursche in der Anwaltskanzlei seines Vaters befreit, nachdem er einen der Seniorpartner »Arschloch« genannt hatte, und Greg und Meredith entschieden sich, Sex miteinander zu haben.

Greg parkte den Bronco seines Vaters mehrere Meter von der einsamen Straßenlaterne entfernt, die das schlammige Ufer der Lagune im City Park beleuchtete, wandte sich zur Seite und griff nach Meredith. Er wies mit dem Kopf zum Rücksitz des Wagens: »Hinten ist mehr Platz«, sagte er. Sie wusste, dass er stolz auf seine Besonnenheit war, seine Jungfräulichkeit nicht in seinem eigenen Zimmer zu verlieren, das direkt neben dem mit Power Rangers übersäten Zimmer seines siebenjährigen Bruders Alex lag. Greg liebte Alex maßlos und wortlos, wie Meredith wusste, und wahrscheinlich behandelte er ihn mit mehr Zärtlichkeit als jetzt sie. Er öffnete ihre Kleider und ihre Beine, bevor er ihn von hinten – sie lag auf dem Bauch – komplett in sie reinschob.

Feuer brannte am unteren Ende von Merediths Rückgrat. Sie biss sich auf die Lippen, was Greg als Erregung missverstand.

Sie wartete darauf, dass der Schmerz nachließ, wie man es ihr gesagt hatte. Doch er ließ nicht nach. Er hielt ihre Brüste wie eine Lenkstange und ritt sie, als wäre ihre Vagina seine eigene Faust. Meredith versuchte sich einzureden, sie wäre nicht enttäuscht, als er fertig war, sich hastig anzog, die Rücksitztür mit einem Tritt öffnete und die stickige Nachtluft hereinließ, die über ihren flach auf dem Leder liegenden Körper strich. Das endlose Zirpen der Zikaden wehte zur Tür herein. Nach dieser Nacht würde Meredith das Summen von Insekten immer mit dem Gefühl verbinden, erhitzt, entblößt und bloßgestellt zu sein. Greg hatte sich nicht einmal die Mühe gemacht, sie ganz auszuziehen.

»Hat es wehgetan?«, fragte er aus mehreren Metern Entfernung, eine Zigarette zwischen den Lippen, die er früher am Abend zusammen mit Brandon geklaut hatte.

»Nein«, log Meredith.

Er nickte, ohne sie anzusehen. »Wir müssen zu Brandon nach Hause«, sagte er und warf die Zigarette mit stiebenden Funken weg.

Brandons Eltern waren nach New Jersey geflogen, um seinen älteren Bruder Jordan zu besuchen, der gerade sein Freshman-Jahr in Princeton beendet und gedroht hatte, diesen Sommer nicht nach Hause zu kommen. Er hatte sogar eine Auszeit erwähnt – worauf Elise und Roger Charbonnet sofort den erstmöglichen Flug gebucht hatten.

Als Greg und Meredith eintrafen, hatte Brandon schon drei Flaschen Tanqueray bereitgestellt, die er der Hausbar seiner Eltern entnommen hatte. Eine Flasche mit Gatorade-Sportlerdrink schwingend, ließ Brandon den Blick von Meredith zu Greg wandern, der hinter ihr stand. Meredith spürte eine heiße Röte in ihre Wangen steigen, dann versteifte sich ihr Nacken, und die Hände ballten sich zu Fäusten.

Ein Lächeln erschien in Brandons Gesicht. Er wusste Bescheid.

Er lehnte sich lachend gegen die Küchenzeile und begutachtete die beiden, als hätten sie durch den Sex längere Arme und Beine bekommen. Er griff nach der Gatorade mit Gin von der Theke und reichte sie Meredith. »Glückwunsch, Mer!«, sagte er lachend.

Sie nahm sie entgegen. Greg trat hinter ihr vor, und Brandon warf ihm heftig einen Arm um die Schultern und nahm ihn in den Schwitzkasten. Greg stieß ein Stöhnen aus, das an Brandons Brust gedämpft wurde. Meredith schaute vom grünen Getränk auf Brandon, der boshaft grinste wie ein Kind, die Zunge zwischen den Zähnen. Er drückte Greg die Knöchel seiner Faust in den Schädel.

»Hey! Hör auf!«, fauchte Greg. Brandon drohte, Greg auf den Linoleumboden zu zwingen.

Meredith schaute in starrem Schweigen zu, wie Brandon Greg am Hals herumwirbelte. Brandons Lachen wurde schriller, als der andere Junge sich wehrte. Ihr Gerangel hatte sich in einen verrückten Tanz wild schlagender Arme und stolpernder Beine verwandelt. Noch nie hatte sie Wut, Neid und Freude so miteinander vermischt gesehen.

Sie führte den Plastikbecher zum Mund. Der erste Schluck schmeckte widerlich, doch sie trank den ganzen Becher leer und spürte, wie die Halsadern ihre brennende Kehle einschnürten. Brandon schleuderte den Freund schließlich auf den Küchenboden. Greg landete auf dem Rücken und hob die Hände, um eventuelle Schläge abzufangen. Sein Lächeln war das eines Besiegten.

»Du Schweinehund, Mann. Du bist ein *verdammter* Schweinehund, Darby!«, schrie Brandon.

Er wirbelte herum und sah Meredith direkt an, musterte sie von Kopf bis Fuß, wie er es damals zusammen mit Greg am ersten Tag des neuen Schuljahrs getan hatte.

»Bin ich anders als vorher?«, fragte sie mit dem Mut, den ihr der Gin verlieh.

Greg zog sich vom Boden hoch, indem er sich mit der einen Hand am Rand der Küchenzeile festklammerte.

»Nö, du siehst ziemlich aus wie immer. Wenn du nackt wärst, natürlich, dann könnt ich vielleicht …«

»Brandon, Mann! Klappe jetzt!«, stöhnte Greg unter schallendem Gelächter.

Meredith und Brandon sahen sich intensiv in die Augen, aber Greg bemerkte es nicht. Sie richtete oft denselben Blick auf Greg, doch der reagierte nur mit Verwirrung darauf. Brandon dagegen hielt ihrem Blick gleichmütig stand.

Greg ging ins benachbarte Wohnzimmer und ließ sich unter einem Foto von Jordan – der vor einem neogotischen, von blattlosen Ranken überwachsenen Gebäude stand – aufs Sofa plumpsen. Jordan sah aus wie sein Bruder, doch wie eine größere, perfektere Version, von einem Meisterbildhauer ausgeführt, der klug genug war, ihn nicht die scharfen Kanten von Brandons starren Gesichtszügen zu verleihen.

»Freust du dich für ihn?«, flüsterte Meredith Brandon zu.

Greg schaltete den Fernseher an und zappte durch die Kanäle. Er hatte seine Jungfräulichkeit verloren und mit seinem besten Freund gerauft – eine ganz schöne Leistung für einen einzigen Abend.

»Was ist los mit dir, Meredith?«, fragte Brandon leise.

»Du bist erleichtert, oder?«, fragte Meredith.

Seine dunklen, schmalen Augen verzogen sich misstrauisch.

Er hat Angst vor mir, dachte sie. Er schnaubte und folgte Gregs Spur ins Wohnzimmer. Er setzte sich neben Greg, der aufmerksam die Großbildaufnahme eines Autos betrachtete, das in einem Funkenregen durch ein Brückengeländer brach. Meredith schenkte sich noch einen Drink ein.

»Brandon?«, rief sie.

»Was?«, blaffte er zurück.

»Man soll Gatorade nicht mit Alkohol mischen. In Gatorade sind Elektrolyte und die schleusen den Alkohol direkt ins Blut ...«

»Darum geht es doch gerade ...«

Er senkte die Stimme und beendete den Satz nur für Greg: »... du dumme Schlampe.«

Greg brach in Gelächter aus und neigte mit boshaftem Lächeln den Kopf zur Küche hin.

Später am Abend schrieb sie in ihr Tagebuch, was sie Greg am liebsten gesagt hätte, als er sie so wild angelächelt hatte. Sie war so betrunken, dass sie die ganze Schulter anspannen musste, damit der Stift auf der Heftseite blieb:

Ich weiß mehr von eurem Geflüster, als du meinst. Und manchmal denke ich, ihr beide würdet mir ohne weiteres das antun, was ihr Stephen angetan habt. Stattdessen habt ihr mich gemeinsam behalten. In Wirklichkeit wolltest du es doch deswegen machen, Greg, oder? Nicht, weil du meinen Körper magst. Sondern weil du mich vielleicht nur so daran hindern kannst, ein Verbindungsglied zur Vergangenheit zu sein, ein Verbindungsglied zu dem, was du vergessen willst: indem du mich fickst. Bin ich jetzt anders? Ich denke, ja. Es gab eine Zeit, eine Zeit, die sehr fern wirkt, obwohl sie das in Wirklichkeit nicht ist, da war ich ein Kind unter vieren. Jetzt gehöre ich zweien.

6

WÄHREND SEINER ERSTEN TAGE in Rom wirkte Stephen wie
berauscht. Monica sah erfreut zu, wie ihn die barocke Schönheit der Stadt überrumpelte und seinen Jetlag in einen glück-
lichen Taumel verwandelte. Monica hatte die Penthouse-Suite
des Hotels Hassler gemietet. Deren Glasscheiben fünf Stockwerke über der Spanischen Treppe boten einen spektakulären
Ausblick auf die römische Skyline, der auf einer Postkarte
glaubwürdiger gewesen wäre. Das Flachdach war größer als
die ganze Suite, und der Hotelpage informierte sie in gebro-
chenem Englisch, dass sich dort manchmal Staatsoberhäupter
zum Bankett trafen.

Wenn seine Mutter eingeschlafen war, stand Stephen gerne
auf und tapste leise durch die Schiebetür nach draußen.

Vom Rand der Terrasse atmete er die Stadt aus sicherer
Entfernung ein. Fünf Stockwerke tiefer lenkte das melodische
Hämmern europäischen Discosounds Stephens Aufmerksam-
keit auf das Gewimmel römischer Teenager, die sich auf der
Spanischen Treppe versammelt hatten, Stereorekorder in den
Händen, zu deren Rhythmen sie herumzappelten. Die Jungs
und Mädchen wechselten ständig von einer Gruppe zur ande-
ren. Ihr Gelächter hallte die Fassade des Hassler empor. Jungs
fummelten offen an Mädchen herum, was selbst vom fünften
Stock aus zu sehen war.

Im Gedränge einer Touristengruppe durchs Vatikanische
Museum geführt, wanden Stephen und Monica sich durch die
Gänge einer labyrinthischen Folge freskengeschmückter Räume. Allmählich war Stephen frustriert. Plötzlich aber, als sie
durch eine einflüglige Tür trotteten, die nur eine weitere leere

Bibliothek und unbedeutende Fresken zu versprechen schien, landeten sie unter der Decke eines der großartigsten Gemälde der Welt. Monika beobachtete die überraschte Reaktion, mit der die Mitglieder ihrer Gruppe plötzlich einer nach dem anderen bemerkten, dass sie gerade die Sixtinische Kapelle betraten.

Stephen schob sich tief in die Menschenmenge hinein. Er fand einen freien Platz auf dem Boden und legte sich auf den Rücken. Dort starrte er mit einem Staunen zu Michelangelos Decke empor, wie er es zuletzt beim Betrachten sommerlicher Sonnenuntergänge mit seinen drei besten Freunden empfunden hatte.

Ein Museumswächter musste ihn dreimal bitten, vom Boden aufzustehen, bevor er gehorchte, die Augen noch immer auf Adams langen, schmalen Finger gerichtet.

Abends gingen Stephen und Monica die Spanische Treppe hinunter. Halt suchend und befangen streckte Monica einen Arm aus, und Stephen, ganz wohlerzogener Sohn, nahm ihn und stützte sie unaufgefordert. Beim Erforschen der gewundenen Gassen spürte Stephen dann manchmal plötzlich die Hand seiner Mutter in der seinen und ließ sie da. Er war ihr Begleiter – der männliche Conlin, der nicht gestorben war.

Als Stephen einen Penny über die Schulter in die Fontana di Trevi warf, fing er den offenen Blick eines schönen italienischen Jungen auf, der zwischen den Gitarre spielenden Studenten beim Brunnen saß. Der Junge blickte Stephen auf eine Art an, die, wie Stephen klar wurde, Faszination mit einer Spur von Begehren ausdrückte.

Jeff Haugh sah Carolyn Traulains Todesanzeige in der *Times Picayune*. Er arbeitete diesen Sommer als Lagerarbeiter in der Büroversandfirma seines Vaters und blätterte eine im Lagerraum liegen gebliebene Tagesausgabe der Zeitung durch. Schwitzend und stinkend saß er auf einem Palettenstapel und starrte dumpf auf den kurzen Abschnitt, der das ganze Leben seiner ehemaligen Schauspiellehrerin umriss und ihre wenigen Hinterbliebenen nannte. Er wusste, dass er nicht zur Beerdigung gehen konnte. Sie war mit der denkbar schrecklichsten Meinung über ihn gestorben, und jetzt war es zu spät, das Missverständnis aufzuklären, zu dem es damals vor ihrem Büro gekommen war.

Er holte eine Schere aus dem Raum des Vorarbeiters und schnitt die Todesanzeige aus.

Jeff schaute Stephens Adresse im Adressverzeichnis von Cannon nach und fuhr dann zum mit geschlossenen Fensterläden daliegenden Familiensitz der Conlins an der Ecke Third und Chestnut Street im Garden District. Er ließ den Zeitungsausschnitt in den am schmiedeeisernen Zugangstor angebrachten Briefkasten gleiten und stellte fest, wie viel größer als sein eigenes Zuhause Stephens Haus war. Ein eigenartiges Gefühl brannte ihm im Magen, als er die Streben des Eingangstors mit beiden Händen umfasste.

Eine Nacht vor ihrem Rückflug nach New York fragte Stephen Monica, wie sie seinen Vater kennen gelernt hatte.

Die Frage überraschte sie. »An einer Straßenbahnhaltestelle. Das habe ich dir doch schon erzählt«, antwortete sie knapp.

Sie aßen im Dachrestaurant des Hassler. Monica hatte Stephen mehrere Gläser Rotwein gestattet, der seine Zähne und Zunge ein wenig fleckig und ihn gleichzeitig eigentümlich neugierig gemacht hatte.

»Das weiß ich. Aber ich meine … was ist danach passiert? Ihr seid euch einfach so begegnet, und dann?«

Das Essen auf ihrem Teller unberührt und den Blick auf die funkelnde Silhouette Roms gerichtet, die sich hinter ihrem Sohn abzeichnete, fühlte Monica die Bürde der Verantwortung, Stephens einzige Informationsquelle über seinen Vater zu sein. Ihre Worte würden Stephens Erinnerung an ihn formen. Eine beängstigende Aussicht, wo sie doch das Gefühl hatte, vielleicht wäre er ohne Erinnerung an seinen Vater besser aufgehoben.

»Er fuhr mit der Straßenbahn zur Schule. Ich fuhr zur Arbeit. Eines Tages begegneten wir uns an der Haltestelle. Also, wir begegneten uns nicht richtig. Er sah mich, und ich sah, dass er mich anschaute. Als wir dann einstiegen, ging er an meinem Platz vorbei und warf mir einen Zettel in den Schoß. Es war ein Gedicht. Ein reizendes Gedicht ...«

In Wirklichkeit hatte das Gedicht Monica verwirrt und beleidigt. An jenem Nachmittag des Jahres 1964 hatte Jeremy sie unverwandt angeschaut, während Monica versucht hatte, eine Zigarette aus ihrer zerfledderten Lederschulmappe zu fummeln. Mit neunzehn hatte Monica »Engel des Rauchs« als eine Beleidigung zum Thema brave Mädchen und Nikotin interpretiert.

»Wie lautete es?«, fragte Stephen.

»Es ging um meine Schönheit«, antwortete Monica schnodderig und nahm ihren ersten Bissen.

Stephen runzelte die Stirn.

»Es war ein Liebesgedicht, Stephen«, sagte sie.

»Was für ein Liebesgedicht?«

Monica verstummte. Sie rief sich die Worte in Erinnerung, wie sie in Jeremys strenger Kursivschrift zu lesen gewesen waren:

Ihre Augen schneiden Messer
durch den Rauch, den sie atmet,
ein Drache, fälschlich als Hexe gesehen.
Welche Schönheit erwartet uns
von einem Engel, verborgen im Rauch.

Als Stephen peinlich berührt auf seinen Schoß hinunterschaute, merkte Monica, dass sie die Worte des Gedichts leise vor sich hin gemurmelt hatte. Er wechselte das Thema.

Nachdem Stephen an diesem Abend eingeschlafen war, erwachten bei seiner Mutter die Erinnerungen, die er angerührt hatte. Monika lag wach neben Stephen im Doppelbett und lauschte auf die langsamen, leichten Atemzüge ihres Sohnes, die mit den sich allmählich in die tieferen Bereiche der Nacht zurückziehenden Geräusche Roms verschmolzen.

Jeremy Conlin war der erste Mensch, der nicht über Monicas Erklärung, sie sei nach einem Mond benannt, gelacht hatte.

Monica arbeitete an einem heißen, schwülen Nachmittag des Juni 1964 hinter der Süßwarentheke von Smith's Drug Store, wo sie Eiskugeln ausgab, die praktisch schon Milch waren. Mädchen kamen hereingeschlendert, mit längerem Haar und nabelfreien Shirts, und stolzierten mit einer Freiheit über die schmutzverklebten Linoleumböden, um die Monica sie beneidete. Jeremy kam um drei Uhr nachmittags herein – ein Zeitpunkt, an dem der Tag endgültig zum Stillstand gekommen schien und sie wie wild die Theke scheuern musste, um sich von der Panik zu befreien, dass er niemals zu Ende gehen würde. Als Jeremy sich auf einen der Hocker setzte, schien es, als wäre die Theke als einzige Fläche im ganzen Laden je von einer menschlichen Hand berührt worden. Sie glänzte vor Sauberkeit, dank Monica Mitchell, deren blondes Haar ihr übers Gesicht fiel und fast die wilden blauen Augen verhüllte.

Jeremy versperrte Monicas Lappen mit einem zweiten Gedicht den Weg. Sie klatschte den feuchten Lumpen mit gespieltem Verdruss auf die Platte, faltete den Zettel auf und las. Jeremy drückte den Bauch gegen die Thekenkante und wirkte wie verrückt vor unschuldiger und verdienter Freude.

Monica las das neue Gedicht, ohne sich auf ein einziges

Wort zu konzentrieren. Sie musste die Augen bewusst von Jeremys Blick abwenden. Offensichtlich wollte er sie quälen. Sie erkannte ihn als einen der gut betuchten Jungs aus dem Garden District. Gut aussehend, dunkle Haare, olivbraune Haut und ein zweifellos attraktiver, kräftiger Körper. Ganz offensichtlich hielt er sich für besser als sie, einfach weil er von Geburt an reich genug war, um Fieber und Ratten abzuwehren.

»Du siehst aus wie jemand, der Menschen hat sterben sehen«, sagte Jeremy schließlich leise. Sie sah kurz vom Gedicht auf. »Menschen, die andere haben sterben sehen« – sein Tonfall war beinahe streng –, »die lassen sich nicht so leicht von lauten Tönen ablenken. Sie nehmen nicht alles so wichtig.«

»Meine Mutter ist letztes Jahr gestorben.« Monica konnte kaum den Klang ihrer eigenen Stimme hören.

»Das tut mir Leid …«

»Sie war … Sie war eine Trinkerin«, erklärte Monica ruhig. »Sie wollte nicht ins Krankenhaus, und so habe ich nach ihr geschaut, falls du das meinst.«

»Ich wollte nicht …«

»Sie hat immer ins Bett gekotzt, und ich musste es sauber machen, falls du das meinst!«

Monicas Stimme war inzwischen dreimal so laut. Ein Kunde warf einen verdutzten Blick in ihre Richtung.

»Ich wollte nicht …«, stammelte Jeremy.

»Und was zum Teufel machst du dann hier?«, zischte sie.

Jeremy ließ sich vorsichtig auf den Hocker zurückgleiten und sah niedergeschlagen drein, ein Anblick, den Monica brauchte. Ihre Hand fuhr zur Kehle. Diese Geste würde sie noch oft wiederholen, jedes Mal, wenn Jeremy etwas in ihrem Inneren traf.

»Wie heißt du?«, fragte er leise.

Monica beschloss, ihn auf die Probe zu stellen. »Meine Mutter hat mich nach einem Mond genannt«, erklärte sie geradeheraus.

Sie war auf jede Reaktion vorbereitet. Das Neigen des Kopfs, das auf irgendeine Verrücktheit in ihrer Abstammung hinwies, oder der Blick belustigter Überraschung, der nahe legte, sie lebe am Rande einer richtigen Lachnummer, die sie nur nicht kapierte, wahrscheinlich weil sie nie das Privileg gehabt hatte, die ganze Pointe zu hören.

»Was für ein Mond?«, fragte er.

7

DREI WOCHEN NACHDEM sie bei Carolyn Traulains Beerdigung gewesen waren, kaufte Monica Stephen ein Auto. Er besaß noch keinen Führerschein, hatte aber ein starkes Bedürfnis zu fahren. Stephen weinte bei Carolyns Bestattungsgottesdienst so offen, dass er beim Aufschauen mit verschwollenen Augen zu seinem Entsetzen feststellte, dass manche Trauergäste ihm mehr Aufmerksamkeit schenkten als Carolyns perückengekrönter Leiche im offenen Sarg.

Der Jeep Grand Cherokee wurde mit einer riesigen roten Schleife auf der Haube an der Ecke Chestnut und Third Street abgeliefert, wo er drei Stunden lang stand, während Monica darauf wartete, dass Stephen das Haus verließ und darüber stolperte.

Stephen sah den Jeep erst, als David Carter vorbeikam, um ihn für eine Verabredung zum Kaffee abzuholen. Stephen glitt schweigend auf den Beifahrersitz vom Kombi seines Lehrers, den Blick auf den Jeep gerichtet. Um das Schweigen zu brechen, fragte David, wem das neue Auto gehöre. Stephen antwortete, der Nachbar müsse wohl seiner Frau einen Jeep geschenkt haben. Als er aufblickte, sah er Andrew Darbys Bronco die Third entlangfahren. Während David in die Kreuzung einbog, beobachtete Stephen, wie der Bronco neben dem Jeep leicht abbremste. Bevor David die Kreuzung endgültig hinter sich ließ, sah Stephen noch, wie Greg und Meredith den Jeep mit seiner auffälligen roten Schleife offen anstarrten.

Stephen wurde klar, dass der Jeep ihm gehörte.

David bestellte Stephen einen Eiskaffee. Stephen merkte,

dass David den Vorfall vor mehr als einem Jahr, an dem Tag, als er *Herr der Fliegen* im Unterricht besprochen hatte, wieder gutmachen wollte. Der Lehrer erzählte von seiner Erfahrung im College-Theater, und allmählich wurde Stephen klar, dass ihr Treffen einen Zweck hatte: David teilte ihm mit, dass man ihn zu Carolyns Nachfolger als Theaterleiter ernannt hatte. Stephen hörte kaum zu und beobachtete, wie die Nervosität des Lehrers in seinen plötzlichen Blicken und den immer wieder um die Kaffeetasse geschlungenen Händen zum Ausdruck kam.

»Carolyn war ein beeindruckender Mensch und gewiss auch eine beeindruckende Regisseurin«, meinte David.

»Sie war wirklich großartig«, stimmte Stephen ihm ausdruckslos zu.

»Sie war niemand, mit dem man sich anlegen wollte, oder? Ich meine, sie war wirklich … Sag das keinem von den anderen Lehrern weiter, aber … sie hat keinen Scheiß durchgehen lassen, oder?«

Es entstand eine lange Pause. Stephen beobachtete, wie eine nervöse Frau mit den Fingern auf der Theke herumtrommelte und ungeduldig auf ihren Cappuccino wartete. Er fragte sich halbherzig, ob Mr Carter sich jetzt gleich dafür entschuldigen würde, dass er an jenem Nachmittag nichts unternommen hatte, als ein Schüler Stephen ein Brandmal auf die Schultasche geklatscht hatte, so dass die ganze Schule es sehen konnte.

Stattdessen sagte David: »Na ja, ich freue mich schon aufs kommende Jahr. Es wird bestimmt richtig toll. Und wo immer Carolyn sein mag, sie freut sich bestimmt auch darauf.«

Er lächelte. Stephen starrte ihn an. »Und wo genau ist Carolyn jetzt?«, fragte er.

»Ich habe einen gewissen Glauben an ein Leben nach dem Tod«, brachte David hervor.

Stephen nickte verhalten. »Ich glaube nicht an Gott.«

Eine weitere leere Pause. David unterbrach sie, indem er aufstand. Stephen folgte ihm. Auf der Rückfahrt zu Stephens Haus sagten sie kaum etwas. Sie bogen um die Ecke und entdeckten Monica, eine Hand auf der Haube des neuen Jeeps.

»Ich kann gar nicht fahren«, nuschelte Stephen, als er aus Davids Auto stieg.

Nachdem sein neuer Schauspiellehrer davongefahren war, betastete Stephen zögernd den Lack. Monica stand breitbeinig auf dem Bürgersteig, die Hände in die Hüften gestemmt. »Das bring ich dir bei. In dem da.« Sie zeigte auf den Jeep.

Stephen schaute sie bestürzt an.

»Du hast ein Auto verdient. Wie klingt das, Stephen? Kannst du dir jetzt vielleicht ein bisschen freudige Erregung gestatten?«, blaffte sie. »O Shit …«, flüsterte sie dann, weil Stephen den Kopf sinken ließ, mit den ersten Anzeichen von Tränen. Monica schlang ihrem Sohn einen Arm um die Taille, legte ihm das Kinn in den Nacken und hielt ihn fest.

»Schon gut, schon gut«, flüsterte sie. »Ich habe dich doch gar nicht katholisch erzogen. Du musst nicht für alles Buße tun.«

Noch Tränen in den Augen, fing Stephen an zu lachen. »Es ist ein wunderbares Auto, Mutter«, sagte er mit angestrengter Entschlossenheit, während er ihrem Griff entschlüpfte. Er betrachtete den Jeep erneut und umkreiste das funkelnde Fahrzeug langsam, bis seine Mutter triumphierend lächelte. Stephen wusste, dass sie glaubte, er hätte ihretwegen geweint.

Kate Duchamp beschloss, eine Party zu feiern. Mutter und Vater befanden sich auf Kreuzfahrt im Mittelmeer und Kate hatte sturmfreie Bude in dem viktorianischen Fünfzimmerhaus samt Swimmingpool und Hausbar. Meredith Ducote würde Kate bei den Vorbereitungen helfen. In Kates Worten: Meredith ›kennt sich mit den Drinks aus‹.

Es war ein Augustabend. Die Luft war schwül und drückend. Um acht Uhr abends war die Straße vor Kates Haus mit sportlichen Nutzfahrzeugen und von den Eltern gelihenen Luxuslimousinen voll geparkt. Jeff Haugh traf in seinem Honda Civic ein. Cameron Stern – den Jeff im Team noch am ehesten als Freund betrachtete – hatte Jeff zum Kommen gedrängt. Wie Cameron erklärte, waren sie beide als Footballspieler zum Erscheinen genötigt. Doch Jeff wusste, dass Cameron nicht nur eine Mitfahrgelegenheit brauchte, sondern auch zu einer Gruppe von Footballspielern aus der Abschlussklasse gehörte, die miteinander gewettet hatten, wer mit dem jüngsten Cannon-Mädchen schlafen würde. Jeff hatte die Teilnahme an der Wette abgeschlagen, war aber trotzdem gedrängt worden, zur Party zu kommen.

Es tauchten mehr Leute auf, als Kate erwartet hatte. Jeff fand eine Ecke in der Küche, trank sein Bier und schaute leicht belustigt zu, wie Kate die unvermeidliche Panikattacke hinter sich brachte und dann drei Schuss Southern Comfort kippte, die Cameron ihr einschenkte, bevor die beiden nach oben ins Schlafzimmer von Kates Eltern abzogen.

Jeff wanderte durchs Haus und tat so, als bemerkte er die bewundernden Blicke der Schüler aus den unteren Klassen nicht. Einige von ihnen strahlten angesichts des Quarterback-Stammspielers der nächsten Saison unbändig. Die meisten Gäste befanden sich draußen in der Nähe des Pools, und so fand er einen Platz im relativ leeren Wohnzimmer, wo er sich mühsam auf die Zehn-Uhr-Nachrichten konzentrierte. Dann hörte er, wie Brandon Charbonnets Stimme durch den Garten dröhnte.

»Diese verdammte schwule Sau kriegt 'nen brandneuen Jeep, und ich muss Daddys Scheiß-Cadillac fahren!«

»'ne große rosa Schleife war auch noch drauf«, stimmte Greg Darby ein.

»Das kriegt man, wenn man seine eigene Mutter fickt!«, schrie Brandon.

»Wie kann er seine Mutter ficken, wenn er eine Schwuchtel ist?«, fragte Greg.

»Vielleicht schnallt sie sich 'nen Dildo um und besorgt's ihm von hinten!«

Als der Chor von Gekreische und dem obligatorischen »Igitt, du Ekel!«-Geschrei losbrach, erhob sich Jeff von der Wohnzimmercouch.

Wenn Cameron Stern es schaffte, Kate Duchamp nach nur drei Drinks ins Schlafzimmer abzuschleppen, konnte er sich auch eine neue Mitfahrgelegenheit suchen. Jeff ging.

Brandons Pantomime von Monica Conlin beim Analverkehr mit ihrem Sohn provozierte betrunkenes Gelächter und schrilles Gekreische, das Meredith aus ihrem Alkoholnebel riss, in dem sie in einer dunklen Ecke von Kates Rasen flach auf dem Rücken lag. Sie stemmte sich auf die Ellbogen. Die Poolregion war ein Lichtkranz in wenigen Metern Entfernung. Die Brandon-und-Greg-Szene war abgeschlossen. Eine Cheerleaderkollegin stellte sich auf einen Liegestuhl und hielt eine ernste Rede darüber, dass sie nächstes Jahr Sophomores wären, im Jahr darauf Juniors, dann Seniors. Danach würden sie sich für immer trennen, und sie müssten die Zeit genießen, bevor … Das Mädchen brach in Tränen aus und wurde von ihren Freundinnen umarmt.

Meredith bemerkte, dass Brandon und Greg plötzlich verschwunden waren.

Auf der Heimfahrt nahm jemand Jeff Haugh an der Kreuzung Jackson und St. Charles die Vorfahrt, und zwar der ›Scheiß-Cadillac‹ von Brandons Vater. Jeff stieg fluchend auf die Bremse und sah dann, dass der Cadillac in die Jackson abbog. Als er vor ihm um die Ecke fuhr, erkannte Jeff die beiden Teenager hinter dem Lenkrad. Er hatte auch eine Vermutung, wohin die Fahrt ging.

Jeff klammerte sich eine volle Minute lang an seinem Lenkrad fest. Das Auto hinter ihm hupte ihm im Staccato die Ohren voll. Jeff spürte, wie ihm der Mund aufklappte, als wollte er sich selbst etwas mitteilen. Doch dann presste er die Lippen zusammen, nahm den Fuß von der Bremse und rollte über die Kreuzung und auf direktem Weg nach Hause.

Früher am Abend hatte Monica sich trotz des fehlenden Führerscheins von Stephen im Jeep herumfahren lassen. Er war nie schneller als fünfundzwanzig Meilen pro Stunde gefahren und hatte sie auf einer kurvenreichen Fahrt durch die Straßen des Garden Districts kutschiert. Seiner Begeisterung für das Auto verlieh er mit aufgeregten Fragen über die Anzeigen auf dem rot glühenden Armaturenbrett Ausdruck, und ob es eigentlich stimme, dass man mit angeschalteter Klimaanlage mehr Sprit verbrauche. Monica hatte alle Fragen mit einer Andeutung eines Lächelns in der Stimme beantwortet. Ihr Sohn wirkte gleichzeitig jungenhaft neugierig und männlich kompetent, was sie zum Glauben veranlasste, ihr Geschenk hätte den beabsichtigten Zweck erreicht.

Jetzt war Stephen oben und Monica hörte Mahlers zweite Symphonie, »Auferstehung«, die gerade zu ihrem großen Crescendo ansetzte. Zuerst ging das Geklirr von zerbrechendem Glas fast im Fortissimo der Streicher unter. Doch dann hörte Monica es erneut.

Sie saß wie gelähmt in ihrem Lieblingslesesessel, eine gebundene Ausgabe von Sidney Sheldon aufgeklappt auf dem Schoß.

Die Symphonie war fast beendet, als ihr einfiel, dass der Jeep keine Alarmanlage hatte.

Sie hörte Stephens Schritte auf der Treppe.

Monica erhob sich aus dem Sessel und das Buch rutschte auf den Boden. Sie hörte die Haustür hinter Stephen zuschlagen.

Durch die Milchglasscheiben der Haustür sah sie den spinnenartig mageren Schatten ihres Sohnes vor der schwarzen Silhouette des Jeeps. Sie öffnete die Tür mit so schweißnasser Hand, dass der Türgriff glitschig wurde.

Irgendetwas stimmte nicht, aber zunächst konnte sie nicht sagen, was es war. Allmählich wurde ihr klar, dass der Jeep schief im Rahmen hing, als könnten Reifen und Achsen das Gewicht des Autos plötzlich nicht mehr gleichmäßig verteilen. Sie ging die Freitreppe hinunter, um zu sehen, was passiert war.

Auf der Fahrerseite war der Hinterreifen mehrfach durchstochen worden. Er lag wie ein Haufen geschmolzenen Gummis um die Radkappe. Auf der Beifahrertür lief eine sauber gezogene weiße Linie hinunter und schwenkte in einer launischen Kurve wieder nach oben, wo sie auf das hintere Seitenfenster traf. Das Beifahrerfenster war eingeschlagen; die Glasscherben glitzerten wie Diamanten auf dem vornehmen Leder des Sitzes. Über Stephens Schulter hinweg sah sie das auf die Windschutzscheibe gesprühte Wort in Spiegelschrift. Sie brauchte eine Weile, um das Verkündete zu entziffern: SCHWANZLUTSCHER.

Als Monica neben ihren Sohn auf den Bürgersteig trat, fuhr er zusammen, und dann gaben seine Knie nach. Sie hielt den Stöhnenden fest. Es gab nichts zu sagen.

Sie hielt Stephen minutenlang an sich gedrückt und ihr eigenes Herz zitterte bei jedem Schluchzer mit. Als er schließlich wieder atmen konnte, sagte er: »Du kannst nichts machen, Mom. Du kannst nichts ...«

Sie führte ihn ins Haus. »Du kannst nichts machen, Mom«, wiederholte er immer wieder. »Dadurch wird es nur noch schlimmer. Tu bitte gar nichts, Mom, okay?«

Sie belog ihren Sohn, sie würde seine Bitte befolgen, flößte ihm ein Glas Chambord Royale ein und steckte ihn ins Bett.

Drei Stunden später, als Stephen schon schlief, kam der Abschleppwagen.

Monica gab dem Fahrer drei Zwanzigdollarscheine. Der spähte unter den Wagen. Beide Reifen auf der Fahrerseite waren mit einem Messer ausgeweidet worden – »Mit einem großen!«, konstatierte er nüchtern. Die weißen Linien stammten von einem Autoschlüssel, mit dessen Spitze eine Rille in den Lack gezogen worden war. Während der Fahrer sich mühsam aufrichtete, teilte Monica ihm mit, dass sie besondere Anweisungen für ihn hatte.

Nachts um zwei Uhr dreißig setzte er den Jeep vor dem Haus der Charbonnets in der Philip Street ab. Monica wusste, dass Elise Charbonnet den Wagen beim Aufwachen im hellen Morgenlicht entdecken würde.

8

Am nächsten Morgen, mit dröhnendem Kopf vom Southern Comfort des Vorabends, holte Meredith ihr geheimes Heft unter dem Bett hervor und schrieb: »Das mit deinem Auto tut mir Leid«, riss die Seite dann heraus und warf sie in den Papierkorb.

Monica stand um acht Uhr morgens nach drei Stunden Schlaf auf. Sie ging ins Zimmer ihres Sohns, machte die Tür einen Spalt weit auf und sah ihn dort zusammengerollt unter der Bettdecke liegen.

Sie würde die Erinnerung, die sie die ganze Nacht gequält hatte, für sich behalten.

Sie ging in Jeremys Arbeitszimmer. An der Wand über der Tür, mit deutlichen Druckbuchstaben von Jeremy eigenhändig geschrieben, hing sein Lieblingszitat aus *Der Tod in Venedig* von Thomas Mann: »Denn der Leidenschaft ist, wie dem Verbrechen, die gesicherte Ordnung und Wohlfahrt des Alltags nicht gemäß, und jede Lockerung des bürgerlichen Gefüges, jede Verwirrung und Heimsuchung der Welt muss ihr willkommen sein, weil sie ihren Vorteil dabei zu finden unbestimmt hoffen kann.«

Das durch den Tod von Jeremys Eltern entstandene Durcheinander hatte Jeremy und Monica einen klaren Vorteil gebracht.

Im Juli 1964 beschloss Jeremy Conlin, das mit Monica gemeinsam abgelegte Gelübde zu brechen – den anderen niemals bei sich zu Hause zu besuchen. Jeremys Eltern verließen die Stadt für ihre alljährliche Reise zum Golf von Mexiko. Jeremy bat Monica, zu ihm zu kommen.

Bisher hatte sich ihre Kennenlernphase im Wesentlichen auf die St.-Charles-Avenue-Straßenbahnlinie konzentriert. Jeden Abend um sechs fuhren sie mit der Straßenbahn die St. Charles bis zur Canal Street hinunter und stiegen dann zur Rückfahrt um. Das rote Sonnenlicht sickerte durch Eichenäste und brach sich an Monicas blondem Haar, mit dem sie an der Scheibe lehnte. Jeremy versuchte, in seinem ledergebundenen Notizbuch Gedichte zu verfassen. Manchmal stiegen Monica und Jeremy auch am Audubon Park aus. Dann wanderten sie tief in den Park hinein, an Versteck spielenden Kindern und umgestürzten Eichen vorbei und über den Fahrradweg. Dort sausten andere Paare an ihnen vorbei und zogen ein Gelächter hinter sich her, das Monica zufriedener vorkam als ihr eigenes. Eines Nachts, zwei Wochen nachdem sie sich kennen gelernt hatten, wurden sie von der Dunkelheit überrascht und der Park wurde zu einem Dschungel aus Schatten. Sie umklammerte Jeremys Hand und vertrieb ihre Angst, indem sie redete.

»Ich glaube, dass du schreibst, weil das leichter als Reden ist«, verkündete Monica.

»Da irrst du dich«, stellte Jeremy in der Art von jemandem klar, der überzeugt ist, dass niemand auf der Welt so viel denkt und leidet wie er selbst. »Schreiben ist besser als Reden. Zwischen den Zeilen gibt es einen Raum, aber du gestattest dir nicht hineinzuschlüpfen. Vielleicht, weil alles, was ich schreibe, von dir handelt. Du hörst die Musik der Worte nicht, weil du einfach nur darauf wartest, dass ich dich ein dummes irisches Mädchen nenne oder darüber lache, dass deine betrunkene Mutter dir deinen Namen nach einem geistig zurückgebliebenen Jungen gab, der zum Mond hinaufschrie.«

Monica ließ Jeremys Hand fallen wie einen heißen Teller. Er ging noch ein paar Schritte weiter, bevor er stehen blieb, den Kopf zu einem durch die Eichenzweige sichtbaren Stück Nachthimmel hob und tief und gequält Luft holte.

»Wenn du mich für dumm hältst, warum zeigst du mir dann deine verdammten Gedichte?«, schnappte Monica zurück.

»Weil du nicht dumm bist. Du hast nur zu große Angst«, erklärte Jeremy.

Monica hatte keine Angst davor gehabt, das Erbrochene ihrer Mutter aufzuwischen. Sie hatte keine Angst davor gehabt, die Ratten aus dem Schlafzimmer ihrer Mutter zu vertreiben. Und Jeremy Conlin warf ihr vor, vor Papier Angst zu haben.

»Ich versuche, über die Wahrheit zu schreiben«, sagte er, den Blick fast in der Abenddämmerung verloren. »Wenn du die Wahrheit nicht magst oder mir die Schuld daran gibst, dass sie wahr ist, nun ja, dann *bist* du ja vielleicht ein bisschen dumm!«

Das Schweigen zwischen ihnen wurde vom Zirpen der Zikaden und dem Signalton eines den Mississippi hinaufstampfenden Schiffs noch lauter.

»Ich möchte mit dir schlafen!«, erklärte er schließlich der Dunkelheit.

Sie brach in einen Lachkrampf aus, bei dem sie sich in der Taille krümmte, und legte dann die Hände auf die Lippen.

»Du lachst?«

»Ja«, keuchte Monica.

»Warum?«

»Weil du wie ein kleiner Junge klingst!«, antwortete sie und strich sich energisch die Haarsträhnen zurück.

»Menschen brauchen andere Menschen«, sagte Jeremy in bedächtigem, entschiedenem Tonfall. »Und sie können nur so...«

Er stockte. Sie sah, wie sein Schatten vor ihr hin- und herschwankte, wie um den Gedanken mit Gewalt aus sich herauszuschütteln.

»Ich schreibe ständig über dich. Selbst wenn du schläfst, schreibe ich über dich. Und mit allem, was ich schreibe, nehme ich etwas von dir. Das werde ich nicht mehr tun, es sei denn, ich bin mir sicher, dass ich dir etwas zurückgeben kann.«

Jeden Juli verließen Samuel und Amelia Conlin New Orleans mit dem Auto, machten in Biloxi, Mississippi, zum Abendessen Halt und übernachteten im Grand Hotel in Point Clear, Alabama. Als Jeremy erklärte, er werde diesmal nicht mitkommen, waren sie weder überrascht noch verärgert. Eine lustlose Unruhe hatte ihren Sohn seit seinem Abschluss an der Jesuit High School überkommen. Sie wussten jedoch beide, dass es schlimmer sein könnte. Jeremys Zimmer roch nicht nach Marihuana und er zog klassische Musik – genauer gesagt Mahler – den Beatles vor. Sie hatten keine Ahnung von seinem Vorhaben, es mit einem Mädchen von der falschen Seite der Magazine Street zu treiben, in jedem einzelnen Zimmer des Hauses.

Als Monica den Wohnsitz der Conlins zum ersten Mal betrat, beeindruckte sie am meisten, wie das Licht des Kronleuchters funkelnd auf ein Meer von Glas fiel, denn so kam es ihr auf den ersten Blick vor – zahllose Glas-Etageren, angefüllt mit Kollektionen von Kristall und Spiegeln, die sie zu der Erkenntnis zwangen, dass es in ihrem eigenen ›Flintenschusshaus‹ in der Constance Street abgesehen von den beiden Vorderfenstern und einem Badezimmerspiegel nicht ein einziges Stück Glas gab. Ihren erstaunten Ausruf zu den Vorhängen im vorderen Gesellschaftszimmer beantwortete Jeremy mit der Bemerkung: »So viel Stoff, nur damit ein Fenster mehr wie ein Fenster wirkt!«

Als Monica auflachte, blieb Jeremy still in der Tür stehen. Sein Blick auf sie wurde weicher. Sie begegnete seinen Augen und sah, dass er sich in seinem eigenen Zuhause nun, wo sie da war, wohler zu fühlen schien.

Als Monica sechzehn war, wachte sie einmal in einer drückenden Augustnacht auf und stellte fest, dass der halb gelähmte Willie Rizzo über ihr Bett gebeugt dastand. Sie schrie auf, schlug wild mit dem Arm nach ihm und katapultierte den auf seinem kaputten Bein taumelnden Jungen durch den Raum zurück, bis er mit einem jämmerlichen Keuchen hinfiel. Da verwandelte sich Monicas Zorn in Mitleid. Allein schon der Anblick ihres nackten Körpers war für Willie ein begehrenswertes Geschenk. Mit dem Gefühl, jemand zu sein, der irgendein fremdartiges Geheimnis besaß, ließ sie sich drei Minuten lang von ihm anstarren, bevor sie in ihr Nachthemd schlüpfte und ihn durchs Haus zur Vordertür hinausführte.

Näher war Monica Sex nie gekommen, und sie nahm an, mit brennender Scheide unter Jeremy Conlin zu liegen, von ihm festgenagelt, würde kaum anders sein. Nichts als Schmerz mit einem Hauch von Ehrfurcht. Doch das Brennen, als Jeremy in sie eindrang, verwandelte sich in ein warmes, ihre Beine durchströmendes Bad. Sein schwarzes Haar streifte ihr Kinn und ließ ihr prickelnde Schauder die Brust hinunterlaufen, die Monica jeden einzelnen Quadratzentimeter Haut auf ihrem Körper bewusst machten. Und unter dieser Haut war das harte und hingebungsvolle Drängen Jeremy Conlins – der es bei aller Leidenschaftlichkeit, Grübelei und Poesie endlich geschafft hatte, seine Muskeln auf ein einziges Ziel hin zu organisieren.

Während Monica in dieser Nacht mit dem Kopf auf Jeremys nackter Brust schlief, verlor Samuel Conlins Buick ein Hinterrad. Das Rad wirbelte mit einer solchen Geschwindigkeit unter dem Wagen hervor, dass der Fahrer dahinter es für ein über den nebligen Highway flitzendes Tier hielt. Der Buick durchstieß die Leitplanke und eine grüne Woge brach sich an der Windschutzscheibe. Samuel und Amelia Conlin wurden zum Grund des Lake Pontchartrain getragen.

Die Antwort war einfach. Monica musste Jeremy auf der

Stelle heiraten. Jeremys Vision, mit Monica an seiner Seite die Pariser Cafés zu durchstreifen, musste sich nun dem riesigen Haus unterordnen, einem Erbe, das Jahrzehnte vorhalten konnte, und familiären Verpflichtungen, die ihm das Rückgrat brechen würden, wäre er dabei auf sich allein gestellt.

Durch die Heirat mit Monica gewann er eine Gefährtin und eine Zuflucht vor den hinterbliebenen Conlins. Gleicherweise war das Leben mit einem Mädchen von der falschen Seite der Magazine Street die ideale Rebellion gegen das alte Geld, die Hinterlassenschaft seiner Eltern. Kaum eine Stunde nach der Nachricht vom Tod seiner Eltern bat Jeremy Monica, ihn zu heiraten. Mit einer an Verzweiflung grenzenden Kraft und Entschlossenheit ging er vor ihr auf ein Knie nieder. Jeremys Begehren war so offensichtlich, intensiv und neu, dass Monica ein Nein nicht in den Sinn kam.

Stephen klopfte nicht an, bevor er das Arbeitszimmer betrat. Monica stieß einen leisen Schrei aus. Er zuckte in der Tür stehend leicht zurück, als hätte sie ihn geschlagen.

»Du bist wach?«, fragte sie dümmlich.

Stephen nickte. »Tut mir Leid«, sagte er.

»Was denn?«, fragte Monica.

Doch sie wussten es beide. Es war ein ungeschriebenes Gesetz, dass Stephen sich niemals ins Arbeitszimmer seines Vaters vorwagte, insbesondere nicht, wenn seine Mutter sich darin befand.

»Lass uns zum Lunch gehen«, sagte Monica. Sie stand abrupt auf und sah sich in dem Zimmer um, als wäre es eine fremde Landschaft.

»In Ordnung«, antwortete ihr Sohn und verschwand aus der Tür.

Monica hatte ein eigenartig schlechtes Gewissen, als sie das Wasser durch die Rohre rauschen und in Stephens Dusche ein Stockwerk tiefer strömen hörte. Sie konnte Stephen nicht erzählen, dass sie seinen Wagen vor Elise Charbonnets Haus abgeladen hatte – nicht nur, weil Brandon Charbonnet wahrscheinlich einer der Täter gewesen war. Es gab noch eine andere Sache, die vor Jahren zwischen Elise und ihr vorgefallen war, noch bevor eine von beiden Kinder hatte, deren Wunden ihnen eine schlaflose Nacht bescheren konnten.

9

Jeff Haugh hatte seinen Posten auf einer eiskalten Stein-
bank direkt vor der Tür der Schülergarderobe eingenommen.
Er hatte kein Buch dabei, um Lerneifer vorzuschützen (wie
Julie Moledeux und Kelly Stockton es sehr hübsch am Nachbartisch vorspielten, während sie den neuesten Cannon-
Klatsch zum Besten gaben). Damit er nicht vor lauter Nervosität und Spannung erstarrte, klapperte Jeff alles durch, was
er statt Warten eigentlich zu tun hätte. Morgen würde er eine
Mathearbeit schreiben. Das erste Entscheidungsspiel der Saison war Freitag, doch er verweigerte sich Cameron und den
übrigen Jungs, die auf der anderen Seite des Schulhofs versammelt waren, um über die Strategie gegen die Thibodaux
Boilers zu reden – ein Team, das seit über einem Jahrzehnt nie
von Cannon geschlagen worden war. Diese Verpflichtungen
waren wie weißes Rauschen, während er darauf wartete, dass
die Tür aufging.

»Ist dir nicht kalt, Jeff?«, fragte Julie schließlich. Ihr Bio-
buch für besonders fortgeschrittene Schüler lag aufgeschlagen
auf ihrem Schoß, um die Viertelstunde zu rechtfertigen, die
sie nun schon mit dem Eruieren von Kellys Meinung darüber
zubrachte, ob Lackleder nicht vielleicht doch zu sehr fünfzi-
ger Jahre sei. Jeff wusste, dass Julies Augen etwas ganz anderes sagten: »Jetzt will ich dir schon seit zwei Jahren auf dem
Vordersitz deines Wagens einen blasen und gebe mir alle Mühe, und da wüsste ich wirklich gerne mal, warum du mich
bisher nicht mitgenommen hast.«

»Nein, kein Problem«, antwortete Jeff mit dem obligatorischen Lächeln.

Julie lächelte zurück. Sie war eine geborene Lächlerin.

»Hast du Muffensausen wegen Freitag?«, fragte Kelly.

Jeff hätte beinahe gefragt, was denn am Freitag los sei, bevor ihm das Entscheidungsspiel wieder einfiel, bei dem Cannon möglicherweise nicht ins Endspiel gelangen würde. Er nickte und holte dann tief Luft. Ein Zittern ließ seinen ganzen Körper erbeben. Julie sah ihn stirnrunzelnd an. Die ersten warnenden Funken seines von ihm so genannten »Magenproblems« flammten in seiner Brust auf.

»Mein Gott, Jeff ...«, sagte Julie.

»Wenn du krank wirst, ist das Team am Arsch. Geh jetzt einfach rein«, sagte Kelly.

»Das mach ich wohl«, antwortete er schwach. Er erhob sich von der Bank und durchquerte den Hof der Seniors, wobei er Cameron im Vorbeigehen abklatschte. Er ging die Treppe hoch, hielt aber inne und schaute sich um, als die Eingangstür zum Englischgebäude hinter ihm zuschlug. Stephen Conlin war gerade von den Schließfächern gekommen. Verdammt.

Drei Tage später wartete Jeff nach einem mörderischen Training in seinem Honda, den er vor der einflügligen Tür des Nebengebäudes geparkt hatte. Der Lehrerparkplatz hatte sich schon vor einer Stunde geleert. Beim Scrimmage*, wo er als Quarterback die Verantwortung für die Angriffstaktik hatte, hatte sein Magen zweimal Theater gemacht.

Aber schlimmer noch war, dass Brandon Charbonnet im Umkleideraum mal wieder das Maul aufgerissen hatte und nur über Stephen Conlin hergezogen war.

Irgendwas war mit Jeff los. Es begann mit einem warnenden säuerlichen Brennen, das er direkt über dem Bauchnabel

---

*beim amerikanischen Football: Ringen um den Ball nach dem Anspiel durch die Mittellinienspieler

spürte, wie schon damals beim Anblick von Stephen Conlin, der durch die Eingangshalle des Englischgebäudes ging, das Schild SCHWUCHTEL hinten am Rucksack. Jetzt, fast ein Jahr später, schien sein ganzer Magen von innen mit Säure ausgekleidet, als wäre plötzlich in seinem Inneren eine Flasche Wodka entstöpselt worden.

Früher war er nach dem Training immer kurz vorm Verhungern gewesen. Vier riesige Hamburger hatte er sich dann warm gemacht und eilig verdrückt. Jetzt hatte er Angst davor, überhaupt etwas zu essen. Sein ganzer Körper sträubte sich dagegen.

Erst vor ein paar Minuten hatte Brandon im Umkleideraum praktisch die Verantwortung für die Schändung von Stephen Conlins Jeep vor drei Monaten übernommen. Seine großspurige Erklärung ging jedoch im Umkleideraumchaos unter, das Brandon sonst oft dominierte – und wer ihm doch zugehört hatte, reagierte schwächer, als Jeff erwartet hätte. Nicht, dass Brandons Teamkameraden sich plötzlich zu Mitgefühl für den schmächtigen, Theater spielenden Burschen durchgerungen hatten. Eher schon waren Brandons und Gregs Tiraden ihnen allmählich langweilig geworden. Wenn Brandon und Greg ihre Zuhörer bei Laune halten wollten, dachte Jeff, mussten sie sich ein eindrucksvolleres Opfer suchen – jemanden, den das Team der allgemeinen Verachtung für würdig hielt.

Als Brandon an diesem Nachmittag seinen Monolog mit dem Satz »Der Arme, jetzt muss ihn seine Mommy von der Schule abholen!« beendet hatte, war ein kurzes Schweigen entstanden. Dann hatte Jeff die Tür seines Schließfachs zugeschmettert und der Raum war unter Geschrei und Handtuchklatschen mit einem Ruck ins übliche Handgemenge zurückgeglitten.

Jeff hatte das Ohr an die Hintertür gedrückt. Auf dem Weg zum Auto hatte er Gesang wahrgenommen und versucht, Stephens Stimme herauszuhören. Das war ihm aber nicht gelungen. Er hatte seinen Honda zum Parkplatz gefahren, wobei die Scheinwerfer wie Stroboskoplicht über die Rückwand des Theatergebäudes glitten.

Der Himmel war von Winterdunkel durchtränkt. Jeff beugte sich vor, drückte den Bauch mit den Armen gegen das Steuerrad und wartete. Er hörte die Hupe, bevor er merkte, dass er mit der Brust draufgedrückt hatte.

Als er aufschaute, sah er Stephen Conlin im blendenden Scheinwerferlicht, der ihn anstarrte. Stephen blinzelte. Entschlossen sah er den Scheinwerfern entgegen, als mache er sich zu einem Kampf bereit.

»Soll ich dich mitnehmen?«, fragte Jeff.

Doch die Fenster waren zu. Jeff fluchte vor sich hin, bevor er die Tür aufstieß und den Kopf aus dem Auto reckte. »Soll ich dich mitnehmen?«, wiederholte er.

Stephen erwiderte nichts.

»Ich habe das mit deinem Auto gehört«, sagte Jeff.

Meredith starrte durch die Windschutzscheibe nach vorn, während Greg fuhr und vom Spiel redete. Der Beifahrersitz von Mr Darbys Bronco fühlte sich an wie eine ledergepolsterte Gefängniszelle. Die Scheibenwischer fuhren quietschend über die dünnen Regenspritzer. Greg zufolge gab es keinen guten Grund, warum er nicht als Quarterback einsteigen sollte. Jeff Haugh war nicht besser als er, er war einfach nur ein Senior. Die Langeweile veranlasste Meredith, ihn zu unterbrechen.

»Ihr hättet das mit Stephens Jeep nicht machen sollen«, sagte sie.

In der kurzen Stille, bevor er sie schlug, spürte Meredith, wie die Luft um sie her sich in Bewegung setzte und Platz machte, als warte das Innere des Bronco schon darauf, dass Gregs Faust hindurchmähte. Seine Knöchel gruben sich in den weichen Teil ihrer Wange, gegen ihre Backenzähne, und Blut kam zum Vorschein. Ihre Stirn schlug gegen das Fenster, bevor der Rest ihres Gesichts folgte und sie das sonderbar warme Gefühl ihres eigenen Bluts empfand, das durch die kalte Scheibe auf der Haut verteilt wurde.

Sie schlug die Augen auf.

Stephen starrte sie an.

Als ihre Blicke sich trafen, hielt sie es für eine Halluzination. Doch dann drückte Greg den Fuß aufs Gas, und Stephens vom Wagenfenster umrahmtes Gesicht glitt sofort außer Sicht.

»Fick dich, Meredith!«, brüllte Greg.

»Bring mich heim«, murmelte sie.

»Ich meine, Scheiße ... Meredith, mein Gott ...« Greg war beinahe hysterisch.

»Greg, bring mich heim oder ich spring hier an Ort und Stelle aus dem Scheißauto!«, zischte sie und öffnete dabei die Lippen weit genug, dass Greg das auf den Zähnen verschmierte Blut sehen konnte.

Jeff hörte Stephen einen Laut ausstoßen, der ihm in der Kehle stecken blieb. Er sah kurz zu Stephen auf dem Beifahrersitz, als der Bronco, der an der Ampel neben ihnen gehalten hatte, Gas gab und losschoss.

Jeff schaute weg. Die St. Charles Avenue erstreckte sich vor ihnen in einem dunklen Tunnel aus Eichenästen, die die meisten Straßenlaternen überschatteten. Er hatte Gewissensbisse, weil er so schnell von Stephen weggeschaut hatte. Stephen dagegen verhielt sich wie jemand, der gerade ein Geheimnis gebeichtet hatte, das ihm auf der Seele lastete, und sich nun nicht mehr traute, etwas zu sagen.

»Was für ein Stück spielt ihr da?«, fragte Jeff.

Stephen sah ihn an, als sei er aus tiefer Trance erwacht. »*Carrousel*«, nuschelte er.

»Das kenne ich nicht«, antwortete Jeff.

Wieder entstand ein Schweigen, ausgefüllt nur vom Geräusch der Reifen auf dem Straßenbelag.

»Du hast früher auch Theater gespielt«, meinte Stephen ruhig.

Jeff wusste, dass das keine Frage war. »Ja, ich habe dich damals an dem Tag gesehen ...«, stotterte er.

»Richtig«, schloss Stephen den Satz für ihn.

Wieder entstand ein Schweigen. »Woher weißt du das mit meinem Jeep?«, fragte Stephen.

»Eine Menge Leute haben darüber geredet«, sagte Jeff.

Er hörte, wie Stephen in den Sitz zurücksackte. Stephen drückte das Gesicht an die Scheibe und weinte.

»Hey ...« Jeff erkannte den Tonfall seiner Stimme. Genau wie sein Vater, als Jeff ihm berichtet hatte, dass er in seinem ersten Musical keine Rolle bekommen hatte. Es war das »Hey«, das mit anderem tröstet – *es wird noch mehr Theaterstücke geben ... du hast immer noch Football ...*

»An der Third links einbiegen«, sagte Stephen mit erstickter Stimme, das Gesicht noch immer gegen die Scheibe gepresst.

»Warst du jemals am Fly?«, fragte Jeff.

Einen Moment lang sah Stephen so aus, als würde er sich sammeln. Doch als er Jeff schließlich das Gesicht zuwandte, waren seine Augen so blau und leuchtend von Tränen, dass es Jeff beinahe den Atem verschlug. Er merkte, dass ihm allein vom Anblick dieser Augen die Gesichtszüge entgleist waren, und nun suchte er verwirrt nach seinen nächsten Worten.

»Ich mag es gar nicht, wenn meine Eltern mich weinen sehen«, brachte Jeff zustande. »Ich kann ein paar Bier besorgen und dann könnten wir ein Weilchen zum Fly gehen. Den Fluss anschauen. Einfach, bis du dich ein bisschen abgeregt hast.«

Stephen nickte langsam, versuchte, seine Verblüffung zu verbergen. »In Ordnung«, antwortete er.

Cameron hatte Jeffs Ausweis gefälscht, denn er besaß das erforderliche Geheimwissen, um die Laminierung aufzubrechen und die letzte Ziffer von Jeffs Geburtsjahr zu ändern. Die Frau an der Kasse des EZ-Serve-Markts warf einen gleichgültigen Blick darauf und nahm dann das Bündel zerknautschter Dollarnoten entgegen, das Jeff ihr reichte. Er klemmte sich die Kiste Bud Light unter den Arm und vergaß beim Weggehen sein Wechselgeld.

Auf dem Rückweg zum Honda sah er, dass Stephen den Kopf wie völlig erschöpft gegen die Nackenstütze gekippt hatte. Seine Augen schienen allerdings vor Leben zu funkeln, während er Jeff beim Näherkommen beobachtete. Jeff wandte den Blick beim Umrunden der Motorhaube ab, wobei Stephens Augen ihm vermutlich bei jedem Schritt folgten.

Er ließ sich auf den Fahrersitz gleiten, reichte die Kiste dann aber nicht zu Stephen hinüber, sondern drehte sich um und beförderte sie auf die Rückbank. Als er sich aufrichtete, sah er, dass Stephen ihn fixierte. Jeff fing den unverblümten Blick auf, der ihm misstrauisch vorkam, brachte aber ein Lächeln zustande. Er ließ den Motor an.

Von den eiskalten Winden des Mississippi kahl gefegt, war der Fly derzeit ein Schattenspiel von Klettergerüsten und grasigen Abhängen, die der dunklen Flussbiegung folgten. Jeff parkte den Honda mit der Schnauze zum Randstein, so dass die Scheinwerfer über die Felsstufen hinwegleuchteten, die zum plätschernden Flussufer hinunterführten.

Sie saßen auf der Haube des Honda und hielten beide den Blick fest auf den Fluss gerichtet. Stephen hatte offensichtlich noch nie Bier getrunken. Er trank es aus der Dose, als nippte er an einem Weinglas. Jeff unterdrückte ein Kichern, das Stephen gewiss als Beleidigung aufgefasst hätte, das aber, wie Jeff plötzlich merkte, eher Ausdruck echter zärtlicher Zuneigung war. Jeff hatte sich eine Trainingshose vom Rücksitz übergezogen, dennoch zitterten beide, und die zwischen ihren

Schenkeln eingeklemmten Bierdosen klapperten leise gegen die Haube des Hondas.

»Früher war ich mit ihnen befreundet«, sagte Stephen.

»Mit wem?«, fragte Jeff.

»Meredith Ducote ... Brandon Charbonnet ... Greg Darby.«

Jeff konnte nur nicken. Die riesenhafte schwarze Masse eines Frachtschiffs glitt an ihnen vorbei, der Motor stampfte unter dem Peitschen und Knallen des Windes mit einem dumpfen Röhren. Das Steuerhaus ragte vor ihnen auf wie eine in der Luft schwebende Lichtinsel.

»Mein Dad hat dieses Zimmer ...«, sagte Stephen, »also, es war so 'ne Art Arbeitszimmer, bevor er ...«

Er hielt inne. Jeff kannte die Geschichte des armen Jeremy Conlin, der Selbstmord begangen hatte. Jeder Schüler an der Cannon kannte sie.

»Manchmal kann man von seinem Zimmer aus über die Baumwipfel sehen«, fuhr Stephen fort, »und dann sehe ich auf einmal dieses Gebäude, das sich in Bewegung setzt, und merke, dass es das Steuerhaus eines Schiffes ist, das den Fluss runterfährt.«

Das Bier taute Stephen auf. Jeff merkte das. »Brandon hat Angst vor dir«, sagte er fast flüsternd.

Stephen warf ihm einen plötzlichen, völlig ungläubigen Blick zu. Sein Gesicht verzog sich zu einem sarkastischen, beleidigten Grinsen.

»Glaub mir ...«, meinte Jeff. »So sehr hasst man niemanden, wenn man keine Angst vor ihm hat.«

Stephen schüttelte den Kopf und betrachtete die Bierdose zwischen seinen Schenkeln. Er nahm sie zwischen beide Hände und hob sie hoch, als wärmte er sich mit einem Krug Apfelwein. »Ich muss also einfach abwarten, stimmt's?«, fuhr er Jeff an.

»Was?«, fragte Jeff.

Stephen ließ sich von der Haube gleiten. Er ging aufs Ufer zu und balancierte am Straßenrand, vor der Felstreppe, die zum Fluss hinunterführte. Er hatte Jeff den Rücken zugekehrt.

»Ich bin ja vielleicht nur so 'ne kleine Schwuchtel, die in Theaterstücken auftritt. Und die Sportunterricht hasst. Aber mein Tag wird kommen. Ich muss einfach nur *abwarten!*« Das letzte Wort presste er zwischen zusammengebissenen Zähnen hervor, und Jeff hörte das Knacken, mit dem er die Bierdose in der Faust zerquetschte, bevor er sie in die Luft schleuderte.

Erst einen Moment später merkte Jeff, dass Stephen am Straßenrand davonging. Etwas in Jeff flüsterte: Wo auch immer er hinwill, lass ihn nicht hingehen. Seine Beine spannten sich an, was die Bierdose kippen und scheppernd auf den Asphalt fallen ließ. Jeff wollte gerade nach ihr greifen, da sah er, dass Stephen mehrere Meter vom Honda entfernt stehen geblieben war, den Kopf zum nächtlichen Himmel zurückgelegt. Und dann sah auch Jeff es.

Jeffs erster Gedanke war: Unmöglich.

Der Lichtkreis der Straßenlaterne direkt hinter Stephen war von hektischen weißen Flecken gesprenkelt. Sie sahen aus wie Motten. Jeff spürte eiskalte Nadelstiche im Nacken. Instinktiv führte er die Hand hin und zog sie wieder weg: Feuchtigkeit auf der Handfläche. Stephen stand da wie eingerahmt. Die Luft war voll von taumelnden weißen Flocken, die rundum die Fahrbahn mit Tupfen überzogen.

»Schnee«, sagte Stephen, und es klang wie eine Offenbarung. Er streckte die Hand aus, hob blinzelnd den Kopf und fing an zu lachen.

Einen kurzen Moment lang glaubte Jeff, Stephen hätte den Schnee herbeigerufen. Aber nein, er war der Engel, der ihn umarmte – eine hochgewachsene, drahtige Silhouette, den Kopf in den Nacken geworfen, die Arme ausgebreitet, um es zu umarmen, das hereinbrechende Unmögliche.

Langsam schlang Jeff von hinten die Arme um Stephens Taille. Seine Hände schlossen sich erst um Stephens Bauch, als Stephen den Kopf leicht zurücklehnte und die Augen öffnete, die vom Schnee geblendet wurden. Jeff spürte, wie Stephen sich einen Moment lang versteifte, bevor sein Körper sich langsam zurücklehnte und er zuließ, dass Jeff ihn mit seinem ganzen Gewicht stützte. Stephens Arme hingen schlaff zu beiden Seiten hinunter. Jeffs Lippen trafen mit heiß ausströmendem Atem auf Stephens Nacken. Er ließ den Mund da, während Stephens Kopf sanft nach hinten rollte und sich an Jeffs Schulter schmiegte.

Zart wurde Jeffs Unterlippe von Stephens Lippen festgehalten. Eine halbe Minute verging, bevor Stephen den Mund öffnete. Eine Zeit lang teilten sie ihren Atem. Beide spürten zum ersten Mal, wie es war, wenn man sich in einem anderen Menschen verlor und für Momente von seinem Ich befreit war.

Der siebenjährige Alex Darby erwachte vom Klopfen eines Ungeheuers gegen die Scheibe seines Zimmers im ersten Stock. Er fuhr mit einem lauten Schrei im Bett hoch und sah dann Teile des Himmels herunterfallen und den Lichtschein der Lampe im Nachbargarten auslöschen. Als er losbrüllte, fuhr Angela Darby mit einem Ruck im Bett auf. Ihr Mann Andrew erwachte aus seinem whiskyschweren Schlaf. »Was zum Teufel …?«, grunzte Andrew.

»Es ist Alex!«, stieß Angela hervor, glitt aus dem Bett und schnappte sich auf dem Weg zur Schlafzimmertür ihren Morgenmantel.

»Warum zum Teufel schreit er denn?«, fragte Andrew und vergrub den Kopf im Kissen, um das Geheul seines Sohns nicht zu hören.

Im Nachbarzimmer sprangen Greg und Brandon von Gregs Bett, als sie Alex losschreien hörten. Das Pornovideo, das sie unter Andrews Bett geklaut hatten, lief lautlos weiter, bis Greg mit der Faust auf die Tasten des Videogeräts schlug und das erstarrte Bild einer penetrierten Frauenvagina die einzige Zimmerbeleuchtung darstellte. Beide Jungen erstarrten, als sie das Zuschlagen von Alex' Zimmertür und Angelas schreckerfüllte Stimme hörten, doch dann verstanden sie, was Alex schrie: »Mommy! Schnee! Schau, Mommy! Schnee!«

Mehrere Straßen weiter hielt Meredith den Schnee zuerst für einen Schwarm Küchenschaben, die über den Schrank der Hausbar krabbelten. Alle Lampen im Wohnzimmer waren ausgeschaltet und sie war allein zu Hause; sie hatte ihre letzte Flasche geleert und sich nach unten geschlichen, um Nachschub zu holen, dann aber entdeckt, dass Trish Ducote den Wodka nicht mehr ersetzt hatte. Meredith wirbelte herum. Beide Wohnzimmerfenster waren von Schneeflocken getüpfelt, ihre Schatten schwirrten unheimlich über die Wände und den Boden des dunklen Wohnzimmers. »Da macht wohl jemand Scherze«, flüsterte Meredith bei sich.

An ihrem Küchentisch hatte Elise Charbonnet gerade den fünften Entwurf ihres Briefes an Monica Conlin fertig gestellt. Sie machte ihr Vorhaltungen, weil sie den Jeep ihres Sohnes vor ihr Haus hatte verfrachten lassen und damit Brandon für den Vandalismus verantwortlich machte. Roger Charbonnet hatte ihr gesagt, wenn sie sich darüber dermaßen aufrege, solle sie doch den Rechtsanwalt einschalten. Doch zu Rogers Bestürzung hatte Elise das abgelehnt und sich stattdessen für einen Brief entschieden, der nach inzwischen drei Monaten Arbeit nur drei Zeilen lang war. Elise blickte durch die Tür zum Wohnzimmer und sah, dass das Bild ihres älteren Sohnes Jordan plötzlich hässliche Flecken bekommen hatte. Jordans Lächeln war voll gekleckst, sein schönes Gesicht zu einem farblosen Schattenmuster zerschnitten. Dann veränderten die Flecken auf dem Gesicht ihre Form und glitten den Rahmen hinunter. Elise drehte sich um und sah am Fenster gegenüber die kleine Schneewehe hinunterrutschen, die sich dort an der Oberkante der Fensterleiste gesammelt hatte. Den Brief ganz vergessend, stand Elise benommen vom Tisch auf und ging zur Hintertür. Mehrere Minuten lang starrte sie in den fallenden Schnee hinaus, der den über ihrem Garten aufragenden Glockenturm von Bishop Polk in einen schemenhaften, bedrohlichen Schatten verwandelt hatte. Sie stellte fest, dass sie lächelte. Noch nie in ihrem ganzen Leben hatte sie echten Schnee gesehen.

Am Ufer des Mississippi gingen die Scheinwerfer von Jeffs Honda mit einem Blinken aus. Im Schnee, der sich wie eine Decke über sie breitete, war nur noch das grün schillernde Leuchten des Armaturenbretts zu sehen.

10

»Wo zum Teufel warst du?«

Zur Antwort wurde die Haustür zugeschlagen, was den harten Nachhall ihrer Worte abschnitt.

Ein dunkler Schatten stand am Fußende der Treppe, ohne etwas zu erwidern.

Monica hatte vor dem Theatergebäude länger als eine Stunde auf Stephen gewartet. Dann war sie in Panik geraten, kannte aber weder ein Elternteil noch einen Freund Stephens, den sie hätte anrufen können. Schließlich war sie ins Theatergebäude gegangen und hatte David Carter angetroffen, der die Bühne fegte. Er wirkte zu zermürbt, um ihr eine zusammenhängende Antwort zu geben, wohin Stephen gegangen sein könnte. Als sie heimfuhr, hatte es zu schneien begonnen, und Monica dachte, die Welt sei in der Mitte auseinander gebrochen.

»Ich war mit jemandem zusammen«, antwortete Stephen.

Seine Stimme wirkte tiefer. Hatte sie sich vielleicht schon seit Monaten gesenkt und es war ihr nur nicht aufgefallen?

»Mit wem?«, schrie sie zurück.

»Was spielt das für eine Rolle?«, fragte Stephen ohne erkennbaren Sarkasmus.

»Es spielt eine Rolle, weil ich dachte, dir wäre was zugestoßen. Über eine Stunde habe ich vor dem Theater gewartet. Mr Carter wusste nicht, wo du steckst. Mein Gott, Stephen, ich dachte, es ist was nicht in Ordnung. Ich dachte, du hättest vielleicht ...«

Monicas Gedanken taumelten gegen die Wand ihrer eigentlichen Angst. An einem Juninachmittag des Jahres 1983 war Monica verzweifelt durch die Stadt gefahren, nachdem Jeremy sich nicht wie verabredet mit ihr zum Essen getroffen hatte. Sie hatte sein Büro in der Fakultät für Anglistik von Tulane angerufen. Die Sekretärin wusste nicht, wo er war. Wieder zu Hause hatte sie einen vor dem Haus parkenden Streifenwagen angetroffen. Ein Nachbar hatte einen Schuss gemeldet.

Monica merkte erst, dass Stephen die Treppe zu ihr emporgestiegen war, als er sie in die Arme nahm, und einen Moment lang dachte sie, die Schattengestalt in der dunklen Diele sei nicht ihr Sohn, sondern ein Betrüger.

»Ich werde nicht so enden wie Dad«, flüsterte Stephen.

Sie keuchte heftig in seiner Umarmung. Er hielt sie entspannt fest.

»Verdammt, Stephen«, gab Monica sich geschlagen, als er sie zum Schlafzimmer führte.

Es war das erste Mal, dass Stephen seine Mutter ins Bett packte.

Monica sah zu, wie Stephen das Licht ausschaltete und den Fernseher abstellte, in dem der Mann vom Wetterbericht gerade erklärte, der unvorhergesehene Schneefall habe nachgelassen, doch in ganz New Orleans gelte noch Glatteiswarnung.

»Stephen?«

Er blieb in der Tür stehen.

»Ich möchte dir etwas sagen.«

»Ja?«, fragte er.

Seine Stimme war zu fest. Monica überlegte, ob er vielleicht betrunken war.

»Ich möchte dir erzählen, was Brandons Familie mir einmal angetan hat«, sagte sie.

Im Juni 1976 wurde Monica Conlin als erste und letzte Frau Gegenstand einer »Spezialmitteilung« der Garden District Ladies' Society. Die Vereinsvorsitzende Nanine Charbonnet verfasste ihr Schreiben in Mädchenpensionat-Kursivschrift auf einer halben Seite parfümierten Briefpapiers, um ihre Antwort auf Monica Conlins Mitgliedschaftsbewerbung in der GDLS bekannt zu geben.

»Vielen von Ihnen sind die ungewöhnlichen Umstände, unter denen Jeremy Conlin seine Frau Monica heiratete, schon bekannt. Vielen von Ihnen sind auch die Auswirkungen bewusst, die diese Heirat auf das Mitwirken der Conlins am Leben dieses Viertels hatte, das wir zu bewahren und zu behüten suchen«, schrieb Nanine.

»Ich möchte Monica Conlin nicht nur deshalb die Mitgliedschaft verwehren, weil ihr Eintritt in die Familie Conlin die historische Erhaltung des Conlin-Dobucheaux-Hauses, in dem sie nun glücklich residiert, ernsthaft gefährdete.«

Die Mitteilung wurde an einem Sonntagabend bei einer Versammlung der dreißig Vereinsmitglieder laut vorgelesen. Unter den Anwesenden befanden sich auch Nanines neue Schwiegertochter Elise und Angela Gautreaux – seit kurzem Ehefrau von Charles Gautreaux –, die sich schon für den Namen ihres ersten Kindes entschieden hatte: Greg. (Angelas Kinder wurden dann allerdings erst von ihrem zweiten Ehemann, Andrew Darby, gezeugt – und ihr zweites Kind, Alex, war ein glücklicher Zufall.)

»Ich möchte Monica Conlin die Mitgliedschaft auf der Grundlage der einen unbestreitbaren Tatsache verwehren«, fuhr die Mitteilung fort – laut vorgelesen von Melissa Dubossant, deren Tochter Trish bald einen gut aussehenden, ungehobelten Mann mit dem schroffen Nachnamen Ducote heiraten würde.

»Sie hat es versäumt, einen Garten zu kultivieren«, verlas Melissa laut. »Unser Viertel ist eine Gegend üppigen Grüns in einer Stadt, die wechselweise vom Asphalt und den Auswirkungen einer erzwungenen Integration aufgezehrt wird. Hiermit stelle ich den Antrag, dass wir Monica Conlin die Mitgliedschaft auf der Grundlage der Tatsache verwehren, dass sie es versäumt hat, einen Garten zu kultivieren und sich so in die traditionelle Umgebung unseres Viertels einzufügen.«

Dreißig Hände mit teuren, aber diskreten Platin-Eheringen und Diamant-Verlobungsringen hoben sich.

Mehrere Wochen später wurde Nanine nach einer schweren Attacke einer von den Ärzten als Lungenentzündung diagnostizierten Krankheit aus dem Southern Baptist Hospital entlassen. Ihr Sohn Roger und seine hübsche junge Frau Elise holten sie vom Krankenhaus ab und fuhren sie nach Hause, wo sie ihnen erklärte, sie sollten sie in ihrem Bett allein lassen, damit sie ihre Tagesroutine wieder aufnehmen könne. Nanine hatte zwei Pekinesen, Hershel und Stanwick, mit denen sie jeden Nachmittag um vier Gassi ging.

Gegen Viertel nach vier kam Nanine zur Ecke Third und Chestnut. Am Tag, an dem sie aus dem Krankenhaus entlassen wurde, erwartete Monica sie mit einem Glas Gin and Tonic auf der Vorderveranda.

Als Nanine an diesem Tag um die Ecke bog und das Conlin-Dobucheaux-Haus erblickte, umklammerte sie geschockt ihre Perlenkette und ließ vor lauter Schreck Hershels und Stanwicks Leinen los.

Um die beiden vorderen Säulen wuchs Bougainvillea empor. Die Ranken von Prunkwinden wanden sich die Seitenveranden hinauf. Der Rasen vor dem Haus war von Pfaden aus Steinplatten durchzogen, die sich zwischen makellos angelegten Beeten von Krokussen und Azaleen hindurchschlängelten. Zungenfarn stach zu beiden Seiten des hohen schmiedeeisernen Tors heraus. Zwei mittelgroße Bananenbäume standen wie Wächter links und rechts des Hauses.

Von ihrem Platz auf einem erst vor drei Tagen erworbenen schmiedeeisernen Gartenstuhl prostete Monica Nanine mit erhobenem Glas zu und wünschte ihr, dass sie direkt dort an der Ecke der Schlag treffen solle.

Nanine holte ihre beiden Hunde zurück und eilte nach Hause, um Elise anzurufen. Als frisch gebackene Schwiegertochter hatte Elise sich schon recht gut mit ihren Pflichten als Nanines Hofdame angefreundet.

Mehrere Tage später, als sie sicher war, dass Jeremy sich in seinem Arbeitszimmer im zweiten Stock verkrochen hatte, rief Monica Nanine an und lud sie zum Tee ein.

»*Zum Tee!*«, rief Nanine am Telefon aus, als sie eine halbe Stunde nach Annahme von Monicas Einladung Elise an der Strippe hatte. »Weiß diese Frau überhaupt, wie man eine Teemahlzeit serviert? Können wir jetzt Scones erwarten oder müssen wir mit Doughnuts rechnen?«

Vor ihrem Besuch machten sich weder Nanine noch Elise die Mühe, Monicas unmittelbare Nachbarn zum neuen Garten der Conlins zu befragen. Sonst hätten sie erfahren, dass Monica als eine der ersten Frauen des Viertels einen Landschaftsgärtner engagiert hatte. Für ein deftiges Honorar hatte er den ganzen vorderen Garten in einem einzigen Monat komplett neu angelegt und bepflanzt.

Dennoch hatte Monicas Bewerbung bei der GDLS und die anschließend erfolgte Ablehnung einen tiefen Keil zwischen Monica und Jeremy getrieben, der sich nie mehr überbrücken ließ, nicht einmal durch das fünf Jahre später geborene Kind. Jeremy fühlte sich verraten. Sein Engel von der falschen Seite der Magazine Street hatte sich verkauft, und damit schwand die Magie, die er mit ihr hatte schaffen wollen, dahin. Gelegentlich, je nachdem, wie viel Merlot er getrunken hatte, kam er nach unten getorkelt. Monica fuhr dann von dem dumpfen Schlag hoch, mit dem Jeremy neben ihr auf die Matratze plumpste. Am Abend vor Nanines und Elises Besuch hatte sie Jeremys Mund an ihrem Ohr gespürt, als sie die Augen aufschlug. Sein Atem war warm vom Wein.

»Armes kleines irisches Mädchen«, flüsterte er.

Monica erstarrte.

»Geh nach oben«, zischte sie zurück.

»Was servierst du wohl morgen? Lass mich raten ...«

»Jeremy. Du bist betrunken. Geh nach oben. Ich will dich nicht im Bett haben.«

»... Tee, Scones und kleine Häppchen von deiner eigenen Seele.«

Sie fuhr so schnell im Bett auf, dass sie mit der Schulter gegen Jeremys Kinn stieß. Er taumelte rückwärts in den Nachttisch. Monica sagte gar nichts, während Jeremy mit Hilfe des Badezimmertürgriffs wieder auf die Beine kam.

»Dann bin ich wohl nicht eingeladen«, sagte er und schlug die Schlafzimmertür hinter sich zu.

Monica lag den Rest der Nacht wach. Nanine und Elise kamen an einem Nachmittag im Juli zum Haus der Conlins und fanden den schmiedeeisernen Tisch auf dem Rasen vor dem Haus mit einem Krug Eistee und drei Gläsern gedeckt vor. Die Haustür stand offen. Vom Arbeitszimmer im zweiten Stock klang dröhnend Mahlers zweite Symphonie herunter. Nanine fing bei diesem Klang an zu schielen; Elise fiel vor Ehrfurcht leicht die Kinnlade herunter. Als Monica hinter einem Azaleenbusch hervortrat, schrie Nanine auf und packte Elise am Arm. Monica lächelte und schwang das Gartentor auf.

Die drei Frauen setzten sich. Elise fingerte so auffällig an ihrem Rockschoß herum, dass Monica die beiden fragte, ob sie nicht lieber hineingehen würden. Vielleicht war es zu warm? Nanine antwortete mit einem festen Nein. Als Monica den Arm ausstreckte, um Nanines Glas zu füllen, erhaschte diese durch den Ärmelausschnitt einen Blick auf den fleischigen Spalt unter Monicas rechter Brust. Monica fing diesen Blick auf und ließ die Augen auf Nanine ruhen, bis die alte Frau merkte, dass sie ertappt worden war.

»Und wie geht es Jeremy?«, fragte Nanine, sobald ihre Blicke sich trafen.

»Sehr gut«, antwortete Monica und lehnte sich in ihren Stuhl zurück.

»Er unterrichtet jetzt, wie ich gehört habe?«, fragte Nanine.

»Was unterrichtet er denn?«, fragte Elise.

»Jeremy behauptet, seine Studenten über die ewig weiter verbreiteten Menschheitslügen aufzuklären, mit denen unsereins seine Angst vor der eigenen Sterblichkeit kaschiert«, antwortete Monica glatt.

Schweigen senkte sich herab, dann brachte Nanine ein Kichern zustande. Elise sah Monica mit einer Ehrerbietung an, die an Ehrfurcht grenzte.

»Seine Mutter wäre stolz auf ihn gewesen«, erklärte Nanine. Ihr Tonfall legte nahe, dass Amelia Conlin nicht nur nicht stolz auf Jeremy gewesen wäre, sondern vermutlich auch versucht hätte, Monica hochkant rauszuschmeißen.

»Der Garten ist ...«, begann Nanine.

»... wunderschön«, beendete Elise den Satz.

»Danke«, sagte Monica, steckte sich aus einer Packung in der Brusttasche ihres Sonnenkleides eine Benson & Hedges an und blies den Rauch aus der Nase. »Das wahre Geheimnis bei der Arbeit mit Pflanzen besteht darin, zu verstehen, was für Bestien sie in Wirklichkeit sind. Nur weil sie kein Fleisch fressen, halten wir alle Pflanzen für gefügige Geschöpfe.«

Sie hatte diese Einsicht fast wörtlich von Jeremy entliehen, nur dass Jeremy diesen Gedanken vor vielen Jahren als Erklärung dafür geäußert hatte, warum sie vor dem Haus, abgesehen von einem Rasen, keinen Garten anlegen sollten.

Elise nickte entschieden.

Es entstand eine längere Pause und dann neigte Elise den Kopf zur Haustür. Nanine bemerkte es und umklammerte ihr Glas fester mit beiden Händen.

»Würden Sie gerne hineingehen?«, fragte Monica Elise.

»Würde Ihnen das etwas ausmachen? Wenn ich mich einfach mal umschaue?« Elises Frage war mehr an Nanine als an Monica gerichtet.

»Überhaupt nicht. Sehen Sie sich nur um«, antwortete Monica. »Stören Sie sich nicht an Mahler.«

»Woran?«

»Nichts. Gehen Sie nur«, sagte Monica freundlich und hob die Hand, als wollte sie Elise durch die Haustür stupsen.

Doch Elise war schon hineingetapst, die Hände vor der Brust gefaltet wie ein Kind, das in die Geisterbahn steigt. Nanine nippte an ihrem Eistee. Monica lächelte sie höflich an, als ihr Gegenüber schluckte, tief Atem holte und das Glas absetzte.

»Wir wissen alle, dass Ihr Mann verrückt ist, Monica. Sie brauchen uns nichts vorzumachen«, sagte Nanine.

Die Jüngere zwirbelte die Zigarette zwischen den Fingern, den Ellbogen auf die Stuhllehne gestützt, als könnte sie den Glimmstängel jederzeit direkt in Nanines Augen schleudern.

»Wir sind nicht verantwortlich für unsere Ehemänner«, flüsterte Nanine.

»Aber mit unseren Gärten ist es etwas ganz anderes«, erwiderte Monica.

Nanine deutete ein schiefes Lächeln an. Touché, sagte ihr Lächeln. Ein Punkt für Sie. »Möchten Sie den wirklichen Grund wissen, aus dem Ihnen die Mitgliedschaft verwehrt wurde? Ob Sie dann wohl immer noch Eistee servieren werden und versuchen, uns zu blenden?

»Sie sind hier zu Gast«, fuhr Nanine fort, und ihre Stimme war wieder kaum mehr als ein Flüstern. »Diese Stadt liegt überall rundum im Sterben. Mein Vater hat geholfen, diese Stadt zu errichten. Tatsächlich hat er diesen Bürgersteig hier gelegt. Nun aber bin ich der Überzeugung, dass all das eines Tages wieder vom Fluss verschlungen wird. Sie kennen doch den Fluss, oder? Schließlich sind Sie direkt am Fluss aufgewachsen?«

Monica antwortete nicht.

»Der Punkt ist«, fuhr Nanine fort, »dass Gäste das, was wir hier haben, in der Regel nicht richtig schätzen können. Diese Straßen, dieses Viertel. Das alles muss erhalten werden. Und diese Arbeit wird am besten von jenen verrichtet, die dieses Viertel vom Tag ihrer Geburt an schätzen gelernt haben.«

Monica inhalierte einen weiteren Zug. Oben setzte der Plattenspieler erneut zu Mahlers zweiter Symphonie an. »Ich muss jedoch zugeben«, fuhr Nanine fort, hob ihr Glas an den Mund und trank einen Schluck, »dass Sie, wie extrem auch immer, ein ... wie soll ich es sagen ... eine gewisse Hochachtung bewiesen haben.« Sie wies auf den Garten.

»Was Jeremy angeht, so brauchen Sie uns nichts vorzuspielen. Wir wissen alle, dass dieses Haus hier ein Trümmerhaufen wäre, wenn es nach ihm ginge. Aber er hat ja Sie. Und ob wir es nun wollen oder nicht, wir haben Sie wohl auch.« Nanine stellte das Glas wieder auf den Tisch, gerade nachdrücklich genug, um klar zu machen, dass sie es nicht wieder an den Mund führen würde.

Keine der beiden sagte etwas. Mahlers Musik lief immer noch. Elise irrte irgendwo im Haus umher. In den Bäumen über ihnen setzten Vögel und Zikaden zu ihrer Huldigung der tief stehenden Sonne an.

Vergib mir, dachte Monica. Vergib mir, Jeremy, dass ich mir von dieser Frau so etwas antun lasse. Vergib mir, dass ich mir für unsere Kinder eine Nachbarschaft und eine Geschichte wünsche, die ihnen gehören. Falls du mir je vergibst, versuche zu verstehen, dass ich das hier für meine Mutter getan habe, die in der Gesellschaft von Ratten gestorben ist, mit vielen Geistern, die sie auf dem Weg zum Tod begleitet haben, aber nur einer Tochter, die sich ihrer erinnert.

»Ich akzeptiere das«, sagte Monica schließlich.

»Unsere nächste Versammlung ist Sonntag«, verkündete Nanine, bevor sie aufstand und zum Gartentor ging, ohne auf ihre Schwiegertochter zu warten. Monica blieb sitzen und sah zu, wie Nanine um eine Ecke der Chestnut Street verschwand.

Ihr neuer Garten war ein kleiner Triumph gewesen. Doch eine schwere Niederlage bewirkte, dass sie jetzt darin sitzen blieb wie am Stuhl festgeklebt, viele Minuten lang, die sie nicht zählte.

Das Klirren von Glas schreckte sie aus ihrer Erstarrung auf. Elise tauchte in der Tür auf, einen halben Bilderrahmen in der Hand.

»Tut mir Leid«, nuschelte Elise. »Ich bin gerade dagegen gestoßen.«

Monica erhob sich aus dem Stuhl und nahm Elise langsam die Scherben aus der Hand. Elises Hand hatte einen leichten Schnitt vom scharfkantigen Rand der Glasscheibe und ihr ganzer Körper wirkte heiß und verschwitzt vor Verlegenheit.

»Wo ist das Bild?«, fragte Monica ohne Zeichen von Verärgerung.

»Es liegt da drin auf dem Boden. Ich hebe es auf. Es tut mir wirklich Leid, ich wollte nicht …«

Sie zitterte. Monica stellte ihr Glas hin und packte Elise bei beiden Schultern. »Ist schon gut«, flüsterte Monica und sah der anderen Frau in die dunklen Rehaugen.

Elise nickte.

»Ich seh Sie dann Sonntagabend«, sagte Monica, während sie Elises Schulter losließ und sich schnell von ihr abwandte.

»Sie …« Elise stockte überrascht, das Kinn klappte ihr runter. Monica drehte sich um und nickte.

»Also bis dann«, brachte Elise heraus und stieg die Freitreppe hinunter.

Monica sah ihr nicht nach.

An diesem Abend traf sie Jeremy an seinem Schreibtisch an. Er saß über ein Schreibheft gebeugt, den Stift in der Hand, eine halb leere Flasche Merlot neben sich auf dem Tisch. Er schaute nicht zu ihr auf, als sie einen Moment lang in der Tür stehen blieb. Im von Elise Charbonnet zerbrochenen Rahmen hatte ein Schnappschuss von Monica und Jeremy gesteckt. Er war wenige Minuten nach ihrer Hochzeit aufgenommen worden, die in einer Kapelle bei Reno stattgefunden hatte. Monica hielt das ramponierte Bild in der Hand. Jeremy bemerkte sie schließlich. »Bist du jetzt Mitglied?«

Monica nickte.

Jeremy schaute wieder in sein Schreibheft.

Monica schlurfte in ihr Schlafzimmer und schaffte es ins Bett, wo sie sich wie ein Embryo zusammenrollte, ohne auch nur unter die Decke zu schlüpfen. Sie weinte eine Stunde lang. Jeremy hatte Recht.

Sie hatte ihren Mann verloren. Der Gedanke lähmte sie, bis er von einem anderen ersetzt wurde. Ich brauche ein Kind, dachte Monica.

Die Fensterscheibe hinter Stephen war beschlagen, doch der Schnee auf dem Fenstersims war geschmolzen. Eine Zeit lang konnte Monica ihrem Sohn nicht in die Augen sehen. Schließlich brach er das Schweigen.

»Warum hast du mir das erzählt?«

Sie drehte den Kopf auf dem Kissen zur Seite, um dem Blick ihres Sohns zu begegnen. »Kriech niemals vor ihnen auf dem Boden«, flüsterte sie. »Was auch immer sie tun, wie wichtig auch immer dir ihre Anerkennung erscheint. Töte niemals einen Teil deiner selbst für sie ab. Denn andere Menschen werden vor dir merken, dass dieser Teil fehlt.«

Stephen drückte die Knöchel der rechten Hand in die linke Handfläche, als prüfe er ihr Gewicht.

»Ich bin nie zu einer einzigen Versammlung gegangen«, sagte Monica.

Beide prusteten los. Stephen ging in die Hocke und legte den Kopf auf den Bauch seiner Mutter. Sie lachten noch immer. Monicas Bauch hob und senkte sich, und Stephens Kopf ruckte mit jedem Atemstoß hoch. Er streckte die Hand aus, um die ihre zu umfassen.

Jeff Haugh erwachte aus dem Halbschlaf. Er hatte von Stephens nackter Haut geträumt, die in den grünen Schimmer des Honda-Armaturenbretts getaucht war, und schmeckte Blut im Mund. Er griff er nach dem Kissen und fasste dabei in die Blutlache neben seinem Kinn. Er versuchte zu husten, doch die Hustenstöße ließen nur einen weiteren Blutschwall aus seiner Kehle quellen. Als er sich aufsetzte, hatte er ein Gefühl, als würde es ihn in der Mitte zerreißen.

Als Jeff endlich in der Schlafzimmertür seiner Eltern stand, schrie seine Mutter bei seinem Anblick auf. Jeff versuchte etwas zu sagen, als sein Vater ihn ins Badezimmer schob. Seine Mutter starrte wie betäubt auf die Blutspur, die Jeff auf dem Teppich hinterlassen hatte, und wählte den Notruf. Jeff konnte mit seinem blutverklumpten Mund keine Worte bilden. Hätte er sprechen und sagen können, warum er mitten in der Nacht Blut in ihr Schlafzimmer erbrach, hätte seine Erklärung sie völlig verwirrt – Stephen Conlin hatte ihm den Magen aufgerissen.

11

DAS REGENWASSER WAR über Nacht im Rinnstein gefroren und Meredith erwachte im grellen Licht der sich am Eis brechenden Morgensonne. Sie setzte sich auf und zog langsam die Knie an den Bauch. Ihr Heft lag geöffnet auf dem Schreibtisch, doch im Sonnenlicht war die Schrift nicht erkennbar. Eine leere Wodkaflasche stand daneben. Sie hörte die Schritte ihrer Mutter im Flur, sprang auf und schnappte sich die Flasche. Sie hatte gerade noch Zeit, sie unters Bett gleiten zu lassen.

Meredith erbrach sich in ihren Kleiderschrank. Ihr blieb keine andere Wahl; ihre Mutter war im Flur und hätte ihr den Weg zum Bad versperrt. Als sie fertig war, hob sie den Kopf und sah plötzlich ihre Cheerleaderuniform vor sich. Mit einer plötzlich aufsteigenden Angst, die ihre Übelkeit überdeckte, fiel ihr das Datum ein: der 8. Dezember.

Mehrere Straßen weiter öffnete Stephen die Augen und sah die von Eiskristallen überzogenen Eichenäste vor seinem Schlafzimmerfenster. Er schlüpfte aus dem Bett und trat ans Fenster.

Vielleicht würde Jeff heute in der Schule nicht mit ihm reden. Aber das würde keine Rolle spielen.

Stephen sah auf das eisverhüllte Viertel hinaus und merkte, dass das Geschehen der vorangegangenen Nacht unantastbar war; keiner konnte es ihm wegnehmen, wie man ihm seine Kindheit weggenommen hatte. Jeff Haughs Arme und Lippen hatten ihn gehalten und das war weder durch Worte noch durch Handlungen zu tilgen.

Jeff Haugh. Stephen wiederholte den Namen im Kopf immer wieder. Er merkte, dass er ihn sich nicht einfach als Jeff denken konnte. Der vollständige Name wirkte angemessener. Mit Jeff Haugh in seiner Lebensgeschichte würde Stephen immer Teil von etwas jenseits seines Fensters sein.

Das Datum fiel ihm ein: der 8. Dezember. Jeff Haugh würde heute tatsächlich nicht mit ihm sprechen – er hatte Verpflichtungen in ihrer kleinen Welt, die ihn an einen anderen Ort führten. Heute Abend würden die Cannon Knights sich mit den Thibodaux Boilers in einem Spiel messen, das eventuell über die Qualifikation auf Bundesstaatsebene entscheiden würde. Als Quarterback-Stammspieler trug Jeff die Last der Ehre Cannons. Stephens zusätzliches Gewicht wäre da zu viel.

Doch als Stephen das Eis sah, stellte er sich ein eisbedecktes Footballfeld vor. Er lächelte.

»Deine künftigen Football-Aussichten werden beeinträchtigt sein ... um das Mindeste zu sagen«, erklärte der Arzt ernst, während Jeff ihn und die an seinem Bettrand stehenden Eltern mit leerem Blick ansah. Als Nächstes sprach der Arzt seine Eltern an, als hätte die Nachricht den Sohn taub werden lassen. »Er hat eine für sein Alter untypische Neigung zu Magengeschwüren. Stress und harte körperliche Anstrengungen würden das Problem noch verschlimmern.«

Mit diesen Worten hatte der Arzt, wie Jeff wusste, seinem Football-Stipendium an der University of Michigan de facto den Todesstoß versetzt und dafür gesorgt, dass er an die Louisiana State University gehen würde wie schon seine Mutter und sein Vater. Jeff sagte nichts, als der Arzt seiner Lebensplanung den Totenschein ausstellte.

»Haben Sie gestern Abend etwas besonders Belastendes getan?«

Jeff sah ihn ruhig an.

»Ich habe ein paar Dosen Bier mit einem Freund getrunken, aber das war es auch schon.«

Mit einem Nicken wandte der Arzt seine Aufmerksamkeit wieder Jeffs Eltern und dem Thema Laserchirurgie zu.

Als Meredith die Schülergarderobe betrat, packte Kate Duchamp sie so hart bei der Schulter, dass ihr die Schultasche den linken Arm hinunterrutschte. Beide steckten in ihren Cheerleaderuniformen, schon bereit für die Pep Rally* um drei Uhr nachmittags. Die Halle war gerammelt voll mit Schülern und das Gewirr von redenden und streitenden Stimmen war lauter als sonst.

»Mann, wo bleibst du denn so lange?«, fing Kate an, die Meredith mit sich zog. »Willst du erst die gute Nachricht oder erst die schlechte?«

»Das Spiel ist abgesagt«, antwortete Meredith sofort.

Kate stieß einen hörbar genervten Keuchlaut aus. »Nein! Wir warten noch auf Nachricht. Es scheint, dass sie in Thibodaux keinen Schnee hatten, aber noch nachchecken müssen, ob Eis auf dem Feld ist, weil sie Frost hatten oder so. Okay. Egal! Das war die schlechte Nachricht. Willst du jetzt die gute Nachricht hören?«

Meredith erblickte Brandon und Greg in einem kleinen Trupp von Jungs. Sie trugen Jacken mit den Anfangsbuchstaben der Schule. Greg schien im Zentrum der Aufmerksamkeit zu stehen, was insoweit merkwürdig war, als sich überwiegend Spieler des Junior- und Seniorjahrgangs um ihn drängten. Kate nahm Meredith bei den Schultern und zog sie dicht an sich heran.

»Jeff Haugh wurde gestern Nacht ins Krankenhaus gebracht. Ich weiß nichts Genaues, nur dass er irgendwas mit dem Magen hat.«

*Treffen von Schülern oder Studenten vor einem sportlichen Ereignis zum Aufheizen der Stimmung.

Sie machte eine Pause, um die Wirkung zu steigern. Meredith stieß leise auf und der saure Geschmack von Erbrochenem stieg ihr in die Kehle.

»Weißt du, was das bedeutet, Mer?«, fragte Kate lauter. »Greg wird spielen! Er wird beim wichtigsten Spiel des Jahres als QB auf dem Feld stehen. Ist das nicht der Wahnsinn?«

Jetzt spürte Meredith, wie der Brechreiz in der Brust hochzusteigen drohte. Wenn sie Kate nicht gleich loswurde, würde sie es auch spüren. Sie versuchte ein Lächeln und senkte den Kopf.

»Jetzt reiß dich mal zusammen. Das hier ist ja nur der wichtigste Tag des ganzen Jahres!«, zischte Kate, bevor sie in der Menge verschwand.

»Hast du's gehört?«, rief Greg. Meredith drehte sich um und sah, dass er sie aus dem Gedränge seiner Freunde in beschrifteten Jacken anstarrte. Sie ging auf ihn zu und versuchte, die Übelkeit tief in den Magen hinunterzuzwingen. Sie umfasste sein Gesicht mit beiden Händen und küsste ihn auf die Lippen. Er erstarrte. Ein paar Spieler kicherten hinter vorgehaltener Hand.

»Glückwunsch, Baby«, flüsterte sie, bevor sie Gregs Gesicht mit zu viel Schwung losließ. Andere Spieler stießen einen leisen Pfiff aus. Als sie zu ihrem Schließfach davonschlenderte, hörte Meredith Brandon flüstern: »Die ist ganz schön sauer, Kumpel.«

Greg antwortete nicht. Während des kurzen Kusses hatte Meredith seine Oberlippe an ihren Schneidezahn gepresst, den Zahn, den er am Vorabend angeschlagen hatte, als er ihren Kopf gegen das Wagenfenster geschmettert hatte.

»Das Spiel darf verdammt noch mal nicht abgesagt werden!«, brach einer der Spieler das unbehagliche Schweigen.

Meredith war bei ihrem Schließfach und packte so konzentriert wie möglich ihre Bücher aus. Dann hörte sie es. Ein leises Singen ein paar Schließfachreihen entfernt. Sie erstarrte.

»Das ist doch zum Kotzen, Kumpel. Schnee? Also jetzt mach mal halblang ...« Brandon hielt inne. Meredith wandte den Kopf zur Gruppe zurück. Sie merkte, dass Brandon es auch hörte. Er legte den Kopf schief beim Klang der tiefen männlichen Stimme, die leise sang. Greg hörte es, sah Brandon an und folgte seinem Blick zu der Stelle, wo Stephen Conlin Bücher aus seinem Schließfach holte. Sich an die Tür ihres Schließfachs klammernd, beobachtete Meredith, wie Brandon und Greg auf Stephen zustürzten.

Stephen sah sie nicht kommen. Greg blieb ein paar Schritte zurück. Brandon lehnte sich gegen die Tür neben Stephens offenem Schließfach.

Als Stephen aufschaute, war dies, wie Meredith vermutete, wohl seit Jahren das erste Mal, dass er Brandons Blick begegnete.

»Singst du uns ein kleines Liedchen, Stevie?«, knurrte Brandon.

Meredith war wahrscheinlich die Einzige in der ganzen Schülergarderobe, die Stephens Song erkannt hatte – sein Hauptsolo aus *The Mikado*, dessen Aufführung sie als einzige Cannon-Schülerin besucht hatte. Als Stephen den Song in der Abschlussvorstellung vor dem zwanzigköpfigen Publikum gesungen hatte, hatte Meredith mit den Tränen gekämpft und einen Augenblick lang darüber nachgedacht, wie das Leben ohne Kate, Greg und Brandon wohl wäre.

Stephen wirkte wie gelähmt, die Hand flach an der Schließfachtür. Greg ragte drohend hinter Brandon auf und starrte dabei auf Brandons Hinterkopf. Die anderen Footballspieler hatten das Interesse verloren. »Lass die Schwuchtel doch verdammt noch mal einfach in Ruhe«, brummelte einer, während sie durch die Flügel der Seitentür abmarschierten.

Meredith sah zu, wie Stephen Brandons Blick standhielt.

»Gibt's was zu feiern, Stevie?«, fragte Greg hinter Brandon hervor.

Meredith klammerte sich noch fester an die Schließfachtür, um nicht umzufallen. Bitte sag was, Stephen. Sag was.

»Habt ihr ein Messer genommen?«, fragte Stephen mit ruhiger, gelassener Stimme.

»Wovon redest du, Scheiße noch mal?«, zischte Brandon.

»Von meinem Auto. Habt ihr die Reifen mit einem Messer platt gemacht?«

Brandon stieß Stephens Schließfachtür zu. Sie verfehlte Stephens Gesicht um mehrere Zentimeter, fegte aber die Schultasche vom Haken, so dass sie auf den Boden fiel und ihren Inhalt entleerte. Stephen rührte sich nicht, um sie aufzuheben.

»Angst hält mich nicht«, flüsterte er.

Meredith unterdrückte ein Aufkeuchen.

Brandon und Greg wirkten plötzlich wie gelähmt, während Stephen sich vor ihnen bückte und langsam die wild zu seinen Füßen verstreuten Schulbücher zurückpackte. Als er schließlich wieder aufrecht stand und den Rucksack aufsetzte, hatte Greg ihm den Rücken zugewandt, doch Brandon starrte ihn immer noch wütend an.

Meredith sah zu, wie Stephen an ihnen vorbeiging, während Brandon jeden seiner Schritte zum Seitenausgang mit wütendem Blick verfolgte. Stephen verschwand. Als Brandon den ersten Satz zur Tür machte, war Meredith schon fast bei der Tür. Ihr Kopf drehte sich, als sie sich davorwarf und die Arme in die Luft schleuderte.

»Genug!«, schrie sie.

Brandon hielt mitten im Sprung inne und schlug mit der Faust in die Luft.

»Du hast heute Abend noch ein Spiel, oder?«, fragte Meredith. »Spar dir das, Brandon!«

In der dritten Stunde schob Coach Henry Stubin einen Zettel in den Kasten für Tagesmitteilungen. Die Sekretärin des Direktors fischte ihn sofort heraus und machte eilig Kopien für alle Lehrer mit eigenem Unterrichtszimmer. Als David Carter die Nachricht in der vierten Stunde vorlas, erschütterte ein Jubelgeschrei sein Klassenzimmer, und das Gleiche hörte er in der ganzen Cannon School aufbranden.

»Remy Montz, Coach der Thibodaux Boilers, hat uns mitgeteilt, dass das Footballfeld der Thibodaux Senior High School von Eis und anderen witterungsbedingten Hindernissen befreit wurde. Das Spiel wird heute Abend wie vorgesehen stattfinden«, verlas David.

Während die Schüler in seinem Unterrichtszimmer sich umarmten und einander auf den Rücken schlugen, sank David hinter seinem Schreibtisch zusammen und merkte, dass für den Rest des Tages alle Hoffnung auf einen vernünftigen Unterricht durch eine einzige Kurzmitteilung zunichte gemacht war.

In der Mittagspause suchte er Stephen Conlin. Er hielt in der Schülergarderobe, in der Eingangshalle des Englischgebäudes und einigen leeren Klassenzimmern nach ihm Ausschau. Er schlängelte sich zwischen den Schülern hindurch, die sich auf dem Rasenstück zwischen der Schülergarderobe und der Cafeteria drängten. Eine Gruppe Footballspieler hatte einen Stereorekorder auf den Campus geschmuggelt und der Leiter der Cafeteria wollte ihn abstellen. Er boxte sich gerade durch eine Menge, die zum blechernen Klang der Spin Doctors tanzte.

Dann machte David eine blonde Gestalt aus, die auf der anderen Seite des Footballfelds auf der Tribüne saß. Stephen hatte sich zum Essen in die unterste Reihe der verlassenen Zuschauerränge gesetzt. Er hatte den Inhalt seiner braunen Papiertüte auf der silberfarbenen Bank ausgebreitet. Während David über das Feld auf ihn zuging, brachten Windstöße das zwischen den Torpfosten hängende handgemalte Spruchband zum Flattern. MACHT DIE THIBODAUX BOILERS PLATT!, verkündete es in blutroten Lettern.

Je näher David kam, desto mehr verhallte der Lärm der Mittagspause zu einem fernen Echo. Stephen wirkte so gelassen, dass David nach einer Flasche Alkohol zu seinen Füßen Ausschau hielt. Doch es war keine da. Er setzte sich neben ihn auf die Bank.

»Gerade war Selena Truffant in meinem Büro, Stephen«, begann David. Die silbrige Bank war kalt. David fröstelte.

»Weshalb?«, fragte Stephen und sah aufmerksam den Cheerleaderinnen beim Üben ihres Tanzes auf dem Rasen zu.

»Anscheinend muss das Mädchen, das heute Abend beim Spiel den Ritter spielen sollte, nachsitzen. Sie brauchen jemanden für die Pep Rally, zum Anheizen vor dem Spiel. Da habe ich an dich gedacht«, sagte David und quetschte die Hände zwischen die Knie, um sie warm zu halten.

Stephen lachte, tief und kurz, bevor er wieder von seinem Sandwich abbiss.

Der Cannon Knight, das Maskottchen der Schule, war ein untersetzter, blauhäutiger Ritter mit einem übergroßen Schaumgummikopf und einer zähnebleckenden Comicfigurgrimasse, die wütenden Schlitzaugen von einem silbrigen Helm umschlossen. Das Maskottchen schwang typischerweise ein Schaumgummischwert, während es um die Cheerleaderinnen herumkreiselte.

»Warum ich?«, fragte Stephen.

»Du bist Schauspieler. Es ist doch ein Auftritt, oder?«, versuchte es David. Sofort schämte er sich. Er wandte das Kinn mit einem Ruck von Stephen ab und heftete den Blick auf die leeren Zuschauerbänke hinter ihnen. Als Stephen wieder lachte, stand David eilig auf, in der Hoffnung zu entkommen. »Es ist nur für die Pep Rally. Nicht für das Spiel«, sagte er zähneklappernd.

»Ich mach's«, meinte Stephen lässig und zog eine Flasche Orangensaft aus seinem Lunchpaket.

»Gut«, sagte David mit einem Gefühl der Befriedigung.

Im darauf folgenden Schweigen riss sich eine Ecke des Spruchbands los und sackte lautlos nach unten, bevor der Wind es wieder hochriss und es oben gegen den Torpfosten schlug.

»Wichtiges Spiel heute Abend. Gehst du hin?«, fragte David.

Stephen sah David zum ersten Mal an. »Ich gehe nicht zu Footballspielen, Mr Carter«, sagte er.

Um halb drei trafen Angela Darby und die sieben anderen Mitglieder des Football Mothers' Club in der Cannon ein und zogen sich für ihren satirischen Pep-Rally-Sketch um: »De Thibodaux Mommas' Club.« Angela hatte die Hauptrolle. Sie schleppte eine Krabbenfalle mit sich herum und wetterte in einem grauenhaften Cajun-Akzent gegen reiche Cannon-Jungs und ihre Luxusautos.

Während Elise Charbonnet Angelas Kostüm mit Fischnetzen und Gummi-Küchenschaben dekorierte, gratulierten andere Mütter Angela zur beginnenden Quarterback-Laufbahn ihres Sohnes.

Zum Schulschlussläuten um drei Uhr versammelte sich der Mothers' Club in der Schülergarderobe, während die Schüler der Cannon School von allen Seiten auf den Senior-Pausenhof strömten.

In der Eingangshalle des Englischgebäudes stand Meredith mit den anderen Cheerleadern vor der Tür zum Pausenhof. Beim Einzug in den Hof würden sie unter Gekreische die Treppe hinunterhüpfen und sich auf einem Betonpodium versammeln. Müßig sah sie zu, wie der Cannon Knight aus Selena Truffants Büro humpelte und sich hinter der Cheerleaderkette aufstellte. Meredith verdrehte die Augen und schaute wieder zur Menge, die sich auf dem Pausenhof versammelte. Marine Hillman, das Mädchen im Ritterkostüm, hatte den Fehler begangen, mehreren Cheerleadern zu erzählen, dass sie sich nicht täglich die Haare wusch, und so redete keiner mit ihr. Gut, dass sie das Kostüm anhat, da brauchen wir sie wenigstens nicht anzuschauen, dachte Meredith.

»Das mit Jeff ist so schrecklich schade«, sagte Julie Moledeux.

Der Kopf des Ritters ruckte herum. Meredith hörte, wie ein bestürzter Keuchlaut aus dem Schaumgummihelm drang. Dann plumpsten die Arme des Ritters schlaff herunter.

Meredith hörte mit einem Ohr zu, wie draußen auf dem Hof Bryan Hammon, der Football-Cocaptain, Greg Darby bat, ein paar Worte zu sagen, »da Jeff heute nicht bei uns sein kann«. Brandon stieß ein Kriegsgeheul aus und trug zusammen mit fünf weiteren Sophomore-Spielern Greg auf den Schultern über den Hof, bevor sie ihn vor Bryan absetzten. Der Hof war von »Darby! Darby!«-Rufen erfüllt. Jeff Haugh hatte nie solchen Jubel hervorgerufen. Meredith kam es immer so vor, als wären ihm die paar Hochrufe, die er bei Pep Rallys erhielt, im Grunde peinlich.

Die Menge verstummte. Die Cheerleader stellten sich hinter den Türflügeln der Eingangshalle des Englischgebäudes auf. Der kostümierte Football Mothers' Club versammelte sich hinter den Türflügeln der Schülergarderobe ein Stockwerk tiefer. Jemand beschwerte sich, dass sie bei diesem Gedränge von Schülern kaum durchkommen würden.

»Großes Spiel heute Abend«, strahlte Bryan. »Ich hoffe, ihr Leute habt Zeit und kommt auch alle nach Thibodaux.«

Er stieß Greg mit dem Ellbogen an.

»Was soll ich sagen? Wir blasen ihnen den Marsch!«

Die Menge brüllte und Meredith zuckte unwillkürlich zusammen. Aus dem Rekorder plärrte Tina Turners »Simply the Best« und Meredith ließ sich von zwei anderen Cheerleadern mitreißen. Sie brach mit ihnen aus der Tür der Eingangshalle des Englischgebäudes hervor die Treppe hinunter, alle Pompons hoch in der Luft, ein paar machten sogar Spagatsprünge. Der Cannon Knight taumelte hinter ihnen die Treppen hinunter, das Schaumgummischwert schlaff an der Seite.

Meredith stand in der ersten Reihe und Übelkeit stieg in ihr hoch. Sie sah, wie alle um sie herum die Arme in die richtige Position brachten und zu tanzen begannen.

Stephen erstickte fast in seinem Kostüm, während Julie Moledeaux' Worte in seinem Kopf widerhallten. Plötzlich spürte er den gedämpften Druck von Kate Duchamps Faust auf der Schulter. »Tanz!«, befahl sie.

Er hob den Kopf und schaute auf eine wirbelnde Schülermenge hinaus. Keiner wusste, wer in seinem Kostüm steckte. Er empfand eine plötzliche, nie gekannte Freiheit. Er ließ die Hand über seinen Schaumgummischritt schießen und die Menge johlte und applaudierte. Vor Cannons Toren standen die Busse und warteten mit laufenden Motoren darauf, Eltern und Schüler zwei Stunden lang stromaufwärts nach Thibodaux zu fahren. Die Pep Band verfrachtete man in einen Cannon-Schulbus. Stephen tanzte. Jeff war nicht da, und so tanzte er nur für sich, maskiert, ein Nackter unter Blinden.

Thibodaux liegt stromaufwärts von New Orleans. Die lange Schlange von Schulbussen arbeitete sich den Highway 90 hinauf, wo die Parzellen am Westufer des Flusses einer mit schwarzen Tümpeln durchsetzten Sumpflandschaft wichen. Schließlich hielten sie am Rande des Lichterglanzes des Dobie-H.-LeBlanc-Footballfeldes der Thibodaux Senior High. Weit hinter dem jenseitigen Zaun des Feldes flackerten am Horizont die Rauchfahnen der Ölraffinerien über das weite Sumpfland.

Thibodaux ist eine kleine Stadt. Die traditionelle Rivalität mit Cannon hatte an diesem Freitag einen halben Tag intensiver Arbeit in Gang gesetzt. Schüler, Eltern und Collegeschüler aus der benachbarten Nicholls State hatten die sumpfigen

Böschungen des Highway 90 mit gemalten Spruchbändern dekoriert, die allen verwöhnten, Mercedes fahrenden Cannoniten den Untergang prophezeiten. Beim Blick aus dem Fenster des Cheerleaderbusses sah Meredith ein Spruchband mit der Aufschrift: FLUCH ÜBER CANNON! Unter dem Spruch erblickte sie das grob gemalte Bild eines Mercedes-Benz, aus dem beim Zusammenprall mit einer Backsteinmauer blaue Cannon-Footballausrüstung geschleudert wurde.

Hinter den Schulbussen transportierten die Busse von Busgesellschaften Eltern und Cannon-Fans, die einen nominellen Fahrpreis entrichteten, um sich dem Zug anzuschließen. In ihren Plüschsitzen teilten Elise Charbonnet und Roger Charbonnet sich einen Gin and Tonic aus Rogers Thermoskanne, und der Alkohol gab der wachsenden Empörung Zunder, mit der sie an den handgemalten Aufschriften vorbeifuhren, die den Cannon Knights ein grässliches Schicksal vorhersagten.

Angela Darbys Augen blickten von der Uhr am Armaturenbrett des Mini-Vans zum Profil ihres Mannes hinter dem Steuerrad, der mit seinen whiskyschweren Augen versuchte, sich auf das dünne Asphaltband zu konzentrieren, das unter ihnen davonraste. Sie konnte Alex im Rücksitz hören, der ganz verzweifelt vor Aufregung war. Sein atemloses Gepiepse verstummte nun einen Moment lang, weil er gegen seinen Sicherheitsgurt ankämpfte. Der Junge trug eines von Gregs abgelegten Trikots, das ihm wie ein Nachthemd übers Knie hing.

»Fahr langsamer«, flüsterte Angela ihrem Mann zu.

»Wir sind spät dran«, sagte Andrew.

»Aber wir wollen auch nicht an den Rand gewinkt werden!«, zischte sie.

»Kommen wir zu spät?«, fragte Alex Darby. »Das geht nicht! Dann verpasse ich ja Greg!«

Sie drehte sich zu ihrem Siebenjährigen um, dessen Augen leuchteten wie an Heiligabend. »Natürlich nicht. Ich habe nämlich gerade dort angerufen und dafür gesorgt, dass dein großer Bruder das Spiel aufhält, bis du da bist! Mach dir also keine Sorgen!«

Alex lächelte leicht, ein Lächeln, das Angela auf dem dunklen Rücksitz kaum erkennen konnte. Sie spürte, wie Andrew wütend wurde. Mit seinem muskelbepackten Körper hatte Andrew das Äußere eines Meister Propper. Seiner Gereiztheit begegnete sie mit Sarkasmus, der aber manchmal schmerzlich knapp wurde. Abgesehen von Alex, der sich in sieben Jahren von einem »Unfall« zu einem entwaffnend unschuldigen und strahlenden kleinen Wesen in ihrem gemeinsamen Leben entwickelt hatte, war Gregs Glanz das Einzige, was die beiden teilten. Wie konnte Andrew auch das noch kaputtmachen?

»Nächstes Mal fahre ich«, flüsterte Angela.

Greg Darby hatte erfolgreich zwei First Downs geworfen, und jetzt brauchten die Knights nur noch einen Lauf, um Punkte zu machen. Auf der Zuschauertribüne imitierten Cannon-Väter die elaborierten, gestelzten Schrittfolgen des paillettenbesetzten Thibodaux Dance Battalion. Meredith verlagerte ihr Gewicht von einem engen Schuh auf den anderen, während die Cheerleadertruppe eine abgekürzte Schrittfolge ausführte, die aussah, als dirigierten sie mit ihren hochgeworfenen Pompons Flugzeuge über eine Flugbahn. Ihr Blick strich über die Thibodaux-Seite der Zuschauertribüne, die in ihren Augen wie eine Masse wütender, vom Krabbenfressen verfetteter Eltern aussah, die in Plastiktrompeten bliesen – gekleidet in ein Patchwork schreiender Walmart-Sweater mit aufgedruckten Katzen und Weihnachtsgirlanden. Die Cannon-Seite des Stadions bestand aus einem Meer von L.-L.-Bean-Winterjacken und Thermoskannen mit dem Inhalt der Hausbar, die zwischen den Beinen standen. Meredith kam es vor, als hätte Cannon der reinen Wut von Thibodaux nichts entgegenzusetzen, und plötzlich fühlte sie sich durch den Gedanken aufgemuntert, dass die Knights vielleicht verlieren würden.

Nachdem sie ihre Schrittfolge geübt hatten, drehte Meredith sich um und sah von der Seitenlinie aus zu, wie Brandon sich von einem Tackle-Angriff stoppen ließ und dem Team dadurch fünf Yards verloren gingen. Sie wusste, dass die anderen Cheerleader ihre intensive Konzentration als liebevolle Sorge für ihren Freund Greg auffassten. Was für ein Schock, hätten sie gewusst, dass Meredith es sich bloß nicht entgehen lassen wollte, wenn Greg verletzt wurde.

Die gegnerischen Spieler standen auf und gaben den am Boden liegenden Brandon frei. Gelangweilt schaute Meredith sich zur ersten Reihe um, wo Elise Charbonnet saß, die Hände im Schoß gefaltet. Sie folgte ihrem Glauben, dass sie ihren Sohn nur keinen Moment aus den Augen verlieren durfte, dann würde er auch keine Verletzung davontragen. »Bei Jordan hat es funktioniert«, hatte Merediths Mutter ihrer Tochter erzählt. »Und sie denkt, bei Brandon wird es auch funktionieren.«

»Das kann ich rennen! Es sind nur zwanzig Yards!«, knurrte Brandon, als die Spieler sich zur Besprechung im Kreis versammelten, noch immer mit Adrenalin voll gepumpt, obwohl Coach Stubin eine Pause angeordnet hatte, nachdem Brandon zu Boden geworfen worden war.

»Na klar. Zwanzig Yards durchlaufen, kein Problem für deinen Arsch, Charbonnet!«, schnappte Cameron Stern zurück. »Gerade haben wir deinetwegen fünf Yards verloren!«

Das tat weh, und Brandon blickte schnell zu Greg hinüber, der mit großen, verzweifelten Augen durch den Gesichtsschutz seines Helms sah. Die anderen im Kreis keuchten mit rasselndem Atem. Cameron Stern entging das nicht. »Kommt nicht in Frage, verdammt!«, schrie er Greg direkt an. »Hörst du mich, Darby?«

Brandon sah, wie Gregs Helm leicht in Camerons Richtung zuckte. »Verpiss dich, Cameron«, blaffte Brandon. »Du weißt genau, dass ich das verdammt noch mal schaffe. Und Haugh ist nicht da, um euch die Bälle in die Arme zu spielen, die ihr noch nicht mal aufkriegt …«

Cameron sprang zurück und brach den Kreis damit auf. Die Spieler links und rechts fanden taumelnd ihr Gleichgewicht wieder und Brandon warf einen Blick zur Seitenlinie. Coach Stubin beäugte den Kreis misstrauisch.

»*Zwanzig Yards?*«, bellte Cameron. Die anderen Spieler traten ein Stück zurück. Greg stand noch immer geduckt da, von Unentschlossenheit gelähmt. Brandon richtete sich auf wie ein Spiegelbild Camerons, kampfbereit. Auch wenn Greg einer Auseinandersetzung nicht gewachsen war, Brandon zumindest würde kämpfen, zum Teufel noch mal. »Ich schaffe das!«, knurrte Brandon.

»Scheiße. *Jordan* Charbonnet vielleicht. Aber wir wollen dieses Spiel nicht versauen, nur weil Darby und du euch den Schwanz lutscht!«

Brandon krachte gegen Cameron Stern, und ihre Helme knallten so laut zusammen, dass Brandon meinte, er wäre taub geworden. Er stieß eine Hand in den Gesichtsschutz von Camerons Helm. Als Cameron propellerartig mit den Armen um sich schlug, riss er seinen Kopf einen Meter vom spikes-zertrampelten Rasen hoch, auf den beide gestürzt waren, und donnerte ihn wieder auf die Erde zurück. Brandon hörte, wie seine Mutter ihn von der Tribüne aus anschrie, genau in dem Moment, als Cameron eine Hand um Brandons Gesichts-schutz legte und seinen Helm zum Hals hin verdrehte. So dass er seitwärts taumelte und in Gregs Magen krachte.

Brandon sah, dass Coach Stubin über das Feld auf ihn zu-gerannt kam. Die Thibodaux Boilers schauten zu, wie die anderen Knights vor den Tritten von Brandons und Camerons Beinen zurückwichen.

Coach Stubin packte Brandon beim Nacken, riss ihn von Cameron weg und schleuderte den Jungen, dessen Beine noch immer leer in die Luft traten, zur Seite. Brandon stürzte in den Schlamm. Die anderen Spieler starrten mit gebeugten Schultern wütend vor sich hin, als Lachsalven durch die Reihen der Thibodaux-Zuschauer liefen.

»Bist du nicht mehr ganz normal, Charbonnet?«, brüllte Coach Stubin.

Brandon öffnete den Mund. Es kam keine Antwort. Er spuckte auf den vor seinem Gesichtsschutz klebenden Schlamm und wischte ihn wütend mit der Hand weg. Einer der Spieler kniete sich neben Cameron Stern.

»Coach?«

Stubin wirbelte herum.

»Er bewegt sich nicht, Coach!«

Stubin betrachtete Cameron, der auf dem Bauch im Gras lag, den Helm zur Seite verdreht.

»Schaff deinen Arsch zur Bank, Charbonnet!«

Brandon richtete sich mühsam auf. Er hielt den behelmten Kopf hoch und wandte die Augen von den wütenden Blicken um ihn herum ab – nur Greg Darby hielt den Helm gesenkt. Zwei Sanitäter eilten übers Feld. Als Brandon sich der Seitenlinie näherte, wurde es in den Zuschauerrängen Cannons ganz still. Er sah, wie seine Mutter auf ihrem Tribünenplatz zurücksank. Ihr Gesichtsausdruck lag irgendwo zwischen Zorn und Scham.

Demütigung quoll in ihm hoch, und er spürte den Drang, zur Tribüne zu rennen und seiner Mutter zu erklären, was Cameron von ihm behauptet hatte. Doch sie schaute schon weg und sah nervös auf die missbilligenden Blicke der Eltern rundum.

Als er merkte, dass ihm Tränen der Beschämung in die Augen stiegen, riss Brandon sich den Helm vom Kopf und rammte ihn gegen die Bank der Auswechselspieler. Die in der Nähe stehenden Cheerleader fuhren zusammen.

»Brandon!«, hörte er Elise schreien.

Doch er rannte schon die Seitenlinie entlang und stürzte mit großen Schritten zum Umkleideraum.

Keiner durfte so mit ihm reden. Keiner.

Wie er früh gelernt hatte, war Wut die beste Waffe gegen Schmerz.

In seinem Kielwasser breitete sich stilles Entsetzen aus. Die Cheerleader wandten sich peinlich berührt ab. Meredith dagegen trat zur Bank und starrte zu der Stelle hinunter, wo die beiden Teile von Brandons Helm im Gras lagen. Er hatte ihn so hart gegen die Bank geschmettert, dass er auseinander gebrochen war.

»Scheiße!«, zischte Angela, bevor sie sich auf die Lippen beißen konnte.

Das Stadion war ein Strahlenkranz von Licht vor dem Nachthimmel. Die Zuschauertribünen wuchsen vor ihnen empor, vereinigt mit den Schatten Hunderter sitzender Zuschauer. Andrew verlangsamte den Mini-Van, als er in die Seitenstraße hinter den Tribünen einbog. Der Parkplatz quoll von Autos über.

»Halt einfach am Rand, Andrew!«

»O Gott!«, heulte Alex auf dem Rücksitz. »Sie haben schon angefangen! Mom, sie haben schon angefangen!«

»Andrew, halt jetzt am Rand!«, kreischte Angela.

Sie hörte, wie ihr Mann ein »Verdammt« flüsterte, als er das Steuerrad nach links riss und die Reifen des Mini-Vans mit dumpfen Stößen auf den Schlamm des Seitenstreifens rollten. Der Van kam zum Stehen.

»Nächstes Mal, Andrew! Da wirst du mir glauben, wenn ich sage, es ist Zeit!«, schrie Angela.

»Jetzt fang nicht damit an …«

Sie griff nach der Schnalle ihres Sicherheitsgurts. »Okay. Dann warten wir eben bis nach deinem neunten Glas Whisky. Wie wär's damit?«

»Angela, ich schwöre bei Gott, wenn du nicht ...«

Andrew verstummte, aller Ärger war aus seinem Gesicht gewichen. Angelas nächster Gedanke kam in Gestalt einer Frage – was war das für ein Wusch gewesen? Dann dachte sie, was sie sich da für ein komisches Wort ausgedacht hatte: *Wusch*. Was meinte sie damit, *Wusch*. Die plötzliche Angst auf dem Gesicht ihres Mannes jagte ihr einen größeren Schreck ein als das Geräusch, das sie gehört hatte. Wusch. Luft. Das Geräusch von Luft. Das Geräusch, mit dem sich eine Tür öffnet.

»Baby?«, flüsterte Andrew. So hatte er sie seit zehn Jahren nicht mehr genannt.

Beide hörten das Kreischen von Bremsen. Angela warf einen Blick zur Seite und sah das abgeschnittene Wort -LAB-FUHR im Rahmen des Fahrerfensters. Sie stemmte sich gegen ihren Sicherheitsgurt, ohne die Schnalle zu lösen, blickte über die Schulter und sah durch die einen halben Meter offen stehende Hintertür des Mini-Vans, wie ihr Sohn in einem Bogen zur Erde zurückkehrte. Die Bremsen des Thibodaux-Müllwagens zischten, als Alex Darbys Genick unter dem Gewicht seines lotrechten Körpers nachgab.

Es begann als Licht.

Ein Streifen Rot tanzte über das Feld, gefolgt von einem Streifen Blau.

Meredith und die anderen Cheerleader hatten gerade die Zuschauermenge zum Triumphgebrüll aufgestachelt, als Cameron Stern mit Hilfe zweier Sanitäter auf die Beine kam und dann allein übers Feld ging. Sie hatte grimmig zugesehen, wie er den Helm abnahm. Das Haar auf seinem Hinterkopf war blutverklebt und am Kinn hatte er eine Prellung.

Von jenseits der Tribünen brach Licht empor. Die jüngeren Cannon-Fans kletterten auf die oberste Geländersprosse und reckten die Hälse.

Meredith Ducote hatte keine Ahnung, was geschehen war, war aber verblüfft vom Anblick von dreihundert Fans, die sich dumpf erhoben und dem Feld den Rücken zukehrten. Bestürzt starrte sie auf das Meer von Rücken, die sich vor den rot und blau blitzenden Polizeiwarnleuchten als Silhouette abzeichneten.

Dann hörte Meredith es. Das Geheul eines Menschen, einer Frau, ein reißender Fluss von herausgeschrienem Schmerz, wie sie ihn noch nie aus jemandes Mund hatte kommen hören. Meredith spürte, wie das Geheul durch ihren Körper ging. Sie zitterte. Einen Moment lang war es, als hätte der Klang den Schleier über Merediths eigener Trauer weggerissen.

Die Sirene eines Krankenwagens schluckte die Schreie der Frau. Die Einzelteile der Szene fügten sich zusammen, und eine Stimme in ihrem Inneren sprach, und zwar im ernsten Tonfall ihrer Mutter. *Etwas ist gerade zerbrochen*, sagte die Stimme. *Etwas, was sich nicht wieder reparieren lässt.*

12

Die Sonne war schon untergegangen, als Elise Charbonnet von Alex Darbys Bestattung bei der Bishop Polk Cathedral aufbrach und zum auch abends offenen EZ-Serve an der Prytania Street fuhr, um ein Päckchen Parliament Lights zu kaufen, ihr erstes seit fünfzehn Jahren. In ihrem schwarzen Cocktailkleid, das selbst mit dem passenden Schal eher für ein Dinner mit Roberts Klienten als für Begräbnisse von Siebenjährigen geeignet war, starrte Elise leer vor sich hin. Die Frau an der Kasse schob ihr das Päckchen hin. »Drei fünfzig«, sagte sie.

Elise reagierte nicht. Über der linken Schulter der Kassiererin ließ sie wie eine Videoschleife die Szene ablaufen, in der Andrew Darby seine Frau aus der Seitentür der Kathedrale zerrte, während vierhundert Trauergäste entsetzt auf sie starrten, nachdem Angela von der Kirchenbank aufgesprungen war und ihren Mann heftig in die Schulter geboxt hatte. »*Die* waren es! *Die* waren es!«

»Drei fünzig, Ma'am«, wiederholte die Kassiererin.

Als Elise die Frau wieder ansah, standen ihr Tränen in den Augen. Der verärgerte Blick der Kassiererin wurde ein wenig weicher und sie senkte den Kopf. Elise fischte das Geld aus ihrem Portemonnaie und beförderte die Parliaments mit der freien Hand in ihre Handtasche.

»Sie kommen gerade von einer Beerdigung?«, fragte die Kassiererin zögernd.

Elise nickte.

Zu Hause sah Elise zweimal in allen Räumen nach, obwohl sie wusste, dass Roger nach Alex' Beerdigung zu einem

Termin mit einem potentiellen Klienten geeilt war. Brandon musste wohl mit Greg aufgebrochen sein. Zuerst war sie froh, dass keiner da war und sah, wie sie ihre erste Zigarette rauchte. Dann senkte sich eine Leere über sie und sie schlurfte in die Küche. Sie erwog, ob sie Jordan anrufen sollte.

Elise öffnete das Küchenfenster einen Spalt weit, durch den die Spitze des Bishop Polk Glockenturms hinten über ihrem Garten erkennbar wurde. Das Zwielicht verdunkelte die Fenster des Glockenturms zu Silhouetten. Sie zündete die Parliament an und tat den ersten Zug.

Monica und Stephen waren die vier Straßen von der Bishop Polk Cathedral nach Hause zu Fuß gegangen. Stephen hatte bei der Beerdigung nicht geweint, und Monica weinte erst, als sie eine Straße von der Kirche entfernt waren. Stephen legte ihr den Arm um die Schultern und führte sie so den Rest des Weges. Sie hatten fast die Ecke zu ihrer Straße erreicht, da sagte Monica: »Es gibt nichts Schlimmeres, als ein Kind zu verlieren.«

Sie blickte zu Stephen auf und er nahm ihr Gesicht in seine Hände. Er wirkte sonderbar losgelöst.

»Ich verspreche dir, länger zu leben als du«, flüsterte er ihr zu und küsste sie sanft auf die Wange.

Zu Hause angekommen, ging Monica in ihr Zimmer und Stephen in seines. An jenem Tag sah sie ihren Sohn nicht mehr.

Später am Abend suchte Monica Trost in Jeremys Arbeitszimmer. Ihr Mann hatte von den verschiedenen Entwicklungsstufen jedes seiner Gedichte peinlich genaue Aufzeichnungen gemacht. Erste Entwürfe waren in speziellen Heften verzeichnet. Das Heft von 1976, Januar bis August, enthielt eines ihrer Lieblingsgedichte: »An ein Kind, das noch nicht geboren ist«, aber Monica konnte den Entwurf nirgends finden. Sie war der Meinung, dass Jeremy das Gedicht für Stephen geschrieben hatte, hatte ihrem Sohn aber nie davon erzählt. Sie merkte, dass sie zum ersten Mal seit langem wieder in Jeremys Gedichten las. Als sie hörte, wie Stephens Tür sich öffnete und schloss, nahm sie an, dass er in die Küche ging, um sich etwas zu trinken zu holen.

Roger Charbonnet kehrte gegen acht Uhr abends nach Hause zurück. Elise hatte die Küche mit Lysol ausgesprüht, bis sie davon ausgehen konnte, dass kein Zigarettenqualm mehr zu riechen war. Roger setzte seine Aktentasche in der Küche ab und ging ins Wohnzimmer, wo Elise die Wiederholung der Abendnachrichten auf Channel 4 sah. Alex Darbys Beerdigung war der Aufmacher. Elise sah die Aufnahmen von verstörten Kindern – Alex' Klassenkameraden, die sich an der Hand ihrer Eltern festklammerten – und jugendlichen Trauergästen, die Bishop Polk in wütendem Schweigen verließen. Roger setzte sich neben sie aufs Sofa.

»Sowohl in der Cannon School als auch in der Bishop Polk Elementary, wo Alex Darby das zweite Schuljahr besuchte, fiel der Unterricht aus, damit die Schüler der Beerdigung beiwohnen konnten. Ob das von der Tragödie unterbrochene Entscheidungsspiel zwischen Cannon Knights und Thibodaux Boilers zu einem anderen Zeitpunkt wiederholt wird, wurde noch nicht verlautbart ...«

»Jesus Christus«, murmelte Monica. Um neun Uhr sah sie die Wiederholung desselben Berichts, einen Chambord and Absolut auf dem Nachttisch.

»Nach Aussage von Trauergästen, die vor der Bishop Polk Cathedral mit Reportern sprachen, war die Mutter des Jungen so verzweifelt, dass ihr Mann sie aus dem Gottesdienst bringen musste«, fuhr der Reporter fort.

Monica nahm einen Schluck von ihrem Drink und hoffte inständig, dass er ihr den Schlaf bringen würde. Sie hörte etwas, was wie eine Glocke klang – ein sonderbarer metallischer Ton mit einem Echo, das von der laut gestellten Stimme des Nachrichtensprechers übertönt wurde. Sie ignorierte das Geräusch. Es passierte ihr oft, dass sie Hintergrundgeräusche im Fernsehen für etwas in ihrem eigenen Haus hielt.

Roger war schon im Bett, als Elise Charbonnet sich mit einem Stift vor einen Block blumenumkränzten Briefpapiers setzte. In einer Stunde schaffte sie zwei Zeilen:

Lieber Jordan,
hier steht es ziemlich schlimm.

Sie saß im Nachthemd am Küchentisch und starrte auf ihren Briefblock. Eine Parliament Light glomm auf einem flachen Unterteller. Die Hintertür war zu einer Nacht hin geöffnet, die nun wieder still war, nachdem Elise Augenblicke zuvor einen sonderbaren, lauten Ton gehört hatte. Sie hielt ihn für ein Nebelhorn auf dem nahe gelegenen Fluss.

Sie zog an ihrer Zigarette und nahm den Stift wieder zur Hand. »Manchmal werden Alpträume wahr«, schrieb sie.

Sie betrachtete die Worte. Der melodramatische Tonfall dieser Zeile widerte sie an. Schließlich hatte sie selbst kein Kind verloren. Doch der Anblick Angela Darbys, die schreiend und in den Arm ihres Mannes verkrallt aus der Kirche geschleppt worden war, hatte etwas in ihrem Inneren angerührt, und zwar eindringlicher als Alex Darbys winziger, in die Fahne der Episkopalkirche eingehüllter Sarg. Angela Darbys Schreie hatten Elise überzeugt, dass jede von ihnen jederzeit ein Kind verlieren konnte. Aber so war das Leben, oder? Wie dumm von mir, dachte Elise, dass ich das jetzt erst merke. Sie riss die Seite aus dem Block, zerknüllte sie und warf sie in den Küchenmülleimer. Sie rieb sich die Stirn mit den Händen und holte tief Luft.

Beim Läuten des Telefons fuhr sie zusammen.

»Elise?«

»Trish?«

»Hast du schon gehört?«, fragte Trish Ducote sie.

»Nein«, antwortete Elise mit leise aufsteigender Angst.

»Angela Darby ist in Bayou Terrace. Andrew hat sie gerade dort eingeliefert. Meine Cousine Missy arbeitet da drüben und hat heute Abend Bereitschaftsdienst. Missy hat erzählt, sie haben sie da eingesperrt. Anscheinend ist sie verrückt geworden!«

»Mein Gott«, flüsterte Elise und lehnte sich, den Hörer ans Ohr gepresst, gegen den Küchenschrank.

»Meredith ist nicht bei euch drüben, oder?«, fragte Trish.

»Ich glaube nicht, dass Brandon da ist«, antwortete Elise schwach. Sie nahm noch einen Zug von ihrer Parliament.

Elise ließ den Hörer fallen. Sie hatte einen lauten Knall gehört. Durch den Nachhall wirkte er so nah, dass sie instinktiv die Schultern einzog und sich über den Küchentisch kauerte. Sie hörte Rogers hastige Schritte auf der Treppe. Sie griff nach dem Hörer, den sie auf den Tisch hatte fallen lassen. »Gott! Hast du das gehört?«, kreischte Trish durchs Telefon.

Roger tauchte in T-Shirt und Boxershorts in der Küchentür auf. Er bemerkte die Zigarette in Elises Hand.

»Die Projects?«, fragte Elise Trish.

»Zu nah«, antwortete Roger.

Elise hatte nur einen Gedanken. *Nein. Das ist nicht möglich.* Für einen Tag war das Maß an Schmerz voll.

Roger ging zur offenen Hintertür.

»Ich lass dich jetzt …«, meinte Trish schwach.

Elise nuschelte etwas Unverständliches und legte auf. An der Seite ihres Mannes folgte sie seinem Blick zum Nachthimmel, wo er vermutlich der Herkunft des Knalls nachspürte.

»Mach sie aus, Elise«, befahl Roger, und sie gehorchte.

Monica stand auf der Vorderveranda und betrachtete forschend die Schatten der Eichenzweige. Die Luft war bitterkalt und das Glas in ihrer Hand schien mit der Haut verschmolzen. Sie führte es zum Mund und schluckte. Einen kurzen Moment lang überlegte sie, ob sie sich den Schuss nur eingebildet hatte; vielleicht hatte der Kummer des Tages alte Schmerzfasern neu entzündet, eine Halluzination von Jeremys Selbstmord.

Dass sie sich irrte, wurde ihr klar, als sie in der Ferne lautes Sirenengeheul hörte.

Teil Zwei
Der Glockenturm

»I was that silly thing that once was wrought,
to practice this thin love;
I climb'd from sex to soul, from soul to thought;
but thinking there to move,
headlong I rolled from thought to soul, and then
from soul I lighted at the sex again.«

»Ich war der Dummling, den man einstens schuf
für diese dünne Liebe;
ich stieg vom Sex zur Seele, von dort zum Denken;
doch kaum wollt' ich mich rühren,
vom Denken purzelt' ich zur Seel' und schlug
dann von der Seele wieder auf beim Sex.«

William Cartwright, »No Platonic Love«

I

Zwei Wochen vor seinem Abschluss an der Princeton University hatte Jordan Charbonnet einen Alptraum von seinem jüngeren Bruder Brandon. Jordan erwachte im dunklen Zimmer seines Studentenwohnheims, das voll war von den Schatten halb gepackter Umzugskartons.

Im Alptraum war Jordan jünger und rannte hinter seinem Bruder und dreien seiner Freunde her, die mit dem Fahrrad die Philip Street im Garden District entlangfuhren. Die surreale Landschaft zeigte einen erschreckend blauen Himmel ohne Eichenäste; die Häuser schienen zu zerschmelzen und die schmiedeeisernen Tore neigten sich und sanken zu Flecken von verdrehten filigranen Eisenstäben zusammen. Brandon hatte etwas im Haus vergessen, und es war absolut wichtig, dass Jordan ihn einholte. Im Alptraum rief Jordan ständig nach seinem Bruder, doch Brandon radelte weiter. Neben Brandon radelte Greg Darby. Greg sah – genau wie Brandon – so aus, wie Jordan ihn am besten in Erinnerung hatte, ein gut entwickelter Vierzehnjähriger. Die anderen beiden Freunde konnte er nicht erkennen, da sie ihm auswichen, als er Brandons Fahrrad fast eingeholt hatte. In dem Moment, als Jordan den wirbelnden Hinterreifen mit ausgestreckter Hand hätte berühren können, wandte Greg Darby Brandon den Kopf zu, und sein zertrümmertes Gesicht wurde sichtbar, voll Blut an den aufgerissenen Stellen. Greg spitzte die Lippen wie ein Kugelfisch und spie einen dünnen Geysir von Blut in Brandons Gesicht. Jordan blieb daraufhin atemlos stehen und sah den beiden über die Straße davonradelnden Jungs nach. Brandon wischte sich das Blut mit einer

Hand vom Gesicht und schrie zwischen Lachsalven: »Ey, du Schwein!«

Jordan Charbonnet machte einen Bachelor in Englisch. Dafür hatte er fünf statt der üblichen vier Jahre gebraucht.

Nach seinem Freshman-Jahr an der Universität beschloss Jordan, sich ein Jahr freizunehmen. Seine Eltern waren entsetzt gewesen und hatten einer jungen Frau die Schuld gegeben, Katie, die gerade ihr Senior-Jahr abschloss und Jordan ermunterte, ein Jahr mit ihr in New York zu verbringen. Katie brachte Jordan das ganze Jahr lang in ihrer neuen Wohnung unter. Als Jordan ihr im Sommer darauf erklärte, er werde nach den Ferien zur Uni zurückkehren, wechselte Katie die Schlösser an »ihrer gemeinsamen« Wohnung aus. Jordan kehrte zurück, um sein aufgeschobenes Sophomore-Jahr in Angriff zu nehmen. Er machte sich nie die Mühe, Katie zu erzählen, dass trotz all ihrer eleganten Schönheit, ihres zügellosen sexuellen Appetits und der Eindrücke, die sie ihm von der glitzernden Welt eines reichen, amüsierfreudigen New York verschafft hatte, nicht sie der eigentliche Grund gewesen war, aus dem er Princeton für ein Jahr den Rücken gekehrt hatte.

Dieses erste Jahr, das er weit weg von New Orleans verbracht hatte, war schwindelerregend gewesen, und zwar manchmal bis zur Übelkeit. Er hatte sich mitten in einer Flut junger Menschen wiedergefunden, deren Bewusstsein plötzlich die Freiheit bekam, den berauschenden Schmerz ihres eigenen Lebens wahrzunehmen. Von Ehrfurcht überwältigt und befremdet zugleich, saß er in Studentenwohnheimzimmern auf dem Boden und hörte zu, wie andere Freshmen ihre Traumata beichteten. Dabei definierten sie in der Regel ihr ganzes Leben im Sinne von Fehlern, die andere Menschen begangen hatten (nämlich ihre Eltern). Jordan hatte das Gefühl, nicht dazuzugehören, weshalb er sich fragte: Warum lieben diese Menschen den Schmerz so sehr? Und wie kommt es, dass all dieser Schmerz an mir vorübergegangen ist?

In jenen Momenten, in denen ihm ein unverstellter Blick auf seine Vergangenheit gelang, konnte er sich eingestehen, was ihm den Weg erleichtert hatte. Er hatte die vorangegangenen vier Jahre lang das Idealbild eines Cannon-Jungen abgegeben. Die klimpernden Augenlider seiner Partnerinnen bei Schulbällen und die lüsternen Blicke aus den Reihen der Garden District Ladies' Society hatten ihm klar gemacht, dass seine körperliche Schönheit eine Waffe war, mit der er seine Bewunderinnen zur Übertretung der Anstandsregeln treiben konnte. Sein Äußeres reduzierte die Menschen auf ihren Hunger, ihr Begehren und ihre Abhängigkeit – drei Eigenschaften, die Jordan, wie er zugeben musste, anscheinend nicht besaß. Seine Welt war faszinierend, doch sie bedrohte ihn nur selten. Seine ein Meter siebenundachtzig große, muskulöse Gestalt, die breiten Schultern und das schöne Gesicht mit der makellosen, olivbraunen Haut – das alles hatte ihm irgendwie den Schmerz erspart, der die meisten seiner Klassenkameraden zu dem zu machen schien, was sie waren. Doch das war nichts, was Stolz oder Schuldgefühle in ihm hervorgerufen hätte. Seine Schönheit war keine Leistung; sie war eine Tatsache.

Katie hatte ihn sich wie eine Trophäe geschnappt und ihn ein Jahr nach Manhattan entführt, das voll gepackt war mit wildem Sex, Shoppingtrips zu Versace und lauten, von ihrem Chef geschmissenen Partys bei ihrer Werbeagentur. Dass er von Katie ausgehalten wurde, verschaffte der körperlichen Schönheit, durch die er sich seinen Kommilitonen entfremdet fühlte, eine gewisse Zweckhaftigkeit. Als die Unterhaltung zwischen ihnen immer magerer wurde, bestand Katies einzige Reaktion darin, Abend für Abend laute Restaurants in *SoHo* zum Dinner zu empfehlen, wo man sich im zunehmend größeren Kollegenkreis traf, überwiegend verheiratete Paare.

Jordan hätte wesentlich mehr Zeit damit zubringen müssen, seine Eltern wegen seines Weggangs vom College zu beschwichtigen, wäre seine Heimatstadt nicht von einer Tragödie erschüttert worden. Der siebenjährige Alex Darby war von einem Müllauto erfasst worden und tödlich verunglückt, und kurz darauf hatte Brandons bester Freund Greg Darby Selbstmord begangen. Als Jordans Eltern von der Trauer erfasst wurden, die seinen jüngeren Bruder überwältigte, hörten die Anrufe seiner Mutter auf.

Nach mehr als einem halben Jahr Schweigen, das seinem Umzug nach New York gefolgt war, brachte er schließlich den Mut auf, seine Mutter anzurufen. Er hatte etwas mitzuteilen, was seiner Meinung nach eine gute Nachricht für sie, aber eine eindeutig schlechte für Katie war, weshalb er es für besser hielt, erst seinen Eltern Bescheid zu geben. Elise Charbonnet klang müde, fast erschöpft, und wirkte nicht sonderlich beeindruckt.

»Wie ist New York?«, fragte sie mit einem Sarkasmus in der Stimme, den er nie zuvor bei ihr gehört hatte.

»Ich geh zurück«, sagte er. »Zum College. Diesen Herbst.«

Es entstand eine lange Pause. »Das ist wunderbar«, antwortete Elise ohne Begeisterung.

»Ich dachte, du würdest dich freuen«, meinte Jordan.

»Tu ich auch«, antwortete Elise, die gelangweilt klang. »Weiß Katie Bescheid?«

Elise sagte *Katie*, als hätte sie gerade von einem halb rohen Steak abgebissen. »Nein«, antwortete Jordan.

Wieder entstand ein Schweigen.

»Was ist los?«

»Dein Bruder kommt nicht sonderlich gut zurecht.«

Mehr sagte Elise nicht. Das Letzte, was Jordan gehört hatte, war, dass Brandon die Schule schwänzte. Aber das lag Monate zurück. »Habt ihr schon an eine Therapie gedacht?«, schlug Jordan vor. Elise lachte bitter, was Jordan unruhig machte. »Ich meine das ernst …«

»Ich hab das schon im Griff, Jordan. Danke«, erwiderte Elise knapp, und Jordan war zu wütend und verlegen, um noch etwas dazu zu sagen. Im Herbst kehrte er nach Princeton zurück.

Nun wurden Anrufe von Roger die Regel. Die Begeisterung seines Vaters über seine Rückkehr zum College war unverhüllt, und Jordan wollte die Anerkennung, die er zurückgewonnen hatte, nicht durch das Thema Brandon gefährden. Wenn Jordan sich nach Elise erkundigte, waren Rogers Antworten gestelzt und unbestimmt. »Sie macht sich Vorwürfe …«, äußerte Roger einmal.

»Was meinst du damit?«, hatte Jordan gefragt.

»Dieser Winter … der hat sie wirklich mitgenommen …«

Doch noch immer fühlte Jordan sich unfähig, das Thema anzuschneiden. Rogers beiläufige Bemerkung – »dieser Winter« – kam ihm vor wie eine Theaterinszenierung, die ohne sein Wissen stattgefunden, dabei aber alle Mitglieder seiner Familie als Schauspieler mit einbezogen hatte.

Die nächsten drei Jahre absolvierte er in den Sommerferien Praktika und verbrachte die Feiertage bei Freunden im Nordosten. Weder Roger noch Elise beschwerten sich über ein einziges versäumtes Weihnachtsfest.

»Dein Problem ist, dass du perfekt bist, Jordan.«

Melanie McKee kippte ihr Bier, als gehörte sie einer Burschenschaft an, schob aber bei jedem Glas das dunkle Haar mit zierlicher Hand aus dem Gesicht. Sie log nicht übers Masturbieren und wie die meisten von Jordans Freundinnen in Princeton hatte sie Geld. Kein, wie im Garden District üblich, »Schau im Geschichtsbuch nach«-Geld, sondern gutes, wohl verwaltetes Baumwoll-Geld von Newport. Anders als Katie sprach sie, ohne anschließend sein Gesicht nach einer Reaktion zu durchforschen. Anders als Katie zeigte sie kein Interesse daran, ihn an einem Ort festzuhalten. Jordan betrachtete

Melanie als die erste echte Frau, der er je begegnet war. In ihr war nichts vom Verhalten der Südstaatenschönheit, an das er so gewöhnt war – dieser Schleier aus damenhaftem ›Benimm‹, der auf dem Glauben gründete, dass eine junge Frau, die ihr Begehren für einen Mann offen erkennen ließ, ihr eigenes Verderben herbeiführte.

Sie lernten sich zu Beginn von Jordans letztem Semester kennen. Sie war die Assistentin des Dozenten einer seiner letzten Pflichtvorlesungen. Jordan erblickte sie in der ersten Stunde vorne im Vorlesungssaal. Er suchte sich einen Platz einige Reihen weiter hinten und war überrascht, als er kurz danach aufschaute und feststellte, dass sie ihn selbstsicher und bewundernd zugleich anlächelte.

Melanie schlug eine Verabredung vor. Jordan war einverstanden. An diesem Tag ging er nach der Uni heim und rief seine Princeton-Freundin Nummer vier an, Claudia, eine Geologiestudentin, mit der er ein paarmal essen gegangen war sowie ziemlich guten Sex und das komplette Fehlen interessanter Unterhaltung genossen hatte. Nachdem Jordan ihr beiläufig erklärt hatte, er hätte zu viel zu tun, um sich in nächster Zeit mit ihr zu treffen, hatte Claudia das Telefongespräch mit einem »So ist es wohl am besten« beendet und den Hörer so laut aufgeknallt, dass ihm die Ohren dröhnten.

Bei ihrem dritten Date prangerte Melanie McKee Jordans Persönlichkeit mit derselben Inbrunst an, mit der sie ihn verfolgt hatte. »Vollkommenheit ist nicht normal, Jordan«, sagte Melanie. »Schau, du bist noch so naiv, dass du glaubst, du hättest alles erreicht. Du glaubst, dass es da draußen nichts gibt, was du als der wandelnde feuchte Traum, der du bist, nicht kriegen könntest. Darum findest du das Leben langweilig. Aber eigentlich ist das gar nicht dein Problem.«

»Was ist denn mein Problem?«, fragte Jordan mit überlegenem Lächeln, die Bierflasche auf dem Weg zum Mund. Er war darauf vorbereitet, ihre Einschätzung seiner Persönlichkeit als das übliche Zutagetreten einer bedürftigen Begehrlichkeit abzutun.

»Du bist ein Monster!«, erklärte Melanie betrunken und hieb mit der Faust auf die Theke.

Jordan lachte so laut, dass der Barkeeper herübersah.

»Das meine ich ganz ernst, Jordan. Ein so schöner Mensch wie du, das ist nicht normal. Du bist ein Außenseiter, wo immer du auch hingehst. Aber ich will dir was sagen ...«

Sie beugte sich auf Kussnähe zu ihm hinüber. »Du solltest es lieber nutzen, Kumpel! Monster haben nämlich einen besseren Blick auf die Welt als irgendjemand sonst. Sie sehen Dinge kommen, die andere nicht sehen. Pass also auf. Wenn du nämlich so weitermachst und rumläufst wie ein kleiner Gott, dann übersiehst du im entscheidenden Moment den Teufel, bis er dir die Zähne in den hübschen Arsch gräbt!«

Jordan hatte den größten Teil seines Lebens geglaubt, alles Begehren sei heimlich und schmutzig, und die Leute, die ihn bewunderten, grollten ihm insgeheim, weil er die Heftigkeit ihres eigenen Begehrens ans Tageslicht zerrte. Jetzt aber schien Melanie McKee seiner Schönheit einen Platz in der Welt zu geben und einen Zweck. Er war ein Monstrum. Er küsste sie direkt dort an der Bar.

Roger und Elise Charbonnet kamen am Tag vor Jordans Abschlussfeier mit dem Flugzeug an. Entgegen Jordans und Melanies Absicht hatten sie verlangt, dass Melanie ihn zum Dinner begleitete. Jordan hatte sie Roger gegenüber beiläufig erwähnt.

Melanie hielt dagegen, ein Dinner mit Jordans Eltern wäre sinnlos und würde nur Stress bedeuten. Nach dem Abschluss zog Melanie nach Frankreich, und Jordan kehrte nach Hause zurück, um eine Weile zu arbeiten, bevor er sich bei der juristischen Fakultät bewarb. Sein Vater war ein ehemaliger Student der Tulane Law und hatte die richtigen Verbindungen, um Jordan nach seiner Anwaltszulassung eine Stelle zu verschaffen. Sie hatten ihre Beziehung gehabt und ihren Spaß dabei, aber keiner der beiden machte sich etwas wegen einer Heirat vor. Melanie war aber trotz Jordans gegenteiliger Beteuerungen überzeugt, dass Jordans Eltern genau das annehmen würden.

Sie fuhren schweigend zum Restaurant und Melanie zog nervös ihren Lippenstift im Beifahrerspiegel nach. Jordan fühlte sich plötzlich komisch angesichts der Tatsache, dass er seine Eltern seit ihrem Besuch während seines Freshman-Jahrs nun zum ersten Mal persönlich wiedersehen würde. Dass er sich seinen Eltern fünf Jahre lang so lässig entzogen hatte, wirkte zu ungeheuerlich, um darüber nachzudenken. Doch auf dem Weg zum Restaurant fiel ihn die harte Realität dieser Tatsache aus dem Hinterhalt an.

Als sie sich dem Tisch näherten, beobachtete Jordan das Gesicht, mit dem Elise Melanie McKee registrierte. Roger stand als Erster vom Tisch auf, schob den Stuhl zurück und streckte die Hand aus. Jordan erwartete, dass Elise sich mit ihm erheben und Melanie diesen sanften, aber festen Hände-druck verabreichen würde, den Südstaatenfrauen nur ande-ren Frauen vorbehalten – ein Händedruck, mit dem man den anderen einen Moment lang festhält, während man ihn be-trachtet. Doch Elise stand nicht auf. Nachdem Jordan sich ge-setzt hatte, beugte er sich zu ihr und küsste sie auf die Wange. Elises Antwort war ein starres Lächeln. Sie sah älter aus, sein Vater auch. Beide wirkten wie verhärmte, ausgetrocknete Versionen der Eltern, die er in Erinnerung hatte.

Sie ist mir noch immer böse, weil ich nach New York ge-gangen bin, dachte er und rückte sich ärgerlich auf dem Stuhl zurecht.

Roger reichte Melanie die Weinliste. Sie nahm sie wider-strebend entgegen. »Schließlich gehen Sie ja nach Frank-reich«, scherzte Roger nervös. Melanie antwortete brav mit einem Gekicher, als hätte man sie in die Rippen gestupst.

Jordan hatte erwartet, dass Elise Melanie eindringlich mustern würde, so wie jedes Mädchen, das Jordan bisher nach Hause gebracht hatte. Doch Elise saß nur teilnahmslos am Tisch. Verschwunden war die nervös herumzappelnde Frau der Cannon-Footballspiele. Sie sah Jordan kaum einmal an.

»Also, wo sind wir hier eigentlich?«, fragte Roger lachend. »Ich hasse es, wenn ich nicht selbst fahren kann. Dann habe ich das Gefühl, mein Schicksal liegt in den Händen von irgend so einem Taxifahrer.«

Melanie lächelte schwach.

»Du hättest ein Auto mieten können«, murmelte Jordan.

»Oder du hättest ein freundlicher Gastgeber sein und uns am Flughafen abholen können«, antwortete Roger ohne Boshaftigkeit und schlug die Karte auf.

Melanie rückte die Serviette auf ihrem Schoß herum. »Auf welchem Flughafen sind Sie angekommen?«, fragte sie mit gesenktem Blick.

»Newark. Und dann haben wir den Zubringerbus genommen – Route One, nicht wahr?« Roger richtete den Blick auf Jordan.

Jordan nickte. Der Kellner kam. Sie bestellten und ein steifes Schweigen senkte sich über den Tisch. »Wie geht es Brandon?«, fragte Jordan.

Langsam wanderten Elises Augen von dem Flecken Wand, den sie angestarrt hatte, zu Jordan.

»Nicht gut«, antwortete sie in einem ruhigen Tonfall, der Jordan zwang, den Blick von ihr abzukehren. Er wandte sich Melanie zu, die ihn kühl ansah. Er hatte seinen jüngeren Bruder nur ein paarmal erwähnt. Melanie war überrascht, dass er ihn jetzt erwähnte.

»Also, es gibt da eine Geschichte …«, begann Jordan. »Hab ich dir je davon erzählt, was in meiner alten High School los war?«

Melanie schüttelte den Kopf. Roger griff nach seiner Gabel und fuhr mit den Zinken die Tischtuchkante entlang.

»Okay, mein Bruder Brandon ... also, der kleine Bruder von seinem besten Freund wurde auf dem Weg zu einem Footballspiel von einem Auto überfahren. Er war sofort tot. Es war scheußlich.«

»Das dürfte eine Untertreibung sein«, murmelte Roger. Elises Blick haftete weiter auf Jordan.

»Also, die Mutter von dem Kind ...«

»Das *Kind* hatte einen Namen. Alex. Seine Mutter heißt Angela Darby«, unterbrach ihn Elise.

Melanies Augen weiteten sich leicht, weil Elises Stimme so eisig klang. Jordan warf seiner Mutter einen kurzen Blick zu.

»Richtig«, fuhr er fort. »Jedenfalls, bei der Beerdigung, da flippte Angela Darby aus. Verstehst du, das Footballspiel war in so einem richtigen Provinznest mitten im Sumpf – Thibodaux. Und an diesem Tag hatten sie bei der Pep Rally diesen Sketch aufgeführt, der den Thibodaux Mothers' Club durch den Kakao zog. Angela Darby hatte die Hauptrolle gehabt. Als dann also Alex zufällig in Thibodaux von einem Müllwagen überfahren wurde, war Angela plötzlich überzeugt, ihr Sohn sei in Wirklichkeit ermordet worden. Es sei so eine Art Verschwörung gewesen ...«

»Das hat man uns jedenfalls erzählt. Sie war völlig außer sich«, sagte Roger, ohne aufzuschauen.

»Verständlich«, meinte Melanie.

»Genau, und es wird noch besser«, fuhr Jordan fort. Er fühlte sich wie ein aufgeregtes Kind, das eine seiner Lieblings-Gespenstergeschichten erzählt. »In dieser Nacht, nach der Beerdigung seines Bruders, steigt Greg, Brandons Freund, auf die Spitze des Bishop Polk Glockenturms – dieselbe Kirche, wo er zur Grundschule gegangen war und wo sein Bruder beerdigt wurde. Und er ... er hat sich umgebracht. Du hast den Gewehrschuss gehört, Mom, oder?«

Jordan brauchte einen Moment, um den Ausdruck im Gesicht seiner Mutter zu deuten – Verachtung. Er dachte, sie würde gleich etwas sagen. Als sie weiter schwieg, wurde ihm heiß und schwindlig.

»Erzählst du zu Ende oder soll ich das machen?«, fragte Elise ruhig, doch mit einem leisen Unterton von Zorn. Roger senkte den Kopf. Melanie flüsterte etwas, was Jordan als »Jesus Christus« interpretierte.

»Nach dem Selbstmord seines allerbesten Freundes macht Brandon – *Jordans jüngerer Bruder* – etwas durch, was man wohl als geistigen Zusammenbruch bezeichnen könnte«, erklärte Elise. »Er kommt nie vor ein Uhr morgens nach Hause. Schließlich ruft Cannon uns an und teilt uns mit, er habe im Verlauf von vier Wochen die maximale Fehlzeit für ein ganzes Jahr überschritten. Als Roger ihn zur Rede stellt, schleudert Brandon quer durchs Wohnzimmer einen Stuhl nach ihm. Der Stuhl verfehlt Roger, trifft mich aber an der Schulter.«

Elise hielt inne, trank einen Schluck Wein und fuhr mit der Gelassenheit einer erfahrenen Geschichtenerzählerin fort: »Roger und ich lügen uns also was vor. Das ist nur die Trauer. Es ist einfach eine Phase. Es könnte schlimmer sein. Brandon könnte auch mit Angela Darby in Bayou Terrace sein. Aber etwa eine Woche später findet die Polizei ihn Hasch rauchend in einem Wagen, den er erst drei Stunden zuvor gestohlen hat ...«

»*Elise!*«, zischte Roger.

»Ich erzähle eine Geschichte, Roger. Ist das gestattet?« Elise schluckte und sah Jordan an. »Natürlich hat Brandon nicht einfach zufällig beschlossen, einen Wagen zu stehlen. Nein, er brauchte einen Wagen, weil er unseren Mercedes eine Woche davor zu Schrott gefahren hatte. Hat ihn von zu Hause weg gerade drei Straßen weiter direkt in einen Zaun gesetzt.

Was tun wir also?«, fragte Elise rhetorisch. »Wir tun das, was Eltern eben tun, wenn sie sehen, dass ihr Sohn sich vor ihren Augen in einen völlig anderen Menschen verwandelt. Wir schickten Brandon weg. An einen Ort, wo man dafür sorgen würde, dass seine kleine Phase ein Ende fand.«

»Wie bitte?«, fragte Jordan verdattert.

»Der Ort heißt Camp Davis. Auf der anderen Seite des Sees …«, versuchte Roger sich dazwischenzuschalten. »Jordan, es ist nicht so schlimm, wie es klingt …«

»Eine Kaserne?« Jordan sah von Roger zu seiner Mutter. »Ihr habt mir nie gesagt …«

»Damals warst du wohl gerade in New York«, erwiderte Elise und trank einen Schluck Wein.

Zorn und Demütigung hinderten Jordan an einer Reaktion.

»Unterdessen«, fuhr Elise fort, »empfindet Jordan Hunderte von Meilen entfernt die traurige Geschichte seines nicht ganz perfekten jüngeren Bruders als die perfekte Dinner-Konversation. Schmuddelig, unterhaltsam und tragisch. Nicht wahr, Jordan?«

»Das ist unerhört, Elise«, sagte Roger.

Elise stieß eine wilde Lachsalve aus, bei der es alle eiskalt überlief. »Ach, Roger, das war wohl alles ziemlich unerhört, meinst du nicht?«, bemerkte Elise zur Decke.

Jordan wartete mehrere Sekunden wie betäubt ab, bevor er sich langsam vom Stuhl erhob. Er entschuldigte sich und marschierte schnurstracks zur Toilette.

Er klatschte sich kaltes Wasser ins Gesicht. Camp Davis. Allein schon bei dem Namen zog sich ihm der Magen zusammen.

Als er zum Tisch zurückkehrte, hing Elises Blick wieder leer im Raum. Melanie hatte sich der Aufgabe gewachsen gezeigt und Roger in ein Gespräch verwickelt, über Princeton, über Frankreich, über das Essen. Bis zum Ende der Mahlzeit waren die beiden die Einzigen, die sprachen.

Draußen traten sie zueinander, um sich zu verabschieden.

»Wir sehen dich morgen bei der Feier«, sagte Roger und schüttelte seinem Sohn matt die Hand. Jordan trat zu seiner Mutter und umarmte sie, als wäre sie aus Glas.

»Schon gut. Lass dich nicht davon berühren«, flüsterte Elise ihm ins Ohr.

Jordan war zu verwirrt, um sie noch einmal anzusehen, als sie seiner Umarmung entschlüpfte.

Melanie glitt unter der Bettdecke hervor und nahm sich eine Zigarette aus der Packung auf dem Nachttisch. Sie waren zum Campus zurückgefahren, ohne dass Melanie Jordans Schweigen gestört hätte. In Melanies Wohnung angekommen, fielen sie sofort ins Bett.

Seitdem Jordans Abschluss nahte, wurde der Sex verzweifelter und unaufschiebbarer.

»Was hat sie dir vor dem Restaurant gesagt?«, fragte Melanie, die nun dastand und sich die Zigarette anzündete.

»Lass dich nicht davon berühren.«

»Mütterliche Ironie, schätze ich«, murmelte Melanie, bevor sie eine lange Rauchfahne ausatmete.

»Was meinst du damit?«, fragte Jordan und setzte sich auf.

Melanie schüttelte den Kopf. Ihr Gesicht blieb konzentriert. Er kannte diesen Ausdruck.

»Also, weißt du, ich dachte, du wärst der Meinung, ich sollte diese ewige Scheißhöflichkeit der Südstaatler ablegen«, meinte er. »Dieses: ›Ein Lächeln, ein Drink, und alles ist in Ordnung‹ ...«

Melanie legte den Kopf schief, die Augen blitzend vor Ärger und Überraschung. »Jordan, was willst du ...«

»Ich kann nicht so tun, als wüsste ich nicht, was mit meiner eigenen Familie passiert ist!«

»Ach, wirklich? Und wieso hast du mir dann nie davon erzählt?«, fragte sie ruhig.

Jordan ließ sich wieder ins Kissen sacken.

»Es war einfach peinlich, Jordan. Ich meine, dieses ganze Zeugs da aufzuwühlen. Sie kennen mich nicht einmal ...«

Jordan setzte sich auf.

»Warum glauben Frauen immer, dass sie einen größeren Teil der Bürde schultern als Männer?«

Melanies Augen weiteten sich. Ein sarkastisches Lächeln straffte ihr Gesicht. »Das soll wohl ein Scherz sein, oder?«

»Nein. Das meine ich ernst. Wieso ist denn meine Mutter plötzlich im Privatbesitz von Brandons Geschichte?«

»Weil es keine *Geschichte* ist, Jordan! Du hast die Sache heute Abend zu einer gemacht!«

Jordan schüttelte den Kopf. Er wusste, dass er schmollte, aber er konnte nichts dagegen tun.

Melanie näherte sich zaghaft dem Bett. »Schau, ich denke, du solltest es dir noch einmal überlegen«, begann sie zögernd.

»Noch einmal überlegen?«

»Zwischen ihnen und dir ist so viel Distanz, ich meine ...«

»Melanie, wovon redest du eigentlich?«

»Jordan, ich glaube, du solltest nicht nach New Orleans zurückkehren.«

Jordan erstarrte. »Dann also Frankreich?«

»Scheiß drauf«, zischte Melanie und zog sich ins Bad zurück.

»Schließlich bin ich da geboren. Mir egal, was passiert ist. Schließlich komm ich da her.« Seine Stimme wurde mit jedem Wort lauter.

»Und warum warst du dann in fünf Jahren kein einziges Mal zu Hause?«, fragte Melanie, als sie zurückkam.

Jordan merkte, dass ihm wieder heiß wurde. Er öffnete den Mund, aber es kam nichts heraus.

»Brandon ... Er ist dein eigener Bruder, und du wusstest noch nicht einmal, dass sie ihn in einem Erziehungslager kaserniert haben.«

»Das hat mir keiner erzählt.«

»Hast du denn *gefragt?*«

Jordan schüttelte den Kopf und sackte langsam wieder ins Bett zurück. Es entstand ein Schweigen, dann spürte er, wie Melanie neben ihm ins Bett schlüpfte. Sie ließ einen Arm um seine Brust gleiten. Ihm war, als würde er gleich weinen, doch die Empfindung war ihm zu wenig vertraut, als dass er sich hätte sicher sein können.

»Nein, ich habe nicht gefragt«, brachte er schließlich heraus.

Melanie legte den Kopf an seine Schulter. »Ist ja gut …«, flüsterte sie.

Jordan wartete eine Weile, bevor er ihr von dem Alptraum erzählte, den er einige Wochen zuvor gehabt hatte. Von vier Kindern auf Fahrrädern, sein Bruder an der Spitze. Melanie hörte zu und versuchte, Ruhe zu bewahren. Er sah sie abwartend an, aber sie brachte keine Antwort zustande.

»Ich will nach Hause«, flüsterte er.

Jordan erwachte mit dem klebrigen Gefühl des Flugzeugfensters an seiner Wange. Er hatte fast den ganzen Flug verschlafen, und jetzt dröhnten die Triebwerke der 737, als das Flugzeug den steilen Landeanflug zum Moisant Field Airport in Angriff nahm. Unten sah der Mississippi aus wie die mit Wasser voll gelaufene Spur einer Riesenschlange auf dem Weg zum Golf von Mexiko. Die Raffinerien an seinem Ufer wirkten wie Entlüftungsschlitze im Kleinformat – weiße Rauchbüschel, die dem grünen Sumpfteppich entsprossen. Irgendwo da unten lag eine Stadt, die er früher einmal seine Heimat genannt hatte. Einen Moment lang geriet er in Panik. Da unten schien es überhaupt keine Landemöglichkeit zu geben. Einfach nur schwarzes Wasser und dahintreibende grüne Flecken. Wie konnte man nur da mitten hinein eine Stadt bauen? Wie kam es, dass eine solche Stadt nicht unterging?

2

TRISH DUCOTE ERWACHTE um vier Uhr morgens, den Telefonhörer ans Ohr gepresst, und hörte die Stimme einer jungen Frau, die nicht ihre Tochter war und offensichtlich schon eine ganze Weile geweint hatte. Trish tastete ungeschickt nach der Lampe, schaltete sie an und hätte beinahe nach dem Ehemann gegriffen, von dem sie sich vor zehn Jahren hatte scheiden lassen.

»Mrs Ducote? Es tut mir Leid. Ich weiß, dass es schrecklich spät ist ...«, sagte die Stimme.

»Meredith?«, fragte Trish, plötzlich hellwach. Sie setzte sich im Bett auf. Ohne bestimmten Grund nahm sie sich einen Stift vom Nachttisch.

»Nein, Mrs Ducote. Hier spricht Merediths Zimmernachbarin, Trin. Erinnern Sie sich an mich?«

Trish Ducote hatte keinerlei Erinnerung an Trin. »Ja, natürlich ... ist irgendwas passiert, Lynne?«, fragte sie.

»Also«, begann Trin. »Meredith liegt im Krankenhaus.«

Eine halbe Stunde später raste Trish Ducote jenseits aller Geschwindigkeitsbeschränkungen über den Freeway Richtung Oxford, Mississippi, wo Meredith seit beinahe zwei Jahren an der Ole Miss studierte.

Trish hatte sich nicht die Mühe gemacht, Merediths Vater anzurufen.

Kurz nach Mittag traf sie im Oxford General Hospital ein, wo sie mit einem Arzt redete, der so jung war, dass er auch der Freund ihrer Tochter hätte sein können. Trish hörte sich die Einzelheiten an und unterbrach dann den jungen Dr. Lupin. »Kommt sie darüber weg?«

»Ja … Eine Zeit lang stand es auf der Kippe, aber jetzt sind wir über den Berg«, erklärte Dr. Lupin.

»Kann ich sie sehen?«

»Ja. Wir haben sie gerade aus der Intensivstation verlegt. Ich kann eine Schwester bitten …«

»Nein. Jetzt nicht …« Trish fuhr mit der Hand zur Stirn, um ihre Kopfschmerzen zu lindern. »Ich muss erst noch was erledigen.«

Trish erinnerte sich an den Weg zu Merediths Studentenwohnheim; sie hatte Ole Miss selbst auch besucht, und in ihrem Sophomore-Jahr hatte ihr Studentenwohnheim neben dem gelegen, wo jetzt Meredith wohnte. An der Eingangstür schlüpfte sie hinter einem Studenten hinein, der seinen Ausweis durch das elektronische Kontrollgerät geschoben und damit die Tür geöffnet hatte, die Trish dann noch vor dem Zuschlagen erwischte. In der Eingangshalle sitzende Studenten unterbrachen ihr Gespräch, als die ältere Frau an ihnen vorbeimarschierte. Trin Hong, Merediths Zimmernachbarin, telefonierte gerade und hätte fast den Hörer fallen lassen, als Trish Ducote ins Zimmer stürmte.

»Ich muss telefonieren.«

»Sind sie …«, brachte Trin hervor.

»Ich bin Merediths Mutter. Ich muss mal eben telefonieren, wenn es Ihnen recht ist.«

»Sicher …«, fügte sich Trin. »Ich muss jetzt Schluss machen«, sagte sie in den Hörer, drückte die Ende-Taste und reichte das Gerät gehorsam zu Trish hinüber.

»Danke, Lynne«, sagte Trish, bevor das Mädchen aus dem Zimmer hastete.

Trish Ducotes erster Anruf ging an den Ship-'N'-Pack-Transportservice vor Ort. Sie benötige eine Reihe Umzugskartons, und zwar schnell. Dann rief sie Federal Express an. Gegen sechs Uhr abends habe sie eine große Lieferung aufzugeben – ob sich das arrangieren lasse? Ja, das ginge. Trishs dritter und letzter Anruf war ein Ferngespräch. Sie hinterließ nur eine kurze Nachricht. »Ronald, hier spricht Trish. Ich wollte dich nur wissen lassen, dass deine Tochter sich gestern Nacht fast zu Tode getrunken hätte.«

Meredith erwachte und erblickte ihre Mutter, die am Fußende ihres Krankenhausbettes in der Zeitschrift *Cosmopolitan* blätterte. Trish schaute auf und legte sich die Zeitschrift zugeklappt auf den Schoß, als ob Meredith etwas zu sagen hätte.

Meredith sagte gar nichts. Ihre Kehle war wund, weil der Schlauch des Beatmungsgeräts darin gesteckt hatte. Als Trish ihre Tochter wütend anstarrte, begann die Infusion in Merediths rechtem Arm wie mit feurigen Nadelstichen zu brennen.

»Ich habe deinen Vater angerufen. Ich habe ihm eine Nachricht auf Band gesprochen«, sagte Trish, als wäre das ein Gesprächsangebot.

Meredith hielt einfach nur die Augen offen.

»Ich habe deine Sachen eingepackt. Alles, was in deinem Zimmer war, wird mit Fed Ex zurück nach New Orleans geschickt. Du kommst heim«, erklärte Trish, bevor sie sich neben Meredith setzte.

»Und wenn ich nicht will?«, krächzte Meredith.

»Also …«, begann Trish mit zornbebender Stimme, »in Anbetracht der Tatsache, dass du offensichtlich trinken wolltest, bis dein Gesicht sich verfärbte und dein Herzschlag aussetzte, wird das, was du selbst willst, wohl erst einmal zurückgestellt.«

Meredith drehte den Kopf von ihrer Mutter weg zum Fenster mit Blick auf den Parkplatz und die Straße gegenüber.

»Man hat dir ein bisschen Dilaudid verabreicht, versuch also gar nicht erst, dich zu rechtfertigen, denn alles, was du jetzt sagst, wird ein bisschen … merkwürdig klingen«, erklärte Trish und nahm die *Cosmo* wieder zur Hand.

»War ich tot?«, fragte Meredith.

»Für eine kleine Weile, ja«, antwortete Trish.

Meredith sah, dass die *Cosmo* in der Hand ihrer Mutter zu zittern begann. »Wieso hab ich dann nichts gesehen?«, fragte Meredith. »Da sieht man doch immer was, wenn man stirbt?«

Trish antwortete nicht. Sie sah sie nur angestrengt an, als könnte ihre Tochter im Wirbel der ihr verabreichten Arzneien vielleicht doch noch existieren.

Meredith flüsterte etwas. Trish konnte es kaum verstehen.

»Angst hält mich nicht, sie höhnt nur, sie holt mich nicht, sie weist nur den Weg ...« Als sie den Vers zu Ende gesprochen hatte, sagte sie: »Armer Greg«, und merkte, wie sie in Schlaf sank.

3

DAS SANCTUARY HATTE die Fassade eines typischen Altstadt-hauses des French Quarters, doch die Fensterläden standen weit auf und ließen ein schwindelerregendes Geflacker von Stroboskoplicht erkennen. Der schmiedeeiserne Balkon im ersten Stock war mit Regenbogenfahnen behängt und gerammelt voll mit Männern in Trägertops und T-Shirts. Entlang der Außenmauern der Bar hingen Gaslampen. Der Name der Bar prangte in regenbogenfarben gestreiften Lettern auf einem Schild, das über den Schlange stehenden Männern vor dem Vordereingang baumelte.

An den meisten Samstagabenden kam es immer wieder vor, dass ahnungslose männliche Touristen zu weit über die Bourbon Street schlenderten, vorbei am Gedränge von Jazz Clubs und Strip Bars, aus denen entweder Karaokemusik oder rülpsender Rock ertönte. Wenn der Bassrhythmus des Synthesizer-Discosounds aus dem Sanctuary heranwehte, drehten die jungen Männer sich eilig um, merkten, was vor ihnen lag, und packten ihre Freundin bei der Hand. Diese zerrten den Freund dann ihrerseits lachend zum Lokal mit dem Argument, dort gebe es gute Musik zum Tanzen und man werde sich bestimmt amüsieren. Wenn so ein Pärchen sich aber zu dicht heranwagte, wurde es von den Schwulen auf dem Balkon mit Gejohle und Gepfeife empfangen, denn dort erkannte man einen Fremden so haarscharf, wie nur der es kann, der selbst im Exil lebt.

Als Devon Walker Stephen die Bourbon Street entlang-schleppte, fühlte der sich so unwohl wie vor zwei Jahren, als Devon ihn zum ersten Mal zur Bar bugsiert hatte, auch damals an einem schwülen Juniabend. Stephen hatte Devon drei Wochen vor seinem Schulabschluss an der Cannon kennen gelernt. Devon – mit seinen ewig glänzenden Augen und der ergebenen Treue zu jener sexuellen Orientierung, die Stephen seit Jahren als eine Heimsuchung betrachtete – hatte ihn in der Rue de la Course, einem von Collegestudenten frequentierten Kaffeehaus an der Magazine Street, einfach so angesprochen. Devon hatte Stephen dessen erste Zigarette angeboten. Inzwischen rauchte Stephen zwei Päckchen am Tag. Devon, der mit Politik im Hauptfach auf eine politische Karriere hoffte, trug Jeans und ein bunt kariertes Oxford-Shirt, das sich straff über der gewölbten Brust des Footballspielers spannte, eben jenem Merkmal, das Stephen anfangs an ihm bewundert hatte.

Bei ihrem ersten Rendezvous erzählte Devon angeregt von der Mobilmachung gegen den homosexuellenfeindlichen »Defense of Marriage Act«. Devon redete fünf Minuten lang, bevor Stephen ihn mit der Frage unterbrach, was für ein Gesetz der »Defense of Marriage Act« eigentlich sei. Von Stephens Unwissenheit beglückt, erklärte Devon es ihm mit weit ausladenden Gesten bis ins kleinste Detail.

Stephen hatte sein Glas mit Eistee mit beiden Händen vor den Mund gehalten und dabei schlückchenweise getrunken. Seit Beginn ihres Treffens hatte er kaum einmal ein Wort einschieben können. Beim Sprechen weiteten sich Devons Augen, und seine Arme wischten ausladend über die geleerten Teller, als schaffe er Raum für die zukünftige Schwulengemeinschaft.

Das meiste ging an Stephen vorbei. Nie war ihm auch nur der Gedanke an eine »Schwulengemeinschaft« gekommen. Stephens Begehren beruhte auf zwei Stunden, die er einmal auf dem Rücksitz eines Hondas verbracht hatte, den Kopf zwischen Jeff Haughs Beinen vergraben. Er nahm an, dass seine Verabredung mit Devon genauso enden würde. Als Devon ihn fragte, ob er je im Sanctuary gewesen sei, verneinte

Stephen im gleichen Moment, in dem er zu dem Schluss kam, dass er sich gerade in diesen jungen Mann mit den glänzenden Augen verliebte.

Nachdem sie sich drei Wochen lang regelmäßig gesehen hatten, gerade als Stephen der Meinung war, genug Liebesgedichte verfasst zu haben, um Devon einen Stapel schmuddeliger loser Seiten zu überreichen, kam dieser eines Nachmittags zu ihm nach Hause und verkündete, er sei eine »kalte, emotional eingeigelte Persönlichkeit mit einem Einzelkindsyndrom« und ihre Beziehung sei vorbei. Er hatte Beweise vorzubringen: »Vor einer Woche sind wir ins Kino gegangen. Vor dem Film hast du dir eine Packung Dots gekauft. Du hast die ganze Packung aufgegessen, ohne mir ein einziges anzubieten. Mitten im Film stand ich auf und ging mir eine eigene Packung kaufen. Als ich mich wieder gesetzt hatte, war deine erste Frage: ›Kann ich ein paar Dots haben?‹«

Devon hielt inne, damit seine Anklage ihre Wirkung entfalten konnte. Zur Antwort griff Stephen sich das Buch *Reports from the Holocaust: The Story of an AIDS Activist* von Larry Kramer vom Nachttisch und schleuderte es nach Devons Kopf. Devon hatte Stephen das Buch eine Woche zuvor gegeben, um etwas »für seine Bildung« zu tun. Nach der Lektüre der ersten Seite hatte Stephen beschlossen, es unter dem Bett zu horten, zusammen mit Devons anderen Geschenken, einer Ausgabe von *The Out Encyclopedia of Gay History* und *Dancer from the Dance* von Andrew Holleran. Die zweihundertvierundachtzig Seiten der gebundenen Ausgabe von *Reports from the Holocaust* segelten über Devons Schulter. Devon hob eine Hand an die Wange und starrte geschockt zu Stephen zurück. »Verpiss dich bitte, raus hier!«, forderte Stephen ihn auf.

Drei Wochen lang redeten sie nicht miteinander. Mitte der vierten Woche erhielt Stephen eine Kurznachricht, ausgedruckt auf Briefpapier des Tulane-University-Verwaltungsbüros, wo Devon einen Teilzeitjob hatte.

Betr.: Deine emotionalen Themen

Stephen – du stelltest eine mir inakzeptabel erscheinende Gewalttätigkeit zur Schau, als du mir ein Buch ins Gesicht warfst. Solltest du aufgrund meiner Entscheidung, unsere Beziehung zu beenden, Schmerzen empfinden, will ich diese nicht mildern, doch du scheinst der Überzeugung zu sein, dass dein Schmerz den jeder anderen Person übersteigt, weshalb die Empfindungen anderer Menschen dir einfach nur im Weg sind. Ruf mich an, falls du bei einer Tasse Kaffee darüber reden möchtest.

Stephen rief Devon nicht an. Stattdessen lieferte er eine Großpackung Dots bei Devons Studentenwohnheimzimmer ab. Charlie – Stephens Nachfolger – öffnete schließlich die Schachtel, während Devon die beigefügte Karte las: »Hau dich selber um – Stephen.«

»Hey, Süßkram. Klasse!«, meinte Charlie, während Devon die Karte zerknüllte und in den Papierkorb schleuderte. Er rief Stephen an. »Wir müssen miteinander reden!«, erklärte er.

»Worüber denn?«

»Hast du meine Kurzmitteilung erhalten?«

»Ja. Es war meine erste Kurzmitteilung überhaupt. Danke«, antwortete Stephen.

»Ich muss dir was sagen«, erklärte Devon.

Eine Stunde später trafen sie sich im Rue de la Course. Stephen rauchte während der Unterhaltung eine halbe Packung seiner eigenen Zigaretten. »Ich habe, von Süßigkeiten einmal abgesehen, gewisse andere Bedürfnisse, die du nicht erfüllen kannst«, erklärte Devon mit derselben Melodramatik in der Stimme, mit der er einmal über einen flüchtigen Bekannten geredet hatte, der mit HIV infiziert war.

»Was für Bedürfnisse?«

»Erinnerst du dich …« Devon hielt inne und schaute sich um, um sicherzugehen, dass keiner lauschte.

»Ich brauche einen Partner … sexuell …«, fuhr Devon fort, »… der ein … ein bisschen dominanter ist als du.«

Stephen erstarrte. Seine Camel Light blieb auf halbem Wege zum Mund in der Luft stehen. Als sie bei ihrem ersten Treffen nackt auf Stephens Bett gelegen und gefummelt hatten, hatte Devon Stephen aufgefordert, ihn eine Hure zu nennen. Stephen hatte sich aus Gründen, die er nicht erklären konnte, eisern geweigert. Devons Anklage fiel ihm ein: »… dass dein Schmerz den Schmerz jeder anderen Person übersteigt.« Jetzt flüsterte er: »Ich verstehe.«

Auf dem Rückweg zu ihren Autos hatte Devon ihn heftig umarmt und Stephen hatte die Umarmung erwidert. Getreu seinem missionarischen Eifer machte Devon sich dann gnadenlos auf die Suche, um Stephen anderweitig zu verkuppeln. Bisher hatte die Mission einen kolumbianischen Stripper abgeworfen, der betrunken von »wahrer Liebe« gefaselt hatte und dann in Wut geraten war, weil Stephen seine wiederholte Bitte um Analverkehr ablehnte. Devon hatte seinen Ex auch mit einem rauen Mississippi-Ureinwohner ausgestattet, der geschiedener Vater von drei Kindern und Kokaindealer war. Einen Tag nach dem Kennenlernen flüchtete »Hottie McHottie«, wie Devon ihn getauft hatte, aus der Stadt, als er entdeckte, dass die Drogenpolizei ihm Wohnung und Lastwagen verwanzt hatte.

Jetzt servierte Devon einen neuen Kandidaten. Er hatte Stephen am Nachmittag angerufen.

»Dieser Typ ist heiß! Also, deine Sorte heiß, mein ich. Sieht total nach Studentenverbindung aus, so 'n echter Fraternity-Bursche. Baseballkappe verkehrt rum. Aber er trägt 'nen Ohrring …«

»Was bedeutet das?«, fragte Stephen.

»Ich hab mich 'ne gute Viertelstunde mit ihm unterhalten,

gestern Abend. Er ist Barkeeper, aber sehr feinfühlig. Ich hab ihm von dir erzählt. Er möchte dich kennen lernen.«

»Der Ohrring, Devon? Was hat der Ohrring mit der Sache zu tun?«, wiederholte Stephen.

»Okay. Noch gibt es keine Nachrichten über den Typ, aber ich persönlich halte ihn für einen ganz warmen Bruder!«

»Devon!«

»Stephen, bitte. Er wollte alles über dich wissen.«

»Ich demütige mich nicht vor irgend so einem Hetero-Barkeeper.«

Devon ließ sich nicht beirren. »Ich hab ihm gesagt, dass du süß bist. Blondes Haar, blaue Augen. Das scheint immer zu funktionieren. Du könntest eine sechzehn Zentimeter lange Nase und Kaninchenzähne haben, solange du blond bist ...«

Stephen war einverstanden.

Devon zerrte ihn durchs Erdgeschoss des Sanctuarys. Stephen spürte, wie Hände über seinen Arsch glitten, als er gegen ein klebriges Gedränge von Tänzern stieß. Die Musik dröhnte, die Lichter blendeten ihn, bis er sich selbst hier, in der Welt der Schwulen, wie ein gänzlich Fremder fühlte.

»Billardbar«, bellte Devon über die Musik hinweg und führte Stephen über den Tanzboden zum rückwärtigen Treppenhaus, wo sie hinter drei voll gekoksten Drag-Queens warteten, die sich auf der Treppe stritten und einander anbrüllten: »Beeil dich, du Schlampe. Meine Muschi tut weh!« und »Müde alte Schlampe, schafft's nicht mal mehr die Treppe hoch!« Im Obergeschoss angekommen, steuerte Devon Stephen die Galerie entlang, wo gewöhnlich gekleidete Herren in den Fünfzigern die wirbelnden Männerkörper auf dem Tanzboden darunter beobachteten.

Die Billardbar belegte einen winzigen Winkel im Obergeschoss des Sanctuary und die Kunden beugten sich dort über einen einzigen ramponierten Billardtisch. Vor Stephen herschlendernd trat Devon durch die einflügelige Tür der Bil-

167

lardbar. Stephen verweilte in der Tür, während Devon direkt an die Theke trat und ihm den Blick auf den potentiellen »Mann seines Lebens« verdeckte. Stephen hörte Devon schreien: »Das hier ist mein Freund, von dem ich dir erzählt habe!«

Devon drehte sich um und hinter ihm tauchte Jeff Haugh auf.

4

Die Musik verstummte. Stephen hielt sich am Türrahmen fest, wie gelähmt von einem einzigen Gedanken – Jeff Haugh trägt einen Ohrring. Jeff blickte ausdruckslos zu ihm zurück, und in diesem Moment gellte die Stimme des DJs durch die Bar: »Ladys und *Ladys!* Das Sanctuary bittet Sie, sich ruhig zum nächsten Ausgang zu begeben ...«

Aus der Menge stieg ein gelangweiltes Stöhnen auf. Devon schnappte sich Stephen beim Arm und riss ihn aus der Tür. Eine Sekunde später verloren sie sich zwischen schwitzenden Männern mit nacktem Oberkörper, die auf den Ausgang zustolperten.

Stephen erhaschte einen Blick auf Jeff, der die Balkontür des Barraums hinter sich zuschlug. Ein Transvestit kreischte: »Scheiß drauf, Schätzchen! Wenn eine Bombe das Lokal hier platt macht, dann fliegen ich und mein Haar mit in die Luft!«, was an der Bar mit Gejohle begrüßt wurde. Devon und Stephen wurden zur Bourbon Street hinausgedrängt. Stephen konnte nicht sprechen. Er hörte das Geheul einer Polizeisirene und sah das Flackern von Blaulicht und Rotlicht auf der Kreuzung. Ein Polizeiwagen schob sich langsam durch die Menschenmenge voran.

»Bombenalarm«, meinte Devon ernst.

Stephen fühlte sich wackelig auf den Beinen. Er schwankte im Sog der ihn umgebenden Menge. Die dünne Linie, mit der er immer die Gegenwart von der Vergangenheit getrennt hatte, wurde plötzlich an beiden Enden hochgehoben und wie ein Springseil geschwungen. »Ich kenne ihn«, sagte er.

Vier Polizisten drängten sich unter Einsatz der Ellbogen

durch die Menge. »O mein Gott«, keuchte Devon. »Der Typ, als es schneite? Damals, der Abend am Fly?«

Stephen nickte.

»Sie nennen sich die Armee Gottes«, sagte eine Stimme, die Stephen nicht vergessen hatte.

Jeff stand neben ihnen. Stephen prallte zurück.

»Unternimmt die Polizei was dagegen?«, fragte Devon.

»Viel können sie nicht tun. Die dritte Drohung in diesem Monat. Wir versuchen sie dazu zu bringen, eine Fangschaltung einzurichten. Aber der Geschäftsführer sagte mir, diesmal ist sie per Fax gekommen.« Jeff schaute zur Regenbogenfahne, die über ihren Köpfen flatterte, und dann auf Stephen. Unauffällig machte Stephen eine Bestandsaufnahme seiner körperlichen Details. Die natürliche kompakte Breitschultrigkeit des Footballspielers war verschwunden. Jeff hatte jene Teile seines Körpers ausgefeilt und hervorgehoben, die er inzwischen in den Augen der anderen für bewunderungswürdig hielt.

»Wie ging's dir so?«, fragte Jeff ruhig.

»Okay«, antwortete Stephen. »Was macht dein Magen?«

Jeff lächelte leicht. Devon schnaubte. Offensichtlich war Devon von Stephens Manieren alles andere als beeindruckt.

»Bitte räumen Sie das Gelände, bis eine gründliche Inspektion aller Räumlichkeiten durchgeführt wurde!«, bellte ein Polizist.

Die Masse von Männern drängte sich über eine Kreuzung, die inzwischen mit Polizeiwagen gesperrt war. Jeff packte Stephen am Arm und führte ihn durch die schmalen Lücken zwischen den Stoßstangen. Als sie auf der anderen Seite inmitten von Touristenscharen herauskamen, die die Bourbon entlanggeschlendert waren, um zu sehen, was es da für eine Aufregung gab, war Devon verschwunden.

»Komm«, sagte Jeff und marschierte aus dem immer dichter werdenden Gedränge auf Madam Curie's Voodoo Shop zu, wo die fettleibige Besitzerin sich aus der Tür gequetscht hatte, um das Spektakel zu sehen. Er verschwand nach drinnen. Stephen folgte ihm.

Jeff inspizierte ein Regal voll eingeschweißter Gri-Gris*. Ein Schild versprach von den schlammfarbenen Tütchen mit allerlei Vermischtem einen Liebeszauber mit sofortiger Wirkung, der einem die geliebte Person in die Hand gab. Grob geschnitzte Voodoo-Puppen hockten auf Holzborden. Aus den fest installierten Stereolautsprechern sickerten unheimliche Klänge von Enigma.

»Wie ich hörte, warst du an der Tulane?«, fragte Jeff, ohne sich umzudrehen.

»Ja, na ja, mein Dad hat früher da unterrichtet, deswegen hatte ich da freie Fahrt«, antwortete Stephen widerwillig.

Stephen schaute zur Vordertür des Ladens hinaus, wo er eine vom Scheinwerferlicht der Fernsehkameras in Weiß getauchte Menschenmasse erblickte.

Devon wurde gerade interviewt und sprach lautstark ins Mikrophon, zweifellos im Vorgriff auf die Tage, an denen er auf dem Capitol Hill Lobbyarbeit für die Menschenrechtskampagne betreiben würde. Devon prangerte die Macht des Hasses an.

»Louisiana State University. Im fünften Jahr«, sagte Jeff, jetzt Stephen zugewandt und von der grellen Lichtschiene des Ladens beleuchtet.

»Du fährst jedes Wochenende zur Arbeit in der Bar hier?«

»Keine große Sache. Nur eine Stunde von Baton Rouge. Einer aus meinem BWL-Kurs hat mir den Job besorgt. Er ist Tänzer.«

Stephen lächelte affektiert. Die Tänzer des Sanctuary wurden über legale Künstler- und Modelagenturen gebucht, und

---

*kleine Gegenstände wie Amulette, Armreifen u. a. beim Voodoo, deren Kraft erst durch eine magische Zeremonie geweckt wird

von mehr als einem unter ihnen war bekannt, dass sie übereifrigen Kunden ein Foto von Weib und Kind zeigten, das sie unterm String-Tanga trugen.

»Hab erst vor ein paar Wochen angefangen. Deswegen stecke ich in der Billardbar fest«, sagte Jeff, den Blick zwischen Stephens Füßen zu Boden gerichtet.

»Richtig. Weil der Geschäftsführer weiß, dass die Schwuchteln scharenweise zu dem süßen neuen Barkeeper strömen werden.«

Jeffs Augen begegneten plötzlich den seinen, schmerzlich getroffen. Stephen taten die Worte Leid, er spürte es wie einen Klumpen in der Brust. Jeff drehte sich wieder zum Regal um und Stephen trat zur Tür.

Auf der Bourbon Street war das Stimmengewirr zu einem schlampig gesungenen Song verschmolzen, der ihm irgendwie vage bekannt vorkam. Stephen blieb in der Tür stehen und erblickte eine Miniparade von Transvestiten im Scheinwerferlicht, die Gloria Gaynors »I Will Survive« schmetterten. Die Menge hatte sich jubelnd geteilt und ihnen die Straße als Bühne freigegeben.

»Schau. Ich weiß, dass ich dich hätte anrufen sollen oder so.«

Stephen schrak zusammen. Jeff stand hinter ihm in der Tür, in einer grausamen Parodie der Stellung, die sie bei ihrem ersten Kuss auf dem Fly eingenommen hatten.

»Das war in der High School, Jeff.« Er ging die Treppe hinunter, blieb stehen und drehte sich um. Jeffs Silhouette riegelte das aus der Ladentür fallende Licht ab.

»Irgendwie paradox ist es aber schon«, fuhr Stephen fort. »Wenn du nämlich richtig schwul wärst, könntest du längst nicht so viel Trinkgeld kassieren. Wenn der Frischfleischfaktor sich einmal abgenutzt hat, bist du als Schwuler gearscht. Was die ganzen Schwuchteln da wirklich wollen, ist ein Hetero-Boy, den sie nach und nach klein hobeln können, wenn sie ihn erst mal in den Klauen haben. Und genau das bist du. Im Moment.«

Stephen fingerte nach einer Camel Light. Er wusste, dass alle Barkeeper des Sanctuary als Service für die Gäste ein Feuerzeug bei sich tragen mussten. Jeff machte keine Anstalten, Stephen die Zigarette anzuzünden.

»Glaub mir«, sagte Stephen durch eine Rauchwolke hindurch. »Ich gehe seit zwei Jahren hin.«

»Ich weiß. Deswegen habe ich den Job angenommen«, erklärte Jeff.

Stephen schaltete das Deckenlicht in seinem Zimmer an. Er hatte nicht mehr die Energie, so zu tun, als wollte er Jeff nur das Haus zeigen. Jeff betrachtete die Wand mit den gerahmten Postern von Stephens Theaterkarriere an der Cannon. Stephen blieb in der Tür stehen. Er hoffte, dass seine Mutter schlief.

Stephen schaute Jeff an, die Hände in die Taschen seiner Jeans gestopft. Jeff trug noch immer sein Sanctuary-T-Shirt mit dem Aufdruck eines Planeten, von regenbogenfarbenen Streifen umlaufen wie der Saturn von seinen Ringen.

»Ich muss dir etwas sagen«, erklärte Jeff. »Ich habe sie gesehen.« Er stockte. Stephen spürte, wie sein Gesicht sich vor Verwirrung anspannte. Jeff schüttelte den Kopf. »Greg Darby und Brandon Charbonnet. In der Nacht, als … in der Nacht, als sie das mit deinem neuen Wagen anstellten. Ich fuhr nach Hause, sie waren vor mir und ich … Du erinnerst dich an die Nachricht über Miss Traulain?«

Stephen schüttelte den Kopf. Das hier war nicht mehr einfach nur peinlich, es fing an wehzutun.

»Also, die hab ich in deinen Briefkasten gesteckt. Ich wusste also, wie man zu dir nach Hause kommt; ich war damals an dem Abend auch auf dieser Party, genau wie sie, und sie hatten über dein neues Auto geredet … Dann sah ich sie auf dem Weg zu dir nach Hause und ich …«

»Das ist jetzt fünf Jahre her, Jeff«, unterbrach ihn Stephen.

»Sie waren solche Arschlöcher, und jeder wusste das, aber Brandon konnte die Leute dermaßen einschüchtern …«

»Jeff!« Stephens Stimme wurde laut vor Zorn.

»Ich sah, wie sie an der Kreuzung abbogen, und wusste, dass sie zu dir nach Hause fuhren. Sie hatten die ganze Nacht schon über dein Auto gelästert.«

»Und was zum Teufel hättest du tun sollen?« Stephens Hände in den Taschen hatten sich zu Fäusten geballt. Er starrte Jeff wütend an. »Willst du mir vielleicht erzählen, dass du die letzten fünf Jahre voller Reue warst, weil du nicht den edlen Helden gespielt hast, der der armen Schwuchtel zu Hilfe eilt? Jetzt mach aber mal halblang. Das ist fünf Jahre her und es war *mein* Auto. Nicht einmal *ich* denke mehr daran!«

»Du lügst«, sagte Jeff.

Stephen legte den Kopf schief. »Denkst du, du hättest nie was für mich getan?«, fragte er mit einem schiefen, gedankenverlorenen Lächeln. »Denkst du vielleicht, dass du mich zum Fly mitgenommen, mich betrunken gemacht hast und ich dir auf dem Rücksitz einen blasen durfte, das hätte mir nichts bedeutet? Hör mal, Jeff.« Stephen lachte freundlich. »Ein besseres Geschenk fällt mir gar nicht ein.«

Stephen kroch langsam über die Matratze zum Fußende des Bettes, wo Jeff stand. Er grinste. »Was ist los? War ich nicht nett zu dir?«

»Ich denke über das nach, was in der Nacht damals passiert ist. Oft«, erklärte Jeff ruhig, das Gesicht gefasst.

Stephens Lächeln verblasste.

»Und du?«, fragte Jeff.

Stephen erhob sich auf die Knie und winkte Jeff heran. Jeff zögerte und näherte sich dann der Bettkannte. Stephen öffnete den Reißverschluss von Jeffs Jeans. Plötzlich schoss Jeffs Hand nach unten, packte Stephen bei den Handgelenken und hielt ihn fest. Stephen warf mit einem Ruck den Kopf hoch und starrte Jeff verwirrt und zornig an. Jeff ließ Stephens Handgelenke los und stieß ihn flach auf den Rücken. Er ließ sich vor Stephens herabbaumelnden Beinen auf die Knie nieder und knöpfte ihm die Jeans mit den Zähnen auf.

Sie sah zu, wie Jeffs Schulter aus dem Rahmen von Stephens Schlafzimmerfenster verschwand. Sie wartete, bis das Licht ausging. Eine Weile blieb sie noch dort im Acura ihrer Mutter sitzen, überzeugt, dass Stephen jemanden hatte, und sei es auch nur für den Moment. Dann drehte Meredith Ducote den Zündschlüssel und fuhr los. Die Schlusslichter des Wagens wurden vom Nebel verschluckt, der vom Fluss herangeweht war und die Straßen gespensterhaft tupfte.

5

»ICH GLAUBE, DASS STEPHEN jemanden gefunden hat«, sagte Monica.

Elise trank einen Schluck von ihrem Wein. Monica sprach die Homosexualität ihres Sohnes ihr gegenüber zum ersten Mal an. Die war zwar keineswegs ein Geheimnis, doch in den vier Monaten, in denen sie sich mittags gelegentlich zum Essen trafen, hatten sie nie darüber geredet.

Elise war über die Formulierung gestolpert. »Hat jemanden gefunden ...« Empfand Monica ihren Sohn als so verzweifelt? Fünf Jahre zuvor hatte Elise Homosexuelle noch als tragisch fehlgeleitete Gestalten betrachtet; zwei Männer, die Sex miteinander hatten, das war eine entsetzliche Vorstellung. Zwei Männer zusammen besaßen keine Kontrolle. Doch seit damals war sie mit der Verzweiflung vertrauter geworden. »Weißt du, wer es ist?«, fragte sie.

Monica schwenkte ihr Weinglas. »Nein. Aber ich glaube, ich habe ihn letzte Nacht kurz gesehen. Na ja, eigentlich morgens ...«

»Er hat also übernachtet?«, fragte Elise.

Monica nickte.

»Hältst du es für eine Charakterschwäche, dass ich immer noch für meinen Sohn bete, obwohl ich seit Jahren nicht mehr an Gott glaube?«, fragte Monica.

»Vielleicht ist es eine Charakterschwäche, dass ich für einen der meinen nicht mehr bete ...«, antwortete Elise. »Wenigstens bist du Stephen eine Mutter. Bei Brandon bin ich nur so irgendjemand, der zufällig dabeisteht.« Sie stach mit der Gabel nach den Blättern ihres Romanasalats.

»Sobald er achtzehn war, hättest du dich ohnehin in so was verwandelt, Elise«, meinte Monica.

»Falsch.« Elises Schroffheit kam für beide überraschend. »Ich wäre etwas anderes geworden. Eine Zuschauerin. Ich hätte zugeschaut, wie er zur Schule geht, erwachsen wird, heiratet. Jetzt aber ... All dieser Mist, der ihn so ... krank ... gemacht hat. Also, nichts davon war meine Schuld. Aber nun weiß ich, dass mein Sohn psychisch krank ist. Ich stecke fest und warte auf die nächste schreckliche Sache, die er begehen könnte. Das macht mich zu jemandem, der einfach nur daneben steht.«

Monica erwiderte nichts. Bei ihrem oft gespielten Leidenspoker hatte Elise an diesem Nachmittag die besseren Karten.

Jordan traf Roger in der Küche beim Durchsehen der Post an.

»Wo ist deine Mutter?«, fragte Roger.

»Mom ist mit Monica Conlin essen gegangen«, antwortete Jordan bloß. Er beobachtete Roger genau und versuchte, seine Reaktion einzuschätzen.

Elise hatte ihre neue Freundschaft mit ihrer früheren Garden-District-Nemesis erst auf Jordans Druck hin zugegeben. Nun wollte Jordan sehen, ob diese Neuigkeit für Roger so schockierend war wie für ihn selbst. Roger schüttelte den Kopf und riss einen Umschlag auf, der ihn auf das bevorstehende Auslaufen seines *Wall Street Journal*-Abonnements aufmerksam machte.

Jordan wartete, bis er das Motorengeräusch hörte, mit dem der Cadillac seines Vaters aus der Zufahrt rollte, gefolgt vom metallischen Scheppern, mit dem das Tor hinter ihm schloss.

Brandons Zimmer war eine Zeitkapsel aus dem Jahr 1995. Alle persönlichen Sachen waren daraus entfernt worden. Der Staub auf der Tagesdecke ließ erkennen, dass das Bett nicht benutzt worden war, seit man Brandon nach Camp Davis verfrachtet hatte. Ein gerahmtes Foto des 1995er Football-Wett-kampfteams hing über dem Bett. Auf dem Foto blickte Greg Darby stoisch aus den Mannschaftsreihen heraus. Er hatte längeres Haar als die meisten anderen Teamkameraden. Er wirkte nicht soft oder feminin, aber er war hübscher. Er war der einzige Spieler, in dessen Augen sich das Sonnenlicht spiegelte, das auf alle fiel. Im Gegensatz dazu war Brandons Gesicht so wild entschlossen, dass es aussah, als würde er gleich zu einem Tackle-Angriff auf die Kamera losstürzen. Seine grimmige Grimasse wirkte pubertär, komisch.

Jordan fühlte sich wie ein Eindringling. Seit seiner Ankunft vor mehreren Wochen war er noch nicht in Brandons Zimmer gewesen. Doch schließlich war die verschlossene Tür des Zimmers direkt gegenüber von seinem eine zu große Verlockung geworden. Als er merkte, dass seine Handflächen feucht waren, wandte er sich vom Foto ab und stieß dabei mit dem Knie gegen einen Nachttisch, der fast umkippte, wobei seine Schublade sich ein paar Zentimeter öffnete. Jordan griff hinunter und rückte den Nachttisch wieder gerade, erleichtert, dass seine Eltern beide außer Haus waren.

Sein jüngerer Bruder starrte ihm aus der Schublade entgegen. Jordan zog die Schublade auf und ein Foto kam zum Vorschein. Drei Kinder. Er erkannte Greg Darby neben seinem Bruder. Jordan war überrascht, wie exakt er in seinem Alptraum, einen Monat vor seinem Aufbruch von Princeton, den dreizehnjährigen Brandon wiedererschaffen hatte. Er erkannte auch das Mädchen, konnte sich aber nur an ihren Vornamen erinnern, Meredith. Sie hielt sich an Greg fest, beide Arme um seine Brust geschlungen. Das Foto war offensichtlich von Elise aufgenommen worden. Das Trio stand vor der Villa der Charbonnets, die Fahrräder lagen wie besiegt zu Füßen der Kinder.

Vier Fahrräder.

Da fiel Jordan der dünne Umriss einer vierten Gestalt auf,

die sich an Meredith festhielt, ein vierter Freund, dessen Bild säuberlich mit einem schwarzen Marker ausgemalt war. Jordan versuchte sich vorzustellen, wie Brandon seine Hand zur Ruhe gezwungen hatte, damit sie in der Umrisslinie des Körpers blieb. Brandon war ein ungeduldiger kleiner Bruder gewesen, der zu Zornausbrüchen neigte. Eine ruhige Hand hatte nie zu seinen Stärken gehört. Jordan schaute vom Foto zum Bild an der Wand auf, wo Brandon höhnisch aus den Reihen des 1995er Wettkampfteams herausstarrte. Jetzt wirkte seine Grimasse nicht länger komisch.

Durch Brandons Schlafzimmerfenster war der Bishop Polk Glockenturm zu sehen, wie Jordan auffiel, als er das Foto in die Tasche seiner Shorts schob. Er wusste, dass seine Mutter in der Nacht von Greg Darbys Tod den Gewehrschuss gehört hatte, doch er hatte nicht die geringste Ahnung, wo Brandon in jener Nacht gewesen war. Die Möglichkeit, dass Brandon vielleicht das Mündungsfeuer oder eine menschliche Gestalt in den Fenstern des Glockenturms gesehen hatte, erfüllte Jordan mit einem Gefühl der Übelkeit. Er trat aus Brandons Zimmer und schloss die Tür hinter sich.

Das Einzige, was den Schmerz in seinem Magen vertreiben half, war seine plötzliche Entschlossenheit herauszufinden, wer der Vierte war, die schwarze Silhouette, die sich am Rand an seinem Bruder und dessen beiden besten Freunden festhielt.

»Dein Vater möchte mit dir zum Dinner gehen.«

Vor einem Monat hätte Trish Ducote diese Erklärung mit einer zwischen den Lippen hängenden Zigarette abgegeben. Jetzt zwang sie sich dazu, nur noch außerhalb des Hauses zu rauchen.

Trish hatte Ronald gezwungen, Merediths 4-Runner zum Verkauf anzubieten. Eine Woche nach Merediths Heimkehr hatten sie einen Käufer gefunden. Offensichtlich war der Wagen nicht das Einzige, was sie zur Buße für ihre Saufeskapade würde opfern müssen.

»Scheiße«, flüsterte Meredith und schlug die Kühlschranktür zu.

»Er klingt sehr besorgt. Und offensichtlich ist dieses Mädchen, mit dem er zusammen ist, recht seriös«, fuhr Trish unbeeindruckt fort.

Meredith nahm einen Schluck aus ihrer Wasserflasche. »Seriös?«, fragte sie. »Heißt das, dass sie das Essen bezahlt?«

Trish senkte den Kopf, um ein Lächeln zu unterdrücken. »Sie ist Therapeutin.«

»Ich gehe. Aber nur, wenn ich zwei Martinis trinken darf.«

»Meredith!«

»Ein Scherz, Mom.«

»Nicht komisch, Mer«, antwortete Trish. Sie reichte Meredith den Hörer und eilte zur Hintertür. Meredith wusste, dass auf dem Liegestuhl beim Pool eine Packung Benson und Hedges wartete.

»Commander's Palace?«, schlug Ronald Ducote vor, nachdem sie ihn begrüßt hatte.

»Nein, das erinnert mich ans Dinner vor dem High-School-Ball im Senior-Jahr«, antwortete Meredith, die sich absichtlich schwierig gab.

»Ein bisschen Kooperation, Meredith«, drängte Ronald.

Scheiße, Dad, dachte Meredith. Versuch doch erst mal wieder ein bisschen Kooperation mit Mom.

»Debbie mag das Emeril's«, sagte Roger mit einem übertriebenen Seufzer.

Nur sagte er *Em-uh-rools*, mit unüberhörbarem Yat-Akzent. Ein Akzent, den er nicht mehr verbergen musste, seit er seine Garden-District-Frau verlassen hatte.

»Das Emeril's ist wirklich gut. Wie wär's mit morgen?«

»Cool. Wie viel Uhr?« Das Gespräch ist vorbei, sagte Merediths Tonfall – spar dir deinen Mist fürs Essen.

»Sieben?«, fragte Ronald knapp.

»Cool. Bye.«

Andrew Darby griff nach dem Telefon und räusperte sich, als er den Hörer ans Ohr führte.

»Hallo?«

»Hi, Mr Darby«, sagte die Stimme am anderen Apparat. Andrew wusste, wer es war, war aber dennoch überrascht. Es war Jahre her, seit er einen dieser Anrufe erhalten hatte. Das Kind klang betrunken, die Stimme wie die Parodie eines kleinen Jungen.

»Kann ich bitte mit Greg sprechen?«

»Greg ist nicht mehr hier, Brandon.«

Andrew wartete ab, bis Brandon Charbonnet aufgelegt hatte, bevor er sich wieder ins Bett sinken ließ.

6

DAS ERSTE, WAS JORDAN an Rich auffiel, war seine Fettleibigkeit. Sein ehemaliger Kamerad im Cannon-Team war aus der University of Alabama rausgeschmissen und sein Footballstipendium gestrichen worden, nachdem er völlig verkatert drei Spiele versäumt hatte. Jetzt hatte Rich einen der wenigen Jobs bekommen, aus denen er sich nicht wieder hinaussaufen konnte – Barkeeper in einem der schönsten Restaurants von New Orleans. Rich sagte, Jordan einen Job am Empfang zu verschaffen sei ein Klacks, weil der Geschäftsführer »eine Schwuchtel« sei und Rich regelmäßig mit ihm flirte.

Das Restaurant war gerammelt voll mit gut gekleideten Kongressteilnehmern und das aus seinen Fensterscheiben dringende Licht erhellte den ansonsten verlassenen Warehouse District mit seinen Kunstgalerien und Einzimmerappartements. Rich warf Jordan von der Theke gelegentlich ein anzügliches Grinsen zu, wenn er mit Ehefrauen flirtete, die sich von ihren Tischen verdrückt hatten, um eine Zigarette zu rauchen. In seinem letzten Job war Rich Barkeeper im Fat Harry's gewesen, einer Bar, die sie alle in Highschoolzeiten mit ihren gefälschten Ausweisen besucht hatten.

Als er an diesem Abend zur Arbeit eintraf, stellte Jordan Rich noch vor der Begrüßung eine Frage: »Hast du meinen Bruder mal im Fat Harry's gesehen?«

»Einmal«, antwortete Rich.

Da Rich seine Sätze normalerweise mit einem Scherz oder einem deftigen Spruch auspolsterte, trug sein plötzlicher Fall von Maulsperre erst recht zu Jordans Unbehagen bei. »Wann denn?«, fragte er.

»Vor einem Jahr etwa, denke ich. Ich hatte gerade dort angefangen.«

Jordan erstarrte – vor einem Jahr? Das ergab keinen Sinn. Nicht, wenn Brandon noch immer in Camp Davis war. Jordan versuchte, seine Bestürzung zu verbergen, da diese Richs Nervosität nur noch verstärkt hätte.

»Wie ging es ihm?«, fragte Jordan ruhig.

»Was meinst du damit?«, fragte Rich und fingerte an den Knöpfen seines weißen Oxford-Hemds herum.

»Ich weiß nicht. War er …«

»Ich musste ihn rausschmeißen«, platzte Rich heraus.

»Warum?«

»Er ist in eine Schlägerei geraten. Er war mit ein paar Kerls zusammen, die ich nicht kannte. Sie gerieten in eine Schlägerei mit ein paar Fraternity-Studenten hinten bei den Billardtischen. Ich wollte das eigentlich nicht, Mann. Ich sagte ihm, dass ich dich kenne …«

»Und was sagte er?«, fragte Jordan, der merkte, dass er unter den Achseln schwitzte, und hoffte, dass der Fleck nicht auf dem Blazer zu sehen sein würde.

»Ich glaube nicht, dass er mich gehört hat. Er hatte zu viel damit zu tun, mit Schimpfwörtern um sich zu schmeißen. Einer seiner Freunde hatte … Also, er hatte einen Billardstab über dem Knie zerbrochen. Mit der Bruchstelle drohte er, einem von den anderen Typen in die Kehle zu stechen. Es war schlimm. Wir hätten fast die Cops gerufen.«

»Mein Gott.«

»Hat es Brandon dir gegenüber erwähnt oder so was?«

Jordan schüttelte verneinend den Kopf.

Als er von seiner Kaffeepause im Aufenthaltsraum der Angestellten zurückkam, sah er, dass der Empfang leer war. Sein Kollege am Empfang, Leslie, führte gerade Gäste zu einem Tisch im hinteren Bereich des Hauptspeisesaals. Richs Arm kam hinter der Theke hervor und dockte fest an seiner Schulter an.

»Kumpel!«

»Was?«

»Da drüben ...«

Rich zeigte zu dem Tisch, wo Leslie gerade die Gäste zu ihren Stühlen führte. Ein Mann und eine beträchtlich jüngere Frau nahmen ihre Plätze langsam ein. Eine weitere junge Frau, vielleicht zwanzig, saß schon mit dem Rücken zu Rich und Jordan, ihr schwarzes Haar fiel wie ein Gefieder über ihr trägerloses Kleid.

»Kennst du die?«, fragte Rich.

»Wen?«

»Das Mädchen. Das ist Meredith Ducote, verdammt, Mann.«

»Meredith ...«, murmelte Jordan.

»1997 Queen bei der Cannon-Homecoming-Feier. Hast du nicht davon gehört?«

»Ich bin in den Ferien nicht heimgekommen, Rich. Denkst du da wirklich, ich wäre bei den Homecomings auf dem Laufenden geblieben?«, antwortete Jordan. Merediths Arm wurde sichtbar, als sie sich eine Zigarette anzündete. Der Mann und die Frau wechselten einen Blick, als die ersten Rauchkringel über Merediths Kopf aufstiegen.

»Sie ist früher mit dem einen Typ gegangen. Wie hieß er noch? Der, der sich im Glockenturm abgeknallt hat ...«

»Greg Darby«, antwortete Jordan mit trockenem Mund.

»Richtig. Jedenfalls, der starb. Sie macht in Cannon auf totale Kanone. Miss Überalldabei. Booster Club. Cheerleading. Alles. Dann wird sie in ihrem Senior-Jahr zur Homecoming Queen gewählt. Großer Beliebtheitswettbewerb, das ist also keine Überraschung. Dann, am Abend des Homecoming-Footballspiels, es ist Halbzeit und der ganze Mothers' Club und die Schiedsrichter sind draußen auf dem Feld und halten ein verdammtes Rosenbouquet und eine Krone für sie bereit, da *taucht die Schlampe nicht mal auf!* Alle sagten, danach hat sie mit überhaupt niemandem mehr geredet. Ging nicht mehr aus. Bis zum Abschluss war sie nur noch ein Geist«, schloss Rich.

Ein untersetzter Kongressteilnehmer lehnte sich über die Theke, räusperte Rich ins Gesicht und zupfte eine Zigarette aus seiner Anzugtasche. Rich nahm die Bestellung des Mannes auf. Meredith war noch immer eine schwarze, in Zigarettenrauch gehüllte Haarflut. Jordan musste eine Möglichkeit finden, sich mit ihr zu unterhalten.

»Ich arbeite hauptsächlich mit sexuellen Triebtätern.«

Sie hieß Debbie. Sie arbeitete im Bayou Terrace Hospital, der größten städtischen Einrichtung für Geisteskranke.

»Sexuelle Triebtäter? So Leute, die nicht aufhören können zu fi…«

»Meredith, bitte!« Ronald Ducote sah aus, als wäre er in kalten Schweiß gebadet. Meredith sog wieder an ihrer Zigarette.

Debbie antwortete mit einem unverwüstlichen, entschlossenen Lächeln. »Eigentlich ist es bei der Mehrheit eher so, dass sie nicht aufhören können zu masturbieren, falls du neugierig bist. Natürlich kann ich nicht in die Einzelheiten gehen.«

»Natürlich nicht«, antwortete Meredith allzu schnell.

Ronald massierte sich den Nasensattel mit Daumen und Zeigefinger. »Ich arbeite auch mit passiv-aggressiven Suizidversuchen«, fuhr Debbie fort.

Meredith spürte, wie ihr Vater bei dem Wort Suizid in Anspannung geriet. »Und was sind das für welche?«, fragte sie.

Debbie schien ihren Fehler zu bemerken. »Die Erfolglosen«, antwortete sie leise.

»Ach, also nicht die Sorte: Ich bring mich um, wenn du den Abwasch nicht machst.«

Debbie brachte ein Lachen zustande.

»Debbie ist sehr gut in ihrem Beruf. Tatsächlich ist sie bei Masters and Johnson im Gespräch, für eine Stelle als …«

»Mom hat aufgehört, im Haus zu rauchen, Dad«, unterbrach ihn Meredith.

Ronald hob die Augen von der aufgeschlagenen Speisekarte und sah sie scharf an.

Debbie faltete die Hände vor sich auf dem Tisch. »Ich weiß einiges von dem, was du durchgemacht hast …«

Merediths affektiertes Lächeln verschwand.

»Dein Freund und sein … Suizid …«

»Wusstest du, dass er mich geschlagen hat?«

»Meredith!«

»Hat er aber. Siehst du das hier, Dad?« Sie klopfte sich gegen den angeschlagenen Vorderzahn und grinste ihren Vater dabei an wie ein Clown. »Das hat er in meinem Sophomore-Jahr gemacht. Damals warst du, glaube ich, mit Sarah zusammen.«

»Meredith …«, sagte Debbie, eine Hand wie zügelnd gegen Ronald erhoben. »Was ich sagen wollte, falls du jemals jemanden brauchst, mit dem du reden kannst … Nun, ich würde es kostenlos machen.«

Schweigen senkte sich über den Tisch. Meredith konnte nicht sagen, ob Ronald wütender auf seine Tochter oder auf seine Freundin war. »Fällt dir nichts Besseres ein, als deiner potentiellen Stieftochter gleich bei der ersten Begegnung ein psychologisches Beratungsgespräch anzubieten?«, fragte Meredith, von ihrer eigenen Freimütigkeit überrascht.

»Ich biete dir kein Beratungsgespräch an. Sondern ein Ohr. Und vielleicht den einen oder anderen guten Rat«, antwortete Debbie fest.

»Kann ich dir eine Frage stellen?«, wollte Meredith wissen und hob die Augen von der Stelle auf dem Tisch, die sie eingehend betrachtet hatte.

»Gewiss«, antwortete Debbie, eifrig um Versöhnung bemüht.

»Hast du jemals Angela Darby behandelt, als sie in Bayou Terrace war?«

Debbie sah aus, als hätte ihr jemand einen Drink ins Gesicht gekippt. Sie warf Ronald einen fast Hilfe suchenden Blick zu. Doch von Ronald kam gar nichts.

»Meredith, Angela Darby ist noch immer in Bayou Terrace.«

Als Meredith sich halb vom Tisch erhob und dabei den Stuhl zurückstieß, sah Jordan, dass der beinahe nach hinten umgekippt wäre. Er richtete sich an seinem Platz beim Empfang mit einem Ruck auf, als wollte er gleich losstürzen. Es war ganz entschieden dasselbe Mädchen wie auf dem Foto.

Als sie durchs Restaurant ging, wandten sich die Köpfe nach ihr um, um die unter ihrem Betsy-Johnson-Kleid schwellenden Brüste und das feine, von schwarzem Haar umkräuselte Gesicht zu sehen. Meredith schritt an der Empfangstheke vorbei und um die Bar herum, an Rich vorbei, der gerade ein Martini-Glas polierte und ihr mit offenem Mund nachstarrte. Sie verschwand durch den Korridor in der Damentoilette. Jordan verließ die Empfangstheke und folgte ihr.

Auf der anderen Seite der Tür hörte Jordan die unverkennbaren Geräusche von Erbrechen. Er hatte vor, ihr eine Minute Zeit zu lassen, dann zu klopfen und zu fragen, ob alles in Ordnung sei. Er hörte sie würgen, ohne dass etwas kam.

Jordan klopfte zweimal laut. »Alles in Ordnung?«

»Bestens«, krächzte Meredith. Er hörte die Toilettenspülung und zog sich ein paar Zentimeter von der Tür zurück. Meredith öffnete die Tür und strich sich das Kleid glatt. »Es geht mir bestens«, sagte sie.

»Klang aber ziemlich übel. Entschuldigen Sie die Störung, ich wollte nur … Nun, um ehrlich zu sein, sollte Ihr kleines

Problem da drinnen etwas mit dem Essen zu tun haben, ich stehe auf der Seite der Verantwortlichen«, versuchte Jordan mühsam, seine Motive zu kaschieren.

»Ich habe noch nicht einmal bestellt«, antwortete Meredith, den Türrahmen umklammernd. Selbst jetzt, wo ihr übel war, sah sie umwerfend aus, gelassen und auf eine defensive Art streitlustig. Sie schien nicht sonderlich von ihm beeindruckt, kein ehrfürchtiges Staunen. Jordan kam zu dem Schluss, dass sie vielmehr abzuschätzen versuchte, wie ehrlich er war.

»Absolut, Tonic, ein Spritzer Seven, ein Hauch Limette. Ich warte hier«, sagte Meredith.

»Gern«, antwortete Jordan fast stammelnd.

Leslie warf ihm einen wütenden Blick zu, als er zur Bar eilte. Als Rich den Drink mixte, fragte er: »Hey, Mann, machst du sie an oder was?«

»Sie hat einen Spritzer Seven gesagt, nicht halb Wodka, halb 7-UP«, wies Jordan ihn an.

Während Jordan Meredith den Drink reichte, glitt er durch die halb geöffnete Tür des Toilettenraums und machte sie sanft hinter sich zu. Meredith achtete nicht darauf. Sie hatte zu viel damit zu tun, das komplette Glas auf einmal hinunterzukippen. Als sie fertig war, wischte sie sich den Mund mit dem Handrücken ab.

»Ich habe deinen Bruder gekannt«, sagte sie.

»Du kamst mir bekannt vor«, antwortete Jordan vorsichtig.

Sie lehnte sich gegen die hintere Wand. Jordan stand neben der Toilette und lächelte verlegen, als wäre ihm sein Bruder nur ein wenig peinlich. Meredith rülpste und sah in den Spiegel. Sie entschuldigte sich nicht. »Wie geht es ihm?«, fragte sie, warf sich das Haar über die Schultern und kämmte mit den Fingernägeln hindurch.

»Keine Ahnung«, antwortete er.

Ihre Augen begegneten plötzlich den seinen im Spiegel. Sie wandte sich dem Wasserhahn zu.

»Gregs Selbstmord hat ihn übel mitgenommen«, sagte Jordan.

»Tragödien bringen das Schlimmste in jedem zum Vorschein«, meinte Meredith gleichmütig. Sie trocknete sich die Hände mit einem Papierhandtuch ab, bevor sie sich erneut das Kleid glatt strich und ihr Spiegelbild musterte. »Wobei der Vorfall allerdings formal gesehen nicht tragisch war, denn eine Tragödie erfordert einen Helden.«

Jordan verspannte sich und seine Schultern wurden steif. »Ich habe nie behauptet, dass es eine Tragödie war.«

»Andere schon«, entgegnete Meredith knapp.

»Ich habe auch nie behauptet, dass Greg ein Held war«, sagte er mit härterer Stimme.

Meredith wandte sich um und sah ihn an. »Und dein Bruder?«

Jordan sagte gar nichts.

»Du willst mich nach ihm fragen, oder?«

»Mein Bruder ist sehr krank.«

Sie lachte. »Na ja, ich habe deinen Bruder nicht mehr gesehen, seit er in dieses Lager kam«, murmelte sie und wandte sich wieder dem Spiegel zu. Er schob sich ein paar Zentimeter zur Seite, weit genug, um zu sehen, dass sie sich das Kinn von unten abtupfte. Sie bemerkte seinen Blick. »Du kannst mich trotzdem fragen«, sagte Meredith.

Jordan war zu wütend, um sich zu rühren oder zu sprechen.

»Nun, dann ... will ich dir eines sagen«, bemerkte sie mit einem angedeuteten Lächeln um die Lippen.

»Damals nachts im Glockenturm hätte es jeden der beiden erwischen können.«

Meredith starrte ihn an, ihr Gesicht eine Maske des Triumphs. Sie ging zur Tür. »Danke für den Drink«, sagte sie und öffnete die Tür, die Jordan aber an der Kante packte und wieder zustieß.

»Was zum Teufel soll denn das heißen?«, platzte er heraus.

»Nimm die Hand von der Tür«, presste Meredith zwischen zusammengebissenen Zähnen hervor.

»Das kannst du nicht einfach … so sagen. Wir reden hier über meinen Bruder.«

»Mit dir rede ich über gar nichts mehr. Nimm deine gottverdammte Hand von der Tür!«

Jordans Arm fiel herunter. Meredith streckte die Hand nach dem Griff aus.

»Ich habe ein Foto in Brandons Zimmer gefunden. Vier Kinder. Du, mein Bruder, Greg und noch ein anderer. Nur ist der Vierte mit einem Marker komplett ausgelöscht. Man kann ihn nicht einmal mehr ansatzweise erkennen …«

Meredith blieb stehen, halb in der Tür zur Toilette, halb draußen.

»*Wer ist das?*«, fragte Jordan.

»Was spielt das für eine Rolle?«, fragte Meredith zurück.

Er nahm einen neuen Tonfall in ihrer Stimme wahr. Er richtete sich an der Kachelwand auf und ließ den Blick auf Merediths Rücken ruhen. Er hatte ihr Angst eingejagt. »Es spielt eine Rolle, weil ich wissen muss, warum mein Bruder so etwas tun sollte …«

»Dein Bruder hat schon Schlimmeres getan«, sagte sie, bevor sie sich aus der Tür schob, sie hinter sich zumachte und Jordan allein in der Damentoilette stehen ließ.

Den Rest der Mahlzeit sagte Meredith kein einziges Wort. Debbie und Ronald plauderten, als säße sie gar nicht mit am Tisch. Nach dem Essen reichte Debbie Meredith ihre Karte. Meredith steckte sie in ihre Brieftasche.

Drei Stunden nachdem sie zu Hause abgesetzt worden war, rief Meredith Debbie in ihrer Wohnung an.

»Es gibt etwas, was du für mich tun kannst«, sagte Meredith.

»Was?«, fragte Debbie zögernd.

»Ich möchte sie sehen«, antwortete Meredith.

»Wen denn?«

»Angela Darby.«

7

»WER IST DER VIERTE?«, fragte Jordan Elise zum zweiten Mal.

Elise betrachtete das Bild. »Wo hast du das gefunden?«, fragte sie.

»In seinem Zimmer«, antwortete Jordan unverblümt.

»Und was genau hattest du in seinem Zimmer zu suchen?«

Er riss seiner Mutter das Bild aus den Händen. »Na, dann lass uns mal sehen. Ich bin jetzt seit einem Monat zu Hause und habe Brandon kein einziges Mal zu Gesicht bekommen ...«

»Ich habe dir gesagt ...«, begann Elise.

»Ich weiß. Camp Davis. Komisch, wenn man bedenkt, dass Rich ihn erst letztes Weihnachten aus dem Fat Harry's rausschmeißen musste. Machen die Kadetten etwa Kneipen-Exkursionen?«

Elise erhob sich vom Stuhl, als wäre der Sitz plötzlich heiß geworden. Sie trat zu ihrer Handtasche auf der Küchenanrichte.

»Alles in allem, Mom, ist es eine ziemlich einfache Frage. Wer ist das vierte Kind auf dem Bild?«

»Ich bin um zwei mit Monica verabredet«, sagte Elise, die Handtasche über die Schulter geworfen.

Jordan hielt das Foto hoch. »Das ist doch unser Haus im Hintergrund, oder? Das Foto hast doch du gemacht?«

»Du bist genau wie Roger«, sagte Elise auf dem Weg zur Diele. Jordan folgte ihr auf den Fersen. »Diese Frage führt zu einer weiteren und dann noch einer. Die eigentliche Frage aber lautet, warum dein Bruder verrückt ist, oder?«

»Ach, jetzt ist er also verrückt! Ich dachte, er wäre einfach nur krank!«, schrie Jordan.

Elise wirbelte herum. »Das ist dasselbe!«

Jordan trat ein paar Schritte zurück, drehte sich um und klatschte das Bild auf die Anrichte. Er holte tief Luft. »Warum bin ich der arroganteste Mensch der Welt, nur weil ich versuche, an ihn ranzukommen ...«

»An ihn ranzukommen, Jordan?«, kreischte Elise. »Fünf Jahre lang lässt du dich nicht blicken und jetzt plötzlich das? Du kommst zu spät. Es gibt nichts, wo man rankommen könnte. Dein Bruder ist eine leere Hülse. Als Alex Darby von ... von einem Müllwagen getötet wurde und Greg Darby das Dümmste und Grausamste tat, was man in der Welt tun kann, ist uns etwas genommen worden, Jordan. Wir sind kein bisschen klüger geworden. Und wenn du jetzt darin herumstöberst, wirst du auch nicht klüger werden!« Elise holte tief Luft. »Wir alle waren am selben dunklen Ort. Nur hat dein Bruder nie den Rückweg gefunden. Und es kann ihn auch keiner zurückbringen. Also halt einfach endlich den Mund.«

Elise ließ die Arme schlaff herunterfallen. Sie wartete auf Jordans Antwort, doch der nahm nur das Bild von der Anrichte, schaute es an und von dort auf seine Mutter. Elise drehte sich um und ging zur Haustür.

»Es ist Stephen Conlin!«, schrie Elise zu ihm zurück. »Monicas Sohn!« Sie schlug krachend die Tür hinter sich zu.

Jordan blätterte gerade das 1995er Cannon-Fotojahrbuch durch, da läutete das Telefon. Er schrak zusammen. Mit seinen Glanzpapierfotos, die Umschlagdeckel innen mit den unlesbaren Unterschriften der Fangemeinde unter seinen Klassenkameraden bekritzelt, war das Jahrbuch der zweite Gegenstand, den Jordan aus dem Zimmer seines Bruders mitgenommen hatte. Als er nach dem Hörer griff, fiel ihm ein gutes Bild von Stephen Conlin ins Auge.

»Hallo.«

»Bitte sprich Englisch mit mir.«

»Melanie«, sagte Jordan so neutral, wie er konnte.

»Welche Zeit habt ihr? Hier ist es spät«, meinte Melanie mit einem Anflug von Gekränktheit, weil er nicht über ihre Eröffnungszeile gelacht hatte.

Der fünfzehnjährige Stephen Conlin blickte aus dem Buch zu Jordan auf, während der den Hörer ans Ohr gepresst hielt. »Ungefähr drei Uhr nachmittags.«

»Ich hab dir gestern eine Postkarte geschickt. Dann hat jemand sich die Mühe gemacht, mir zu erzählen, dass es in diesem Wohnheim hier auch ein Telefon gibt.« Ein Schweigen senkte sich zwischen sie. »Es steht schlimm bei euch, oder?«, fragte Melanie schließlich sanft.

»Ja«, brachte Jordan hervor.

»Dein Bruder?«

»Mom auch«, antwortete Jordan.

»Schau. Notier dir meine Nummer hier. Nur zum Reden. Keine Sorge. Ich will dich nicht überwachen oder so. Ich weiß, dass wir auf unsere Kosten gekommen sind. Außerdem gewöhne ich mich allmählich an ungehobelte, abstoßende Künstlertypen.«

Jordan stieß ein leises Lachen aus, ihr zuliebe. Als er die Nummer notierte, fiel ihm etwas ein, was ihn plötzlich innerlich auf ihre Unterhaltung einstimmte. »Melanie, was hast du damals noch gesagt? Bei unserem ersten Treffen. Über Außenseiter ...«

»Außenseiter?«

»Irgendwas in der Art, ich sei ein Monstrum, ein Außenseiter, weil ...«

»Moment mal ... Ja, ich erinnere mich ... Außenseiter haben einen besseren Beobachtungsstandpunkt beim Betrachten der Welt. Irgendwas in der Art. Mein Dad hat das einmal zu mir gesagt. Nur hat er damals von Schriftstellern geredet. Die

Menschen, die außerhalb der Gesellschaft leben, sehen, wie sie funktioniert.«

»Richtig«, sagte Jordan und blickte auf Stephens Bild hinunter. Er verabschiedete sich von Melanie und versprach ihr, sie bald zurückzurufen.

Jordan starrte Stephens Foto mehrere Minuten lang an. Der blonde Stirnpony des Jungen, seine feinen Gesichtszüge und blauen Augen, all das musste ihm andere Highschooljungs zum Feind gemacht haben. Jordan meinte, den Grund zu verstehen.

In seiner Highschoolzeit hatte Jordan auch mit zwei Typen rumgemacht. Keiner der beiden hatte wie Stephen ausgesehen; beide waren Teamkameraden gewesen, stämmig und muskulös. Wenn sie sich einen geblasen hatten, waren sie betrunken gewesen, und es hatte fast etwas Zweckmäßiges gehabt. Es hatte Jordans Vorstellung von Sex zwischen Männern als einen natürlichen, aber emotionslosen Akt festgeschrieben. Jungs wie Stephen widersprachen Jordans Erfahrung. Die Schönheit eines Mannes konnte einen dazu verlocken, Sex zwischen Männern als etwas anderes als reines Dampfablassen zu betrachten.

Jordan schloss das Jahrbuch.

»Ist er gut zu dir?«, fragte Monica.

Jeff und Stephen hatten an diesem Morgen verschlafen. Sie war zufällig auf Jeff gestoßen, als er aus dem Zimmer ihres Sohnes kam, die Augen noch schlafverhangen. Monica hatte ein höfliches »Hallo« herausgebracht. Jeff hatte genickt und war die Treppe hinuntergestiegen. Monica hatte Stephen im Bett vorgefunden, noch schlafend. Sein nackter Rücken und ein Schimmer seiner nackten Hüfte schauten unter der Decke hervor. Sie hatte schnell die Tür geschlossen.

»Ja«, antwortete Stephen.

Sie saßen in den Schaukelstühlen auf der Vorderveranda.

Monica war seit einer Stunde vom Lunch mit Elise zurück. Elise war düster gewesen und ungewohnt still. Daher hatte Monica das Bedürfnis, mit ihrem Sohn zu reden.

»Wie lange kennst du ihn schon?«, fragte sie.

»Er war an der Cannon«, antwortete Stephen, ein Glas Eistee zwischen den Beinen.

Sie nickte, starr vor Überraschung. »Bist du vorsichtig?«, fragte sie schnell.

»Davon, dass man schwul ist, kriegt man noch kein Aids«, murmelte Stephen.

»Vorsichtig mit deinem Herzen, habe ich gemeint«, sagte Monica und kicherte dann.

»Mütterlicher Ratschlag mit Gütesiegel.« Stephen lächelte schief. »Er heißt Jeff.«

Monica sagte nicht, was sie eigentlich sagen wollte – dass Jeff definitiv nicht der Junge auf dem Foto war, das sie vor mehreren Wochen in seinem Kleiderschrank gefunden hatte.

Sie hatte ein Paar Slipper von Stephen zum Besohlen aus dem Schrank geholt und sich plötzlich inmitten eines Stapels alter Tennisschuhe Auge in Auge mit einem bestürzend gut aussehenden Mann befunden. Schnell hatte sie den Schrank wieder geschlossen in der Meinung, sie sei über das Foto eines heimlichen Geliebten gestolpert. Jetzt wusste sie, dass sie sich geirrt hatte. Wer war der Junge, der hinten in Stephens Kleiderschrank begraben lag?

8

STEPHEN FUHR MIT fünfundachtzig Meilen über den Bonnet Carre Spillway, fast das Anderthalbfache der Höchstgeschwindigkeit. Die Interstate 10 führte aus New Orleans heraus und in das echte Louisiana hinein, dessen schwarzes Wasser von den fernen Feuern der Ölraffinerien beleuchtet war. Unter der Interstate hielten Dämme und Schleusenkammern das Sumpfwasser zurück und ließen es nur bei schweren Regenfällen in den See abfließen. Er drückte noch etwas kräftiger aufs Gas und jagte den Motor des Jeeps auf beinahe neunzig Meilen pro Stunde hoch. Stephen hatte eine Erektion, die bald die Nähte seiner Jeans zu sprengen schien.

Jeff arbeitete an diesem Wochenende nicht und hatte keine Lust auf die Fahrt von Baton Rouge, daher hatte er Stephen gebeten, ihn zu besuchen. Jeff hatte Stephen eine einzige Anweisung gegeben: »Zieh dich nicht wie ein Schwuler an.« Erst war Stephen gekränkt gewesen. Er spürte, wie sich ein Monolog in seiner Brust aufbaute, weil Jeff diktierte, was er zu tragen hatte. »Jeans, Polohemd und eine Baseballkappe. Trag die Kappe verkehrt herum«, sagte Jeff mit aufgeregter Stimme.

Begehren, Gleichgewicht, Hunger. Ihre Beziehung war in den Wochen seit ihrer unerwarteten Wiedervereinigung aufgeblüht. Jeder fühlte sich in der Gegenwart des anderen erfüllt, denn jeder der beiden beantwortete dem anderen eine Frage, die diesen sein ganzes Leben lang gequält hatte. Mit einer gemeinsamen Heftigkeit bemächtigte sich einer des Körpers des anderen.

Und nun nahm Jeff Stephen zur Party einer Studentenverbindung mit.

Sigma Phi Kappa war vom Campus der Louisiana State University verbannt worden, nachdem ein junger Fraternity-Anwärter sich bei einem peinigenden Initiationsritual zu Tode getrunken hatte. In jenem Jahr war auch Jeff Anwärter gewesen, und inmitten der Anschuldigungen und disziplinarischen Anhörungen war seine Entscheidung, die Mitgliedschaftsofferte der Fraternity abzulehnen, unbemerkt geblieben. Er war bei ihren Feiern noch immer willkommen. »Sig Kap«, wie man es allgemein nannte, hatte nun sein Hauptquartier in einem viktorianischen Haus am Ufer eines flachen Tümpels, der den schmeichelhaften Namen East-Baton-Rouge-See trug. Der Tümpel war so flach, dass betrunkene Studenten, die mit ihren Autos hineinfuhren, feststellten, dass das Wasser nicht einmal bis zur halben Höhe der Tür reichte.

Als Stephen und Jeff eintrafen, war das Sigma-Phi-Kappa-Haus ein greller Lichterglanz, der vom schwarzen Wasser gespiegelt wurde. Der Anstrich des Hauses blätterte ab. Auf dem Rasen davor standen die geparkten Autos kreuz und quer. Stephen hörte Schreie und Gebrüll, die Erinnerungen an die Cannon-Garderobenhalle heraufbeschworen.

»Bist du dir sicher, dass wir da reinwollen?«, fragte Stephen.

»Hier kennt dich doch keiner, Stephen.« Er legte einen Arm um Stephens Schultern und ließ dann die Hand über den Rücken seines Freudes gleiten. »Außerdem«, flüsterte Jeff, »bist du mit mir zusammen.«

Stephen richtete sich auf. Seine Stimme senkte sich. Er bemühte sich, seine Arme an den Seiten zu lassen, und gestattete seiner Hand nicht, herumzuwandern und sich festzuklammern. Von einer Minute zur anderen wurde Stephen zum Fraternity-Burschen. Stiernackige Footballspieler schüttelten Stephen mit einem »Hey, Kumpel« oder einem »Freut mich« die Hand und Stephen lieferte im Gegenzug eine oscarreife Show ab.

Sie platzierten sich auf der Treppe und schauten auf das zur Tanzfläche umgewandelte Wohnzimmer hinunter. Jeff sah, wo Stephen hinstarrte. »Señor Arsch«, erklärte Jeff, habe seinen Namen dem Umstand zu verdanken, dass er immer dasselbe Paar Jeans mit einem großen Loch im Hintern trage, durch das die nackte Haut zu sehen sei. Señor Arsch, ein Football-Linebacker der LSU, wirbelte gerade mit einem Mädchen herum, das völlig betrunken war und so aussah, als würde es sich gleich aus seinem Gap-Trägertop herausschlängeln.

Jeff schaute zu, wie Stephen zuschaute.

An der Tulane University hatte Stephen sich den Objekten seines Begehrens fern gehalten. Doch Jeff hatte ihn in die Höhle des Löwen geführt und jetzt war Stephen angeschwollen von einem fast schon verzweifelten Verlangen. Als Stephen seine Aufmerksamkeit endlich wieder Jeff zuwandte, strahlte er. »Lass uns von hier verschwinden«, flüsterte er.

Wieder in seiner Wohnung, zeigte Jeff aufs Bett und ging selbst zum Badezimmer. Er schloss die Badezimmertür hinter sich und zog sich aus. Hinter dem Duschvorhang hingen seine Cannon-Footballuniform, Schulterpolster und Suspensorium. Er zog sich schnell an, wobei er mit den unhandlichen Schulterpolstern begann, die er des Umfangs halber für nötig hielt. Er machte die Klettverschlüsse zu, schlüpfte in das Suspensorium – abzüglich der Schutzkappe – und wand sich in das blaue Cannon-Trikot mit der Aufschrift Haugh 33 hinein. Er vermied den Blick in den Spiegel, denn wenn er sich jetzt im Kostüm sähe, würde er allen Mut verlieren.

Jeff öffnete die Tür einen Spalt weit, streckte die Hand aus und schaltete das Schlafzimmerlicht aus. Er ließ das Badezimmerlicht an, und als er die Tür langsam öffnete, breitete sich ein Rechteck über dem Bett aus. Stephen sah ihn blinzelnd an, von der Wirkung fasziniert. Jeff wusste, dass das Deckenlicht ihn von hinten beleuchtete und dass der Umriss seiner Schulterpolster unverkennbar sein musste.

Stephen drehte sich auf die Ellbogen und sah aus wie jemand, den man in der falschen Wohnung erwischt hat. Jeff trat aufs Bett zu, den Schritt in Höhe von Stephens Augen. Jeff sah, wie Stephens Brust sich beim Atmen heftig hob und senkte. »Mach einfach das, was du gut kannst, Schwanzlutscher«, knurrte Jeff. Seine Tonlage war eines Pornostars würdig.

Jeff packte Stephen so hart beim Nacken, dass dieser mit einem Schwung von den Ellbogen gestoßen wurde und hustend dahing, als Jeff den Griff um seinen Nacken noch verstärkte. Er versuchte Stephen zu zwingen, den Kopf in seinen Schritt zu stecken, doch Stephens Nacken war hart geworden, steif wie ein Brett. Stephens Atem kam zischend durch die zusammengebissenen Zähne. Mit einem Ruck schoss sein Gesicht nach vorn und streifte den Stoffbeutel des Suspensoriums. »Genau so«, grollte Jeff. »So ist es richtig.«

Stephens Mund öffnete sich und sein Atem strömte über Jeffs größer werdende Erektion. Wieder stöhnte Jeff, lauter diesmal, und presste Stephens Kopf hart in seinen Schritt. Plötzlich grub Stephens obere Zahnreihe sich direkt über dem Schaft von Jeffs Penis ein und mit dem Unterkiefer quetschte er Jeffs Hoden.

»*Scheiße!*«, brüllte Jeff. Er taumelte rückwärts, helle Lichtstreifen tanzten vor seinen Augen, und er fiel so hart gegen die Kommode, dass diese gegen die Wand krachte. Die Arme Halt suchend ausgebreitet, rutschte er mit dem Hintern voran zu Boden. Sobald er auf dem Teppich aufkam, trat Stephen mit dem nackten Fuß gegen Jeffs Kinn und schmetterte seinen Hinterkopf gegen einen Schubladengriff. Jeff meinte kotzen zu müssen. *Was habe ich bloß getan?*, dachte er.

»*Du Scheißkerl!*«, brüllte Stephen. Seine Stimme erschütterte den Raum, als er aufs Bett zurückfiel. Jeff lag da, den Rücken gegen die Kommode gestützt, die Beine gespreizt.

»Es tut mir Leid …«, sagte er, nach Luft schnappend, kurz vor den Tränen.

»Was denn? Wolltest du dir selbst was beweisen?«, blaffte Stephen. »Musstest du dir beweisen, dass du noch immer *zu ihnen* gehörst!«

Jeff schüttelte heftig den Kopf. Er öffnete die Augen und konnte durch Tränen hindurch Stephen vom Bett aufstehen sehen, jetzt umrissen vom Badezimmerlicht. »Ich wollte nicht ...«

»*Was* wolltest du nicht?« Stephens Stimme war rau, mehr Zorn als Tränen.

»Ich dachte, das wär's, was du wolltest«, erwiderte Jeff mit verzweifelter Stimme. »Einen Footballspieler.« Er konnte Stephen auf der Bettkante erkennen, den Kopf in die Fäuste gestützt.

»Damals, an dem Abend am Fly, da dachte ich, du wärst ...« Jeff suchte nach den angemessenen Worten. »Ich dachte, du wärst ein Engel. Ich dachte, du hättest gemacht, dass der Schnee fällt. Aber was auch immer es war, es ist weg. Brandon und Greg ...«

»Sag diese Namen nicht! Warum musst du immer von ihnen reden?«

»... die haben es dir *weggenommen*. Ich dachte, wenn ich vielleicht so aussähe wie sie, dann könnte ich es zurückbringen.«

Stephen sah vorsichtig von seinen Händen auf. Das Licht des Badezimmers ließ die Tränen auf seinem Gesicht aufglänzen. Jeff stand auf, hielt sich mit einer Hand oben an der Kommode fest und riss mit der anderen am Trikot. Die Schulterpolster schlugen dumpf auf dem Boden auf.

Stephens Atem ging pfeifend. Jeff beugte sich hinüber, nahm Stephens Hände in die seinen, führte sie an seine Brust und hielt sie da fest.

»Erzähl mir, was sie dir angetan haben.«

Stephen beendete seine Geschichte erst, als der Himmel sich draußen bleich färbte, das Grau vor dem Sonnenaufgang. Als

die Sonne aufging, war er schon an Jeffs Schulter eingeschlafen, auf der Tagesdecke liegend, Jeff noch immer in seinem
Suspensorium und Stephen vollständig bekleidet. Jeff hatte
einen Arm um Stephen gelegt und konnte nicht einschlafen
aus Angst vor möglichen Träumen, die Stephen mit seiner
Geschichte von einem Winter heraufbeschworen hatte, als
der Schnee niederwehte, als Jungen starben und Leben zerbrachen.

9

»NACH DER AUFNAHME hat man bei ihr Schizophrenie diagnostiziert.«

Debbies harte Stimme schreckte Meredith auf, als sie den Angestelltenkorridor des Bayou Terrace Hospital entlanggingen. Hier gab es keine gegen Gummiwände rennenden Verrückten. Längs des Korridors waren halb offene Türen zu den Arztzimmern, durch die Meredith leise, ruhige Stimmen hörte. Sie kamen an einem Aufenthaltsraum vorbei. Aus ihm drang das ausgelassene Gelächter von Krankenschwestern, das Meredith fast wie ein Sakrileg vorkam. Debbie führte Meredith durch den »sicheren Teil« von Bayou Terrace, wo die, die täglich mit den Geisteskranken arbeiteten, sich ihre eigene Nische der Stabilität zwischen Gelächter und großen Mengen Kaffee eingerichtet hatten.

Beim Bayou Terrace Hospital gab es weder einen Nebenarm des Flusses noch eine Grünanlage, wie die Wörter »Bayou« und »Terrace« vermuten ließen. Das U-förmige Gebäude lag mehrere Meilen außerhalb von New Orleans und war mit einer Hecke von Eichen von der Straße abgeschirmt. Das Krankenhaus bestand aus zwei nüchtern-modernen Flügeln, zwischen denen das ursprüngliche klassizistische Gebäude die Brücke bildete. In der Mitte lag ein karger Innenhof. Es war gerade Besuchstag in Bayou Terrace, und Meredith sah eine kleine Versammlung bleichgesichtiger Familien, die darauf warteten, ihre Kinder in der Jugendabteilung zu besuchen.

Debbie trug einen Ordner aus Manilapapier in der Hand, in dem Meredith Angela Darbys Behandlungsunterlagen vermutete. »Schizophren? Kann jemand denn einfach über Nacht schizophren werden?«, fragte sie durchaus ruhig.

Debbie antwortete nicht.

Irgendetwas stimmte nicht. Zunächst einmal hatte Debbie ihre überlegene Gelassenheit verloren. Für eine Frau, die beim Dinner so fachmännisch geredet hatte, wirkte sie beim Thema Angela Darby verlegen und still. Sie bogen um eine Ecke und blieben dann vor einer mit mehreren Schlössern verriegelten Eichentür stehen. Auf einem Schild über der Tür stand: DER BORDEAUX-FLÜGEL.

»Der Bordeaux-Flügel ist das ursprüngliche Krankenhausgebäude. 1856 erbaut, glaube ich. Im Moment wird er renoviert.« Debbie zog ihren Schlüsselbund aus einer Tasche.

»Hier sind Patienten untergebracht?«

»Ich bin mir sicher, dass Sie die Umstände kennen, unter denen sie eingeliefert wurde«, sagte Debbie und steckte den Schlüssel ins Schloss.

»Ja«, antwortete Meredith.

Nachdem alle drei Schlösser aufgeschlossen waren, zog Debbie die Tür auf und winkte Meredith hinein. Der Bordeaux-Flügel war ein langer Korridor mit Stuckverzierungen und in dicken Placken von den Wänden abblätternder Farbe. Ein mit leeren Farbdosen übersätes Gestell blockierte auf der gegenüberliegenden Seite den Ausgang.

Meredith kannte die Umstände, unter denen Angela eingeliefert worden war, allzu gut. Sie hatte hinter Angela Darby in der Kirchenbank gesessen, als diese sich heulend in den Arm ihres Mannes verkrallt hatte. Als Angela zum vierten Mal ausgerufen hatte: »Die waren es!«, hatte der Priester in seiner Grabrede innegehalten und abgewartet, bis man Angela Darby aus der Kirche geleitet hatte. In jener Nacht hatte Andrew Darby dann angeblich einen Briefentwurf Angelas an den Bürgermeister von Thibodaux entdeckt, in dem sie sich für ihren Auftritt im Pep-Rally-Sketch entschuldigte und die Bürger der

Stadt bat zuzugeben, dass sie die Ermordung ihres jüngeren Sohns inszeniert hatten. Dem Gerücht zufolge habe Andrew den Brief zerrreißen wollen und Angela habe mit einer Flasche nach ihm geworfen. In der Nacht nach der Bestattung ihres jüngeren Sohns und mehrere Stunden vor dem Tod ihres älteren Sohns war sie in Bayou Terrace eingeliefert worden.

Angelas Zelle war ein Zimmer, das Meredith wie ein altes Verwaltungsbüro vorkam. Ein verblasstes Rechteck auf der Eichentür ließ erkennen, dass dort einmal ein Schild mit dem Namen eines Arztes gehangen hatte. Meredith stellte sich auf die Zehenspitzen und schaute durch ein kleines, rechteckiges Fenster in der Tür.

Neben einem Einzelbett saß Angela Darby auf einem Holzstuhl und starrte aus dem einzigen Fenster des Raums auf den Maschendrahtzaun und den Parkplatz.

»Steht sie unter Beruhigungsmitteln?«, fragte Meredith leise und schaute auf das rote Haar, das sich wie ein Wasserfall über den Krankenhauskittel der Frau breitete. Sie hatte sich nicht bewegt. »Wo war sie vorher?«, fragte Meredith.

»Aufnahme von Gewalttätigen«, antwortete Debbie.

»Wie lange?«

»Die erste Woche oder so. Ihren Unterlagen zufolge ...« Debbie zögerte.

»Stellen wir die Sache einmal klar«, begann Meredith. »Irgendwie wird sie von einem Tag auf den anderen schizophren. Bei ihrer Aufnahme gilt sie als gewalttätig, und jetzt hält man sie hier von den anderen Patienten getrennt hinter einer verschlossenen Tür versteckt.«

Debbie sagte nichts.

»Bekommt sie zu essen?«

»Natürlich bekommt sie zu essen!«, antwortete Debbie barsch.

Meredith schaute wieder durchs Fenster. Angelas Haar wirkte glänzend und war von einem leuchtenderen Rot, als

Meredith in Erinnerung hatte. »Welches Medikament nimmt sie?«, fragte Meredith.

»Sie ist nicht meine Patientin, Meredith«, gab Debbie zurück.

»Das steht doch in ihren Behandlungsunterlagen, oder?«

Widerstrebend zog Debbie den Ordner unter dem Arm hervor. Irgendetwas stimmte hier ganz und gar nicht. Debbie hatte eine bestimmte Absicht. Offensichtlich wollte sie, dass Meredith Angela sah und ihre Verfassung zur Kenntniss nahm, war aber nicht bereit, ihren Fall zu diskutieren. »Haldol«, antwortete Debbie.

»Sonst noch was?«, fragte Meredith.

Debbie klappte den Ordner zu. »Thorazin. Andere Beruhigungsmittel. Sanftere. Damit sie schlafen kann.« Sie machte eine abwehrende Geste. »Meredith, zunächst einmal ist zu sagen, dass ich mir ihre Behandlungsunterlagen nicht unter ganz legitimen Umständen verschafft habe. Ich kann nicht direkt zu ihrem behandelnden Therapeuten gehen und ihn fragen, welche Medikamente sie erhält, ohne ein gewisses Misstrauen zu erregen ...«

»Deiner Meinung nach ist ihre Medikation also extrem?«, unterbrach sie Meredith.

»Meine Meinung ist nicht sonderlich wichtig, da ich ihre Unterlagen und Krankengeschichte nicht genau kenne. Bei ihrer Aufnahme gehörte ich noch nicht einmal zur Ärzteschaft.«

»Sie ist katatonisch, oder?«, fragte Meredith mit mühsam kontrollierter Stimme.

Debbie schaute drein, als hätte man ihr einen Schlag in die Magengrube versetzt. Sie nickte.

Meredith warf einen letzten Blick auf Angelas Rücken. »So braucht er es ihr nicht zu sagen«, flüsterte sie mit einem Atemhauch, von dem das Fenster beschlug. »Er muss ihr nicht sagen, dass Greg tot ist.« Sie merkte, dass sie auf Debbies Absicht gestoßen war. Angela Darby wurde gefangen gehalten.

»Hatten Sie ein enges Verhältnis zu ihr?«, fragte Debbie.

Meredith antwortete nicht.

Meredith hörte Debbie hinter sich herrufen, als sie durch den Korridor davonstürzte und aus der Eingangstür nach draußen schoss. Sobald sie hinter dem Steuer saß, jagte sie mit dem Wagen aus dem Parkplatz. Als sie in die am Krankenhaus entlangführende private Zufahrtsstraße einbog, sah sie, wie die Sonne sich in Angelas Fenster spiegelte, sie ein dunkler Schatten auf der anderen Seite der Scheibe. Aber Meredith sah auch, worauf das Fenster hinausblickte – auf einen leeren Parkplatz ohne Wächter.

Einige Tage später wurde Debbie Harkness ins Büro von Dr. Ernest Horne zitiert, dem Leiter der Therapieabteilung für die stationären Patienten von Bayou Terrace. Er befragte sie über die junge Frau, die sie ins Krankenhaus mitgenommen hatte und die man den Personalkorridor hatte entlangrennen sehen. »Ich würde gerne mit Ihren eigenen Worten hören, ob Sie meinen, etwas recht Unorthodoxes getan zu haben, Debbie?«, fragte er scharf.

Der Arzt war vom Tag der Aufnahme an Angela Darbys Therapeut gewesen. Nach Debbies Überzeugung war er außerdem ein Dinosaurier und ein Arschloch.

»Mit meinen eigenen Worten …«, meinte Debbie schließlich.

»Ja, bitte«, drängte Dr. Horne.

»Ich würde diese Einrichtung hier gerne verlassen, bevor irgendjemand herausfindet, was Sie mit Angela Darby tun«, sagte Debbie. Nachdem das verdaut war, fuhr sie fort: »Ich werde dieses Wissen unter der Bedingung für mich behalten, dass mein Abgang aus dieser Einrichtung meine Empfehlung zum Masters-and-Johnsons-Programm nicht gefährdet. Wie bereits gesagt, mein einziges Interesse liegt darin, nicht mehr zur Ärzteschaft des Krankenhauses zu gehören, wenn jemand die Wahrheit über diesen Fall herausfindet. Ich will niemandem Ärger bereiten.«

Debbie wusste eine Menge über Angela Darby, wovon sie Meredith nichts weitergegeben hatte. Sie hatte herausgefunden, dass Dr. Ernest Hornes Frau die ältere Schwester von Andrew Darby war. Sie hatte herausgefunden, dass die in Angelas Behandlungsunterlagen erwähnten »gewalttätigen Vorfälle« sich im Gespräch mit den Pflegerinnen nicht verifizieren ließen. Angela Darby war zweifellos krank, aber vor allem ein Opfer ihrer Trauer. Bevor Angela Darby im zuvor leer stehenden Bordeaux-Flügel untergebracht worden war, hatte es allerdings im Bayou Terrace Hospital niemals eine Trauerabteilung gegeben.

»Ihr Empfehlungsschreiben geht morgen zur Post«, erklärte Dr. Horne. »Bis dahin sollten Sie bitte Ihr Arbeitszimmer räumen.« Debbie verließ Dr. Hornes Arbeitszimmer, ohne ihm mitzuteilen, dass nun noch eine andere Person von Angela Darbys Verfassung wusste.

10

Er ist der Junge auf dem Bild, dachte Monica.

Jordan Charbonnet schaute vom Küchentisch auf, wo er gerade eine Ausgabe der *Times-Picayune* las. »Sechste Bombendrohung macht Schwulengemeinde nervös«, verkündete die Zeitung. Monicas Bestürzung war unübersehbar. Jordan erhob sich vom Tisch.

»Freut mich, Sie kennen zu lernen, Mrs Conlin«, sagte er.

»Jordan?«, fragte Monica, als sie seine Hand ergriff.

»Mom ist oben und macht sich noch fertig«, sagte Jordan. »Kann ich Ihnen etwas zu trinken anbieten?«

Monica und Elise wollten in die Louisiana Philharmonie. Elise hatte das Konzert vorgeschlagen. Es war Mahlers »Auferstehung«.

Monica war vorbeigekommen, um Elise abzuholen. »Nein, danke ...« Sie schluckte. »Die Tür war offen, da bin ich einfach ...«

»Mom vergisst immer, sie abzuschließen«, sagte Jordan und zwinkerte, als teilten sie eine amüsierte Toleranz für Elises Achtlosigkeit.

»Sie sehen großartig aus.«

»Danke«, antwortete Monica und stellte mit einem nervösen Lächeln ihre Handtasche ab. Sein Kompliment über ihr Aussehen gab ihr das Gefühl, begehrenswert zu sein, und machte ihr gleichzeitig ein schlechtes Gewissen. Der Junge war wunderschön und das machte sie traurig. Er hatte etwas Distanziertes und Isoliertes an sich. Er bewegte sich mit einer übertriebenen Autorität, als brauchte er allen Sauerstoff im Raum für sich allein.

»Wie geht es Stephen?«, fragte Jordan und öffnete die Kühlschranktür.

»Bestens. Er studiert an der Tulane. Im Moment sind Ferien.«

»Sommer«, meinte Jordan lächelnd und schenkte sich ein Glas Orangensaft ein. »Wollen Sie wirklich nichts zu trinken?«

»Monica!«, rief Elise von oben.

»Ich bin hier«, antwortete Monica laut.

»Wie bist du reingekommen?«, rief Elise erneut.

»Die Tür war offen.«

»Jordan!«, schrie Elise.

»Er ist hier bei mir …« antwortete Monica. Sie merkte, wie Jordan sich anspannte, bevor er den Deckel des Orangensafts zuklappte und den Getränkekarton wieder in den Kühlschrank stellte.

»Kennen Sie Stephen?«, fragte Monica, in deren Stimme sich eine Andeutung von Misstrauen einschlich.

»Nicht richtig. Er und Brandon waren früher Freunde, oder?«

»Vor langer Zeit«, antwortete sie knapp.

Elise schlenderte in die Küche, wobei sie sich einen Diamantohrring festmachte. Sie trug ein paillettenbesetztes, tief ausgeschnittenes Cocktailkleid. Monica war verblüfft. Sie hatte nicht einmal gewusst, dass Elise ein solches Kleid besaß. »Ich dachte, du müsstest zur Arbeit«, meinte Elise zu Jordan. Es klang, als sei sie verärgert, dass er in ihrem Haus war.

»Ich wurde weggeschickt«, sagte Jordan.

»Weggeschickt? Ist das schlimm?«, fragte Elise.

»Nein. Es bedeutet einfach nur, dass sie zu viele Empfangsleute eingeteilt haben und ich heute Abend gehen konnte«, antwortete er, setzte sich an den Tisch und entfaltete erneut den Nachrichtenteil der Zeitung. Die theatralische Geste, mit der er dies tat, deutete auf eine plötzliche Langeweile hin, nachdem seine Mutter ins Zimmer gekommen war.

»Fertig?«, fragte Elise, als hätte sie beschlossen, ihre Freundin so schnell wie möglich von ihrem Sohn wegzuschaffen.

»Jederzeit«, antwortete Monica, und ihre Augen wanderten von Jordan zu Elise.

»Hat mich gefreut, Sie kennen zu lernen, Jordan«, sagte Monica und folgte Elise in die Diele.

»Richten Sie Stephen Grüße von mir aus«, erwiderte Jordan, ohne aufzusehen.

Jordan Charbonnet hatte eine sonderbare, schwindelerregende Wirkung auf Monica. Zuerst dachte sie, es sei einfach die Bestürzung, mit der sie festgestellt hatte, dass er der Junge auf Stephens Foto war. Mitten im ersten Satz von Mahlers Zweiter wurde Monica aber plötzlich klar, dass Jordan sie an ihren verstorbenen Mann erinnerte, vom dunklen Teint bis zu der offensichtlichen Unempfindsamkeit gegenüber allen, die ihn umgaben. Und sie erkannte, wie nervös Elise auf Jordan reagiert hatte, auf seine Unkontrollierbarkeit. Ganz ähnlich hatte sich Monica in den ersten Ehejahren gegenüber Jeremy verhalten. Schlussendlich schob Monica es auf die Symphonie. »Die Auferstehung« war Jeremys Lieblingssymphonie gewesen und so mussten die Klänge ja ganz natürlich Erinnerungen in ihr wecken.

Jordan traf Meredith im Fat Harry's. Rich hatte Jordan auf ein paar Bier mit ihm und seiner neuen Bekannten eingeladen. Der Rausschmeißer an der Tür, Scott Sauber, früher Jordans liebster Wide-Receiver, klopfte ihm auf den Rücken und führte ihn in die verräucherte, lärmende Collegebar. Als Rich Meredith an den Video-Pokerautomaten entdeckte, boxte er Jordan in die Schulter. »Seid ihr beide verabredet, oder was?«, schrie Rich über die Musik der Jukebox hinweg.

Jordan ging zu Meredith hinüber. »Die Welt ist klein«, sagte er. Er hatte sich bei der Arbeit freigenommen, was er seiner Mutter verschwiegen hatte. Er war nämlich eigens nach Hause gekommen, um sich Monica Conlin anzusehen, und hoffte außerdem, Meredith anschließend in der Bar zu treffen.

Er setzte sich neben sie auf einen Hocker und steckte einen Fünfdollarschein in den Automaten. Sie hielt die Augen auf die Anzeige geheftet.

»Stephen Conlin«, sagte er.

Meredith antwortete nicht. Sie setzte vier weitere Verrechnungspunkte und betrachtete ihr neues Blatt.

»Der Vierte auf dem Foto ist Stephen Conlin.« Jordan behielt drei Karten und warf den Rest mit schnellen Fingerbewegungen auf den Bildschirmtasten ab, was ihn sieben Punkte kostete.

»Mein Bruder war ein Arschloch, oder?«, fragte er, wobei er direkt nach vorn schaute und sein neues Blatt betrachtete.

»Hast du je davon gehört, was sie mit Stephens Auto gemacht haben?«, fragte Meredith zum Bildschirm gewandt. »Sie haben alle Fenster eingeworfen. Jeden einzelnen Reifen platt gemacht, so ungefähr. Und das Wort Schwanzlutscher auf die Windschutzscheibe gesprüht. Er hatte den Wagen erst seit einem Tag.« Ihr Automat stieß einen elektronischen Rülpslaut aus, mit dem angezeigt wurde, dass sie keine Punkte mehr hatte. Meredith stand auf und nahm sich ihr Bier. Jordan sah, wie betrunken sie war, wie kaputt – die Augen blutunterlaufen, das Gesicht bleich und ausgemergelt, der Pony aufs Geratewohl aus dem Gesicht gestrichen.

»Greg hat mir hinterher alles darüber erzählt. Sie waren so stolz darauf.« Sie hob die Flasche an den Mund und tat einen kräftigen Zug. Die Armbewegung brachte sie aus dem Gleichgewicht und sie kippte auf ihren Hocker zurück. Der rutschte kreischend über den Boden. Jordan fing sie mit einem Arm um die Taille auf. Er sah, wie in der ganzen Bar die Gesichter zu ihnen herumfuhren, darunter auch einige, die er als Cannon-Absolventen erkannte. Die den Festakt schwänzende Homecoming Queen von einst und der Footballstar, nur ein paar Jahre auseinander, jetzt stützten sie sich gegenseitig.

»Vor einem Monat hätte ich mich fast zu Tode getrunken. Deswegen bin ich ein bisschen beschwipst …«, sagte Meredith und schüttelte Jordans Arm von der Taille. Er blieb beharrlich und umfasste ihre Schultern. Meredith hebelte seinen Arm weg und klatschte ihn gegen seinen Körper. »Beantworte mir eine Frage«, sagte sie.

»Welche?«, fragte er.

»Warum bist du hierher zurückgekommen?«

»Hier komme ich doch her«, antwortete er nach einer Pause.

»Das ist der Fluch, nicht wahr?« Ihre blutunterlaufenen Augen sahen ihn fest an. »Wir schaffen es nie von hier weg, oder? Wir wollen immer heim. Wo das Trinken leichter fällt.« Sie schwenkte stolz ihre Bierflasche. »Und wenn man trinkt, ist es leichter, den Sachen beim Verfaulen zuzusehen.« Sie beugte sich vor und stieß ihm einen Finger in die Brust. »Aber jetzt mal ehrlich, was ist der wirkliche Grund? Meinst du, hier ist was im Wasser, oder meinst du, es ist einfach leichter an einem Ort, wo alles so total am Arsch ist?«

»Ich verstehe nicht«, sagte Jordan. Er wollte mehr aus ihr herauslocken, obwohl jedes Wort schmerzte.

»Quatsch, von wegen du verstehst nicht«, sagte sie.

Jordan protestierte nicht. Er verstand, was sie meinte. Wie weit er auch weglief, New Orleans hatte ihn nie losgelassen. Erinnerungen an das durch Eichenbäume schräg einfallende Sonnenlicht hatten ihm keine Ruhe gelassen. Er hätte wissen sollen, dass ein Monat reichte, damit der berauschende Charme seiner Heimatstadt ihn in eine Welt zurücklockte, wo Homecoming Queens betrunken an der Theke taumelten und Brüder in den Gossen und Spalten der Gegenwart verschwanden. Meredith musste es seinem Gesicht angesehen haben. Sie hob den Finger von seiner Brust und strich ihm über die Wange. Er sah Mitleid in ihren Augen.

»Du bist in Ordnung, Jordan. Wirklich. Glaub mir, du bist viel besser als dein Bruder.«

Irgendetwas gab allmählich in Jordan nach, aufgeweicht durch die Trauer von Meredith Ducote, die zu betrunken war, um sich aufrecht zu halten. Ihr ehemaliger Freund durch eigene Hand gestorben. Ihre Jugend vergiftet. Ihm kam der Gedanke, dass er vielleicht niemals herausfinden würde, was mit seinem Bruder geschehen war, und seine Mission vielleicht einfach nur ein Vorwand war, dass er nach New Orleans zurückgekehrt war, um sich nicht dem Leben stellen zu müssen. Nachts servierte er in Restaurants und tags grübelte er darüber nach, wo sein Bruder wohl stecken mochte; unterdessen hing sein Princeton-Diplom über seinem Jugendbett.

Meredith wurde ein wenig nüchterner und zog sich von ihm zurück.

»War es so entsetzlich?«, fragte Jordan, kaum hörbar über der Musik der Jukebox. »So entsetzlich, dass es keine Möglichkeit mehr für mich gibt, Brandon auch nur wieder kennen zu lernen? Es ist idiotisch von mir, ihm helfen zu wollen, nicht wahr?«

»Nein, es ist idiotisch zu denken, ich könnte dir helfen«, entgegnete Meredith überraschend freundlich. »Ich weiß nicht das Geringste.«

Zorn flackerte in Jordans Brust auf. Sein Gesicht verhärtete sich. »Du lügst«, flüsterte er.

Sie konnte ihn nicht hören, aber sie konnte seine Lippen lesen. Sie war in einen Zustand plötzlicher Ruhe eingetreten, als betrachte sie ihn wie ein Gemälde. »Ich weiß nur das eine … Sollte dein Bruder auch nur in Stephens Nähe kommen, dann tu ich ihm weh. Sehr weh.«

Sie drehte sich um und trat aus der Videopoker-Ecke heraus. Jordan sah ihr nach, wie sie sich durch das Dickicht der Gäste schlängelte. Jetzt wusste er, dass er mit Stephen Conlin reden musste.

Nach der Symphonie nahm Elise Charbonnet im Blue Room des Fairmont Hotels gegenüber dem Orpheum Theatre ein paar Drinks mit Monica. Sie saßen an der Bar und ein Pianist spielte Broadway-Evergreens; Elise war fest entschlossen, es bei einem leichten Geplauder zu belassen. Sie erwähnte Jordan nur, um die Tatsache zu beklagen, dass er beim Autowaschen nicht mehr als knapp sitzende Sportshorts tragen wollte. Als sie erzählte, wie sie Jordan aufgefordert hatte, doch ein paar Bodybuilderposen auf der Motorhaube hinzulegen, lachte Monica zu laut.

Auf der Rückfahrt meinte Elise leichthin, sie beide könnten doch zusammen ein Abonnement für die Philharmonie nehmen, und Monica zeigte sich höflich einverstanden. Als sie vor der Villa der Charbonnets hielten, stellte Elise verunsichert fest, dass Jordans Wagen – ein alter Cadillac Seville, den Roger ihm vererbt hatte – nicht in der Einfahrt stand. »Bestimmt ist er ausgegangen«, meinte Monica beruhigend.

»Ruf mich an«, sagte Elise zerstreut, schon halb aus der Wagentür.

Roger war vor dem Fernseher eingenickt. Sie dachte daran, ihn aufzuwecken, merkte aber dann, dass sie keine Lust hatte, mit ihm zu reden. Aus dem Schlaf gerissen war Roger normalerweise gar nicht richtig ansprechbar und ruckte mit dem Kopf herum wie ein neugeborener Vogel.

Mit dreißig war das süß gewesen, jetzt aber, wo er sich den Sechzigern näherte, erschien es Elise wie ein Vorbote der Senilität.

Sie stieg die Treppe hinauf und verharrte oben auf dem Treppenabsatz. Vor einem Jahr hatte an dieser Wand ein gemaltes Modell von Roger Charbonnet Seniors erträumtem Landhaus gehangen, eine Villa im Plantagenstil am nördlichen Ufer des Lake Pontchartrain, eine Stunde von der Stadt entfernt in den Wald aus karibischen Kiefern eingebettet.

Das Haus war nie fertig gebaut worden. Roger hatte den

Entwurf des Architekten sowie das Grundstück von Nanine geerbt.

Der Gedanke an diese Landparzelle – isoliert daliegend, zernarbt von den Fundamenten nicht fertig gesteller Häuser und dem Rohbau eines Gäste-Cottages – jagte Elise jetzt einen Schauder über den Rücken. Sie hatte das Bild von der Wand genommen. Sie glaubte, dass dort jemand lebte.

Monica durchwühlte Stephens Kleiderschrank nach Jordan Charbonnets Foto. Stephen hatte im Laufe des Tages angerufen. Er war noch bei Jeff in Baton Rouge. Seit fast einer Woche war er nun da. Monica hielt ihr Motiv für einfach: Sie wollte sehen, ob Stephen das Fehlen des Bildes auffallen würde, und falls ja, was er dann in dieser Hinsicht unternehmen würde.

11

MEHRERE WOCHEN NACH der Einäscherung seiner Söhne hörte Andrew Darby mit dem Trinken auf und fing das Rauchen an. Er hatte die Zigaretten Ende zwanzig aufgegeben. Jahrelang hatte er ein Whiskyglas Glenlivit nach dem anderen benötigt, um den Radau seiner Söhne zu dämpfen und das Talent seiner Frau zu ertragen, immer genau in den Raum zu kommen, in dem er selbst gerade war, und dort Dinge hin und her zu räumen. Jetzt genoss er jede Zigarette und die Tatsache, dass keiner da war, den er mit dem Qualm störte. Andrew Darby gefiel es, allein zu leben.

Nach Gregs Selbstmord ließ Andrew sich das Ausbildungsgeld seines Sohnes auszahlen. Er zögerte jedoch, das von Alex anzurühren, obwohl der beträchtlich weniger Zinsen angesammelt hatte. Er gab seine Stelle als Verkaufsleiter bei Schaffer Construction auf und setzte sich zur Ruhe. Keiner schmiss ihm eine Abschiedsparty.

Neben seiner Rente ließ er sich jährlich die Zinsen des Geldes ausbezahlen, das er und Angela für ein Haus in Miami Beach gespart hatten.

Er war kein Mann, der unter Alpträumen litt. Nachdem er vom Bayou Terrace Hospital zurückgekehrt war und vor seiner Haustür zwei Polizisten angetroffen hatte, die ihn informierten, dass sein anderer Sohn sich eine Kugel in den Kopf geschossen hatte, verlor Andrew Darby das Vertrauen in den Nutzen von Trauer. Beim Identifizieren von Gregs Leiche kam er zu der Überzeugung, dass seine Söhne nicht gestorben waren; sie waren einfach nur seiner Reichweite entschlüpft und hatten ihm eine Einsamkeit hinterlassen, in der er den ganzen

Tag mit dem Lesen von Tom-Clancy-Romanen und Rauchen verbringen konnte.

Der Tod seiner Familie hatte ihm ein neues Leben gegeben. Die Erinnerung an Alex' im hohen Bogen zur Erde zurückstürzenden Körper war schneller verblasst als erwartet, da keiner da war, der darüber sprach und ihn daran hätte erinnern können. Wenn er Angela besuchte, war er als Einziger der Sprache mächtig. Er besuchte sie regelmäßig donnerstags und las ihr die *Times-Picayune* vor. Das war die einzige Gelegenheit, zu der er das Haus verließ, abgesehen von ein paar Gängen zum Lebensmittelladen.

Eines Donnerstagvormittags Ende Juni, als vor dem einzigen Fenster des Raums die Hitze flimmerte und Andrews Stimme gegen das Gesumm der Insekten draußen in den Bäumen ankämpfte, sagte Angela Darby zum ersten Mal seit fünf Jahren etwas zu ihm.

»Baby«, sagte sie.

Andrew blickte von der Zeitung auf, verärgert, dass eine Krankenschwester Ernest Hornes eindeutige Anweisung missachtet hatte und sie störte.

»Baby«, wiederholte Angela.

Ungläubig wurde Andrew klar, dass da seine Frau gesprochen hatte. Die *Times-Picayune* fiel flatternd auf seinen Schoß. »Baby«, flüsterte sie wieder.

»Was?«, fragte Andrew scharf.

»Du ... nanntest ... mich ... Baby ...«, sagte Angela, ohne ihn anzuschauen. Ihre Stimme war flach und kehlig nach fünf Jahren des Schweigens.

Mit der geballten Faust umschloss er eine Strähne ihres Haars. Er riss ihren Kopf zurück, dass ihre Halssehnen gedehnt wurden. Angela schaute mit weiten Augen zu ihm auf. »Was?«, blaffte Andrew.

Ihre Lider schlossen sich, und einen Moment später schien es, als hätte sie überhaupt nichts gesagt. Er ließ ihr Haar los und ihr Kopf rollte nach vorn. Mehrere rote Strähnen hatten sich zwischen seinen Knöcheln verfangen. Er untersuchte eine davon; sie war fein und weich.

Als Andrew die rote Haarsträhne auf Dr. Ernest Hornes Schreibtisch legte, schaute Ernest seinen Schwager in verblüffter Verärgerung an.

»Jemand hat ihr das Haar gebürstet«, erklärte Andrew, als spräche er mit einem Kind. »Machen die Pflegerinnen das? Bürsten sie ihr das Haar?«

»Sie wird täglich gebadet und dabei gewaschen«, antwortete Ernest ruhig, während seine Augen zu einer Aktennotiz zurückkehrten.

»Ich glaube, dass jemand bei ihr war.«

»Du bist jeden Donnerstag bei ihr«, antwortete Ernest desinteressiert. »Die Schwestern machen die Runde. Wenn sie ihr ihre Medikamente bringen, sind sie bei ihr. Das sind die einzigen Menschen, die mit deiner Frau zusammen waren, Andrew.«

Zorn flammte in Andrew auf.

Am Tag von Alex' Bestattung war Angela in Hysterie verfallen und Andrew hatte sie aus dem Gottesdienst und zurück nach Hause geschleppt. Sie hatte »Die waren es!« geschrien. Doch mit *Die* hatte Angela das Cannon-Wettkampf-Footballteam gemeint. Wäre Greg nie zum Ersatz-Quarterback gemacht worden, hätte Alex sich nicht in seiner Eile auf die Fahrbahn hinausgestürzt. Als Andrew sie an jenem Abend nach Hause schleppte, fachte das Angelas Glut noch an. Jetzt wandte sie sich gegen ihren Mann: »Hättest du dich nicht verspätet ...«, mehr konnte sie nicht mehr hervorbringen, denn Andrew versetzte ihr einen Schlag, von dem sie gegen die Wand krachte.

Er hatte das Zimmer voller Wut verlassen. Als er fünfzehn Minuten später zurückkehrte, lag Angela auf dem Wohnzimmerboden. Er konnte sie nicht bewegen. Sie sagte kein Wort.

Andrew hatte seine Schwester Colleen auf ihrem Handy angerufen und Ernest vom Gottesdienst kommen lassen. Ernest untersuchte Angela und testete ihre Reflexe. Der Deal war Colleens Idee. Ernest war von Katatonikern fasziniert. Falls Andrew einverstanden war, könnte Ernest sie in relativer Freiheit genau studieren. Andrew hatte auf der Stelle zugestimmt: Sobald der Gottesdienst zu Ende war, würden die Kondolenzbesuche beginnen. Andrew würde nicht zulassen, dass sie Angela zu einer Kugel zusammengerollt sahen, eine schwere Prellung an Kinn und Wange.

Als die Trauergäste zum Kondolieren kamen, hatten Ernest und Colleen Angela schon weggeschafft, und Andrew hatte seine Geschichte parat. Freunde und Familie hielten Andrew die Hand, als er ihnen erzählte, wie er einen an den Bürgermeister von Thibodaux adressierten Brief gefunden hatte. »Angela glaubt, alles hätte mit dem Pep-Rally-Sketch zu tun«, erklärte er und überließ den Rest ihrer Phantasie. Die Geschichte floss in die Kanäle des Garden-District-Klatschs und wurde über Nacht zum Mythos.

Der Deal hatte Ernest im Endeffekt mehr eingebracht als Andrew. In langen Sitzungen hatte Ernest versucht, Angela aufzuwecken, wobei er ihre Reaktionen auf Nadelstiche und Kulipikser säuberlich notierte und katalogisierte. Angela zuckte zusammen, ihr ganzer Körper wand sich, doch auf ihrem Gesicht stand immer ein leichtes Lächeln. Er hatte Andrew erzählt, Angela habe vielleicht schon immer ein »Schattensyndrom« des Autismus aufgewiesen, doch die Theorie kam nie in Schwung, weil sie keine Stereotypien entwickelte. Angela Darby hatte einfach dichtgemacht.

Nachdem er ein Jahr lang mit der Medikation herumprobiert hatte, stellte Ernest Angelas Dosis an Thorazin und Haldol fast auf das Maximum ein. Andrew wollte es so. Er hatte Ernest versichert, dass Angela außer ihm selbst keine lebenden Angehörigen besaß und nur einige wenige Freunde, die er zum Großteil nicht mochte und die er inzwischen so ziemlich vertrieben hatte.

»Falls ich herausfinde, dass jemand bei ihr war, dann schwöre ich dir ...«

»Schwöre, bei wem du willst, aber falls du vergessen haben solltest, dass ich der Leiter dieses Krankenhauses bin: Ich kann mit unserer Vereinbarung weitermachen wie gehabt oder ich kann die Dinge für uns alle schwierig gestalten!«

»Es geht hier um Angela!«, konterte Andrew.

Andrew sah, wie Ernests Mund sich zu einem schiefen Lächeln verzog, bevor er seine Aufmerksamkeit wieder der Akte auf dem Schreibtisch zuwandte. »Falls du willst, schicke ich dem Aufsichtsrat einen Brief, in dem ich um die Anbringung von Sicherheitsgittern vor den Fenstern ersuche. Allerdings könnte ihnen das ein wenig merkwürdig vorkommen, da eine millionenteure Renovierung ansteht und dieser Bereich des Krankenhauses eigentlich nur zu Lagerzwecken genutzt wird.«

»Schreib den Brief«, schnauzte Andrew und stürmte aus Ernests Büro.

12

AM LETZTEN SAMSTAG im Juni ging Jordan zum ersten Mal seit seiner Heimkehr mit seinen Eltern zum Dinner aus. Er bestellte ein Gin and Tonic, sobald sie sich gesetzt hatten; er wusste, dass er für das, was er sich vorgenommen hatte, mindestens einen Drink brauchte. Elise rollte die Augen. Roger sprach zu seiner Verteidigung. »Wenn unsere Regierung ihm einen Drink zum Dinner gestattet, dann sollten wir das auch tun«, meinte er.

»Die meisten warten mit den Drinks bis nach dem Essen«, murmelte Elise und breitete ihre Serviette auf dem Schoß aus.

Jordan sagte nichts, bis die Kellnerin ihm das Glas brachte. Er nahm einen Schluck und atmete tief ein, womit er das scharfe Stechen des Gins durch seine Brust spülte. Er blickte von seinem Vater auf seine Mutter, die beide die Speisekarte studierten. »Ich habe heute in Camp Davis angerufen«, verkündete er.

Über die Speisekarte hinweg trafen Elises Augen die seinen mit der Gewalt eines Gewehrschusses. Roger sah aus, als hätte man ihn geschlagen.

»Ich sprach mit einer Sekretärin im Büro«, fuhr Jordan fort, den Blick auf seine Mutter geheftet. »Anscheinend ist es gar keine richtige Militärkaserne. Es ist ein Erziehungsprogramm. Das – mal sehen, wie hat sie es formuliert –, das versucht, jungen Männern mit einem eklatanten Mangel an Respekt vor Autoritäten Disziplin beizubringen. Sie hat es wohl ein bisschen besser ausgedrückt ...«

Roger senkte den Kopf. »Jordan, bitte ...«

»Die Einzelheiten des Programms haben mich stärker interessiert«, berichtete Jordan. »Was eben so zu erwarten ist. Exerzierübungen. Drill. Arbeitsprojekte. Ein Programm, das auf drei Monate angelegt ist.«

Jordan nahm einen Schluck von seinem Drink. Er stellte das Glas auf den Tisch. »Wo ist er?«

»Jordan, du musst verstehen ...«, begann Roger kläglich.

»*Was* verstehen?« Andere Gäste ruckten beim schrillen Klang seiner Stimme mit dem Kopf herum. »Seit vier Jahren hat keiner von euch beiden die geringste Ahnung, wo Brandon steckt! Wie soll ich das verstehen?«

Elise stand vom Tisch auf, die Serviette in der Hand, ließ diese auf den Stuhl fallen und ging durchs Restaurant davon. Roger sah ihr nach.

Die Kellnerin kam. Ob sie warten wollten, bis die dritte Person am Tisch zurück sei?

»Sie ist wohl nur kurz zur Toilette gegangen«, murmelte Roger. Die Kellnerin lächelte und zog sich zurück. »Jordan, wir haben uns so sehr darum bemüht, eine Art Gleichgewicht wiederherzustellen ...«, begann Roger.

»Gleichgewicht? Vergessen, dass Brandon je gelebt hat, weil er mit einem *Stuhl geworfen* hat? Das soll Gleichgewicht sein?«

»Er hat viel mehr angestellt, und das weißt du«, gab Roger zurück.

Jordan starrte Roger voll Verblüffung und Abscheu an. Roger sank auf seinen Stuhl zurück und aus seinem Zorn wurde Kummer. Er führte eine Hand zur Stirn und ließ sie da. Er schüttelte schwach den Kopf. Als er die Hand wieder wegnahm, sah Jordan das Schimmern von Tränen in seinen Augen.

»Ich weiß nicht, was ich tun soll«, sagte Roger mit bebender Stimme. »Reicht dir das? Ich weiß nicht, was ein Vater tun soll, wenn sein Sohn sich in ein Ungeheuer verwandelt.«

»Du hast Angst vor ihm?«, fragte Jordan.

Roger nickte nachdrücklich.

Jordan ließ sich auf seinen Stuhl zurücksinken.

»Und vielleicht hast auch du allen Grund dazu«, sagte Roger.

Als Jordan und Roger nach Hause zurückkehrten, hallten ihre Schritte in der Diele durch ein offensichtlich leeres Haus. Elise war nach einer halben Stunde noch immer nicht zu Tisch zurückgekehrt. Schließlich hatten sie bestellt und schweigend gegessen.

Jordan schlug vor, er könnte nachschauen gehen, ob sie vielleicht Monica besucht hatte.

Der grüne Vorgarten der Conlin-Villa verschleierte das aus den Fenstern dringende Licht. Er läutete dreimal, bevor er hinter der Milchglasscheibe der Tür einen Schatten auftauchen sah. Monica schien lange zu zögern, bevor ihr Kopf durch die einen Spaltbreit geöffnete Haustür lugte und das Gartentor ein hartes Summen ertönen ließ.

Monica blieb in der einen Spaltbreit geöffneten Tür stehen, während er den Vorgarten durchquerte und die Verandatreppe hochkam.

»Jordan?«, fragte sie, die Stimme gleichzeitig aufgeregt und misstrauisch.

»Hi, Miss Monica. Ist meine Mutter zufällig bei Ihnen?«

Monica verneinte mit einem Kopfschütteln und stand angespannt wie eine Katze in der Tür.

»Wäre es Ihnen recht, wenn ich hereinkomme?«, fragte Jordan.

Sie trat von der Tür zurück, und er schob sie etwas weiter auf, bevor er in die Diele trat. »Gibt es ein Problem?«, fragte Monica.

»Es gibt kein Problem, solange Sie Mom nicht sagen, dass ich heute Abend hier war«, antwortete er.

»Kann ich Ihnen etwas anbieten?«

»Haben Sie Gin?«, fragte Jordan.

»Mehrere Flaschen.« Monica machte kehrt und ging zur Hausbar im Salon. Jordan ließ die Augen durch das Zimmer wandern. Das Haus war üppiger eingerichtet als das seiner Eltern, überall Porzellanvasen und dunkle, samtige Töne.

»Ist mit Elise alles in Ordnung?«, rief Monica aus dem Salon.

»Nein«, antwortete Jordan.

Er stand in der Tür zum Salon und beobachtete Monicas Reaktion. Sie wandte sich ihm von der Hausbar her zu, eine noch ungeöffnete Flasche Bombay umklammernd.

»Was ist passiert?«

»Es ist wegen meinem Bruder«, antwortete Jordan offen.

Monica nickte und schenkte Jordan seinen Drink ein.

»Ist Stephen daheim?«, fragte Jordan.

»Nein.« Sie brachte Jordan seinen Drink und reichte ihn ihm, ohne ihm einen Platz anzubieten. »Er ist mit einem Freund ins Kino gegangen. Gerade vor ein paar Minuten, er dürfte also kaum vor zwei Stunden zurück sein.« Jordan trank einen Schluck Gin und strich mit der Hand über Amelia Conlins Flügel. Monica betrachtete ihn, wie er durchs Zimmer ging. »Warum hat meine Mutter mir Ihrer Meinung nach nie erzählt, was Brandon mit dem Wagen Ihres Sohns angestellt hat?«, fragte er.

»Sie war bestimmt nicht stolz darauf.«

»Und sie wollte ihre neue Freundschaft nicht gefährden.«

»Wir kennen uns schon sehr lange, Jordan«, sagte Monica.

»Aber Sie beide waren nicht immer befreundet«, antwortete Jordan und setzte sich breitbeinig auf einen antiken Stuhl mit einer hohen Lehne an der gegenüberliegenden Wand.

»Nein …«, antwortete sie schwach.

»Ich möchte mit Ihnen über meinen Bruder reden«, erklärte Jordan fest.

»Ich weiß nicht mehr über Ihren Bruder, als Ihre Mom mir erzählt hat …«

»Und über das, was er Stephen angetan hat«, endete Jordan.

Monica sah ihn finster an. Sie wandte sich zur Hausbar und schenkte sich ihren eigenen Drink ein. »Sie wissen, dass Sie ein sehr gut aussehender junger Mann sind, oder?« Das war keine echte Frage. Sie drehte sich um und trank einen Schluck. »Die Leute fügen sich Ihnen normalerweise, nicht wahr?« Jetzt war die Schärfe in ihrer Stimme unüberhörbar. »Haben Sie eine Menge Erfahrung darin, Frauen einzuschüchtern, die doppelt so alt sind wie Sie? Üben Sie mit Ihrer Mutter?«

Sie beobachtete die Wirkung ihrer Worte, daher bewegte Jordan sich nicht und zuckte auch nicht zusammen. »Sie waren eine Außenseiterin, oder?«, fragte Jordan ruhig. »Deshalb waren Sie nie mit meiner Mutter befreundet. Weil Sie von der falschen Seite der Magazine Street kamen, und um die Dinge noch schlimmer zu machen, waren Sie zehnmal so hübsch wie Mom.«

»Ich werde Sie bitten müssen zu gehen ...«

»Ich erinnere mich, dass ich schon als Kind dachte, dass Mom Sie nicht mochte, weil Sie anders waren. Als Sie hierher kamen und in dieses Haus zogen, haben Sie Moms Gleichung durcheinander gebracht. Haben die Dinge aus dem ... Gleichgewicht geworfen. Na ja, und genau das tue ich auch. Weil ich Fragen habe und Antworten hören möchte, aber wir beide wissen, dass die Leute in diesem Viertel mit schwierigen Dingen einfach so umgehen, dass sie lächeln und einen darauf trinken.«

Jordan konnte in Monicas Miene nichts lesen. Vielleicht war sie ein wenig beeindruckt.

»Was hat meine Mutter Ihnen über Brandon erzählt? Hat Sie Ihnen erzählt, wo er war, in ...«

»Camp Davis. Ja.«, antwortete Monica und schluckte einen Teil ihres Drinks.

»Hat Sie Ihnen auch erzählt, dass das nur ein Dreimonatsprogramm war?«

Monica runzelte die Stirn, echte Verwirrung im Blick, und trank dann.

»Er wurde vor vier Jahren dort aufgenommen«, fügte Jordan ruhig hinzu.

»Was wollen Sie hören, Jordan?«, fragte Monica.

»Ich möchte wissen, was mit ihm los ist.«

»Dann stellen Sie die falschen Fragen«, flüsterte Monica.

Er beugte sich im Stuhl vor. »Was für Fragen sollte ich denn stellen?«

Sie durchquerte den Raum und trat ans Fenster. Hinter ihrem Profil konnte Jordan durch die Lücken im Eichenlaub hindurch die Spitze des Bishop-Polk-Glockenturms erkennen.

»Sie sollten nach der Nacht fragen, als Greg Darby sich umgebracht hat«, antwortete sie.

»Es war das Schlimmste, was ich je gesehen hatte. Und meine Mutter war eine Säuferin, die regelmäßig das Bett voll schiss, ich habe also so einiges gesehen, das kann ich Ihnen sagen.« Monica lachte bitter und führte das dritte Gläschen Chambord an die Lippen. »Es war grauenhaft, und nicht nur, weil wir alle Kinder hatten und wussten, dass wir von einer Sekunde zur anderen genauso dastehen konnten wie Angela Darby – nur eine einzige falsch genommene Kurve oder falsch überquerte Straße. Sondern weil es Erwachsene und Kinder gleichmachte. Bei der Bestattung, die Eltern … Sie wussten nicht, was sie tun sollten. Ich habe sie beobachtet. Stephen und ich saßen oben auf der Empore, und ich sah all diese Eltern, wie sie versuchten, ihre Kinder zu trösten, und ihre Sache so schlecht machten …«

Sie hielt inne und trank einen Schluck.

»Jetzt weigert sie sich, darüber zu reden«, warf Jordan ein. »Aber als sie mich damals das erste Mal danach anrief, sagte sie mir, sie müsse wohl den Schuss gehört haben … als er es tat.«

Monica richtete ihren Blick fest auf ihn. »Wir haben ihn alle gehört«, berichtigte sie. Sie ging zur Hausbar und schenkte sich noch ein Glas Chambord ein. Mit dem Rücken zu ihm fuhr sie fort: »In jener Nacht habe ich eigentlich zweierlei gehört. An das Erste erinnerte ich mich erst später wieder, aber es klang wie eine der Glocken … Sie wissen ja, die Glocken werden schon seit Jahren nicht mehr geläutet. Man verwendet inzwischen Aufnahmen oder so – das hat Stephen mir gesagt.«

»Es klingt nicht nach echten Glocken«, stimmte Jordan zu.

Monica kam schwankend zurück, und ihr Stuhl kippte leicht, als sie sich setzte.

»Also, früher an jenem Abend, ich schätze, es war so um – ach Gott, ich weiß es nicht … Es klang, als hätte jemand eine der Glocken läuten wollen, es aber nicht geschafft. Es war so ein sonderbarer Summton. Ich erinnere mich daran, weil danach die Hunde losbellten.« Sie schaute wieder aus dem vorderen Fenster nach draußen. »Ich weiß nicht recht. Eine Weile dachte ich, ich hätte es mir vielleicht einfach nur eingebildet. Es hätte auch etwas anderes sein können. Ein Flugzeug oder, was weiß ich, ein Laster auf der Jackson …«

Sie verstummte, entweder betrunken oder nachdenklich.

»Und der Schuss?«, drängte Jordan sie sanft weiter.

»Ich würde sagen, so um zehn oder elf.« Monica fingerte am Saum ihres Kleides herum. »Er war laut. Zu laut. Ich meine, Sie wissen ja bestimmt, dass wir öfter Schüsse hören, von der St.-Thomas-Sozialsiedlung her. Die liegt ein paar Straßen weiter, aber das hier war … Gleich, als ich es hörte, wusste ich, dass es zu nah war.« Monica sah Jordan an und einen Moment war ihr Blick verschwommen. »Stephen war nicht zu Hause.«

»Was wollen Sie damit sagen?«

»Mein Mann. Jeremy. Er hatte sein Arbeitszimmer früher im zweiten Stock. Es ist noch alles ziemlich so, wie es damals war. Er war Schriftsteller und da ist so viel ... Jedenfalls, als der Schuss losging, war ich da oben. Ich blätterte Bücher durch.«

Jordan kam zu dem Schluss, dass sie ihn ablenken wollte. »Vor vielen Jahren hat er dieses eine Gedicht geschrieben, eines von meinen liebsten. Es heißt: ›Einem Kind, das noch nicht geboren ist.‹ Aber aus irgendeinem Grund konnte ich den ersten Entwurf nie finden.« Sie winkte ab und ließ die Hand dann fallen. »Das ist alles recht langweilig, aber Jeremy war sehr genau mit seinen Unterlagen. Er machte sich Notizen, arbeitete einen ersten Entwurf aus und feilte dann die letzte Version zur Vorlage beim Verlag nach. Alle Stadien hob er in seinen Notizbüchern auf. Jedenfalls besitze ich von diesem einen Gedicht nur die letzte Version und die bewahre ich in seinem Arbeitszimmer auf.«

Ihre Augen schlossen sich. »... ich las es gerade, da hörte ich den Schuss. Verstehen Sie, Stephen machte in der Schule eine harte Zeit durch ... Ihr Bruder.« Monica warf Jordan einen Blick zu, der mit einem schiefen Lächeln den Kopf senkte.

»Welche Feuer versengen das Herz«, flüsterte sie. Jordan brauchte einen Moment, um dahinter zu kommen, dass sie das Gedicht zitierte. »Bei welchem Gott begann diese Qual ...«

Monica sagte zögernd: »Ich dachte darüber nach, es Stephen vorzulesen.« Sie schüttelte leicht den Kopf. Langsamer. Betrunkener.

»Ich hörte jemanden im Haus. Nachdem ich das Geräusch vernommen hatte, wartete ich eine Weile auf der Veranda. Ich hörte die Polizeiwagen. Ich ging nach drinnen und ... Stephen war nicht in seinem Bett. Ich ging ins Arbeitszimmer zurück. Ich zitterte. Ich dachte, dass ... Nun, ich wartete darauf, dass das Telefon läutete. Ich wartete darauf, dass die Polizei anrief und mir sagte … Dann hörte ich Schritte. Aber ich wollte auf keinen Fall das Arbeitzimmer verlasssen. Ich dachte nicht einmal nach. Ich erinnere mich, dass ich Jeremys alte Pistole aus der Schreibtischschublade holte. Es war dieselbe, die er verwendet hatte.« Monica starrte aus dem Fenster und flüsterte: »Ich fand Stephen im Bett.«

Jordan spürte eine leichte Enttäuschung an seinen Schultern ziehen. »Aber Sie sagten doch, er war nicht zu Hause?«, fragte er sanft.

»Das war er wohl auch nicht …«

»Aber Sie hörten Schritte?«, fragte Jordan wieder, einen Anklang von Dringlichkeit in der Stimme. Vorsichtig, sagte er sich, mach das hier nicht kaputt.

Monica stand schwankend auf, umklammerte Halt suchend die Stuhllehne und schwebte bedächtig aus dem Raum. Jordan blieb verwirrt sitzen, als er sie die Treppe hinaufsteigen hörte. Kurz danach kam sie zurück, ein Stoffbündel in den Händen. Er hatte eine schwache Erinnerung an die Beerdigung seines Großvaters. Sein Großvater hatte im Zweiten Weltkrieg gekämpft, und beim Trauergottesdienst hatte Jordan die Fahne entgegengenommen, mit der der Sarg seines Großvaters bedeckt gewesen war, und zu einem engen Dreieck zusammengefaltet, genau wie die Fahne, die Monica jetzt vor ihn auf den Couchtisch legte. Diesmal war es nicht die amerikanische Fahne.

»Stephen lag da und war in das hier eingehüllt«, sagte sie ruhig.

»Eingehüllt?«, fragte Jordan ungläubig.

Monica nickte. Ihre Hand zitterte so, dass der Drink im Glas schwappte. »Ich konnte ihn herauswickeln, weil er nicht einfach nur schlief. Er war bewusstlos«, sagte sie mit belegter Stimme.

Jordan fuhr mit der Hand über die Fahne.

»Das ist die Episkopalfahne. Bishop Polk ist natürlich eine

Episkopalkirche«, sagte Monica. Sie kippte einen weiteren Schluck Chambord. »Halten Sie mich für eine schlechte Mutter?«, fragte sie, die Stimme voll Trauer und Wut. »Nein, ich habe ihn nie danach gefragt. Ich blieb die ganze Nacht wach und kontrollierte seinen Puls. Achtete darauf, ob er atmete. Aber ich habe ihn nie danach gefragt, und wollen Sie wissen, warum?«

Jordan konnte nicht antworten.

»Weil er am Leben war. Weil er noch immer am Leben ist. Die Hälfte seines Lebens habe ich mit dem Gedanken zugebracht, dass entweder Ihr Bruder und Greg ihn umbringen oder er sich schließlich wie sein Vater selbst umbringen würde. Aber das hat er nicht. Was auch immer geschehen ist, er hat diese Nacht überlebt. Greg Darby dagegen nicht. Er kann meinem Sohn nie wieder Schaden zufügen.«

Monica leerte ihr Glas und stellte es krachend auf den Tisch. Sie ging zur Tür.

»Mein Bruder lebt noch, Monica«, sagte Jordan.

Sie blieb in der Tür stehen, das Gesicht vor Schreck voller Falten.

»Und keiner weiß, wo er ist«, fügte Jordan mit ruhiger Stimme hinzu.

»Deswegen sind Sie also hier?«, fragte sie, als spräche sie aus einem Reich heraus, wo kein neuer Schmerz auftauchen konnte.

»Meredith Ducote hat mir gesagt, dass sie meinem Bruder wehtun wird, wenn er sich jemals in Stephens Nähe wagt. Sehr wehtun, hat sie gesagt.« Vielleicht würde das Monica trösten.

»Meredith Ducote hat meinen Sohn seit Jahren nicht mehr gesehen. Ich bin nicht bereit, ihr das zu überlassen, was ich als meine Verantwortung betrachte«, erklärte Monica knapp. Sie schlurfte die Treppe hinauf. »Nehmen Sie die Fahne, wenn Sie wollen!«, rief sie das Treppenhaus hinunter. Jordan ließ sie auf dem Couchtisch liegen.

»Ich glaube, schlussendlich war es gar nicht so schwierig. Ich meine, ich bekam gleich zu Anfang heraus, was ich sagen musste, damit er mich schlug; solange ich also Stephens Namen nicht erwähnte, war alles in Ordnung.« Meredith führte die Bürste mit einem sauberen Strich durch Angela Darbys Haar. »Er hat mich nur zweimal geschlagen. Das überrascht mich irgendwie.« Angela saß bewegungslos auf der Bettkante. Meredith hatte keine Woche gebraucht, um den Zeitplan des Wächters herauszubekommen. Alle zwanzig Minuten fuhr er die Runde in seinem weißen Pick-up. Um Mitternacht war Schichtwechsel, und um diese Zeit lag der Parkplatz vor dem Bordeaux-Flügel volle zwanzig Minuten leer da, was ihr mehr als genug Zeit ließ, über den Parkplatz zu stürmen und über den Maschendrahtzaun zu klettern. Sobald sie über den Zaun war und sich dem Fenstersims näherte, wurde sie von der Dunkelheit eingehüllt. Jeden Abend um acht Uhr dreißig machte eine Schwester das Licht aus.

Ende Juni hatte Meredith Angela viermal besucht. Angela hatte kein Wort gesagt und nicht auf ihre Anwesenheit reagiert. Meredith betrank sich auf dem Weg nach Bayou Terrace, und wenn sie einmal sicher in Angelas dunklem Raum versteckt war, kamen ihr die Worte leicht über die Lippen, müheloser als seit Jahren oder sogar in ihrer Kindheit. Meredith fühlte sich sonderbar getröstet, als wären die Besuche bei Angela zu einer wirksameren Sucht geworden als ihr Alkoholismus.

»Das Sonderbare daran war allerdings«, erzählte Meredith, wobei sie die Bürste durch Angelas ausgefranste Haarspitzen zog, »dass er nie wütend wirkte, wenn er es tat … Ich meine, es war nicht, … ich weiß nicht. Er hat mich immer in Panik geschlagen. Ich weiß, das tat er, damit ich still war, aber da war immer dieser Ausdruck von Schmerz in seinem Gesicht. Es war so traurig.«

Sie brach ab und Tränen schossen ihr in die Augen. Sie atmete tief durch, sammelte sich und fuhr fort: »Brandons Bruder ist wieder in der Stadt.« Sie arbeitete jetzt mit der Bürste direkt über Angelas Stirn und strich den roten Pony nach hinten zurück. »Ich weiß nicht, ob Sie ihm je begegnet sind. Bisher war er nie mehr als ein Foto.«

»Baby ...«

Meredith ließ die Bürste los, die einen Moment lang direkt über Angelas linkem Ohr baumelnd im Haar hängen blieb und dann zu Boden fiel. Angela bewegte sich nicht. Meredith prallte zurück und presste sich gegen die Wand. Sie sank auf den Boden nieder, zog die Knie an die Brust und umklammerte sie.

»Baby.«

Meredith tappte verwirrt mit den Füßen auf den Boden. »So hat Greg mich immer genannt«, flüsterte sie. Sie ließ sich auf den Fersen nach vorn kippen und krabbelte quer durchs Zimmer zur Bürste, die neben dem Hocker lag. Sie stand auf und zog sie mit sicherer Hand wieder durch Angelas Haar. Nach einer halben Stunde Stille legte sie die Bürste aufs Bett zurück und prüfte beim Fenster, ob kein Wächter da war, bevor sie es hochstemmte. Sie hatte schon ein Bein über das Fenstersims gestreckt, als Angela wieder sprach.

»... E nannde mich Baby, as de Lasda kam«, sagte sie.

Meredith hatte keine Zeit, sich umzudrehen. Sie landete mit beiden Füßen im Schlamm, stand auf und schob das Fenster zu. Auf halbem Wege zum Auto hatte sie Angelas undeutliche Aussprache entziffert: »Er nannte mich Baby, als der Laster kam.«

Angela Darby brachte sich selbst das Sprechen wieder bei.

13

JEFF MUSSTE SICH um zweiundzwanzig Uhr bei der Arbeit melden. Um halb zehn wusste er, dass er und Stephen es niemals rechtzeitig schaffen würden. Jeffs Honda war in der Werkstatt, und so hatte Stephen ihm angeboten, ihn von Baton Rouge aus zu fahren. Jeff musste ein verlängertes Wochenende im Sanctuary arbeiten, da zum Nationalfeiertag am vierten Juli viele Leute von außerhalb der Stadt zum Independence-Fest kamen. Es war ein reines Schwulenfest, das die meisten Hetero-Touristen in ein selbst gewähltes Exil außerhalb des French Quarters trieb. Jeff wollte zusätzliches Geld verdienen, damit sie sich nach seinem Universitätsabschluss im Winter eine gemeinsame Wohnung nehmen konnten. Stephen drückte aufs Gas.

Das French Quarter war ein Verkehrsalptraum. In Verbindung mit zwei Kongressen – der eine für Ophthalmologen, der andere für Internetdesign-Berater – brachte die Besucherschar des Independence-Fests den Verkehr im labyrinthischen Netz schmaler French-Quarter-Straßen fast zum Erliegen. Stephen brauchte zwanzig Minuten für die vier Blocks von der Rampart zur Bourbon Street. Jeff bot an, auszusteigen und loszulaufen.

»Das schaffe ich schon«, beharrte Stephen. »Außerdem sind wir dann noch länger zusammen.«

Schließlich erreichten sie die Bourbon, die von einer Menge umherwirbelnder Männer mit nacktem Oberkörper blockiert war. Devon sprang aus der Menge heraus direkt auf die Motorhaube. »Arschloch!«, schrie Stephen. Devon, mit nacktem Oberkörper und betrunken, trommelte mit der Faust gegen das Fenster. »Ich muss los, Babe«, sagte Jeff, beugte sich hinüber, gab Stephen einen Kuss auf die Wange und stieg aus. »Es wird spät, geh heute Abend schon ohne mich ins Bett!«, rief er, nachdem er in der Menge verschwunden war.

Devon feixte durchs Fenster. »Na, dann erzähl mir mal alles darüber!«

»Ich schicke einen Bericht an die Zeitschrift *Jock*. Da kannst du es nachlesen!«

»Behältst du den Teil bei, wo der Schnee auf seine wulstigen Footballspielerschultern fällt, oder ist das zu literarisch?«

»Good-bye!«, erklärte Stephen.

»Du parkst hier?«, fragte Devon, der sich gerade von einem zugekoksten Transvestiten freimachte, der ihn in die Lambada zu zerren versuchte.

»Nein, ich fahr heim«, rief Stephen, der schon die Scheibe hochgleiten ließ. »Ich will nicht zu diesem Schwuchtel-Alptraum gehören, nein danke!«

»Hab ich dir je gesagt, dass dich dein Selbsthass kaputtmacht?«, schrie Devon hinter ihm her.

»Pass auf meinen Freund auf. Dass ihn keiner belästigt.«

»Was, wenn ich ihn selber belästige?«, lachte Devon.

»Dann seid ihr beide tot. Gute Nacht!«

Stephen ließ das Fenster komplett hochgleiten. Einen Moment lang kam es ihm so vor, als wäre er von einem Aufstand umgeben. Er drückte leicht aufs Gas und schob den Jeep durch die Menge, die sich unter Geschrei und Gejohle teilte.

Um Viertel vor elf trafen zwei Jefferson-Parish-Streifenpolizisten beim Haus einer gewissen Edna Bodier im vorstädtischen Kenner ein. Beide Polizisten kannten Edna schon. Sie hatte die irritierende Angewohnheit, die Polizei anzurufen und sie anzuflehen, sonderbaren Geräuschen nachzugehen, die aber normalerweise durch die Filtrieranlage des hinter ihrem Haus in den Lake Pontchartrain laufenden Kanals verursacht wurden. Sie lebte allein, abgesehen von ihrem Welsh Corgi. Edna und der Hund kamen den Polizisten auf der Vorderveranda entgegen.

»Da entlang«, wies sie sie an.

Die Polizisten rollten verwundert die Augen und folgten Edna und ihrem Corgi um das frei stehende Haus herum zum Abwasserkanal, der hinter dem Haus verlief. Edna zeigte mit ihrem gebrechlichen Arm auf einen Sturzbach von Müll – leere Bierdosen und vom Wasser aufgequollene Bierkartons. Die Polizisten wollten schon ungeduldig werden, da fragte Edna: »Sehen Sie die Hand?«

Um elf Uhr war der medizinische Notrufwagen eingetroffen und zwei Sanitäter zerrten die Leiche des einunddreißigjährigen Eddie Carmagier aus dem Abwasserkanal hinter Edna Bodiers Haus. Zu beiden Seiten des Kanals hatte sich ein Publikum schockierter Nachbarn versammelt. Eddie trug nur seine Unterwäsche. In seinem Hinterkopf wurde ein sauberes Einschussloch entdeckt. Zwanzig Minuten nachdem seine Leiche in einen Krankenwagen verfrachtet worden war, erfuhr die Jefferson-Parish-Polizei von Eddies Frau, dass er als Fahrer für den Plantier-Spirituosen-Service arbeitete. Er hätte gegen fünf Uhr mit der Arbeit fertig sein sollen, war aber nicht nach Hause gekommen. Seine Frau hatte angenommen, er sei mit Arbeitskollegen in seine Stammkneipe gegangen, die Parkway Tavern.

Um Viertel vor zwölf klingelte das Faxgerät in Sanctuarys Angestellten-Aufenthaltsraum im dritten Stock des Lokals. Der Abendgeschäftsführer war unten und verpasste Jeff Haugh gerade einen Anpfiff wegen seiner Verspätung, als sich eine Papierrolle aus dem Faxgerät wand und ein einziges in dicken Lettern gedrucktes Wort freigab:

OFFENBARUNG.

Zu dem Zeitpunkt, als Jeff Haugh seinen Platz einnahm und die Stempel an der Tür für wieder hereinkommende Gäste kontrollierte, stand Stephen gerade unter der Dusche, und die Jefferson-Parish-Polizei hatte endlich Reynolds Plantier aufgespürt, bis dato Eddie Carmagiers Arbeitgeber.

»Ich habe Eddie gesagt, er kann den Laster nach der letzten Auslieferung dieses Wochenende einfach mit nach Hause nehmen«, berichtete Reynolds der Polizei. Offensichtlich war er geweckt worden; eine Frau, nicht seine Ehefrau, wartete im Nachbarzimmer, mit dem Morgenmantel seiner Frau bekleidet. Als sie ihn nach Eddies letztem geplanten Stopp befragten, antwortete Reynolds: »Diese schwule Bar in der Bourbon.«

Kurz vor Mitternacht erhielt die Jefferson-Parish-Polizei einen Anruf. Eddie Carmagiers leerer Laster war auf einem Parkplatz beim Flughafen gefunden worden.

Sara Miller hatte ihren Mann gebeten, sie zum Ophthalmologenkongress mit nach New Orleans zu nehmen. Die aus dem Mittelwesten stammende Sara Miller war nie weiter südlich als St. Louis gekommen. In ihrer Collegezeit waren ihre Freunde zur Mardi-Gras-Parade gereist, aber sie hatte wegen der langen Fahrt abgelehnt. Sie und Ted konnten ein bisschen Spaß bei ein paar Gläschen im Quarter vertragen. Vielleicht würden sie ja ihre Liebe wiederfinden, dachte sie.

Sie saßen bei einem romantischen Dinner im Chart House am Jackson Square, mehrere Straßen vom Sanctuary entfernt. Der Kellner hatte gerade die Vorspeisen gebracht, da flog eine Flasche Merlot über den Tisch und landete in Saras Schoß. Einen Moment lang glaubte Sara, ihr Mann habe die Flasche nach ihr geworfen, doch als ihr Stuhl in einem Regen von Besteck nach hinten kippte, sah sie nur ihre eigenen Beine. Links und rechts von ihrem Kopf zerbrachen Teller.

Als man Sara später bat, den Lärm der Explosion zu beschreiben, schaffte ihre Antwort es in jede wichtige Zeitung Amerikas. »Es klang, als hätte Gott einen Stab über dem Knie zerbrochen«, sagte sie.

Sparkles Aplenty wachte im Charity Hospital auf, wo die Ärzte ihn unhöflicherweise Jim Warshauski nannten und sich weigerten, ihm zu sagen, was sie mit seiner Perücke gemacht hatten. »Ich erinnere mich, dass ich dachte, eine der Stroboskoplampen sei geplatzt oder so, weil man plötzlich direkt durch die Türen sehen konnte. Dieses Gedränge von Körpern und all die erhitzten Tänzer direkt auf der Theke. Es wurde so hell, dass man sogar den Schweiß auf der Brust der Tänzer sehen konnte, und fast hätte ich mich zu meinem Freund umgedreht und gesagt: ›Schneid mir ein Stück davon ab!‹ Aber bevor ich das tun konnte …«

An mehr konnte Sparkles sich nicht erinnern. Sparkles Freund Jose, der neben ihm gestanden hatte und durch dasselbe Glasfenster geschleudert worden war, starb einen Tag später an Verbrennungen dritten Grades. Drei Stunden vor seinem Tod umklammerte er den Arm einer Schwester und nuschelte durch verkohlte Lippen: »Sagen Sie's ihnen, den Teufel gibt es.« Ihn zitierte keine Zeitung.

Im Emeril's waren an diesem Abend nur noch drei Tische besetzt und eine der Kellnerinnen war schon gegangen, weshalb Jordan gerade einem älteren Paar seinen Gelbflossenthunfisch servierte, als alle Fensterscheiben in ihren Rahmen klirrten. Die ältere Frau flüsterte: »Erdbeben.« »Hier gibt es keine Erdbeben«, antwortete Jordan reflexhaft. Er richtete sich auf und sah sich im Speisesaal um. Alle wirkten genauso erschrocken wie er selbst.

»Es kam mir aber vor wie ein Erdbeben!«, beharrte die ältere Frau.

In ihrem Schlafzimmer eine halbe Stadt weiter hörte Meredith einen dumpfen Schlag und dachte, es sei ein ungewöhnlich lautes Feuerwerk. Sie wandte ihre Aufmerksamkeit wieder ihrem Eintrag zu, dem ersten, den sie seit der High-School in ihr geheimes Heft schrieb.

Stephen, der in der Dusche vor sich hin sang, hörte beim

Geplätscher des Wassers nichts als einen dumpfen Schlag von oben. Ein Stockwerk darüber hatte Monica eines von Jeremys Entwurfsheften fallen lassen, als sie einen Knall, gefolgt von einem hallenden Dröhnen, vernahm.

Jeff Haugh wurde aus der Vordertür des Sanctuary geschleudert und Feuer fegte ihn über die Bourbon Street. Einen kurzen Moment lang wusste er, dass er flog. Gegenstände krachten in ihn hinein: andere Menschenkörper. Devon Walker wurde von einem Trümmerteil aus der Front des Sanctuarys zerquetscht. Jeffs Flug endete, als er mit einem Laternenpfahl zusammenstieß und seine Wirbelsäule unter dem Druck zerbrach. Er fiel lang ausgestreckt aufs Pflaster, das Gesicht zum Himmel gewandt. In der Sekunde bevor sein Herz zu schlagen aufhörte, verwechselte Jeff das Feuer, das über der Bourbon Street niederprasselte, mit Schnee und dachte an Stephen.

14

»Mrs Conlin?«

Monica erkannte die Stimme nicht. Sie hielt das schnurlose Telefon ans Ohr und ließ den Blick durch Jeremys dunkles Arbeitszimmer wandern. Eines seiner Entwurfshefte lag geöffnet vor ihr auf dem Tisch. Das Heulen der Polizei- und Krankenwagen und die Schreie der Reporter wehten vom Fernseher in ihrem Schlafzimmer ein Stockwerk tiefer zu ihr hinauf.

»Wer spricht?«, fragte Monica flüsternd.

»Ich bin Meredith, Mrs Conlin«, antwortete Meredith. Ihre Stimme zitterte.

»Er ist hier, Meredith«, sagte Monica. Sie hörte noch immer das Prasseln der Dusche.

»Er ist zu Hause«, fügte Monica hinzu.

»... *wie Sie hinter mir sehen können, ist die Canal Street von Krankenwagen und anderen Rettungsfahrzeugen verstopft, die so schnell wie möglich vor Ort eintreffen wollen. Unbestätigten Berichten zufolge gibt es aufgrund der ursprünglichen Explosion mehrere Brände, die noch nicht unter Kontrolle sind ...«*

Monica hörte, dass bei Meredith dieselbe Nachrichtensendung lief, was eine unheimliche Stereowirkung entfaltete.

»*Melissa, können Sie uns irgendwelche zusätzlichen Informationen zum genauen Ort der Explosion geben?*«

»*Stan, im Moment arbeiten wir noch mit reinen Spekulationen, aber hier wird eine Menge von den Bombendrohungen geredet, die der Sanctuary Dance Club in den letzten Monaten erhalten hat ...*«

Die Dusche wurde abgestellt. »Danke ...«, stammelte Meredith und hängte auf.

Monica nahm den Hörer vom Ohr und legte ihn neben Jeremys altem Entwurfsheft auf den Tisch. Monica würde Jeremy jetzt eine Chance geben, die sie ihm noch nie gewährt hatte. Sie würde sehen, ob er vielleicht Recht gehabt hatte damit, dass in seinen Gedichten etwas steckte, was ihr entgangen war. Sie nahm das Entwurfsheft vom Schreibtisch und ging schwankend aus der Tür.

Beim Betreten des Schlafzimmers bemerkte sie, dass Stephen den Blick auf den Fernseher versperrte. Er stand bewegungslos da, den Rücken zu ihr gekehrt, die Arme schlaff herunterhängend. Er hatte ein Handtuch um die Hüften geschlungen. Sein Haar war noch nass.

»*Okay, hier auf dem Schauplatz erhalten wir nun die offizielle Bestätigung der New-Orleans-Feuerwehr. Der Ort der Explosion war tatsächlich der Sanctuary Dance Club an der Bourbon Street ...*«

Stephens Knie gaben einfach nach. Er sackte zu einer unbequemen Hockposition auf dem Läufer neben seinem Bett zusammen. Langsam vor- und zurückschaukelnd stieß er Klagelaute aus, die sich in ein Stöhnen verwandelten.

»Stephen?«, wagte Monica sich vor. Sein Name blieb ihr in der Kehle stecken.

Sie ging auf die Knie nieder, kroch über den Boden, in der einen Hand noch immer das Entwurfsheft, und berührte sanft seinen nackten Rücken. Unter ihrer Berührung loderte das Feuer in ihm hoch, und er sprang auf die Beine, wobei das Handtuch zu Boden rutschte. Er stand nackt vor ihr, die Augen weit aufgerissen, ungläubig, außer sich.

»Jeff ist dort!«

»Stephen ...«

»Jeff ist dort!«, schrie er und trat von ihr weg. Sein Tonfall ließ erkennen, was er dachte: *Siehst du denn nicht, dass das nicht passieren kann, dass das nicht passiert ist, weil Jeff jetzt dort ist.*

Monica umarmte ihren Sohn heftig. Sie wusste, dass er versuchen würde, sich ihr zu entziehen. Er wand sich einen Moment lang zappelnd in ihren Armen. Dann spürte sie, wie seine Brust bebte, und sein Anprall brachte sie aus dem Gleichgewicht. Sie fielen zusammen hin, wobei das Heft unter Stephens Rücken eingequetscht wurde.

»*Was wollen die?*«, stöhnte Stephen ihr ins Ohr.

Die. Als Stephen schwankend gegen sie stieß, stieg vor ihrem inneren Auge ein Bild auf – wie Angela Darby bei der Bestattung ihres siebenjährigen Sohns von der Kirchenbank hochgeschossen war und geschrien hatte: »Die waren es!« Es war das *Die* des Todes, das *Die* des Mords. Die unsichtbare Hand, die die Menschen von den Straßen pflückte. Der Tod war so viel leichter zu verstehen, wenn er das Werk anderer Menschen war.

Jordan und die beiden Kellner, die das Emeril's geschlossen hatten, blieben an der Ecke der Julia Street stehen und sahen dem Bataillon von Rettungshubschraubern nach, das über ihre Köpfe hinwegfegte und hinter dem Gebäudedickicht des Zentrums verschwand. Die Nacht war erfüllt vom Sirengeheul der Einsatzwagen. Direkt hinter dem Sheraton Hotel mehrere Straßen weiter glühte der Nachthimmel orangerot.

»Flugzeugabsturz …«, entschied einer der Kellner. Grund genug, einfach nach Hause zu gehen.

»Mitten in der Stadt? Ein Flugzeugabsturz mitten in der Stadt? Das hätten wir doch gehört«, zischte eine Kellnerin.

»Es ist ein Brand«, sagte Jordan.

Sie verstummten und sahen zu, wie der orangerote Lichtschein anwuchs.

Das French Quarter stand in Flammen.

Als diese Nachricht mitten in die *David-Letterman-Talk-show* auf NBC hineinplatzte, setzte Elise sich im Bett auf, blieb zusammengekauert hocken und schaute auf den Bildschirm. Es war so schnell passiert, dass selbst der Nachrichtensprecher anscheinend keinen Sinn hineinbekam. Ein entsetzter Reporter stand auf der Canal Street und schlug inmitten einer Hölle von Löschfahrzeugen und Rettungswagen mit den Armen um sich. Jetzt füllte sich das Fernsehbild im Schlafzimmer der Charbonnets mit einer Luftaufnahme von etwas, das wie der Fußabdruck eines Riesen über mehreren Straßenzügen des French Quarters aussah, ein von Flammen umrissener Fußabdruck.

»Jordan ist bei der Arbeit«, hatte Roger instinktiv in Vorwegnahme der Angst gesagt, die jede Mutter als Erstes befällt.

Als der Reporter als Ort der ursprünglichen Explosion die Sanctuary-Bar nannte, warf Elise entnervt die Arme hoch. Der Name sagte ihr nichts.

»Das ist eine Schwulenbar«, nuschelte Roger.

Dann wurden die Bombendrohungen ins Gespräch gebracht. Der Bürgermeister traf in der Canal Street ein, einen benommenen Ausdruck im Gesicht, bekleidet mit T-Shirt, Jeans und einer leichten Jacke. Er sprach inmitten des Gewirrs von heulend ins French Quarter einfahrenden Rettungswagen und Feuerlöschzügen mit den Reportern. Seine Stimme war so leise, dass sie kaum durchs Mikrophon drang. Nein, er wisse nichts Neues. Ja, die Bombendrohungen, die das Sanctuary in den letzten Monaten erhalten hatte, seien ihm bekannt.

Gegen 1.30 Uhr sah Elise noch immer die Nachrichten, als die Story von Eddie Carmagier und dem gestohlenen Spirituosenlieferwagen gesendet wurde. Die Story entwickelte sich live im Fernsehen. Im Wohnzimmer, wo Roger sich gerade einen Drink einschenkte, zappte er durch die Kanäle und sah, dass das French Quarter auf jedem der größeren Sender brannte, CNN eingeschlossen.

Während Elise zuschaute, erinnerte sie sich an einen übel zugerichteten Jeep, der eines Morgens wie ein Geschenk vor ihrem Haus geparkt hatte, auf der Windschutzscheibe ein in roter Farbe gesprühtes Wort.

Um 2.30 Uhr verkündete ein müde wirkender Nachrichtenmoderator in Monicas Schlafzimmer, dass in den noch rauchenden Trümmern der Sanctuary-Bar keine Überlebenden gefunden worden waren. Sie stellte den Ton des Fernsehers aus, als die Aufnahme der an der Bourbon Street aufgereiht daliegenden Leichensäcke eingeblendet wurde.

Stephens Schluchzer hatten nachgelassen, und er lag noch immer nackt und zusammengerollt wie ein Embryo auf ihrem Bett, den Rücken zum Fernseher gekehrt. Sie ließ sich neben ihm ins Bett gleiten, Jeremys Entwurfsheft noch immer in der Hand.

»Stephen, ich möchte dir etwas vorlesen.«

Er rührte sich nicht.

»Dein Vater hat das geschrieben. Für dich, denke ich.« Sie blätterte durch die Heftseiten zum letzten Entwurf von »Einem Kind, das noch nicht geboren ist«, der dort in Jeremys strenger Schreibschrift stand.

Während sie laut vorlas, tauchte Sara Millers Gesicht auf dem Fernsehbildschirm auf. Sie blutete aus einem kleinen Kratzer auf der Stirn und ihr Mann hielt sie von hinten umarmt. Sie sagte den Satz, der ihr weltberühmtes Zitat werden würde.

» Welche Feuer versengen das Herz,
Bei welchem Gott begann diese Qual?
Unsere Spinnennetze, gesponnen von Tod zu Tod
Sind zu dünn. Unsere Lügen die größte Sünde.

Ich werde dich halten, ungeborenes Kind,
Und dir auftragen, nicht zu vergessen,
Aber nicht zu wissen.
Bald wirst du schwer sein von Erinnerung,
Und deine Erinnerung schwer von Seelen.
Welche Feuer versengen das Herz?
Bei welchem Gott begann diese Qual?

Ich halte dich, ungeborenes Kind.
Und doch bin ich nicht dein Gott.
Bitte mich nicht, den Schmerz zu beenden.
Die Lügen in meinem Angebot
Brauchst du nicht.
Ich kann dir nicht sagen, wie oder warum.
Ich kann dich nur lehren,
Dass diese Welt nach deinen Tränen ruft.«

Zwanzig Meilen jenseits des schwarzen Beckens des Lake Pontchartrain, wo die Sirenen nicht zu hören waren und am Himmel keine Hubschrauber flogen, gellte ein Schrei aus dem dichten, sumpfigen Wald. Ein zweiter gesellte sich dazu, genauso laut. Vögel schraken von ihren Zweigen auf und schwenkten im Flug zur Weite des Sees ab, wo der Nachthimmel und das schwarze Wasser sich trafen und die Dammstraße ein verlassener Asphaltstreifen zum fernen Ufer war. Fünf Stimmen vereinigten sich zu einem triumphierenden, gutturalen Gebrüll, das zwischen Kiefernstämmen und über schwarzes Wasser dahinhallte, auf der kleinen Grundstücksparzelle, die Nanine Charbonnet ihrem einzigen Sohn Roger und seiner Frau Elise hinterlassen hatte.

TEIL DREI
DIE ARMEE GOTTES

»Give your soul to God an pick up your gun,
It's time to deal in lead.
We are the legions of the damned,
The Army of the already dead.«

»Gib deine Seele Gott und nimm dein Gewehr,
Es wird Zeit für Blei.
Wir sind die Legionen der Verdammten,
Die Armee derer, die schon tot sind.«

Robert Jay Matthews

Am Ende der ersten Juliwoche schnitt Jordan einen Artikel aus der *New York Times* aus und schob ihn seiner Mutter unter der Schlafzimmertür durch.

WER IST DIE ARMEE GOTTES?

**New Orleans beklagt siebzig Tote bei Bombenanschlag auf Homosexuellen-Lokal.
Ermittlungsbeamten bleiben nur Trümmer und Leichen.**

Der Name war Programm, ein Ort, wo homosexuelle Männer tanzen, trinken und einem Begehren Ausdruck verleihen konnten, das in der üblichen Kneipe vor Ort als inakzeptabel galt. Jetzt starrt das Sanctuary die Ermittlungsbeamten aus den Trümmern an, die sich über drei Straßenzüge des French Quarter von New Orleans erstrecken. Das leuchtend bunte Türschild mit dem neonpinkfarbenen, von Regenbogenringen umschlossenen Planeten, einem Zeichen der Vielfalt, ist eines der wenigen unbeschädigt gebliebenen Überreste, nachdem letzten Samstag, am Vorabend des Independence-Day-Nationalfeiertags, eine selbst gebastelte Bombe in der Spirituosenkammer im hinteren Teil des Lokals explodiert war. Die Ermittlungsbeamten des FBI sind inzwischen der Meinung, dass Semtex, Dynamit und ein grob gebastelter Zünder einen ganzen Straßenzug in Schutt und Asche gelegt haben.
Doch noch bevor die letzten Leichen aus den Trümmern geborgen und die Gerüchte von einer Gasexplosion wider-

legt waren, reagierten viele Amerikaner auf die bisher unbekannte Organisation, die als verantwortlich gilt, die Armee Gottes. Am Sonntag nach dem Anschlag wurden in Los Angeles siebzehn Menschen verletzt, als in der City von West Hollywood, die einen großen schwulen und lesbischen Bevölkerungsanteil beherbergt, ein Tumult zwischen wütenden Autofahrern und einer den Santa Monica Boulevard blockierenden Protestkundgebung ausbrach. Bei einer ähnlichen Auseinandersetzung im New Yorker Stadtteil Chelsea wurden mehrere Demonstranten verletzt, als Gegendemonstranten eine Kerzenwache für die siebzig Toten aufs Korn nahmen, Schilder schwenkend, auf denen die Trümmer der Sanctuary-Bar unter der Aufschrift »Das Werk Gottes« zu sehen waren.

Noch bevor die von der Bundesbehörde ATF entsandten Ermittlungsexperten einen Bericht freigaben, der die Explosion auf eine Bombe zurückführte, breitete sich die Nachricht aus, dass das Sanctuary in den vergangenen Monaten Drohungen über Fax und Telefon erhalten hat. Telefonanrufe und ein Fax, das sich zu einem Kinkos-Kopierladen in der Vorstadt Metairie zurückverfolgen ließ, enthielten unbestimmte Drohungen gegen den Geschäftsführer des Sanctuary. »Sodomiten, hütet euch!«, lautete die eine; »Die Offenbarung kommt«, versprach ein anonymer männlicher Anrufer. Nach einem Monat der Drohungen, die sowohl die Polizei als auch die Geschäftsführer für leer gehalten hatten, muss New Orleans sich jetzt mit der Tatsache abfinden, dass diese tatsächlich Warnungen darstellten.

Anscheinend waren die Drohungen der Armee Gottes im Juni so häufig geworden, dass weder die Geschäftsführer der Bar noch die Polizeibehörde von New Orleans sie noch ernst nahmen. Eine Spur der einzigen per Fax erhaltenen Drohung führte nur zu einem vierundzwanzigstündigen

Sendeprotokoll in einem Kinko's Kopiershop, dem die FBI einer Sprecherin zufolge »keinerlei Spuren oder Hinweise in irgendeine Richtung« entnehmen konnte.

»Wir werden alles tun, was in unserer Macht steht«, versprach Anthony Morrison, Bürgermeister von New Orleans, der Einwohnerschaft in einer Freitag früh lokal gesendeten Fernsehansprache. »Diese Tragödie ist nicht nur die unsere. Das ganze Land beklagt die Verstorbenen. Jetzt ist die Zeit für Besinnung und Geduld gekommen.«

Bürgermeister Morrisons Worte könnten mehr sein als nur der Versuch, eine trauernde Stadt zu trösten. Sie könnten die traurige Wahrheit sein. Der National Anti-Defamation League zufolge ist die »selbst erklärte Armee Gottes eine bis dato inaktive extremistische Gruppierung, die noch bei keinen anderen Hass- oder Terrorakten in Erscheinung getreten ist«, was die Aufgabe der Ermittlungsbeamten schwieriger gestaltet. Trotz der Entdeckung von Semtex-Spuren in den Trümmern des Sanctuary hat das FBI das Ausbleiben von Erfolg bei ihren Untersuchungen eingeräumt. Jede eventuelle Spur zu einer in der Nacht des Anschlags erhaltenen Drohung ging bei der Explosion in Flammen auf.

Diesen Samstag wird im Jackson Square, einige Straßenzüge vom Ort der Explosion entfernt, eine Kerzenwache stattfinden. Unter dem Kirchturm der St. Louis Cathedral wird New Orleans mit einer halbstündigen Schweigepause um die siebzig Todesopfer trauern. Wie die Reporter von Polizeichef Ronald Fontenot erfuhren, wird das Aufgebot an Sicherheitskräften den Vorkehrungen bei der Mardi-Gras-Parade gleichkommen.

Bis dahin müssen allerdings noch viele Trümmer beseitigt werden, bevor der Verkehr durch das French Quarter wieder normal fließen kann. Der Juli hat sich in New Orleans mit seiner typischen stickigen Feuchtigkeit angekündigt, die dieses Jahr angesichts der gespenstischen Stille, die die Stadt in Bann geschlagen hat, noch drückender wirkt als sonst. Für manche hallt die Stille noch immer vom Knall der Explosion wider, von der die Touristin Sara Miller sagte: »Es klang, als hätte Gott einen Stab über dem Knie zerbrochen.« Viele werden sich nun fragen, wessen Gott oder wessen Armee.

Jeff Haughs Eltern kamen am Tag der Kerzenwache bei den Conlins vorbei, eine Woche nachdem sie die zerschmetterte Leiche ihres Sohnes identifiziert hatten. Die Haughs hatten einige Tage zuvor angerufen und Monica gefragt, ob sie Stephen besuchen könnten. Monica sagte ihnen nicht, dass Stephen sich geweigert hatte, sein Zimmer zu verlassen. Stattdessen schlug sie vor, sie könnten jederzeit vorbeischauen.

Monica öffnete dem Paar die Tür. Susan Haugh war eine kleine, untersetzte Frau, ihr Mann Bruce schlanker und höher gewachsen. Ihre Gesichter waren von Trauer verhärmt, als Monica sie in den Salon führte und ihnen etwas zu trinken anbot, was beide ablehnten. Kurz darauf kam Stephen die Treppe herunter.

Monica hörte aus der Küche zu. Die Unterhaltung war gedämpft und abgehackt.

»Als wir seine Wohnung in Baton Rouge räumten, fanden wir Unterwäsche, die mit Ihrem Nachnamen gezeichnet war«, erklärte Susan ruhig. »Ich hatte noch eine Ausgabe des Cannon-Schülerverzeichnisses. Es gab nur einen Conlin.«

Monica erkannte an Stephens Schweigen, dass es, wie er merkte, Jeffs Eltern wichtiger war, ihn persönlich zu sehen, als seine Worte zu hören.

Nun übernahm Bruce Haughs tiefe Baritonstimme das Gespräch und erklärte, es sei vermutlich nur gut gewesen, dass Jeffs Magengeschwüre seine Karriere als Footballspieler beendet hatten, denn an der LSU habe sich sein Talent für die Naturwissenschaften gezeigt. Susan machte eine schmerzliche Bemerkung über Jeffs Begabung zum Arztberuf, und zwar so natürlich, als wäre ihr Sohn immer noch am Leben. Die Unterhaltung ging weiter, stockte und begann von neuem.

Als sie sich das obligatorische Lebewohl wünschten, umarmte Susan Haugh Stephen und brach dann schluchzend zusammen. Bruce führte sie zur Vordertür hinaus und verabschiedete sich von Stephen mit einem einfachen »Danke«.

In ihrem Zimmer in Bayou Terrace erfuhr Angela Darby nichts von dem Bombenanschlag, weil Andrew alle diesbezüglichen Artikel in der *Times Picayune* ausließ. Angela hatte nicht wieder gesprochen. Andrew vermied Berichte über den Bombenanschlag, weil er befürchtete, Angela damit aufzuregen.

Ronald Ducote rief seine Frau an und fragte, ob mit Meredith alles in Ordnung sei. Trish hinterfragte sein Motiv nicht; in der Woche nach dem Bombenanschlag erkundigten sich die Bürger von New Orleans häufig telefonisch nach dem Wohlergehen von Freunden und Bekannten. Trish und Ronald unterhielten sich freundlich und entspannt. Als Ronald erwähnte, Debbie sei in ein anderes Krankenhaus, Magnolia Trace, versetzt worden, wünschte Trish ihr viel Glück, was sie beide überraschte.

Am Nachmittag der Kerzenwache wurde die Zahl der Toten endgültig mit einundsiebzig bekannt gegeben. Fünfzehn wurden als »zufällige Passanten« oder »direkte Nachbarn« bezeichnet, im Gegensatz zu den »Gästen« und »Angestellten des Clubs«. Jordan Charbonnet ging zur Arbeit, stellte aber fest, dass das Emeril's dunkel und verschlossen dalag, mit einer Nachricht an der Tür: »Das Emeril's ist heute abend geschlossen. Wir wollen allen Angestellten Gelegenheit geben, die Mahnwache zu ehren von …« Es folgten drei Namen. Jordan verbrachte die ganze Rückfahrt nach Hause mit dem Bemühen, sich an die Gesichter seiner drei toten Kollegen zu erinnern, die in jener Nacht in oder in der Nähe der Bar gewesen waren. Es gelang ihm nicht.

Er holte sich ein Bier aus dem Kühlschrank und sah sich die Mahnwache im Fernsehen an. Er hörte, wie Roger oben in seinem Büro auf und ab ging. Der Bishop-Polk-Glockenturm war als hoch aufragender Schatten durch das Wohnzimmerfenster zu sehen.

Seit dem Bombenanschlag hatten Jordan und Elise kein Wort mehr miteinander gesprochen. Jordan wusste nicht, dass seine Mutter inzwischen stolze Besitzerin eines Revolvers vom Kaliber .35 war.

2

DER JACKSON SQUARE war in Stille getaucht. Der Kirchturm der St. Louis Cathedral erhob sich zu einem von Wolken gefleckten, immer dunkler werdenden Himmel. Als die Abenddämmerung sich niedersenkte, zeichnete die Kathedrale sich im Licht der zu ihren Füßen brennenden Kerzen als flackernde Silhouette ab. Das einzige Geräusch war das leise Stöhnen einer Schiffssirene bei der Fahrt den Mississippi abwärts. Die Tore des Platzes waren geöffnet worden und die Statue von Andrew Jackson auf seinem Bronzepferd erhob sich aus einem Meer von Schultern. Von den Dächern des Pontabla-Mietshauses entlang des Platzes zeichneten die Kameras ein Meer von mit Himmel gefüllten, blinzelnden Augen auf. Die Bewohner des Pontabla-Blocks hatten sich auf schmiedeeisernen Balkonen versammelt, die auf den Platz hinaussahen. Die Schweigezeit begann um 19 Uhr und dauerte bis 19.30 Uhr.

Mehrere Reihen von der Fassade der Kathedrale entfernt hielt Stephen zwischen den leise und erschüttert Schluchzenden eine Kerze umklammert, die in seinen Händen zu einem Wachsstummel niederbrannte. Der Schmerz war ihm willkommen.

Zunächst war der Gedanke an Jeffs Tod zu ungeheuerlich gewesen, um ihn zu verstehen. Doch mit jedem Tag der vergangenen Woche hatten einzigartige Erinnerungen die Tränen zurückgebracht: Jeffs Stimme, wie sie sich in einem Flüstern aus den Vorhängen des Fensters löste, seine Grübchen beim Lächeln, seine verhangenen braunen Augen. Jeff Haugh war jetzt ein Bild, und während Stephen sich Gesprächsfetzen ins Gedächtnis zurückrufen konnte, konnte er sich nicht an seine Berührung erinnern.

Stephen spürte, wie eine Hand seine Schulter streifte.

»Angst hält mich nicht ...«, flüsterte eine Stimme, die über acht Jahre hinweg zu Stephen sprach. Er spürte seinen heißen Atem als Stechen in den Rippen, während er gebückt durch die Gassen zwischen den Grabmalen hastete, um Greg Darbys Verfolgung zu entwischen.

»Sie höhnt nur ...«, fuhr Meredith fort.

»Sie holt mich nicht ...«, antwortete er, als er sie ansah.

»Sie weist nur den Weg«, schloss Meredith.

Sie hielten sich während der restlichen Mahnwache umfasst. Die Nachrichtenkameras schwenkten über sie hinweg, und die umstehenden Trauergäste sahen sie als ein Mädchen und einen Jungen, die um die Ermordeten trauerten. Meredith und Stephen weinten aber auch um vier Kinder auf Fahrrädern, in ihrer Erinnerung von den schräg einfallenden Strahlen der Sonne beleuchtet und jetzt für immer verschwunden.

Elise bestellte noch einen Screwdriver.

Das Restaurant leerte sich allmählich und der Kellner hatte schon die Rechnung gebracht. Auf beiden Fernsehern über der Theke lief die Mahnwache. Die düsteren Bilder brachten das Geschäft an der Theke zum Erliegen, aber der Bruder des Barkeepers war unter den Toten gewesen, und so schaute er trotzig auf die Fernseher, während er Bier- und Weingläser abtrocknete.

Monica legte das Kinn in beide Hände, die Ellbogen auf den Tisch gestützt.

»Willst du auch noch einen?«, fragte Elise. Monica schüttelte den Kopf. Sie war bereits betrunken. Sie hatte schon eine Stunde lang getrunken, als Elise sie zum Essen abholte.

Der Kellner brachte Elise ihren Drink. Sie trank den Screwdriver und brach endlich das Schweigen.

»Ich möchte mich für das entschuldigen, was meine

Schwiegermutter dir an jenem Tag angetan hat«, sagte sie. »Ich bin froh, dass ich nicht wie Nanine geworden bin.«

Monica stockte und fragte dann: »Ach, sie ist tot?«

Beide brachen in ein bitteres, kehliges Gelächter aus, das sie nur mühsam unter Kontrolle brachten. Der Kellner warf ihnen einen verärgerten Blick zu.

»Ja, Monica, sie ist tot«, keuchte Elise schließlich hervor. »Wer ist das dieser Tage nicht?«

Elise schnaubte und dachte: So geht man in New Orleans mit dem Tod um – Alkohol.

»Meine Damen«, sagte der Kellner und zwang sich zu einem Lächeln, als er die geänderte Rechnung wieder auf den Tisch legte.

»Beruhigen Sie sich, junger Mann«, erklärte Monica. »Für Sie ist ein ordentliches Trinkeld drin, wenn Sie für genug Nachschub an Screwdrivers sorgen …«

»Ich nehme noch einen«, sagte Elise und hob das schon geleerte Glas.

»Wie Sie wünschen«, brummte der Kellner und nahm das Glas entgegen.

»Ach …«, keuchte Monica und massierte sich mit beiden Händen die Stirn. Elise merkte, dass Monica sich nur auf eine Art wieder in der Wirklichkeit verankern konnte: indem sie redete, so nüchtern wie möglich.

»Ich wollte nie, dass das Muttersein nur eines ist. Eine einzige Angst, immer wieder von neuem«, sagte Monica. »Ich gehöre nicht zu den Menschen, die glauben, das Leben wird einem von irgendeinem … Feind genommen. Ich dachte immer, das Leben selbst ist der eigentliche Killer. Es zerreibt die Menschen einfach.« Sie heftete ihren Blick auf Elise. »Selbstmord.«

Elise dachte an den am Grunde ihrer Handtasche begrabenen Umschlag, den sie Monica schon am Anfang des Sommers hatte geben wollen, bevor Jordan gekommen war und sie aus Angst vor ihm untätig geblieben war. Sie war überzeugt, dass die andere wusste, warum Elise sie überhaupt angerufen hatte und warum sie immer wieder mit ihr essen gehen musste. »Dein Mann hat dich geliebt, Monica«, sagte sie mit verhaltener, liebevoller Stimme.

Aus Monicas Gesicht wich der letzte Rest von Klarheit. Elise wusste, dass sie sie heimbringen und ins Bett stecken musste.

Stephen und Meredith schütteten den verbliebenen Scotch in Plastiktassen von der letzten Mardi-Gras-Parade und setzten sich im Schneidersitz zu Füßen der Conlin-Familiengruft hin. Meredith hatte die Flasche beim Klettern über die Friedhofsmauer fallen lassen. Der Flaschenhals war zwar abgebrochen, unten war die Flasche jedoch ganz geblieben, und nur die Hälfte des Glenlivet war ausgeflossen.

Stephen war zur Hälfte vom Mondlicht beleuchtet. Meredith hörte aufmerksam zu, als Stephen die Geschichte Jeff Haughs vom Anfang bis zum tränenlosen Ende berichtete. Sie versuchte, ihm direkt ins Gesicht zu sehen, konnte aber im Schatten seine blauen Augen nicht erkennen.

Er senkte leicht den Kopf, die Augen auf den Scotch in seiner Plastiktasse gerichtet.

»An der Uni wäre ich beinahe gestorben«, sagte Meredith.

»Wie denn?«

»Alkohol.«

Sie lachten beide. »Hattest du in der Zeit jemanden?«, fragte Stephen.

»Einen Typen ...«, sagte Meredith und schüttelte gleichgültig den Kopf. »Teddy. Er war ... na ja, es hat nur eine Woche gehalten. Im ersten Jahr. Aber der Sex war gut.«

Stephen nickte. Die Erwähnung von Sex war ein Störfaktor und brachte beide für ein paar verlegene Sekunden zum Schweigen. Lange nachdem sie ihren Whisky geleert hatten, floss die Unterhaltung mühelos dahin, vertraulich. Meredith erzählte Stephen von ihrem geheimen Schreibheft, ihren vom Wodka getriebenen Schreibsitzungen. Ja, Stephen könne es lesen, wenn er wolle.

»Du bist also eine Schriftstellerin«, sagte Stephen, und Meredith wusste, dass das keine Frage war.

Sie war verblüfft. »Ich bin zu sehr daran gewöhnt, die Säuferin zu sein«, sagte sie, den Blick auf die Tasse gerichtet.

»Die meisten Schriftsteller sind Säufer. Wie mein Vater.«

»Jetzt lassen wir mal die Väter beiseite«, sagte Meredith. Wieder lachten beide. Doch Merediths Gelächter hatte etwas Künstliches, weil sie wusste, dass sie Stephen nur eine Halbwahrheit gesagt hatte. Sie hatte nicht das Gefühl, Schriftstellerin sein zu können, weil ihr der Mut fehlte, ihre Worte irgendjemandem zum Lesen zu geben.

Als sie von ihrer leeren Tasse aufblickte, lehnte Stephen am Grab seines Vaters, und das Mondlicht umriss sein Profil. Er erzählte ihr von dem, was er das Licht in der Dunkelheit nannte. Eigentlich seien Dunkelheit und Licht zwei willkürliche Kategorien, die man in der vergeblichen Hoffnung auf den menschlichen Geist anwende, er werde dann trotz all der fleischlichen Einflüsse so ordentlich sein wie Aufgang und Untergang der Sonne. Das Licht in der Dunkelheit, so erklärte Stephen, verjage nicht die Schatten von Angst und Reue: Es beleuchte nur die Ängste, gegen die zu kämpfen sich lohne. Es erhelle die von Schicksal und eigener Entscheidung vorgegebenen Pfade; dies sei seine Wirkung, und nicht, einen himmlischen Schimmer auf den Weg zu einer besseren, vollkommenen Welt zu werfen.

Obwohl er es nicht offen sagte, wusste Meredith, dass Stephen von den Ereignissen des Winters vor fünf Jahren sprach, von Alex und Greg Darbys Tod. Dort zwischen den Gräbern erklärte Stephen, wie alles, was geschehen war – jene grauenhafte Ereigniskette, die in Gregs Selbstmord kulminiert war –, sie mit der Wahrheit der Welt vertraut gemacht hatte: dass

Licht und Dunkel einander überlappten und in periodischen, unbefriedigenden Rucken an der Seele zerrten.

Der Tod, das Tragische – wie auch immer man es nennen wollte – gab den Menschen Gelegenheit, die wahre Natur der Welt in sich aufzunehmen. Viele Menschen nahmen diese Chance nicht wahr. Die meisten entschieden sich für Verleugnung und Verzweiflung. Stephen hatte sich nicht dafür entschieden, und unterschwellig forderte er Meredith auf, es genauso zu halten. Meredith gelobte sich, seiner Aufforderung zu folgen.

Sie unterhielten sich stundenlang, die einzigen Stimmen in der Stadt der Toten.

Elise hatte es geschafft, Monica bis auf BH und Schlüpfer auszuziehen, sie ins Bett zu befördern und zuzudecken. Mehrere Minuten blieb sie bei Monica stehen und überprüfte zweimal ihren Puls. Für eine Frau mittleren Alters war es nicht gut, so viel zu trinken, dachte Elise.

Schließlich stieß Monica ein Schluchzen aus. »Betrunkenes Weinen«, nannte Roger diesen Laut – Tränen, die im Zustand völliger Trunkenheit und Erschöpfung aufstiegen, wenn alles und jedes einen Anfall von Kummer hervorrufen konnte. Elise legte eine Hand fest auf Monicas Stirn.

»Er war ein schlechter Mann …«, stammelte Monica, ohne sich die Mühe zu machen, die Augen vollständig zu öffnen. »Warum kann ich nicht einfach zugeben, dass er ein schlechter Mann war?«

Elises Hand an Monicas Stirn versteifte sich, dann zog sie sie weg.

»Mir ist kalt …«, flüsterte Monica.

»Hast du noch eine Decke?«

»Kleiderschrank …«, sagte Monica zitternd und zog sich die Steppdecke um den Hals zusammen. Elise öffnete die Schranktür.

Ihr Ältester starrte sie an. Elise hätte beinahe aufgeschrien. Monica begann zu schnarchen. Elise schaute von Jordans Foto weg und warf die Decke über Monica. Sich ihre Handtasche vom Nachttisch schnappend, verließ sie den Raum. Sie stieg die Treppe zum zweiten Stock hoch und betrat Jeremys Arbeitszimmer. Mit Übelkeit in der Kehle warf sie den Umschlag mit dem ersten Entwurf von »Einem Kind, das noch nicht geboren ist« auf Jeremys Schreibtisch und verließ das Arbeitszimmer, bevor ihre eigene Erinnerung daran zurückkehren konnte.

Elise rannte im vollen Galopp über die Third Street, Tränen in den Augen, Tränen der Scham und Tränen der Trauer. Wahrscheinlich würde sie die Frau verlieren, die sie davon überzeugt hatte, dass sie eine Seele besaß.

Jordan konnte den Wodka riechen, noch bevor seine Mutter die Tür ganz geöffnet hatte. Er setzte sich im Bett auf, als der Lichtstreifen aus dem Flur über seine nackte Brust fiel. Elise war ein von der Tür umrahmter dunkler Schatten. Er hatte halb geschlafen. Ein dummer Gedanke überkam ihn, als die Decke ihm bis knapp über den Nabel hinunterrutschte: Sie weiß nicht, dass ich nackt schlafe.

»Halt dich von Stephen Conlin fern«, sagte Elise.

Jordan fing bei diesem Satz eine weitere Wodkawolke auf. Er konnte sich nicht erinnern, wann er seine Mutter zum letzten Mal derart betrunken gesehen hatte. »Geh ins Bett, Mom«, sagte er und vergrub sich wieder unter seiner Decke.

Endlich schloss sie die Tür.

3

»Musstest du dich schon einmal um eine völlig verkaterte Mutter kümmern?«

Meredith hörte, dass Stephen zwischen seinen Sätzen etwas kaute. »Nein«, antwortete sie. Sie wechselte den Hörer zum anderen Ohr.

»Spaß macht das nicht. Sie ist den ganzen Tag nicht aufgestanden. Und sie schaut Seifenopern im Fernsehen, was immer ein schlechtes Zeichen ist.«

Meredith lachte.

»Sollen wir uns nachher treffen und einen Kaffee trinken gehen?«

»Gern. Aber später. Ich muss heute noch was erledigen«, erklärte Stephen, distanzierter jetzt.

»Ruf mich einfach an. Wann meinst du denn?«, fragte sie.

»Ich weiß nicht ...« Stephen hielt inne. Meredith erkannte das Klicken eines Feuerzeugs und dann ein scharfes Ausstoßen des Atems. »Ich fahre jeden Tag zum Fly, so eine Stunde ungefähr.«

Meredith hätte beinahe den Hörer fallen lassen.

»Da haben Jeff und ich uns zuerst ... Zu einem Grabstein gehen, das ist irgendwie nicht echt für mich. Ich fahre dahin.«

»Ich bin früher auch immer zum Fly gefahren«, sagte sie.

»Wirklich?«

»In der High School ...« Sie stockte. Sie gerieten auf gefährliches Terrain.

»Hör mal, ich möchte immer noch dein Heft lesen, wenn das okay für dich ist«, sagte Stephen, offensichtlich um einen Themenwechsel bemüht.

»Gern«, antwortete Meredith. Sie würde noch darüber nachdenken müssen.

»Cool. Ich ruf dich an, wenn ich zurück bin, okay?«

»Klingt gut.«

»Okay ... Bye.«

»Bis bald.« Meredith legte auf. Sie wusste, dass sie noch einen weiten Weg vor sich hatte.

Jordan Charbonnet beobachtete aus dem Cadillac seines Vaters, wie Stephen aus der Haustür der Conlin-Villa schlüpfte, eine brennende Zigarette im Mund. In der einen Hand hielt er den Stiel einer weißen Rose, als wäre er der Griff einer Schaufel.

Stephen fuhr den Jeep rückwärts aus der Einfahrt und rollte über die Chestnut Street davon, ohne zu merken, dass Jordan Charbonnet ihm folgte.

Jordans Strategie war planlos und überstürzt. Als der Jeep scharf rechts in den Audubon Park einbog, wusste er, wohin Stephen unterwegs war. Auch er hatte in seiner Highschoolzeit den Fly besucht, meistens, um nach dem Training geklautes Bier zu trinken. Jordan parkte den Cadillac auf dem Parkplatz des Audubon Zoos. Es wäre nicht klug, Stephen bis zum Stromufer direkt zu folgen. Jordan trug Umbro-Shorts, weil die Nachmittagshitze schon die dreißig Grad überstiegen hatte. Aber er trug auch ein Polo-Hemd, was nicht passte, wenn er so aussehen wollte, als wäre er einfach ein bisschen joggen gewesen. Jordan stieg aus dem Auto und zog sein Hemd aus. Eine Mutter, die ihre beiden Kleinkinder vom Zoo wegführte, warf ihm beim Vorbeigehen einen lüsternen Blick zu; er joggte zum Fly, seinem Instinkt folgend und von der Wirkung seines entkleideten Oberkörpers bestätigt.

Stephen ging die Felsstufen zum Rand des Flusses hinunter und warf die Rose ins schlammige Wasser. Als Stephen Jeff von Greg Darbys Selbstmord erzählt hatte, hatte Jeff ihn wenig später mit einem Strauß weißer Rosen überrascht. Zum Zeitpunkt von Jeffs Tod war die Hälfte davon schon verwelkt gewesen. Stephen hatte beschlossen, die toten Rosen eine nach der anderen in den Fluss zu werfen.

Stephen saß auf der letzten Felsstufe vor dem Wasser. Er grübelte darüber nach, wie schwer es war, an Jeff zu denken. Nicht weil es schmerzlich war, sondern weil es nach der Katharsis der Mahnwache schwieriger geworden war, eine einzelne Erinnerung herauszulösen, die ihm das Weinen ermöglichte. Als er hörte, wie die Schritte hinter ihm anhielten, drehte er sich nicht um.

Dann hörte er keuchenden Atem.

Als Stephen sich umdrehte, sah er Jordan Charbonnet, der sich beim Stretching in der Hüfte beugte und nach seinen Knöcheln griff. Der Anblick schnürte Stephen die Kehle zu.

Jordan Charbonnet richtete sich auf und begegnete seinem Blick. Ohne Hemd, schweißglänzend und nach Luft schnappend, stand Stephens Gott des Cannon-Korridors leibhaftig vor ihm.

»Hallo«, grüßte Jordan lässig.

Stephen sagte gar nichts.

»Ach ... hallo!«, sagte Jordan noch einmal. »Stephen?«

Stephen nickte.

»Ich bin Jordan. Elises Sohn.«

Und Brandons Bruder, dachten beide sofort.

»Hallo«, brachte Stephen zustande.

»Was machst du hier?«, fragte Jordan mit freundlich gelassener Stimme.

»Mein Freund war in dieser Bar. Wir sind immer hierher gekommen.«

Jordan hielt ein paar Schritte Abstand. Falls er sich Stephen näherte, würde er eine unsichtbare Linie überschreiten; Stephen machte das durch seine Körperhaltung deutlich. Jordan trug Slipper an den Füßen. Niemand ging mit Slippern joggen.

»Unsere Mütter sind inzwischen miteinander befreundet«, sagte Stephen, um die Reaktion zu testen.

Jordan nickte und versuchte ein Lächeln. »Du sagtest, dein Freund war …«, begann Jordan und brach dann ab, als Stephens Kinn zum Fluss zurückruckte. Das war zu viel – ein Charbonnet, der nach Jeff Haugh fragte.

Als ob er spürte, dass er Stephen verärgert hatte, kam Jordan über den Straßenrand und arbeitete sich den Hang hinunter, bevor er mehrere Schritte von Stephen entfernt in die Hocke ging. Stephen richtete seinen Blick wieder auf den Strom hinaus, und Jordan schloss sich ihm an, als wäre das Wasser eine Gemeinsamkeit zwischen ihnen.

»Es tut mir Leid«, flüsterte Jordan.

Stephen wandte ihm den Kopf zu. »Er hat dort gearbeitet. In der Bar«, sagte er und zog ein Päckchen Camel Lights aus der Jeanstasche. »Willst du eine?«

Jordan nahm an und Stephen holte ein Feuerzeug aus der Tasche. Stephen sah Jordan nicht in die Augen, als er ihm die Zigarette anzündete. Jordan atmete ein. Der Jogger trug nicht nur Slipper, sondern rauchte auch noch; Stephen musste über diese merkwürdige Durchsichtigkeit lächeln.

»Er war einfach nur ein Freund von dir?«, fragte Jordan.

Stephens Augen wurden schmal. Er spürte, wie sich auf Arm und Rücken Gänsehaut ausbreitete. Er sah den jungen Mann, der ihm zum ersten Mal im Verwaltungstrakt der Cannon ins Auge gestochen war, genau an. Falls er Jordans Frage beantwortete, gestand er ihm sein wahres Ich ein – wer er an dem Tag gewesen war, als er das Foto gestohlen hatte. Wer er jetzt war.

»Nein«, antwortete Stephen. »Nicht einfach nur ein Freund.«

Jordan legte Stephen die Hand aufs Knie. »Ich wollte dich nicht verärgern«, sagte er, die Stimme leise und versöhnlich.

Die Hand fühlte sich vertraut an, schrecklich und warm.

Kein Mann hatte ihn mehr berührt seit Jeff, eine Stunde vor seiner Ermordung. Stephen wusste, dass er weiterreden musste.

»Er hat mir durch eine Menge hindurchgeholfen. In der High School habe ich so eine Scheißsache durchgemacht, und er hat mir dabei mehr geholfen, als er wusste.« Stephen holte Atem. »Jeff. Er hieß Jeff.«

Jordan schaute zum Fluss, als Stephen sich die Tränen aus den Augen wischte. Jordan hatte die Augen auf einen fernen Punkt jenseits des Mississippi gerichtet und blinzelte; Stephen merkte, dass er diese Begegnung irgendwie nicht verstand. Jordan war nicht einfach nur gekommen, um ihm sein Beileid auszudrücken.

»Du hast in der High School eine Scheißsache durchgemacht?«, fragte Jordan, ohne ihn anzusehen.

Stephen antwortete nicht.

»Nachdem ich dir den Tag sowieso schon versaut habe: Darf ich dich auf ein Bier oder so einladen?« Jordans Blick kehrte zu Stephen zurück. »Wir könnten darüber reden.«

»Worüber reden?«, fragte Stephen mit ärgerlicher Stimme.

»Über das, was du durchgemacht hast.«

»Er ist immer noch nicht zurück«, erklärte Monica Meredith zum dritten Mal an diesem Abend mit eisiger Stimme. Meredith war sich nicht sicher, ob der Tonfall Verärgerung über die Tatsache erkennen ließ, dass dies Merediths dritter Anruf war, oder ob er einfach auf ihren verkaterten Zustand zurückzuführen war.

»Er hat mir gesagt, er würde mich anrufen. Wir wollten was zusammen unternehmen.«

Monica klang noch entnervter. »Nun, ich werde ihn bitten, dich anzurufen, wenn er zurückkommt, Meredith, aber ich weiß nicht, wann das sein wird. Er hat sich vor seinem Aufbruch noch nicht einmal von mir verabschiedet.«

»Er hat kein Handy?«, fragte Meredith.

»Nein, hat er nicht«, antwortete Monica knapp.

Meredith fand keine Artikulationsmöglichkeit für ihr Bedürfnis, Stephen zu beschützen, das seit gestern Abend heftig in ihr aufgewallt war. Sie hatte den Nachmittag damit zugebracht, die Möbel in ihrem Zimmer umzustellen und die Zigaretten ihrer Mutter zu rauchen. »Es tut mir Leid. Ich mache mir einfach nur Sorgen«, erklärte sie Stephens Mutter.

»Stephen ist inzwischen erwachsen, Meredith«, sagte Monica und hängte auf.

»Schlampe«, flüsterte Meredith ins Telefon.

4

Es war Sonntagabend und das Fat Harry's schlecht besucht. Jordan hielt Stephen die Tür auf und dieser schlüpfte befangen hinein. Die Jukebox spielte Matchbox 20 und von den im Hintergrund beim Billard versammelten Fraternity-Studenten der Tulane University war ein gedämpftes Lärmen zu hören.

»Ich war hier noch nie«, sagte Stephen, als er sich auf einen Barhocker setzte. Er bestellte ein Corona-Bier, Jordan ein Crown and Seven.

»Wie geht es deinem Bruder?«, fragte Stephen nach einer verlegenen Pause.

Er blickte von seinem Bier auf. Aus dem Hintergrund der Bar stiegen Rufe auf, weil jemand den achten Ball zu früh ins Loch geschlagen hatte.

»Wie gut kennst du Brandon?«, fragte Jordan.

Stephen zuckte zurück wie von der Schlange gebissen. Er klammerte die Hände um seine Flasche. »Meine Meinung von deinem Bruder ist nicht sonderlich gut«, sagte er und kippte dann ein Drittel des Corona auf einmal.

»Das sagen alle«, erwiderte Jordan eilig.

Stephen schaute ihn wieder an und versuchte ihn einzuschätzen. Jordan saß, einen Ellbogen auf die Theke gestützt, da, das Kinn in die Faust gedrückt, die braunen Augen mit der Intensität eines Reporters auf Stephen gerichtet.

»Ich weiß, was er mit deinem Wagen angestellt hat«, sagte Jordan.

»Er war dabei nicht allein«, antwortete Stephen.

»Greg?«, fragte Jordan. »Denkst du, deswegen ist bei meinem Bruder die Sicherung durchgebrannt? Wegen Greg Darbys Selbstmord?«

»Das kann ich nicht beantworten.«

»Du hast meinen Bruder gekannt.«

»Ich habe deinen Bruder nicht *gekannt*!«, fauchte Stephen. »Ich wurde von deinem Bruder *gehasst*. Das ist wohl ein Unterschied, oder?«

Der Barkeeper beobachtete sie aus der Nähe, während er die Gläser abtrocknete.

»Was verachtest du?«, fragte Jordan mit leiser, verschwörerischer Stimme.

»Daran wirst du wahrlich erkannt«, antwortete Stephen. »Frank Herbert.« Er hob spöttisch die Flasche wie zu einem Trinkspruch.

Jordan kannte das Zitat, weil der Cannon-Seniorschüler, dessen Foto im Jahrbuch direkt über dem seinen eingefügt gewesen war, es als sein Motto gewählt hatte. Er nahm an, dass Stephen es von derselben Stelle kannte.

Stephen setzte sich auf dem Hocker gerade. »Footballspieler und Schwuchteln«, sagte er in einem gezwungenen Singsang. »Das ist ein weit verbreitetes Phänomen. Du warst an der Cannon. Zum Teufel, du hast Football gespielt. Du solltest es dir eigentlich denken können. Wir brauchen einander.« Er steckte sich noch eine Zigarette an.

»*Brauchen* einander?«

»Symbiose«, sagte Stephen.

»Hör auf, mich zu verarschen, Stephen.«

Stephen lächelte schief, als genieße er Jordans Entnervtheit. »Geben und nehmen. In der High School sind die Footballspieler dieser eiserne Wall der Vollkommenheit. Sie sind alles, was ein Junge, ein Mann sein sollte. Also werden sie von Schwuchteln wie mir, die keinen Beweis für ihre Männlichkeit vorweisen können, die vielleicht sogar tatsächlich keine haben, angebetet …«

»Das hat doch nichts damit zu tun, dass ...«

»Lass mich ausreden«, sagte Stephen. »Aber der Teil, über den keiner redet –, das, was die Sache zu einer symbiotischen Beziehung macht –, ist die Tatsache, dass auch die Footballspieler die Schwuchteln brauchen.« Er hielt inne und nahm einen kräftigen Schluck Bier.

»Footballspieler sind Götter«, fuhr Stephen fort, »und Götter brauchen die Anbetung. Es gibt keine bessere Anbetung, als wenn ein anderer Mann deinen Schwanz schluckt. Warum? Weil das die totale, absolute Unterwerfung ist. Eine kleine Schwuchtel ohne Stolz und Selbstachtung ist eine wertvollere Verehrung als alles, was du von einer Cheerleaderin bekommen kannst. Weil Männer sich nämlich nicht den Schwanz lutschen sollen; wenn also ein Mann den deinen lutscht, dann bedeutet das, dass er dir alles gibt, was er hat! Und das ist *Anbetung!*« Stephen stieß einen Finger in Jordans Brust.

»Und was hat das mit Brandon zu tun?«, fragte Jordan, bemüht, seine Stimme ruhig zu halten. Er fühlte sich umklammert, elend.

»Überleg es dir selbst«, antwortete Stephen ohne Emotion.

»Du und Brandon, ihr habt ...« Jordans Ellbogen glitt von der Theke, als er sich aufrichtete und Stephen direkt ansah.

»Greg Darby?«

Stephens Augen begegneten Jordans, doch er sagte nichts, drängte Jordan nicht weiter. Stephen würde nichts gestehen, wenn Jordan es nicht zuerst sagte. »Und was kriegt die Schwuchtel am Ende?«, fragte Jordan so leise, dass keiner außer Stephen es hören konnte. »Der Footballspieler bekommt die Anbetung. Aber wie steht es mit der Schwuchtel?«, fragte Jordan so leidenschaftslos, wie er nur konnte, als unterhalte er sich gerade über Physik.

Stephen lächelte weder überheblich noch schaute er weg. Er schien zufrieden, dass Jordan sich dafür entschieden hatte, seine These Punkt für Punkt zu diskutieren. »Einen Wert«, schlug Stephen vor. »Eine kurze Bestätigung.«

»Keine Liebe?«, fragte Jordan.

Stephens Kieferpartie verspannte sich; seine Autorität fiel von ihm ab. Jordan beugte sich zu ihm und flüsterte ihm ins Ohr: »Willst du mir sagen, es ist unmöglich, dass du mit Greg Darby in den Glockenturm gestiegen bist, weil du in ihn verliebt warst?«

Jordan setzte sich auf seinem Hocker zurück. Er spürte, dass Stephen die ganze Zeit gewusst hatte, worauf er hinauswollte.

Als Stephens Bierflasche zerbrach, zuckten beide zusammen.

Der Barkeeper wirbelte herum und klatschte einen Lappen auf die Scherben und den Schaum auf der Theke. Er schob die Reste der Flasche in einen leeren Eisbehälter unter der Theke.

Stephen wischte sich die Hände an der Hose ab und hinterließ Bierflecken. Jordan war betroffen von der sonderbaren Schönheit des Augenblicks, der abrupt hervorgebrochenen Kraft von Stephens Zorn. Stephen schaute zu ihm auf, benommen, nach Worten suchend. »In meinem ersten Jahr an der Cannon habe ich in der Schule ein Foto von dir gestohlen«, brachte er mit zitternder Stimme heraus. »Ich habe es gestohlen, mit nach Hause genommen und den Rest meiner Highschoolzeit zu diesem Bild gewichst. Willst du wissen, warum? Weil du alles warst, was an der Cannon richtig war, und alles, was an mir falsch war. Bei dem Gedanken ist es mir gekommen.«

Er beugte sich zu Jordan hinüber. »Und das ist keine Liebe.«

Stephen löste seinen Klammergriff vom Rand der Theke, schwang die Beine zu Boden, schritt durch die Bar davon und verließ das Fat Harry's.

Jordan parkte den Wagen in der Einfahrt und stellte den Motor aus. Kalter Schweiß war auf seinen Schultern ausgebrochen und rann ihm den Rücken hinunter. Nachdem Stephen ihn in der Bar allein gelassen hatte, hatte er in aller Ruhe noch drei Crown and Seven getrunken.

Die Villa der Charbonnets lag dunkel da. Jordan betrat die Küche und schloss leise die Hintertür. Mit der Tür zu Brandons Schlafzimmer war er sogar noch vorsichtiger und brauchte volle dreißig Sekunden, bis der Riegel einrastete. Er setzte sich auf die Kante von Brandons Bett.

Stephen Conlin hatte ihm die Wahrheit gesagt, dessen war Jordan sich sicher. Aber warum muss ich es erfahren?, fragte sich Jordan.

Vielleicht war es unmöglich, Brandon zu finden oder zu retten. Aber Jordan wusste nicht, ob ihm noch etwas daran lag. Er verlagerte sein Gewicht auf dem Bett und betrachtete den dicken schwarzen Schatten, den der Glockenturm auf die Wand warf. Er wollte nicht mehr an Stephen denken, an seine großen blauen Augen und das Durcheinander von Fragen, das er aufwühlte. Greg Darby hatte vermutlich dasselbe gewollt. Aber wie weit war Greg gegangen?

Jordan drehte sich auf die Seite, zum Fenster hin. Im Glockenturm schimmerte Licht.

5

DAS GELÄNDE DER Bishop Polk Cathedral war von einem gusseisernen Zaun umgrenzt, gekrönt von handhohen Lanzetten. Jordan ging den Zaun entlang aus dem Schein der Straßenlaternen heraus. Hinter dem Zaun erblickte er im Fuß der Westwand der Kathedrale eine schwarze Öffnung, die in ein Kellerlabyrinth von Arbeitszimmern führte.

Während er den einen Fuß auf die Querleiste des Zauns stellte, schwang er den anderen zwischen zwei Metallspitzen hindurch. Plötzlich fiel ihm auf, dass er auf Gregs und Stephens Spuren ging.

Die Lanzetten klemmten seinen Schenkel ein wie ein Schraubstock. Jordan schwang das andere Bein hoch und verlagerte sein Gewicht über die Zaunspitzen hinweg. Er fiel zwei Meter tief ins Gebüsch auf der anderen Seite und stürzte mit ausgestreckten Armen und Beinen der Länge nach hin. Er spuckte Blätter aus und tastete nach Zweigen, um sich auf die Beine zu ziehen, und fand das geöffnete Fenster zum Souterrain der Kirche.

Jordan war von der Dunkelheit wie blind, doch dann berührte sein Fuß direkt unterhalb des Fenstersimses eine Schreibtischplatte. Er trat nach vorn und erwartete, Stifte auf den Boden rollen zu hören. Die Schreibtischplatte war jedoch leer. Er zog das andere Bein durchs Fenster nach und krabbelte über den Tisch, wobei seine Augen sich allmählich an die Dunkelheit gewöhnten.

Mehrere Minuten lang durchwanderte er die Arbeitszimmer unterhalb der Kathedrale. Ein plötzlicher Temperaturwechsel ließ darauf schließen, dass er nun einen größeren

Raum betrat, wo die Wärme zur Decke hinaufstieg. Er befand sich in der Eingangshalle der Kathedrale.

Er tappte mitten in ein Flickenmuster aus Schummerlicht, das aus beinahe zehn Metern Höhe herunterfiel. Jordan schaute von innen den Schacht des Glockenturms hinauf. Das schwache Licht kam von einer einzelnen Glühbirne, deren Schein von den ungleichmäßigen Bodenbrettern des Glockenturms gebrochen wurde. Er erkannte eine menschliche Gestalt, die in zehn Metern Höhe hin und her ging, mit quietschenden Schritten auf den Bodenbrettern.

»Stephen?«

Es erschreckte ihn, wie rau seine Stimme klang.

Die Gestalt über ihm blieb stehen. Jordan zog sich mehrere Schritte zurück und etwas Hartes streifte seine linke Schulter. Er ertastete eine gesplitterte Holzleiste. Offensichtlich hielt er die untere Sprosse einer Holzleiter in der Hand.

Er kletterte hoch. In zehn Metern Höhe waren die Bodenbretter nicht mehr zu sehen und tiefes Dunkel umriss Mantel und Klöppel dreier hängender Kirchenglocken.

Jordan stieg die Leiter ganz hinauf, wo die oberste Sprosse mit Metallbolzen in der Betonwand des Turms befestigt war. Er hievte sich durch die Öffnung und ließ sich zusammengerollt auf den Bodenbrettern fallen, um Atem ringend. Als er aufschaute, sah er Stephen.

Stephen öffnete eine Flasche Bombay Gin und tat einen kräftigen Schluck, während Jordan versuchte, auf die Füße zu kommen. Schwindlig und außer Atem von der Kletterpartie sank Jordan auf den Boden, einige Schritte von der Stelle entfernt, wo Stephen in einem der Bogenfenster des Glockenturms saß, die Knie an die Brust gezogen. Die Glühbirne baumelte an einer Kette über ihren Köpfen. Hinter Stephen sah Jordan durch die Holzlamellen des Fensters einen Baldachin aus Eichenästen.

Stephen hob die Flasche und bot Jordan einen Schluck an.

Jordan winkte ab. Stephen, der betrunken war, zuckte die Schultern und schraubte den Deckel auf die Flasche. Seine Augen wanderten zu den Lamellen.

»Es begann als ein Wettbewerb«, sagte er. »Vor der sechsten Klasse, glaube ich. Oder vielleicht auch im Sommer danach. Meredith war mit ihrer Mom verreist und so waren Greg, Brandon und ich eines Tages allein bei Greg zu Hause. Brandon und Greg lachten darüber, dass man in Merediths Schwimmbecken den Schwanz in eine der Umwälzöffnungen stecken konnte und es genauso war, als würde man einen geblasen bekommen.

Ich sagte gar nichts dazu, weil ich das nie gemacht hatte. Als sie merkten, dass ich nichts sagte, warf Greg mich auf den Boden und verspottete mich. Brandon schrie: ›Stevie weiß nicht, wie man sich einen runterholt!‹, und da rastete ich natürlich aus und erzählte ihnen, ich täte das andauernd, was eine Lüge war. Ich hatte Angst, mich da unten anzufassen.«

»Warum?«, fragte Jordan.

»Wegen dem, woran ich dabei dachte.«

Er nahm einen Schluck aus der Flasche Bombay. Jordan ließ sich im Schneidersitz nieder. Die Bodenbretter quietschten unter seinem Gewicht. Er versuchte, nicht auf den zehn Meter tiefen Abgrund zu achten, der durch die unregelmäßigen Lücken zu sehen war.

»Greg nagelt mich also am Boden fest, und ich schreie wieder und wieder, dass ich weiß, wie man sich einen runterholt, und schließlich … sagt Greg … nein, ich glaube Brandon: ›Beweise es‹, und dann hüpft Greg einfach so von mir runter und plumpst neben Brandon aufs Bett. Ich stehe auf und merke, dass beide mich anstarren. Darauf warten, dass ich es beweise.

Ich werde jetzt nicht lügen. Ich wusste schon so einiges. Ich wusste, dass Brandon und Greg beide diese komische Wirkung auf mich hatten und dass ich mich immer veränderte, wenn sie in den Raum kamen. Ich weiß, dass es Meredith wütend machte, aber sie sagte nie etwas dazu.

Ich stehe also jedenfalls da, und schließlich sagt Greg: ›Du musst ihn rausholen, Dummkopf!‹

Brandon lacht richtig laut, und so mache ich den Hosenschlitz auf und hole ihn raus. Jetzt sind beide still, aber sie haben immer noch dieses selbstgefällige Grinsen im Gesicht. Ich hatte vor Angst die Hosen voll, aber es war wichtig, ihnen diese Sache zu beweisen, gerade ihnen.

Ich nehme ihn also in die Hand, und Brandon sagt: ›Vor und zurück‹, aber total ruhig, fast wie ein Schullehrer. Ich fang also damit an und endlich krieg ich einen Rhythmus hin und die beiden schauen einfach nur zu.«

Stephen hielt inne und nahm einen Schluck Gin. Hinter ihm erstreckte sich der Garden District viele Straßen weit, dunkle, verschlungene Eichenäste unter einer Kuppel von Sternen.

»Ich weiß, das macht vielleicht keinen Sinn, aber wir benutzten die Wörter *Schwuchtel* und *schwul* andauernd. In der Grundschule beziehen sie sich eigentlich nicht auf was Bestimmtes. Blödes Zeugs ist schwul und Leute, die was Blödes sagen, sind Schwuchteln. Also, wie auch immer, was ich sagen will, ist, dass das, was wir da taten, uns nicht besonders ›schwul‹ vorkam …

Ich tu es also und kriege allmählich eine Gänsehaut, und dann war es plötzlich wie … Ich dachte, o Scheiße, gleich muss ich pissen. Ich schloss die Augen und spürte dieses Brennen. Ich wollte die Augen nicht öffnen, weil ich dachte, ich hätte bei Greg den ganzen Boden voll gepinkelt. Aber dann hörte ich, wie Greg auf alle viere runterging, und da mache ich die Augen auf und sehe, dass er diesen weißen Klecks anstarrt, der einen Meter vor mir gelandet ist. Dann schreit Brandon aus voller Lunge: ›Jesus Christus, es ist was rausgekommen.‹

Ich meine, wir wussten wohl schon, was es war, aber wir hatten es nie gesehen. Sie auch nicht. Und so begann der Wettbwerb.«

Der Wettbewerb. Jordan fühlte sich hohl bei diesem Wort.

»Das Spiel war einfach. Wer als Erster kommen konnte. Aber dass was rauskam, das war schlussendlich das eigentliche Ziel. Brandon und Greg wollten beide, dass was rauskam. Jeden Abend, wenn Meredith heimmusste, versammelten wir uns auf Gregs Bett. Brandon lehnte sich immer gegens Kopfende, Greg gegen die Wand und ich gegens Fußende. Greg schlug vor, wir sollten unsere Hemden ausziehen. Wir alle fanden das eine gute Idee. Um besser in Stimmung zu kommen oder so. Die Tür war immer abgeschlossen, weil wir alt genug waren, um zu wissen, dass Penisse Erwachsenen richtig Angst machten.

Schließlich gewann Brandon eines Abends den ultimativen Preis. Für einen Dreizehnjährigen war es ein ziemlicher Sieg. Er fluchte, spuckte und ruckte noch kräftiger an sich herum und dann landeten, sagen wir mal, drei Tropfen auf seinem Bauch. Ich war immer zuerst fertig und sah darum einfach nur zu, aber Greg hatte seine Mühe damit. Nachdem Brandon ›Scheiße‹ geschrien und sich voll gespritzt hatte, rollte Greg die Augen. ›Um Himmels willen!‹, schnaufte er. Er musste ziemlich sauer sein, wenn er einen Ausdruck benutzte, den wir normalerweise von seiner Mutter hörten. Greg klang so kläglich, dass Brandon und ich ihn einfach nur anstarrten. Er ruckelte noch fester, versuchte das magische weiße Zeugs aus sich herauszuzwingen, aber es haute nicht hin.

Brandons Augen hatten so einen verschleierten, benommenen Ausdruck, als er mich anstarrte.

›Hilf ihm, Stevie‹, sagte er schließlich. Ich hatte keine Ahnung, wovon er überhaupt redete, aber als Greg mich mit diesem Welpenblick ansah, tat er mir so Leid, dass ich fragte: ›Wie?‹

›Hilf ihm einfach ein bisschen‹, sagte Brandon, als wäre das die offensichtlichste Sache der Welt. Dann verstand ich, was sie vorschlugen. Alles in meinem Inneren wurde kalt. Ich war erst dreizehn, aber in diesem Moment merkte ich, dass wir etwas Größeres, Wichtigeres machten. Ich erinnere mich an den Geschmack und ich erinnere mich, wie Greg so eine Art bestürztes Keuchen ausstieß, als ich schließlich den Mund um ihn legte, und bei diesem Laut wurde mir schlecht. Es war zu menschlich, zu real, einen Penis im Mund zu haben, denke ich.

Und dann verging die Übelkeit. Einfach so. Ich schloss die Augen und machte die Frauen aus den Pornovideos nach, die wir unter dem Bett von Brandons ... also von deinem Vater geklaut hatten. Diese Videos, wo die Frauen stöhnten und scharf darauf waren, gefickt zu werden. Uns kam das wie ein Wunder vor, weil wir dachten, alle Frauen wären wie Meredith und hüteten ihre heiligen Geheimnisse.

Die Übelkeit verging also. Für immer. Sie kehrte niemals zurück. Wäre sie zurückgekehrt, würde heute vielleicht vieles ganz anders aussehen.«

Stephen hielt inne und sah Jordan an. Unten auf der Jackson Avenue fuhr leise ein Auto vorbei.

»Und was dann?«, fragte Jordan.

»Er siegte. Es kam was raus«, antwortete Stephen. »Plötzlich stoppte er mich. Er legte mir die Hand auf die Schulter, ich hörte auf und Greg legte die Hand um seinen Schwanz und zog daran. Es landete in meinem Gesicht. Eine Minute verging, keiner sagte was und dann plötzlich schrie Brandon: ›*Wir haben einen Sieger!*‹«

Jordan platzte heraus und sein Gelächter hallte durch den Glockenturm, den Schacht hinunter. Er krümmte sich, die Hände vor sich auf die Bodenbretter gelegt. »Tut mir Leid ...«, stammelte er zwischen Lachsalven. Aber auch Stephen lachte, tief und fast lautlos. »Wir haben einen Sieger!«, schrie Jordan und stieß triumphierend den Arm in die Luft.

Vor Lachen keuchend schubste Stephen versehentlich die Flasche Bombay vom Fenstersims und sie rollte über die Bretter. Jordan schnappte sie sich, machte sie auf und trank.

Er stand auf und ging zum Sims. Stephen ließ die Beine vom Sims gleiten, damit Jordan sich ihm gegenüber setzen konnte. Jordan reichte ihm die Flasche Gin zurück.

Stephen nahm noch einen Schluck. Der Gin spülte sein Gelächter weg. Er wischte sich den Mund mit dem Arm.

»Am Ende der achten Klasse rief Greg mich an. Ich fuhr mit dem Fahrrad zu ihm nach Hause, und als ich ankam, schob er schon sein Fahrrad aus der Einfahrt. Seine ersten Worte waren: ›Erzähl Brandon nichts davon, okay?‹ Ich nickte einfach nur. Ich wusste, das hier war streng tabu. Meredith war ein Mädchen und die Jungs konnten was ohne sie machen, aber zwei der Jungs ohne den dritten? Das war unerhört. So wie es unerhört war, dass wir zum Friedhof gingen, wenn nicht alle vier beisammen waren.

Doch ich folgte ihm zum Friedhof. Wir kamen an, aber die Tore waren schon verschlossen. Greg sagte, wir könnten auf der anderen Seite über die Mauer klettern, auf der Stadionseite. Wir ließen die Räder unter einem Busch und halfen einander über die Mauer, oben auf eine Gruft hinauf.

Ich wusste, dass Greg mir etwas zeigen wollte, aber ich war mir nicht sicher, was. Schließlich führte er mich zu dieser einen uralten Gruft und zeigte mir, wo die Wand dicht unter der Decke zerborsten war.

›Was ist da drinnen?‹, fragte ich. Ich stellte mir Skelette und Ratten vor. Ich hatte den totalen Horror, als er durch die Öffnung kletterte. Einen Moment lang glaubte ich, er hätte sich den Kopf angeschlagen oder so, weil ich überhaupt nichts hörte. ›Greg?‹, fragte ich. Und von innen hallte seine Stimme heraus: ›Hier drin ist gar nichts. Alles ist weg. Nur Dreck.‹

Ich kletterte ihm hinterher und fand mich in totaler Finsternis wieder. Ich geriet in Panik, doch dann spürte ich Gregs Hand auf meiner Schulter.

›Ich möchte es noch mal machen‹, sagte er.

Ich fuhr tastend mit der Hand herum, um mich an irgendwas festzuhalten, und sie traf seine Brust … oder Schulter … ich kann mich nicht daran erinnern, aber er trug kein Hemd. Wir machten das, was er wollte, nur hielt er mich diesmal im Nacken fest und schlug mir dabei auf den Rücken. Er fuhr voll darauf ab. Er war geil darauf. Aber er machte es nicht für mich und ich habe ihn nicht darum gebeten.

Danach sagten wir kaum ein Wort. Beim Zurückklettern über die Mauer stiegen wir über dieselbe Gruft wie auf dem Hinweg. Greg kletterte als Erster hinüber und mit dem Fuß stieß er gegen etwas Großes aus Metall. Er stolperte und landete auf dem Arsch. Ich war noch oben auf der Mauer und konnte vor ihm sehen, worauf er gefallen war.«

Stephen stockte. An seinem Blick merkte Jordan, dass er es wieder vor sich sah.

»Es war ein Rad des Fahrrads. Brandon hatte unsere Fahrräder gefunden und sie kaputtgemacht – die Speichen herausgezogen, die Sättel zerfetzt, die Gangschaltung auseinander gerissen. Die Reifen zerschlitzt. Die Rahmen, oder das, was von ihnen noch übrig war, waren verbogen. Ich erinnere mich, wie ich dachte: Wie hat er das nur ohne Werkzeug geschafft? Wie konnte er sie einfach so auseinander reißen?«

»Wie dein Auto«, bemerkte Jordan.

Stephens Kopf machte einen Ruck. Jordan senkte den Kopf. »Kannst du die hier ausschalten?«, fragte Stephen und zeigte auf die Glühbirne über ihnen. »Die war auch an, als …«

Stephen stockte und führte die Flasche zum Mund.

Jordan stand auf und zog am Band zum Schalter der Glühbirne. Der Glockenturm war in Finsternis getaucht, bis schwaches, durch die Lamellen sickerndes Licht sichtbar wurde, Schatten über die Bodenbretter warf und Stephen als Silhouette heraushob.

»Besser?«, fragte Jordan ruhig und nahm seinen Platz auf der Fensterbank wieder ein.

»Er rief mich an«, flüsterte Stephen. »Am Tag von Alex' Begräbnis.«

Stephen wandte den Blick vom Fenster zu Jordan. »An jenem Tag war ich glücklich«, flüsterte er. »Ich war glücklich. Nicht weil Alex tot war, sondern weil ... Weil ich dachte, irgendwie hätte Cannon wenigstens einen Tag lang zu fühlen bekommen, wie ich mich seit dem ersten Schultag dort fühlte. Ich erinnere mich, wie Mom und ich beim Gottesdienst auf der Empore saßen, weil unten kein Platz mehr war. Die ganze Zeit beobachtete ich Greg. Selbst als Angela durchdrehte, rührte Greg sich keinen Millimeter. Er konnte nicht. Er saß einfach da, den Kopf nach vorn. Es sah aus, als hätte ihn jemand mit einer Keule in den Nacken geschlagen und der Schmerz wäre so groß, dass er den Kopf nicht heben könnte.«

Aus Stephens Augen tropften Tränen. »Als er mich also in jener Nacht so komisch anrief, dachte ich, ich hätte gewonnen.« Wieder nahm er einen Schluck aus der Flasche.

»Denn der Leidenschaft ist, wie dem Verbrechen, die gesicherte Ordnung und Wohlfahrt des Alltags nicht gemäß«, zitierte Jordan leise. Als Stephens tränengefüllte Augen den seinen mit einem Aufflackern des Wiedererkennens begegneten, führte Jordan das Zitat zu Ende. »Jede Lockerung des bürgerlichen Gefüges, jede Verwirrung und Heimsuchung der Welt muss ihr willkommen sein, weil sie ihren Vorteil dabei zu finden unbestimmt hoffen kann.«

Stephen schluckte. »Woher kennst du das?«

»Es ist aus ...«

»Ich weiß, woraus es ist. Aber wo hast du es gehört?«

»Meine Mutter hat mir eine Ausgabe von *Der Tod in Venedig* geschenkt, als ich meinen High School-Abschluss machte.

Sie sagte, es sei ihr Lieblingsbuch. Sie hatte dieses Zitat unterstrichen.« Er wandte die Augen von Stephen ab.

»Mein Vater hatte dieses Zitat an der Wand seines Arbeitszimmers hängen«, erklärte der andere Junge.

Wieder senkte sich Schweigen nieder. Stephen saß leicht vorgebeugt über der Ginflasche, der Kopf nur noch Zentimeter von der Stelle entfernt, wo Jordan am Fensterrahmen lehnte. »Ich war so dumm«, flüsterte er.

»Was hat Greg Darby mit dir gemacht, Stephen?«, fragte Jordan, der versuchte, seiner Stimme den neutralen Tonfall eines Arztes zu verleihen.

Stephen sprang vom Fenstersims auf den Boden, die Flasche Bombay fest in der Hand. Er blieb vor den Glocken stehen, führte die Flasche an den Mund, drehte sich um und sah Jordan an. »Als in jener Nacht das Telefon läutete, wusste ich, dass er es sein würde. Ich wusste es einfach. Ich nahm ab und er sagte: ›Stephen?‹ Ich hörte an der Stimme, dass er seit der Bestattung getrunken hatte. ›Meine Mom ist im Krankenhaus, Stevie‹, sagte er. ›Wusstest du das?‹

›Nein‹, antwortete ich. Ich wusste es nicht.

Dann sagte er eine Weile gar nichts, und ich hörte, wie er mit der Bierdose gegen die Tischkante schlug. Er begann, mir tausend Fragen zu stellen. Ob ich mich an Alex erinnerte? Ob ich noch wüsste, wie er aussah? Ob ich beim Spiel da gewesen sei? Ich verneinte immer. Aber ich versuchte mich, ich weiß nicht, mitfühlend zu geben. Und dann fragte er mich, ob ich je im Glockenturm gewesen sei. Er sagte, er wäre einmal da oben gewesen, als er in Physik durchgefallen war und deswegen den Sommer über im Büro des Geistlichen arbeiten musste. Er sagte, die Aussicht sei absolut klasse …«

Stephen nahm noch einen Schluck und ging zwischen dem Fenster und den Glocken auf und ab. Die freie Hand weit ausgestreckt, spürte er der metallenen Wölbung der nächstgelegenen Glocke nach.

»Wir trafen uns direkt vor dem Zaun. Er zeigte mir, wie man reinkam. Er half mir sogar rüber. Die Fenster vom Untergeschoss werden nicht abgeschlossen, weil ihnen der Zaun wohl hoch genug vorkommt. Er führte mich … nach unten, du weißt schon, durch die Arbeitszimmer …«

»Ich weiß«, sagte Jordan fast atemlos.

»Wir schafften es die Leiter hoch. Er ließ mich als Ersten hochsteigen. Es war stockdunkel hier oben, und ich erinnere mich, dass ich nichts sehen konnte …« Stephen stockte und holte tief und mühsam Atem.

»Ich erinnere mich, dass es mir irgendwie komisch vorkam, als er nicht sofort das Licht anmachte. Aber als er es dann tat, lag seine Hand schon in meinem Nacken. Ich erinnere mich, dass ich sah …«

Stephens Finger krochen den bauchigen Glockenmantel hinunter. »An dieser Stelle hat er meinen Kopf gegen die Glocke geschlagen. Danach konnte ich gar nichts mehr sehen.«

Jordan erhob sich vom Fenstersims und trat zu Stephen. Er hielt sich mit einer Hand an Stephens Schulter fest und streckte die andere aus, um die Glocke mit prüfenden Fingern zu betasten.

»Ich erinnere mich. Er sagte mir: ›Du wolltest mich so! Du wolltest, dass ich verliere!‹ Er sagte es immer wieder. Ich konnte ihn sogar noch hören, als … Ich konnte nichts sehen. Die Glocke hatte mich so heftig am Kopf getroffen, dass ich nur schwarze und bunte Farbstreifen sah. Ich wusste nicht, wo oben oder unten war. Ich wusste nur, dass er auf mir drauf war. Mich am Boden festnagelte. ›Du hast mich so gewollt‹, sagte er immer wieder.«

Stephen nahm die Hand weg und wich von der Glocke zurück. »Er hatte Recht. Ich wollte ihn tatsächlich so. Ich wollte, dass seine Trophäen zerbrochen zu seinen Füßen lagen. Ich wollte, dass er einen Elternteil verlor. Ich wollte, dass er eine Menge verlor.«

Stephen hob die Flasche an den Mund, spuckte plötzlich widerwillig aus und schleuderte die Flasche an die Wand gegenüber.

»Aber am nächsten Morgen fühlte es sich so an, als wäre er immer noch in mir drinnen. Darum wusste ich, was er getan hatte. Ich wachte auf und meine Mom war da und sagte mir, er sei tot, aber ich konnte ihn noch immer in mir drin spüren.«

»Du warst es nicht?«, fragte Jordan fest. »Ich könnte nämlich verstehen, wenn du das ... gemacht hättest.«

»Das hätte ich nicht tun können«, sagte Stephen mit leiser Stimme. »Niemals hätte ich ... das tun können.«

Er kniete sich langsam auf die Bodenbretter nieder. Als sein Arm Halt suchend nach unten schoss, rutschte seine Hand auf den Brettern aus. Stephen brach in Schluchzer aus; da umfassten ihn Jordans Arme und setzen ihn auf. Jordan spürte Stephens Tränen wie Herzschläge in seinem eigenen Körper.

Jordan hielt Stephen, ohne ihn zu wiegen. »Es tut mir Leid«, murmelte er wieder und wieder, ein Refrain, mit dem er Stephen in die Gegenwart zurücklullen wollte.

Das Mondlicht lasierte die Äste über ihnen und ein niedrig hängender Nebel geleitete die Töne und Klänge des Flusses durch den Garden District. Ihre Schritte hallten in der Chestnut Street wider. Als sie zur Kreuzung Chestnut und Third bei der Conlin-Villa kamen, hatte noch keiner der beiden ein Wort gesagt.

»Kommst du zurecht?«, fragte Jordan zögernd.

Der Ausdruck auf Stephens Gesicht war undeutbar. Seine Augen wirkten inzwischen kühl, aber sie waren noch immer blutunterlaufen.

»Warum musstest du es wissen?«, fragte er mit leiser, drängender Stimme.

Jordan schüttelte den Kopf. Stephen wurde ärgerlich.

»Lebwohl, Jordan«, sagte er und überquerte die Straße.

»Stephen …«, rief Jordan ihm nach.

»Ich geh schlafen«, sagte Stephen von einem unsichtbaren Punkt auf der Vorderveranda des Hauses. Jordan hob einen Arm, als wolle er ihm eine letzte Bitte nachrufen, stockte aber, als er hörte, wie die Haustür hinter Stephen ins Schloss fiel. »Shit«, flüsterte er.

Stephen ging zu schnell die Treppe hoch, um Monica im dunklen Salon sitzen zu sehen. Sie schaute wieder aus dem Fenster, wo Jordans Schatten auf der Chestnut Street verschwunden war. Sie umklammerte den Inhalt des Briefumschlags, den Elise auf Jeremys Schreibtisch zurückgelassen hatte.

Der erste Entwurf von ›Einem Kind, das noch nicht geboren ist‹, datiert vom August 1976, war im schwachen Mondlicht, das durch die Vorderfenster fiel, gerade noch lesbar.

6

»Wo warst du?«, fragte Angela Darby Meredith.

Meredith schob sich durchs Fenster und kniete überrascht auf dem Boden nieder. Angela saß steif auf der Bettkante, die Hände im Schoß gefaltet. Es war die erste Frage, die Angela Meredith je gestellt hatte.

»Ich habe Stephen gesucht«, antwortete Meredith. Sie hatte das Haus verlassen, war blindlings durch die Stadt gefahren und hatte im Fat Harry's nachgeschaut, wo sie Stephen vermutet, aber niemanden gefunden hatte. Ihre Reise hatte sie schließlich bei Einbruch der Dunkelheit ins French Quarter geführt. Die Sanctuary Bar war eine Grube in der Erde, umstanden von mehreren verkohlten skelettartigen Balken. Die Grube war mit welken Blumen übersät. Die wenigen noch stehenden Balken waren mit letzten Worten für geliebte Verstorbene voll gehängt, auf einigen klebten auch die lächelnden Fotos der Toten. Eine alte Frau stand am Rand des Kraters und betrachtete den schlammigen Tümpel, der sich am Grund gebildet hatte. Meredith fiel ein, warum die Gräber der Toten in New Orleans über der Erde lagen. Das Grundwasser steht so hoch, dass die Särge sonst nach oben geschwemmt würden.

Sie ging die Bourbon Street entlang, die unter dem Schein der Straßenlaternen einsam dalag. Einige Kneipen waren geöffnet. Die meisten waren mit Sperrholz vernagelt, da die Seitenmauern von der Explosion eingedrückt worden waren. Das filigrane Schmiedewerk der Balkone war zu Kräuseln zusammengeschmolzen oder sogar in riesigen Brocken davongefegt worden.

»Stephen«, sagte Angela gerade. Ihr Tonfall war schleppend wie bei einer Betrunkenen, die Augen wanderten schwerfällig durch den Raum. Mühelos zog sie sich ein großes Haarbüschel aus dem Kopf.

Meredith sprang auf. Angela zuckte nicht zurück, als Meredith ihre Hand ergriff und sie sanft aufdrückte. Die Strähnen flatterten ihr aus der Hand und aufs Bettlaken. Konnte das von den Medikamenten kommen? Machten die Medikamente, dass Angela das Haar ausfiel?

»Er hat daran gezogen«, sagte Angela.

»Wer hat daran gezogen?«, fragte Meredith.

»Er ... Er schlägt sie nicht. Er zieht nur ...«

Andrew Darby hatte seiner Frau irgendwie ein komplettes Haarbüschel ausgerissen. Meredith wollte zum Fenster fliehen, blieb dann aber stehen, weil sie das Gefühl hatte, keinen Ort zu haben, wo sie hingehen konnte. Sie begann zu weinen.

»Weinen, das tun wir, bevor wir zerbrechen«, sagte Angela. »Warst du jemals in El Paso?«

Meredith schüttelte benommen den Kopf.

»... Lichter ...«, sagte Angela. »... so viele Lichter ... direkt hinter der Grenze. Andrew sagte, da könnten wir nicht hin, weil es Mexiko sei. Wir fuhren nach Kalifornien ...«

Als Erstes kommen ihre Erinnerungen zurück, dachte Meredith. Wenn ich immer wiederkomme, merkt sie vielleicht, wo sie gelandet ist.

»Andrew hat sich früher ständig verfahren ...«, sagte Angela.

Ihre Worte kamen noch mühsam, aber ihre Reaktionen wurden schneller, natürlicher. Die Medikation, dachte Meredith wieder. »Keiner hat gemerkt, dass er dir das Haar ausgerissen hat«, sagte sie und erhob sich auf die Knie. Angela sah sie nicht an, schüttelte aber den Kopf.

»Ich komme wieder«, sagte Meredith beim Aufstehen.

»Heute Nacht?«, fragte Angela.

»Ja. Heute Nacht. Ich versuche, heute Nacht zurückzukommen ...«

»Bitte komm zurück«, sagte Angela, als Meredith ein Bein über den Fenstersims schwang. Meredith spähte den Rückleuchten des Nachtwächtertrucks nach, der den Parkplatz verließ und rechts abbog, die private Seitenstraße des Krankenhauses entlang. Merediths Acura parkte auf dem hinteren Parkplatz einer Shoppingzeile, der vom Bayou-Terrace-Parkplatz durch eine Buschreihe abgetrennt war.

»Bitte ...«, sagte Angela.

Meredith drehte sich um, ein Bein schon aus dem Fenster gestreckt, und nickte. Angela nickte zurück, doch Meredith konnte sehen, dass sie sie einfach nur nachahmte. Meredith kletterte aus dem Fenster und sprang zur Erde. Sie schoss über den Parkplatz und berechnete schon beim Laufen, wie lange sie wohl brauchen würde, um heimzufahren, die Diättabletten ihrer Mutter zu klauen und nach Bayou Terrace zurückzukehren.

»Sie tanzt«, berichtete Thelma.

Dr. Horne sah sie verwirrt an.

»Angela Darby«, wiederholte Thelma. »Sie tanzt.«

Die Krankenschwester führte ihn in den Bordeaux-Flügel, wo er durch das Fenster in Angelas Tür spähte. Sie stand, einen Fuß auf die Bettkante gestützt, da und hatte den Morgenrock hochgehoben, um die Haare auf ihren Beinen zu betrachten. Sie rieb die Hand daran auf und ab und schlug sie sich dann vors Gesicht.

Oh, Scheiße, dachte Dr. Horne.

»Davor hat sie getanzt«, beharrte Thelma. Dr. Horne dachte an Andrew Darby in seinem Büro, sein rotes Gesicht angesichts der ersten Worte seiner Frau seit Jahren. »Wie?«, fragte er die Schwester.

»Sie ... wirbelte im Kreis«, antwortete Thelma. Der Arzt

lächelte matt durch das Fenster zu Angela hinein. Thelma quetschte sich neben ihn, wie um sicherzugehen, dass Angela nicht zurücklächelte. Sie wirbelte wieder im Kreis.

»Lassen Sie sie ruhig tanzen«, sagte Dr. Horne. Ich hoffe, Andrew sieht es und scheißt sich in die Hosen, dachte er bei sich.

Das Telefon zwischen Schulter und Kinn geklemmt, beugte Jordan sich in Rogers Schreibtischstuhl vor, während die Antwort auf die Ferienwohnungsanfrage, die er vor einer Stunde losgeschickt hatte, aus dem Faxgerät seines Vaters quoll. Jordan sah zu, wie das Firmenzeichen des Immobilienmaklers Zentimeter um Zentimeter hervorkam.

»Hey«, grüßte er.

Am anderen Ende räusperte Stephen sich. »Hallo.«

Jordan konnte sagen, dass er noch im Bett war und möglicherweise einen Kater hatte. »Hör mal. Ich fahre ein paar Tage weg. Meine Eltern haben früher immer dieses Häuschen in Florida gemietet, direkt vor Destin«, sagte er und fuhr eilig fort: »Vielleicht fahr ich ein paar Tage da raus. Um wieder einen klaren Kopf zu kriegen.«

»Okay. Viel Spaß.« Sarkasmus.

Jordan zog das Mietformular aus dem Faxgerät. Die untere Hälfte blieb in der Papierausgabe hängen und riss ab.

»Scheiße …«, schimpfte Jordan. »Ich möchte, dass du mitkommst.«

Stephen erwiderte gar nichts, was Jordan so aus der Fassung brachte, dass er noch mehr sagte. »Ich möchte nicht darüber reden …«, begann er. Er schnaubte, wütend auf sich selbst. »Ich habe gestern Nacht nicht geschlafen, Stephen.«

Die obere Hälfte des Mietformulars rollte sich jetzt auf Rogers Schreibtisch zusammen. »Gulf Sun Rentals« sagte Jordan die Dune Alley Lane 231 für zwei Tage zu, vom Abend des laufenden Tages an. Jordan betrachtete forschend den leicht verschwommenen Text und versuchte, sich über sein Motiv klar zu werden.

»Wann?«, fragte Stephen, die Stimme jetzt leiser, als wäre die Reise plötzlich ein Geheimnis.

»Heute Abend.«

»In Ordnung.«

»Okay. Prima.« Jordans Stimme war plötzlich geschäftsmäßig, korrekt. »Was ist mit acht Uhr? Es sind vier Stunden Fahrt und ...«

»Acht ist in Ordnung. Wie lange?«

»Vier Stunden.«

»Jordan, wie lange *bleiben* wir?«

»Ein paar Tage«, nuschelte er.

»Dann also bis acht«, sagte Stephen.

Jordan legte den Hörer auf, stemmte die Ellbogen auf den Schreibtisch, umfasste den Kopf mit den Händen und massierte die Knoten der Anspannung, die sich gerade in seinem Schädel gebildet hatten.

Stephen zog Boxershorts an und fand seine Mutter im zweiten Stock, wo sie auf dem Boden des Arbeitszimmers hockte. Ein Stapel zusammengefalteter Kartons lag aufgefächert wie ein Kartenspiel neben ihr auf dem Boden. Sie blätterte durch ein ledergebundenes Schreibheft.

»Ich fahre ein paar Tage weg«, sagte Stephen.

Sie nickte. Jeremys Schreibtisch, den sie seit neunzehn Jahren nicht angerührt hatte, war jetzt leer geräumt. Die Selectric-Schreibmaschine seines Vaters stand in einem Karton. Abgesehen von den Zitaten, die noch immer die Wände bedeckten, wirkte das Arbeitszimmer jetzt kahl.

»Was machst du?«, fragte Stephen.

»Wenn ich fertig bin, kannst du ihn haben«, antwortete Monica. Sie schloss das Schreibheft und warf Jeremys gesammelte Werke von Juni bis Dezember 1980 in den Karton.

»Was kann ich haben?«

»Das hier«, antwortete Monica und wies auf den Raum. Stephen bemerkte ein Glas auf der Fensterbank. Absolut mit Chambord Royal, der Lieblingsdrink seiner Mutter. Es war früh am Tag, selbst für ihre Verhältnisse. Er wollte einen Schluck. Monica bückte sich und ordnete das Durcheinander von Büchern in einem anderen Karton zu einem Stapel.

»Wir fahren zu Hurwitz Mintz und suchen neue Möbel aus. Wenn die Uni wieder anfängt, wird das hier ein gutes Arbeitszimmer für dich abgeben. Besser, als wenn du in deinem eigenen Zimmer lernst.« Sie sah ihn blinzelnd an, träge und nachdenklich. »Oder vielleicht Scandinavia, wenn du es gern moderner hättest.«

»Ich lerne in der Bibliothek«, machte Stephen sie aufmerksam.

Monica stand auf, ohne sich weiter zu rechtfertigen. Sie räumte jede Erinnerung an seinen Vater aus dem Haus, ohne mit dem Grund dafür herauszurücken. Er drehte sich an der Tür um und ging die Treppe hinunter. »Man sollte nie vor Mittag trinken, Mom!«, rief er über die Schulter zurück.

»Mit wem verreist du?«, fragte sie.

»Mit Jordan Charbonnet«, rief er die Treppe hinauf. »Elises Sohn!«

Stephen schlug die Tür seines Zimmers zu und holte einen Matchsack unter seinem Bett hervor. Er suchte ein paar T-Shirts und Shorts zusammen, während seine Mutter über seinem Kopf unter Getrampel und Gepolter die Überreste des Lebens seines Vaters in Kartons verpackte.

»Tut mir Leid, das mit dem Kaffee«, entschuldigte sich Stephen.

»Schon gut. Wie wär's mit heute Abend?«, fragte Meredith.

»Geht nicht.«

»Okay«, antwortete sie leicht verletzt.

Sie hatte aus dem Auto angerufen. Das blecherne Geplärr des Radios füllte die Stille. Trish hatte sie irgendwann geweckt und ihr aufgetragen, Umschreibeformulare an der Tulane-University abzugeben; entweder war es Trish nicht aufgefallen oder sie übersah es absichtlich, dass Meredith einen beträchtlichen Anteil ihrer neuen rezeptpflichtigen ›Diättabletten‹ requiriert hatte – Speed für den Stoffwechsel. Und natürlich erzählte Meredith ihrer Mutter auch nicht, dass sie außerdem jedes Buch über Psychopharmaka kaufen würde, dass sie im Buchladen von Tulane auftreiben konnte.

»Ich fahre ein paar Tage weg«, erklärte Stephen nüchtern.

»Wohin?«, fragte Meredith.

»Nach Florida.«

»Cool. Mit deiner Mom?«, fragte Meredith.

Als Stephen nicht sofort antwortete, spürte Meredith ein Aufwallen von Übelkeit im Magen. Sie verkrampfte die Hand um das Handy und ihr Fuß rutschte vom Gaspedal, so dass sie mit sinkendem Tacho die St. Charles Avenue entlangfuhr.

»Nein, es ist irgendwie komisch ...«

»Was ist komisch?«

»Kennst du Jordan Charbonnet? Brandons Bruder?«

Meredith fuhr über eine rote Ampel.

»Eigentlich nicht«, nuschelte sie, der Kopf leicht wie Luft.

»Stimmt irgendwas nicht?«, fragte Stephen.

Meredith klemmte das Handy zwischen Ohr und Schulter ein und richtete den Acura mit beiden Händen am Steuerrad wieder gerade aus. Gott sei Dank, die Cops waren nicht hinter ihr her.

»Ist der nicht ein ziemliches Arschloch?«, fragte sie.

»Das werde ich wohl herausfinden«, antwortete Stephen.

»Ich hab so was gehört.«

»Na ja, er ist Brandons Bruder«, gab Stephen zu.

»Macht ihr beiden miteinander rum oder so was?«

Stephen antwortete nicht. Meredith bog auf gut Glück in eine Seitenstraße ein, die sie hoffentlich zum Campus von Tulane führen würde. »Sorry. Das war ein bisschen dreist ...«, murmelte sie.

»M-hm«, stimmte Stephen zu, die Stimme ernst. »Ich ruf dich an, wenn ich zurück bin.«

»Ich geb dir mein Heft, wenn du es noch lesen möchtest.«

Sie hörte die Panik in ihrer Stimme und lenkte den Acura auf einen Parkplatz mit der Aufschrift: NUR FÜR FAKULTÄTSMITGLIEDER.

»In Ordnung, Meredith«, meinte er freundlich.

»Bye«, sagte sie und legte auf. Sie versetzte dem Steuerrad einen Fausthieb. Die Hupe ertönte und sie fuhr zusammen. Sie holte tief Luft, um den Ansturm der Panik zu besänftigen. Wider Erwarten traute Jordan sich also, sich an Stephen ranzumachen.

Angela, dachte sie, konzentriere dich auf Angela. Mehr kannst du nicht tun.

Um halb sieben beschloss Monica, zur Villa der Charbonnets zu gehen. Sie klingelte an der Tür. Keiner machte auf. Sie sah über die Schulter und entdeckte am Straßenrand Rogers Cadillac. Auf dem Rücksitz lag ein Koffer.

Die Haustür öffnete sich und Jordan Charbonnet stand vor ihr. Sie schaute auf den Wagen und dann wieder auf Jordan. »Ist deine Mutter zu Hause?«

»Nein«, antwortete Jordan.

»Wohin ist sie gegangen?«, fragte Monica, als erkundigte sie sich nach dem Verbleib eines des Mordes Verdächtigen.

»Wir haben keine Ahnung.«

Monica nickte. Sie schaute zu ihm auf, innerlich vibrierend vor Zorn. »Tust du Stephen weh, tu ich dir weh. Ist das angekommen?«

Jordan erwiderte nichts und Monica machte auf dem Absatz kehrt und schlenderte mit übertriebener Lässigkeit die Vordertreppe hinunter.

»Komm du zu mir«, sagte Jordan, als Stephen abnahm.

»Warum?«

»Deine Mom war gerade zu Besuch hier.« Er hörte, wie eine Tür zuschlug. Stephens Schweigen ließ erahnen, dass Monica gerade das Zimmer betreten hatte. »Okay«, sagte er und legte auf.

Um neunzehn Uhr fuhr Elise Charbonnet ihren Ford Explorer durch die Mautstelle auf der Südseite der Lake-Pontchartrain-Dammstraße. Auf dem Beifahrersitz lag eine gefaltete Karte, auf der sie die zwanzig Meilen zum Nordufer des Sees markiert hatte. Der Highway 190 würde sie nach Mandeville führen.

Der Revolver Kaliber .35 klapperte im Handschuhfach. Sie hatte zehn Meilen der Dammstraße hinter sich und den See erst zur Hälfte überquert, als dicke Regentropfen gegen die Windschutzscheibe schlugen.

7

Die Dune Alley zweihunderteinunddreissig lag versteckt hinter einer Kette windgepeitschter Sanddünen. Stephen, der auf der rückwärtigen Veranda stand, konnte den fernen Schein von Wohnhochhäusern erkennen, die der Biegung der Küste folgten. Das Haus befand sich an einem der wenigen leeren Uferstreifen. Die Nacht war windstill, und der Golf lag friedlich und schwarz da, mit einer Dünung, die schwach auf zuckrigen Sand plätscherte. Stephen verstand, warum die Leute den Ozean liebten: Weiter konnte man nicht kommen.

Er schloss kurz die Augen und roch zum ersten Mal seit Jahren Salz in der Luft. Das Geräusch, mit dem Jordan hinter ihm zwei Bierflaschen auf den Tisch stellte, schreckte ihn auf. Mit einem dankenden Nicken nahm er sich ein Corona. »Wie lange warst du nicht mehr hier?«

»Als wir hier das letzte Mal runterfuhren, war ich siebzehn.«

Jordan setzte sich auf eine der verwitterten Bänke hinter Stephen.

»Ist es so, wie du es in Erinnerung hast?«

»Nein«, antwortete Jordan, bevor er sein halbes Corona auf einmal leerte. »Aber das ist gut so. Ich kann mich nur an den Krach erinnern. Dass meine Eltern sich stritten, wie weit wir zum Essen fahren sollten. Brandon, der rumstänkerte und ständig auf sein Zimmer geschickt wurde.« Er stellte die Flasche hin und lehnte sich zurück, aus Stephens Blickfeld heraus. »Ich wollte immer mal allein zurückkommen.«

»Allein?«, fragte Stephen.

»Du weißt, was ich meine«, erwiderte Jordan gelassen. »Setz dich. Du machst mich nervös.«

»Setz du dich erst um.«

»Was?«

»Setz dich anders hin. Du sitzt mit dem Rücken zum Haus. Ich kann dich nicht sehen. Du bist nur ein Schatten.«

»Angst vor Schatten?«, neckte ihn Jordan.

Stephen schnaubte, noch immer, ohne sich umzudrehen. Tatsächlich hatte er Angst vor Leuten im Schatten: vor der schwarzen Silhouette Greg Darbys, der nach der Schnur des Lichtschalters griff, bevor er seinen Kopf voran an die Glocke rammte; der gesichtslosen Gestalt Jeff Haughs, die im Eingang von Madam Curies Voodoo-Shop aufragte und ihm erklärte, er habe den Job im Sanctuary nur angenommen, um vielleicht zufällig wieder mit Stephen zusammenzutreffen.

»Dann stehe ich eben«, sagte Jordan deutlich. Er überquerte die Veranda und stellte sich neben Stephen. Dieser war sich des Raums zwischen seiner linken Schulter und Jordans rechter schneidend bewusst.

»Möchtest du schwimmen gehen?«, fragte Jordan.

Stephen sah ihn an, finster und still.

»Was?«, fragte Jordan.

»Was treibst du hier eigentlich genau, Jordan?«

»Gefällt es dir hier nicht?«, fragte Jordan.

»Spiel nicht den Dummen«, sagte Stephen mit vorwurfsvoller Stimme. Jordan ließ sich seufzend gegen das Verandageländer sacken. Stephen setzte sich auf eine der Bänke und stellte das Bier zwischen seine nackten Füße.

»Du hättest ja nicht mitkommen müssen«, sagte Jordan.

»Dachtest du wirklich, ich würde nein sagen?«

»Ich bin kein Gedankenleser.«

»Du hast meine Frage nicht beantwortet«, sagte Stephen und sah ihn wütend an. »Ich habe nichts mehr zu erzählen.«

»Du hättest es mir ja nicht erzählen müssen«, schnauzte

Jordan ihn an und drehte sich um. Er hielt die Flasche vor sich wie eine Waffe. »Aber als du aus der Bar gingst, wusstest du, dass ich dir folgen würde. Und du wusstest, dass ich das Licht im Glockenturm bemerken würde. Du wolltest, dass ich dir folge.«

»Ich weiß nicht, wo dein Bruder ist«, sagte Stephen.

»Das ist mir egal!«, blaffte Jordan.

Stephens Augen wurden schmal. Jordans Zorn weckte irgendeine frische Kraft in ihm. »Möchtest du dein Bild zurück?«, fragte Stephen, die Stimme leise und schroff. Er stand von der Bank auf. Zur Antwort schnaubte Jordan ein halbes Lachen heraus, das er mit einem Schluck Bier hinunterzuschwemmen versuchte.

Stephen sprang die Stufen zum Strand hinunter. Dann blieb er stehen und schrie: »Komm mir nach!«, um Jordan herauszufordern, und tanzte dann über den weißen Sand dem Säuseln der Brandung entgegen.

Er hörte, wie Jordan ihm folgte. Jordan brummte, als seine Sneaker in den Sand einsanken, und rannte ihm dann keuchend nach.

»Bleib einfach stehen, okay?«, rief Jordan.

Sie hatten das letzte Haus der Strandzeile hinter sich gelassen und beide standen jetzt mehrere Meter voneinander entfernt im Dunkeln. Stephen sah ihn an und erwartete eine Antwort, die Jordan aus einem Teil seiner Selbst würde zusammensuchen müssen, den er selten berührte.

»Du bist eine Hexe«, erklärte Jordan schließlich.

»Eine *was?*«

»Ich wette, für dich ist es ganz einfach, dich immer nur für das Opfer zu halten. Ich wette, die Erinnerung lässt sich viel leichter ertragen, wenn du dir sagst, dass es einfach Hass war. Aber das ist es nicht. Es ist mehr.« Jordan schüttelte den Kopf.

Stephen hätte ihn am liebsten gewürgt, ihn im Jähzorn geschlagen, bis er still war. »Was war es denn dann?«, spie er hervor.

Jordan stotterte, dachte laut. »Warum hat er sich nicht einfach nur ein stilles Plätzchen gesucht und sich die Knarre an den Kopf gesetzt? Warum musste er sich erst die Mühe mit dir machen, Stephen? Hast du je darüber nachgedacht, was das bedeutete ...«

»Ich *weiß,* was es bedeutete!«, schrie Stephen. »Er wollte mich vernichten. Mich brechen. Dann merkte er, was er getan hatte, und brachte sich um. Greg Darby wollte in jener Nacht nicht sterben.« Alles in ihm sträubte sich vor Wut. »Wahrscheinlich hatte er die Knarre dabei, weil er sie auf mich richten wollte!«

»Nein«, sagte Jordan. Seine Stimme war ruhig und voll Autorität.

Stephens Mund öffnete sich, aber es kam nichts heraus. Jordan hob die Augen zu Stephen.

»Du hattest Macht über ihn. Du hast etwas anderes anklingen lassen ... Diese andere Welt außerhalb der Grenzen dessen, was er kannte ...«

»Das ist doch reine Kacke!«, knurrte Stephen. Er ging über den Sand davon. Jordan folgte ihm nicht, erhob aber die Stimme.

»Du hattest Macht über ihn! Deswegen hat er dich angerufen! Deswegen hat er dich gebeten, ihn zu begleiten. Deswegen wollte er, dass du da warst, als er sich das Leben nahm, weil er dir klar machen wollte, was du ihm angetan hattest!«

»Er hat mich vergewaltigt!«

»Ich weiß, aber *warum*? Warum hat er dich nicht einfach umgebracht?«

Stephen blieb stehen, vor dem schwarzen Wasser waren seine Augen zu nichts mehr nutze. In seinem Inneren vibrierte der Zorn wie ein Motor, der Brennstoff tankt.

»Du bist eine Hexe, Stephen. Du hast eine Macht über Menschen, die dir nicht einmal bewusst ist. Es ist ein Fluch.« Stephen kam jetzt auf ihn zu, aber Jordan sprach weiter. »Du hast Greg Darby umgebracht, ohne auch nur die Hand zu heben.«

Stephen rammte Jordan mit so viel Gewalt, dass er spürte, wie Jordans Körper auf dem Sand aufprallte und nachfederte. Bevor Jordan noch Zeit hatte, sich freizukämpfen, rollte Stephen ihn auf den Bauch und nagelte seine Handgelenke am Boden fest. Jordans Mund öffnete sich protestierend, und Stephen sah, wie ihm Sand in die Kehle rieselte. Er rammte ihm von hinten ein Knie zwischen die Schenkel und presste es ihm von unten in den Schritt. Mit der einen Hand drückte er Jordans Gesicht tiefer in den Sand. Jordan versuchte, den Nacken unter Stephens Griff zur Seite zu drehen. Mit der anderen Hand riss Stephen von hinten an Jordans Shorts und zog den elastischen Bund nach unten.

Während Stephen das gebrochene Weiß von Jordans Arsch erblickte, schrie Jordan in den Sand hinein, ein gedämpftes, würgendes Gebrüll, in dem so viel Panik und Entsetzen steckte, dass Stephen ihm vom Rücken rutschte.

»*War das Macht?*«, brüllte Stephen.

Jordan hob hustend den Kopf aus dem Sand. Er stützte beide Hände in den Sand und stemmte die Brust in einer plumpen Halb-Liegestütze vom Boden ab. Als er die Augen öffnete, sah Stephen, dass er weinte.

»*War das Macht?*«

Jordan setzte sich auf, die Knie an die Brust gezogen, und versuchte zu atmen. Stephen wich vor ihm zurück und sein Zorn wurde von Scham weggespült. »Wie willst du das wissen?«, geiferte Stephen mit seinem letzten Fetzen von Raserei. »Wie willst du das wissen?« Er versuchte, seinen Zorn erneut zu sammeln, um gegen die herandrängenden Tränen anzugehen.

Jordan erhob sich auf die Knie, während Stephen sich gegen die Düne gelehnt auf den Rücken fallen ließ. Er schaute zu, wie der Gott all dessen, was er selbst nicht war, sich aufrichtete und auf ihn zukam. Jordan ließ sich neben Stephen in den Sand sinken. Stephen drehte sich reflexhaft auf die Seite, als ahne er den ersten schnellen Stoß von Jordans Rache voraus. Jordan packte Stephen an der Schulter und zog ihn mühelos in die Rückenlage zurück.

»Weil du mir dasselbe angetan hast wie Greg Darby. Deswegen weiß ich es«, flüsterte Jordan. Er berührte Stephen am Kinn und drehte sein Gesicht zu sich. Stephen wartete auf den ersten Schlag.

Dann legte Jordan die andere Hand an Stephens Wange und umfasste sein Gesicht, wie um es genau zu betrachten.

Stephen hob die Hand, zeichnete mit den Fingern einen Pfad von Jordans Stirn zu seiner Oberlippe und dann über den Mund, wobei er Jordans Lippen kurze Zeit festhielt, bevor er der Kinnpartie nachfuhr. Stephen lächelte. »Du könntest mich vernichten, ohne es auch nur zu bemerken«, flüsterte er.

Dann erinnerte er sich an etwas, das er in jener Explosion des Hasses vor Wochen gestorben wähnte. Der Ausdruck, wenn das Gesicht plötzlich erschlafft, während der Körper die Kontrolle übernimmt. Die Augen verhangen, der Mund leicht geöffnet. Bevor Jordans Mund dem seinen begegnete, hätte Stephen es beinahe laut gesagt: das Flüstergesicht.

8

GREG DARBY STAND von Schatten umhüllt neben dem Tümpel, seine Gestalt vom sintflutartigen Regen umrissen.

Greg kam normalerweise mit dem Regen, so wie an jenem ersten Nachmittag in Camp Davis, als Brandon durchs Fenster des Speisesaals einen Blick auf ihn erhascht hatte. An jenem ersten Tag hatten alle Kadetten vor ihren leeren Essschalen sitzen müssen, weil fünfzehn von ihnen beim Regimentslauf umgekippt waren. Greg hatte nichts gesagt. Brandon hatte vom Fenster auf den Ausbilder geblickt, der mit einem so durchdringenden Blick zu Brandon zurückstarrte, dass dieser den Mann sofort im Besitz letzter Erkenntnis wähnte. Brandon kippte auf seiner Bank um und stürzte zu Boden. Seit vierundzwanzig Stunden hatten sie nichts zu essen bekommen.

Im Inneren von Nanine Charbonnets halbfertigem Gäste-Cottage schrie Troy seinen Vetter an. »Wo sind die verdammten Granaten? Du hast verdammt noch mal Granaten versprochen!« Der Vetter hatte das nur mit dem Versprechen von Kampfgewehren und Semtex wettmachen können. Ben und Rossi waren in der Nähe des Schießplatzes vom Regen überrascht worden. Brandon fragte sich, ob das Unwetter wohl ihre Chance auf Beute vermindern würde. Er war sich nicht sicher, ob Schlangen sich vor dem Regen davonschlängelten.

»Pestilenz ...«, flüsterte Greg ihm diesmal zu. Brandon nickte.

Die anderen wurden allmählich zum Problem. Troys Vetter hatte sich inzwischen als alles andere als zuverlässig erwiesen, und jetzt war da auch noch diese Scheiße, dass er sich anschließen wollte. Das Mal davor hatten sie keine Mühe gehabt, den Ku-Klux-Klan zu verscheuchen. Die Mississippi-Jungs in ihrem Pick-up ließen das ganze Gerede über »Einheit und Vereinigung« sein, als sie die vier Soldaten der Armee Gottes auf die Lichtung treten sahen, ihre zwölfkalibrigen Kampfgewehre im Anschlag.

»Pestilenz«, antwortete Brandon dem Regen. »Ich weiß, Greg, lass mir eine Pause. Das war der bestmögliche Anfang, oder?«

Greg war in einem Schauer von Regentropfen verschwunden.

Troy schlug die Tür zu, was die toten Mokassinschlangen, die an der Sperrholzwand an Nägeln hingen, zum Erbeben brachte. Ihre dicken, schwarzen Leiber baumelten von den mit Nägeln durchbohrten pfeilspitzenförmigen Köpfen herab. »Verdammt, wenn er nicht mein Vetter wäre!«, sagte Troy und ließ sich auf die Stufe sinken.

Jahre zuvor hatte Troys Vater Gefallen daran gefunden, auf Angelausflügen oral und anal mit seinem einzigen Sohn zu verkehren. Diese Praktik dauerte so lange an, bis Troy seinen Vater vom Heck stieß, Kopf voran in die Motorschraube. Troys Verhalten kam in seiner Heimatstadt Boutte nicht gut an, nachdem sein Vater dort vor kurzem zum Sheriff gewählt worden war. Seine Mutter konnte nicht beweisen, dass ihr Sohn ihren Mann getötet hatte. Eines Nachmittags bat sie ihre beiden Brüder, Troy beim Nachhausekommen in der Hauseinfahrt abzufangen. Er würde eine Weile woanders verbringen, erklärten die beiden ihm, als sie ihn hinten in ihren Lieferwagen luden. So kam Troy nach Camp Davids, eingequetscht zwischen zwei seiner Onkel, der eine Polizist, der andere Krabbenfischer.

Troy hatte Brandon und den anderen erzählt, dass es außerhalb von Boutte eine Schwulenbar namens Earl's gebe, eine unscheinbare Hütte am Straßenrand, die sich durch ein regenbogenfarbenes BUD-LIGHT-Bierschild im Vorderfenster zu erkennen gab. Sobald Troys Vetter seinen Arsch endlich hochkriegte, würde der zweite Schlag der Armee Gottes das Earl's treffen.

Troy war ihr Anführer, Brandon das Gehirn. Ben und Rossi waren die Fußsoldaten. Troy witzelte immer, die anderen beiden seien »für die Schlangen«. Aber letzthin witzelte Troy ein bisschen viel für Brandons Geschmack. Seit dem ersten Schlag hatte Troy nachgelassen und die Konzentration verloren. Brandon war verdrossen und ungeduldig; er brauchte einen Anschlag, damit sein Blut in Wallung geriet. Schlimmer noch, auch Greg tauchte jetzt immer seltener auf.

Rossi hatte den Spirituosenwagenfahrer erschossen und die Lieferung persönlich erledigt, was ihn zu »jemandem« machte. Troy hatte ihn schließlich wieder zur Ruhe gebracht, aber Brandon besaß nicht die Geduld für diese Art von Scheiße und sie alle wussten das.

»Er sagt, er hat einen neuen Kontakt unten in Venice. Arbeitet für Shell. Er sagt, er kommt an alles mögliche Zeugs ran, das man da zum Baggern braucht«, meinte Troy mehr zum Regen als zu Brandon gewandt.

»Das bringt alles nichts, wenn er nächstes Mal keine Zünder ranschafft, verdammt. Diese Scheiße hat uns mehr als einen Monat aufgehalten«, antwortete Brandon mit leiser Stimme.

»Zeitzünder sind besser als einfache Zünder«, fügte Troy hinzu, die Stimme gesenkt, weil er keinen Streit vom Zaun brechen wollte. Brandon wollte einfache Zünder. Es im Fernsehen zu sehen, mit beschissenem Empfang, war nicht der Sinn der Übung. Er wollte da sein, es selbst sehen.

Sie hörten in der Ferne den Knall einer Gefechtswaffe, bevor Rossi einen Schrei ausstieß, der über dem Geprassel des Regens hörbar war.

»Was denkst du gerade, Brandon?«, fragte Troy.

Brandon sah Troy von seinem Sitzplatz am Rand der Veranda aus an. »Schlangen um die Säulen des Tempels der Erlösung«, erklärte er.

Troy zwang sich zu einem Lächeln, das seinen angeschlagenen Vorderzahn zum Vorschein brachte. Troy hatte den Ausdruck bei einem Pastor in Boutte aufgeschnappt und sie hatten ihn sich als Wahlspruch ihrer Mission zu Eigen gemacht. Am Abend des Anschlags hatten sie sich zu viert vor dem Fernseher versammelt, die *Letterman-Show* mit abgestelltem Ton laufen lassen und ihren Wahlspruch immer wieder in leisem Singsang vor sich hin gesungen, bis das NEUESTE-NACHRICHT-Banner über den Bildschirm gezogen war. Beim Anblick des French Quarter in Flammen waren sie ehrfürchtig verstummt.

Brandon schaute zu den Schatten beim Tümpel zurück, wo Greg gestanden hatte. Er wusste nicht, wie er Troy hätte erzählen können, dass er an den Glockenturm dachte und an den Jungen, der die Pestilenz begonnen hatte.

Sie standen auf, als Ben und Rossi durch den Matsch aufs Gästehaus zugestapft kamen. Troy drehte sich um und ging hinein. Brandon zögerte und folgte ihm dann.

Um Bens Hals lagen zwei Wassermokassinschlangen. Der lange Körper einer schwarzen Mokassin hing von Rossis Schulter herab, während er den Kopf in der anderen Hand hielt.

»Das lässt sich mit einem Nagel in Ordnung bringen«, sagte Ben.

Regen spritzte durch die Löcher in der Decke. Brandon saß im Schneidersitz auf der untersten Stufe der halbfertigen Treppe direkt hinter der Haustür. Der Regen machte Troy nervös, und er marschierte auf dem Betonboden hin und her, eine Camel ohne Filter zwischen den Lippen.

»Was Neues?«, fragte Rossi, als er die Mokassin auf den Boden plumpsen ließ.

»Wenn's was Neues gibt, sag ich's dir schon«, schnauzte Troy.

Ben hielt eine der Wassermokassinschlangen hoch, damit Brandon sie sich anschauen konnte.

»Kleiner.«

»Das is' keine Mokassin«, erklärte Ben in gekränktem Tonfall.

»Große sehn an der Wand besser aus«, meinte Brandon.

»Scheiße, Brandon, wieso musste eigentlich so heikel sein?«

Rossi hatte den Hammer gefunden und versuchte, die Mokassin zusammenzuflicken. Das Werkzeug glitt ab und krachte auf den Betonboden. »Verdammt!«, brüllte Brandon.

Sie waren alle reizbar. »Haste schon den Lagerbestand kontrolliert?«, fragte Troy Rossi.

Rossis Augen ruhten auf Brandon, der sich umdrehte und zum Fenster zurückging. Troy klopfte Rossi aufs Kinn, um seine Aufmerksamkeit auf sich zu lenken.

»Was 'n zum Teufel, wozu soll ich jeden Tag den Lagerbestand kontrollieren?«, fragte Rossi ruhig.

»Das verdammte Ding is' unterirdisch. Da muss man nach Lecks suchen, Rissen. Die ganze Scheiße«, sagte Troy. Ein Regenspritzer durchweichte seine Camel. Er spuckte sie aus und zerrieb sie unter der Ferse.

Rossi legte die verstümmelte Mokassin auf den Betonboden, schlüpfte zur Tür hinaus und verschwand durch den Regen zum Werkzeugschuppen, den sie das »Lagerhaus« nannten. Früher hatte man darin die Geräte und Baustoffe aufbewahrt, die man zur Errichtung des Gäste-Cottages benötigte. Jetzt lagerten in den Regalen niedrigexplosive Sprengstoffe, die Troys Vetter gegen ein geringes Entgelt für sie gestohlen hatte.

Ben hatte seine beiden Wassermokassinschlangen auf dem Boden ausgestreckt und schliff sein Bowie-Messer. Das Reibegeräusch von Wetzstein und Messer würde Brandon garantiert aufbringen. »Ben. Hör auf!«, sagte Troy, während sein Blick zu Brandon hinüberwanderte, der langsam im Türrahmen auf und ab ging.

»Schon mal gesehn, wie 'ne Schlangenhaut aussieht, wenn du, also …«, begann Ben, der noch immer das Messer wetzte.

»Hör einfach auf!«, unterbrach ihn Troy.

Ben erbleichte und legte den Wetzstein auf den Boden. »Wie lange noch bis zum nächsten Schlag?«, fragte er ruhig.

Troy schüttelte den Kopf.

»Thibodaux«, sagte Brandon laut.

Beide Jungs waren insgeheim überrascht. Schon vor Monaten hatten sie sich darauf geeinigt, dass das Earl's in Boutte dem Sanctuary in New Orleans folgen würde.

»Brandon …«, meinte Troy müde.

»Thibodaux!«, schrie Brandon und kehrte ihnen dann den Rücken zu. »Da hat es begonnen«, flüsterte er.

In jener Dezembernacht, allein in seinem Schlafzimmer, hatte Brandon den Schatten Greg Darbys im Portikus des Glockenturms erblickt. Er hatte an seinem Schreibtisch gesessen und Stephen Conlins Bild mit einem Marker aus einem alten Foto gelöscht.

Stephen Conlin. Dessen Name nicht in der Liste der Todesopfer auftauchte, die man aus den Trümmern des Sanctuary geborgen hatte.

»*Was zum Teufel!*«

Brandon drehte sich um, aufgeschreckt vom plötzlich schrillen Ton in Troys Stimme. Über die gegenüberliegende Wand glitt ein sonderbares Licht, direkt über der Stelle, wo Ben saß, den Kadaver der Wassermokassin zu Füßen.

»Hurensohn!«, schrie Troy. Einen Moment später gerann das Licht zu den Zwillingsstrahlen eines Autoscheinwerfers.

»*Posten!*«, brüllte Brandon.

Rossi stürzte durch die Seitentür herein und keuchte: »Da ist jemand …«

»*Posten!*«, echote Troy, stieß beide Fäuste in Rossis Schulter und stieß ihn zu den Zwölfkalibern, die an der Wand lehnten. Die Scheinwerfer wurden größer, während Ben und Rossi aus der Seitentür stürmten. Troy eilte die Treppe zum Fenster im Obergeschoss hinauf. Brandon stützte den Gewehrkolben mit dem Oberschenkel ab und presste sich gegen die Fensterkante direkt hinter der Vordertür. Er spähte nach draußen und sah Ben und Rossi, die ihre Gewehre in die Dunkelheit zu beiden Seiten der Lichtung schleppten.

Sie hatten die Sache geübt, aber nicht bei Regen. Ihr Sichtfeld war eingeschränkt. Troy hatte was von Scheinwerfern gemurmelt, aber sie hatten keine Zeit gehabt. Der Eindringling würde in vollständiger Dunkelheit in die Lichtung einfahren. Ben und Rossi würden einen Warnschuss abgeben, um zu signalisieren, dass der herankommende Wagen ihnen unbekannt war. Danach würden sie eine Ladung Dynamit in der Mitte der Lichtung zünden.

Brandon rührte sich nicht, als die Scheinwerfer direkt durchs Fenster strahlten und auf der gegenüberliegenden Wand landeten. Der Wagen hatte die Kurve fünfzig Meter vor dem Eingang zur Lichtung hinter sich. Die einzigen Geräusche waren jetzt das Trommeln des Regens und das feuchte Rasseln seines eigenen Atems.

»Brandon!«

Die Stimme war leise und dünn, vom Regen gedämpft. Der Wagen hatte den Rand der Lichtung erreicht. Die Vorderräder waren an der Stelle eingesunken, wo der Kiesweg dem nackten Schlamm wich. Das Fahrzeug war groß, vermutlich ein Jeep.

»Brandon!«

Elise Charbonnet stieg aus dem Explorer und hielt sich zum Schutz vor dem Regen die gespreizte Hand vors Gesicht. Das Skelett des Gäste-Cottages wirkte durch den Regenschleier hindurch verlassen. Es war mit Unkraut und Ranken überwuchert. Es gab keinerlei Anzeichen von Leben. Elise zog die Pistole aus dem Regenmantel, von der Dunkelheit der Sumpflandschaft aus dem Gleichgewicht gebracht.

»*Brandon Charbonnet!*«, schrie Elise aus voller Lunge, da schlug ein Gewehrschuss hinter ihr ein. Sie wirbelte herum, zielte mit der .35 in die Dunkelheit der Kiefern und drückte ab. Der Rückschlag durchfuhr ihren Arm wie Feuer und warf sie rückwärts in den Schlamm.

Im oberen Fenster sah sie ein Mündungsfeuer aufblitzen. Das Zwölfkalibergeschoss schlug in die Schnauze des Explorers ein, riss die Haube auf und zerschmetterte beide Scheinwerfer.

Elise rollte sich auf den Wagen zu, der trotz des Beschusses die einzige Zufluchtsstätte zu sein schien. Noch ein Schuss, diesmal von der anderen Seite, der das Fenster auf der Beifahrerseite zerschmetterte und die Scherben spiralförmig nach außen schleuderte. Aus dem Gäste-Cottage war das Schreien von Männerstimmen zu hören. Elise konnte mit Mühe Worte verstehen: »*... Arschloch von Mutter, verdammt! Meine verdammte Mutter ...*«, dann hörte sie, wie die Ladung aus dem Gewehr ihres Sohnes durch das vergammelte Isoliermaterial des Hauses donnerte. In einem gelben Lichtblitz, der das Innere des Cottages einen Moment lang aufleuchten ließ, sah Elise den Tod des Jungen. Es war nicht ihr Sohn, wie sie erkannte, als das Geschoss den Jungen im Schritt traf und zusammenklappen ließ. Er flog hoch, bevor er donnernd auf den Boden stürzte.

Sie krallte sich im Schlamm unter der Schnauze des Explorers fest, als ein weiteres Zwölfkalibergeschoss den Vorderreifen der Fahrerseite zerriss. Gummibrocken versengten ihr das Gesicht, sie schrie auf und drückte den Abzug der .35er. Das Mündungsfeuer erleuchtete in einem kurzen Aufflackern Auspuff und Motor. Sie hielt den Abzug gedrückt und dachte idiotischerweise, ihre Waffe würde dann endlos unter dem Wagen hervorfeuern. Ein weiteres Geschoss fuhr aus der Mündung und ließ die Pistole nach oben schlagen, wo sie gegen etwas Metallenes krachte, das Elise nicht sehen konnte. Von den Bäumen jenseits der Straße hörte sie ein Geräusch, das wie eine brünstige Katze klang. Sie wusste, dass das nicht ihr Sohn war – sein Schreien kannte sie –, als das Opfer vor Schmerz heulte.

Elise brauchte einen Moment, bis ihr auffiel, dass sie die .35er nicht mehr in der Hand hielt. Sie tastete im Dunkeln nach der Waffe. Dann hörte sie es, über dem Trommeln des Regens kaum wahrnehmbar. Es war ein Geräusch aus einem Film, aus einem Trickfilm – ein spuckendes Zischen, hartnäckiger als der Regen. Blaue Funken beleuchteten einen zerlumpten jungen Mann, der sich an einem Kiefernstamm festhielt, während er das flackernde Ende einer Zündschnur in den Schlamm zu seinen Füßen fallen ließ.

Eilig kroch sie unter dem Explorer hervor, schnellte auf die Beine und schlug mit der Hand gegen die Fahrerseitentür, bevor sie den Griff fand. Hinter sich hörte sie einen Jungen würgen und fluchen. Sie glitt hinters Steuerrad.

Eine brennende Zündschnur bewegte sich über die Lichtung und ihr Licht spiegelte sich in den zerborstenen Metallkanten der Motorhaube.

Elise rammte den Rückwärtsgang rein. Der Wagen rollte im Leerlauf rückwärts. Sie umklammerte das Steuerrad mit beiden Händen.

»Jesus ...« Sie verdichtete ihre Panik in einem einzigen Wort: »Jesus, Jesus, Jesus ...«

Als das Dynamit hochging, rollte der Explorer schon rückwärts den Kiesweg hinunter, dabei immer schneller werdend. Die Motorhaube wurde abgerissen. Elise sah das zerknautschte Blech hochfliegen und ein Spinnwebmuster ins Fenster schlagen, bevor es wie eine von einem Windstoß gedrehte Fahne polternd über das Wagendach rollte.

Aufblickend sah Elise nichts als Rauch, wo die Ladung detoniert war. Und dann herrschte Stille.

Sie riss das Steuerrad zu einer scharfen Wendung herum, die den Explorer in die absolute Dunkelheit schwenken ließ. Kein Vorderlicht, dachte Elise. Keuchend zerrte sie am Steuerrad. Das Heck des Wagens rammte einen Baum. Elises Körper peitschte nach vorn, sie schlug mit der Stirn gegen das Steuerrad und prallte dann in ihren Sitz zurück. »Jesus«, sagte sie wieder.

Vor dem Wagen war jemand.

Sie beugte sich vor – die Sicht verschwommen – und erkannte eine zusammengekrümmt am Boden liegende Gestalt, hingestreckt von ihrem ersten blinden Schuss in den Wald. Sie drückte den Fuß aufs Gas.

Die Kiefer hielt sich einen Moment lang am Heck des Explorers fest und riss dann die rückwärtige Stoßstange los, wovon der Explorer wie mit der Schleuder geschossen vorschnellte. Der Körper knirschte unter den Reifen wie Steine. Eine halbe Minute lang fuhr Elise den Weg blindlings hinunter, ständig in der Erwartung, in die Bäume hineinzurasseln. Allmählich gab das Adrenalin ihre Gedanken frei, was ihr die Erinnerung an die Kurven erleichterte. Als sie das senfgelbe Licht der Texaco-Tankstelle durch die immer lichter stehenden Kiefern leuchten sah, entrang sich ein Schluchzer ihrer Brust.

Greg führte Brandon in den Wald, auf der Flucht vor dem Feuer. Brandon hörte das Spielen der Pep-Band und seine regennassen Kleider wurden zu schweißdurchtränkten Footballpolstern.

»Tief rein!«, befahl Greg.«

»Verdammt, das ist doch der pure Hohn, Darby!«, schrie Brandon den Regen an.

»Komm schon, Bran, mein Junge, in dir steckt mehr als das!«, rief Greg zurück.

Brandon hörte es nicht, als das Kerosin, das er ausgeschüttet und angezündet hatte, schließlich das Lagerhaus erfasste. Am Rande seines linken Auges leuchtete etwas auf, doch ansonsten waren da nur die Dunkelheit, der Regen und Greg Darbys Stimme, die ihn immer tiefer in den Sumpf nötigte.

Dem Texaco-Tankstellenwärter fiel angesichts der schlammverkrusteten Frau mittleren Alters der Telefonhörer aus der Hand.

»Telefon!«, keuchte Elise.

Er starrte sie stumm an, ohne die dünne, wütend aus dem Hörer dringende Frauenstimme zu beachten.

»Ich habe sie gefunden!«, keuchte Elise. Sie taumelte gegen das Süßigkeitengestell.

»Wen?«

»Die Armee Gottes«, flüsterte sie.

Das Süßigkeitengestell krachte über ihr zusammen und im selben Moment zerklirrte das Fenster hinter dem Kassierer, als das Gemisch aus Semtex und Dynamit drei Meilen weiter ein Loch in die Erde riss und Feuer und Kiefern zum Himmel schleuderte.

9

Dune Alley zweihunderteinunddreissig besaß ein einziges Telefon in der Küche. Es klingelte kurz nach Mitternacht.

Stephen beobachtete Jordan schweigend, als dieser erwachte und Stephens warmen Atem in seinem Nacken bemerkte. Er öffnete die Augen: Sein eigener nackter Körper war mit Stephens Gliedern verschlungen. Stephens Hand erwachte auf Jordans Brust zum Leben und seine Finger spreizten sich leicht. Beim dritten Klingelton des Telefons legte Stephen den Kopf schief wie ein Hund.

»Jordan ...«, flüsterte er.

Jordan löste sich von ihm und wälzte sich von der Bettkante. Stephen zog die Knie an die Brust und sah zu, wie Jordan in seiner Schönheit über den Teppich und den Linoleumboden der Küche stapfte. Das Läuten des Telefons endete abrupt. Nach einem Moment der Stille hörte Stephen, wie eine Schublade zugeschoben wurde. Jordan kehrte nicht zurück.

Stephen ging ins Badezimmer und schloss die Tür hinter sich. Er schaltete das Licht an und war erschreckt von seiner rötlichen Farbe im Spiegel. Es überraschte ihn, keine blauen Flecken oder Blut auf seinem nackten Körper zu sehen. Es hatte mit notwendiger Gewalt begonnen, einer Gewalt, die keine Vergewaltigung war, wie Stephen wusste, sondern eher der physische Beweis, dass diese Begegnung Jordan etwas abverlangte, nicht aber Stephen.

Er drehte sich um und betrachtete sich mit fast klinischer Distanz. Die Hitze am unteren Ende seines Rückgrats, wo Jordan sich in ihn gedrängt hatte, war noch zu spüren, schwand aber. Zu Beginn hatte es heftig gebrannt. Stephens Rücken hatte sich gekrümmt wie der einer Katze, und er hatte das Gesicht im Kissen vergraben, um den reflexhaften Protest zu dämpfen. Jordan hatte die Hände auf Stephens Schultern gelegt und Stephens Körper sich unter dem seinen entspannt, Wirbel um Wirbel.

Sie schienen mühelos zusammenzupassen. Er hatte gedacht, es würde schwieriger sein.

Stephen kam aus dem Badezimmer und sah, dass Jordan sich ein Bier aus dem Kühlschrank geholt und sich auf eines der Wohnzimmersofas geworfen hatte. Er schaute auf den Golf hinaus, wo das Himmelsgewölbe von Sternen gesprenkelt war. Er stellte sein Bier auf den Sofatisch, beugte sich vor und legte die Hände an die Schläfen; Stephen merkte, dass er den Tanz dieser Nacht in seinem Kopf verankerte.

»Jordan?«

Jordan schaute auf und erblickte Stephen, der sich in ein Betttuch gehüllt hatte. Jordan sah peinlich berührt an seiner eigenen Nacktheit herunter, und es gefiel Stephen, dass dieses eine Mal sein Gegenüber der Nacktere und Verwundbarere war. Keiner der beiden sagte etwas. Doch der Raum zwischen ihnen war voll von unausgesprochenen Fragen. Stephen trat zur Verandatür, mit einem unbestimmten Gefühl der Enttäuschung. »Wer hat angerufen?«, fragte er leise.

Jordan stand von der Couch auf und stapfte zu einem der Küchenschränke. Er nahm das Telefon herunter und stellte es auf die Schrankzeile zwischen Küche und Wohnzimmer wie eine Trophäe. Er hatte den Stecker aus der Wand gezogen und so ihre einzige Verbindung mit der Außenwelt abgeschnitten.

Als Stephen die Augen zu Jordan hob, spürte er, wie sein Gesicht weicher wurde. Er wird mich nicht bestrafen, dachte Stephen.

Stephen trat zu ihm und ließ das Laken von den Schultern fallen. Jordan senkte den Kopf, als Stephen beide Arme um seinen Rücken schlang. Jordan überließ sein Gewicht Stephen. »Ich bin müde«, flüsterte er.

Stephen nahm Jordan bei den Händen und führte ihn ins Schlafzimmer.

Er legte die Steppdecke aufs Bett und beide schlüpften darunter. Mehrere Minuten lang berührten sie sich nicht. Jordan lag auf dem Bauch, das Gesicht auf dem Kissen, und Stephen lag flach auf dem Rücken und zog die Decke ans Kinn. Dann fuhr Jordan den Rand von Stephens Nabel nach. Stephen ergriff seine Hand und drehte sich auf die Seite. Jordan kuschelte sich an Stephens Rücken und hielt die Hand um Stephens Bauch gelegt.

Als sie einschliefen, war Nanine Charbonnets Grundstück noch immer von herunterbrennenden Flammen übersät.

Der Cadillac raste die Interstate 10 durch ausgedehnte Flächen karibischer Kiefern. Jordan hatte Stephen schon gedroht, ihn rauszuschmeißen, sollte er den Sender noch ein einziges Mal wechseln. Stephen hatte das Radio auf automatische Suche gestellt, was den Wagen mit nervtötend kurzen Songschnipseln erfüllte. Mit halbem Ohr hörten sie auf einen Nachrichtenbericht über die bevorstehende Hurrikan-Saison. Einer der ersten Stürme der Saison hatte sich gerade vor der Küste Westafrikas gebildet, war aber noch nicht kräftig genug, um einen Namen zu verdienen. Jordan griff schließlich in das Fach in der Armlehne, holte eine Kassette mit Songs heraus, die Melanie in jenem längst vergangenen letzten Frühjahr für ihn zusammengestellt hatte, und steckte sie in den Kassettenrekorder. Als sie an Downtown New Orleans vorbeischossen, war es schon Nacht, und die Business 90 führte sie an der Pilzkuppel des Superdomes vorbei, bevor sie das Ausfahrtsschild für die St. Charles Avenue sahen. Keiner der beiden sagte etwas, als der Bishop-Polk-Glockenturm in Sicht kam.

Sie hielten vor der Villa der Charbonnets. Zwei Streifenwagen der Polizei von New Orleans parkten am Straßenrand. Ein bewaffneter Beamter stieg aus dem ersten Wagen und trat zum Cadillac. Jordan stieg aus. Stephen blieb auf dem Beifahrersitz und sah zu, wie der Polizist Jordan begrüßte. Er bemerkte, dass die Hand des Beamten auf seinem Koppel lag, nur Zentimeter vom Griff der Pistole entfernt. Während die beiden sich unterhielten, sah Stephen, dass der Beamte das Pistolenhalfter mit einer leisen, unauffälligen Bewegung der rechten Hand verschloss.

Stephen nahm seinen Mut zusammen, stieß die Tür mit dem Fuß auf und stieg aus dem Wagen. Er öffnete die hintere Beifahrertür und zog seinen Matchsack vom Rücksitz. Er versuchte, nicht auf das zu achten, was Jordan sagte.

»Destin, Florida. Ein paar Meilen hinter Fort Walton Beach«, erklärte Jordan.

»M-hm«, erwiderte der Polizist in gelangweiltem Tonfall. »Vorläufig wird hier jemand Wache halten. Ab übermorgen wird das ein Zivilfahrzeug sein.«

Stephen schloss die Wagentür und schlenkerte den Matchsack vor sich her. Jordans Gesichtsausdruck war undeutbar, doch er hielt Stephens Blick aufmerksam fest. Stephen schüttelte leicht den Kopf, wartete auf ein Signal von Jordan.

»Stephen, soll ich dich heimbringen, oder kannst …«

»Ich gehe zu Fuß«, antwortete Stephen leise. Jordan würde gegebenenfalls wissen, wo er zu finden war. Er drehte sich um und überquerte die Philip Street. An der Ecke blieb er stehen und warf einen Blick zurück auf die Charbonnet-Villa. Jordan und der Beamte waren immer noch da.

»Wann haben Sie zum letzten Mal mit Ihrem Bruder gesprochen?«, fragte der Beamte. Stephen bog um die Ecke und versuchte, mit jedem Schritt nach Hause gegen seine Angst anzugehen.

Der Beamte führte Jordan in die Küche, wo Roger am Tisch saß und sich an einem Glas Scotch pur festhielt. Der Polizist nickte und ging hinaus. Roger schaute nicht auf, als Jordan sich gegen den Tisch lümmelte und die Schlagzeile der *Times-Picayune* las:

Selbstmord-Explosion am Nordufer zerstört Hauptquatier der Armee Gottes

»Hast du das Telefon ausgestellt?«, fragte Roger mit dünner Stimme. Er trank einen Schluck Scotch. Jordan antwortete nicht. Er setzte sich Roger gegenüber und überflog die Zeitung. Die Zeile darunter lautete: DREI LEICHEN GEFUNDEN, VIERTES MITGLIED VERMISST. Brandons Gesicht, ein Foto vom Cannon-Wettkampf-Footballteam, füllte den Raum unter einem Foto von Nanine Charbonnets verkohltem Grundstück.

»Warum hast du das verdammte Telefon ausgestellt?« blaffte Roger ihn an. »Ich hab dich siebenmal angerufen, Jordan. Weißt du, dass sie heute Morgen die Highway-Patrouille hinter dir hergeschickt haben? Du musst sie um Minuten verfehlt haben.«

Jordan warf die Zeitung auf den Tisch zurück. »Wo ist Mom?«

Roger schüttelte den Kopf und trank noch einen Schluck Whisky.

»Wo ist Mom?«, wiederholte Jordan, diesmal mit Zorn in der Stimme.

»Oben«, antwortete Roger zu seinem Scotch gewandt.

Als Jordan die Tür zum Schlafzimmer aufschob und Licht auf Elise fiel, rührte sie sich nicht. Elise hatte sich in einen Kokon aus Decken gehüllt. Ihr Haar, normalerweise sorgfältig frisiert, war eindeutig nicht gewaschen worden, seit ein ATF-Hubschrauber sie vor drei Tagen über den Lake Pontchartrain gebracht hatte. Über ihre Stirn lief eine rote Schramme. Jordan hielt die Türkante in der Hand.

»Einundsiebzig Menschen sind gestorben, weil du nicht damit klarkamst, dass dein Sohn einen Stuhl geworfen hat«, sagte er.

»Raus«, antwortete Elise, die Augen zur Decke gerichtet.

Jordans Knöchel auf dem Türknauf wurden weiß. Seine Mutter lag bewegungslos da, so fern, wie sie seit seiner Rückkehr vom College immer gewesen war. »Ich habe getan, was ich tun musste«, sagte sie, die Stimme leise und entwaffnend ruhig. Sie sah ihn nicht an. »Ich bin hingegangen und habe getan, was ich ...«

»Er hätte Stephen töten können!«, schrie Jordan.

Er schlug die Schlafzimmertür hinter sich zu, ging nach unten, fegte an Roger vorbei und stürmte zur Haustür hinaus.

Elise setzte sich im Bett auf. »Stephen«, flüsterte sie, als sie Jordan die Treppe zum Haus hinunterpoltern hörte. Sie schloss wieder die Augen und ließ sich ins Kissen zurücksinken. Sie erinnerte sich an einen Sommertag, ihr nackter Rücken auf dem Holzboden, hoch über ihrem Kopf an der Wand ein gerahmtes Zitat, während die Klänge von Mahlers zweiter Symphonie die Töne ihres Begehrens übertönten. »Denn der Leidenschaft ist, wie dem Verbrechen, die gesicherte Ordnung und Wohlfahrt des Alltags nicht gemäß ...«

Meredith saß an Stephens Bett, als es an der Tür läutete. Stephen zuckte nicht zusammen. Monica war unten, wollte aber offensichtlich nicht aufmachen.

Seit den Schlagzeilen in der Zeitung war Meredith täglich zur Villa der Conlins gegangen, halb in der Erwartung, das Haus in Flammen vorzufinden und Brandon Charbonnet als teuflische, tanzende Gestalt auf dem Bürgersteig. Stephen war nicht da gewesen, was die alptraumhafte Vision nur umso quälender gemacht hatte. Früher am Nachmittag dieses Tages hatte Monica sie eingeladen, hereinzukommen und mit ihr zu »warten«. Sie hatten sehr wenig miteinander gesprochen. Monica hatte Meredith einen Drink angeboten, den diese abgelehnt hatte. Als Stephen die Haustür geöffnet und seinen Matchsack hochgenommen hatte, war er bei ihrem Anblick im Salon stehen geblieben. Meredith hatte Stephen aufmerksam ins Gesicht gesehen.

Bei Monicas Bericht über das Vorgefallene hatte er nicht geweint. Seine Knie hatten nicht nachgegeben. Sie hatten ihn nicht die Treppe hinauftragen müssen. Als Monica fertig war, sah Stephen sie einfach nur an, mit offenem Mund.

»Brandon hat Jeff umgebracht«, sagte er, als wäre das eine Tatsache, die er vergessen hatte.

Er hatte sich umgedreht und mit einem Arm die Konsole in der Diele umgeworfen, wobei eine Porzellanvase zerbrochen war. Dann war er die Treppe hochgestiegen und hatte die Tür seines Zimmers hinter sich zugemacht. »Setz dich zu ihm«, hatte Monica Meredith gedrängt.

Jetzt stand sie in der halb geöffneten Tür und lauschte einem gedämpften Wortwechsel im Erdgeschoss. Sie erkannte die Männerstimme und verstand Monicas wütendes »Bitte sehr!«. Meredith hörte Jordans Widerspruch, gefolgt vom Zuschlagen der Haustür. Jordan stieg die Treppe zu ihr hinauf.

»Was machst du denn hier?«, fragte sie.

Jordan schob sie sanft aus dem Weg und trat ins Schlafzimmer. Er ging um das Bett herum, legte sich darauf und griff nach Stephens ineinander geklammerten Händen.

Monica tauchte hinter Meredith in der Tür auf. Sie sahen zu, wie Jordan Stephens Hände auseinander hebelte, eine Hand an den Mund führte und sie sanft küsste. Stephen unterbrach die geschockte Stille mit keinem Geräusch.

»Ich habe eine Waffe«, sagte Monica. »Sollte Ihr Bruder

uns einen Besuch abstatten, werde ich sie benutzen.« Sie zog sich in ihr Schlafzimmer zurück.

Jordan hob endlich die Augen zur ruhig in der Tür stehenden Meredith.

»Hattet ihr Spaß auf der Reise?«, fragte sie in scharfem Flüsterton.

»Du kannst jetzt gehen«, antwortete Jordan.

»Du ekelst mich an«, sagte sie.

»Hat er versucht, mich umzubringen?«, fragte Stephen ruhig.

»Ich weiß es nicht«, brachte Jordan heraus. »Aber ... Lass mich eine Weile hier bleiben.« Jetzt war Meredith verwirrt. Sie schüttelte dumpf den Kopf.

»Meinst du, er wird mich verfolgen?«

Jordan sah ihn einfach nur an.

»Bleib hier«, sagte Stephen schließlich.

Meredith machte kehrt und stieg die Treppe hinunter.

10

Am ersten Sonntag im August veröffentlichte die *Times-Pica-yune* eine Titelgeschichte mit den Details der Untersuchungs-ergebnisse des Bureau of Alcohol, Tobacco and Firearms zu der Explosion, durch die das vermutliche Hauptquartier der Armee Gottes dem Erdboden gleichgemacht worden war. Die Ermittlungsbeamten des ATF informierten die Stadt New Or-leans, dass die Explosion durch absichtliches menschliches Handeln ausgelöst worden war, was die Theorie bestätigte, dass damit alle Hinweise hatten vernichtet werden sollen, die man sonst auf dem knapp hektargroßen Grundstück vielleicht hätte finden können. Wichtiger noch, die Explosion hatte da-zu gedient, das Entkommen eines Mitglieds der Gruppe zu vertuschen, dessen Leiche nicht in den Trümmern gefunden worden war – Brandon Charbonnet.

Alle drei Toten waren mit Jahrbuchfotos abgebildet, die den rechten Rand der Seite hinunterliefen. Unter den Fotos war ihr Strafregister abgedruckt. Anzeichen von »Schusswun-den vor der Verbrennung« an allen drei Leichen ließen auf ei-nen internen Kampf zwischen den »Soldaten« schließen.

Trish Ducote reichte Meredith den Artikel, nachdem sie ihn selbst gelesen und dabei festgestellt hatte, dass er über Brandon Charbonnet selbst sehr wenig aussagte, außer einem kurzen Statement der lokalen FBI-Behörde: Die Leser wurden beruhigt, dass alle Vollstreckungsbehörden nach dem Ver-dächtigen Ausschau hielten.

Später am Tag ging Trish in Merediths Zimmer, um ihr die Einschreibeformulare und die Informationsunterlagen von

Tulane zu geben, die mit der Post gekommen waren. Der Unterricht begann Ende des Monats. Meredith nahm den Papierstoß mit einer Hand entgegen, ohne von dem aufzuschauen, was Trish inzwischen ihr »verdammtes Heft« nannte.

»Was schreibst du da?«, fragte Trish.

»Das weiß ich noch nicht.«

Trish schluckte ihre Verärgerung hinunter und begann von neuem. »Meinst du nicht, dass du vielleicht mit der Polizei reden solltest, nachdem du ...«

»Sei nicht blöd, Mom«, entgegnete Meredith und schrieb weiter.

»Ich würde es zu schätzen wissen, wenn du eine etwas höflichere Ausdrucksweise verwenden würdest«, sagte Trish beim Gehen.

Meredith hatte die Zeitung auf der Küchenzeile liegen lassen. Trish überflog die Seite noch einmal und las dann einen kleineren Artikel ganz unten. Der Sturm, der sich vor einigen Tagen an der Küste Westafrikas gebildet hatte, war jetzt ein tropisches Tiefdruckgebiet, ohne Namen, aber entschieden auf dem Weg in die Karibik.

Sie dachte an die vier oder fünf Hurrikane, die in den letzten zehn Jahren auf New Orleans zugekommen waren, und an die sinnlose Panik, die sie ausgelöst hatten. Jeder einzelne war nach Osten abgebogen.

Am zweiten Montag im August kam Jordan schließlich zu Hause vorbei, um sich ein paar Kleider zu holen. Roger ging ihm zur Tür entgegen.

»Ich brauche ein paar Sachen«, sagte Jordan.

»Wo warst du?«

»Bei Stephen.«

»Du könntest Monica eventuell bitten, auf einen Besuch vorbeizukommen. Vielleicht kann sie mit Elise reden«, schlug Roger kühl vor. Oben sammelte Jordan das, was er brauchte, in einen Matchsack. Er kam am Schlafzimmer seiner Mutter vorbei, klopfte aber nicht an und redete nicht mit ihr.

»Mein Dad hat gefragt, ob Sie vielleicht meine Mom besuchen würden«, sagte Jordan, als er in die Villa der Conlins zurückkam und Monica antraf, die gerade die Hausbar im Salon auffüllte. Sie nickte und reihte die Flaschen mit Bombay und Glenlivit im obersten Schrankfach ein. Jordan wusste, dass sie nicht gehen würde.

»Wie läuft's mit dem Zeug da oben?«, fragte er mit gezwungener Höflichkeit.

»Was für Zeug?«

»Das Zimmer im dritten Stock. Ich habe die Kartons und so gesehen ...«

»Bestens«, antwortete Monica knapp.

»Ich muss nicht unbedingt hier bleiben, wenn Sie das nicht wollen«, platzte Jordan heraus. Monica hielt inne und wandte sich ihm von der Hausbar zu. Sie betrachtete ihn gründlich und scharf, wach und scheinbar nüchtern.

»Es reicht, wenn Sie nicht vergessen, was ich Ihnen gesagt habe.«

Jordan nickte und stieg die Treppe zu Stephen hinauf.

Der Tropensturm Brandy war hundert Meilen vor Kuba an jenem Tag, als eine Krankenschwester in Bayou Terrace sah, wie Andrew Darby seine Frau schlug. Obgleich sie erst seit drei Wochen zur Belegschaft von Bayou Terrace gehörte, hatte die Schwester angesichts der Umstände im Zusammenhang mit der sonderbaren Internierung im Bordeaux-Flügel schon Misstrauen geschöpft. Einen weiteren Anreiz brauchte sie nicht, um die Leute von der Sicherheitsabteilung zu rufen. Der Anblick, wie Andrews Faust gegen Angelas Kiefer prallte, genügte.

Ein Wachmann beförderte ihn aus dem Raum, während Angela Darby die Frage stammelte, die ihren Mann provoziert hatte: »Wo ist Greg?«

Zwei Wachleute zerrten Andrew Darby den Korridor entlang. Als sie an Dr. Hornes Büro vorbeikamen, rief Andrew den Namen seines Schwagers. Auf der anderen Seite der Tür tat Ernest so, als sei er in ein Krankenblatt vertieft. Angela hatte seit Ende Juli getanzt und er hatte ihren Mann nicht darüber informiert.

Andrew Darby schäumte, als die Wachleute ihn schließlich bis zur Haupttür geschafft hatten. In seiner Wut machte er den Fehler, den schwarzen Wachmann Nigger zu nennen. Der Wachman holte nach ihm aus, einen Schlagstock in der Hand, doch Andrew schoss zu seinem Wagen und scherte aus dem Parkplatz aus.

Zu Hause schenkte Andrew sich seinen ersten Drink seit fünf Jahren ein.

Seit der Nacht seiner Rückkehr von der Golfküste hatte Meredith nicht mehr mit Stephen geredet. Als sie anrief, nahm Jordan ab. »Nimmst du jetzt schon seine Anrufe entgegen?«, fragte Meredith.

»Möchtest du mit ihm reden?«, entgegnete Jordan.

»Ja.«

»Bleib dran.«

Stephen war am Apparat. »Meredith?«

»Wie geht es dir?«

»Okay.« Er klang frostig und distanziert.

»Was ist mit dir und Jordan los?«, fragte sie.

»Er bleibt hier. Er will nicht heim, seit ... Er hatte einen Streit mit seinen Eltern.«

Es folgte ein bleiernes Schweigen. »Seid ihr beide ...?«, fragte sie. Stephen antwortete nicht, und sie spürte, wie sie vor Verlegenheit rot wurde.

»Ich möchte nicht zu persönlich werden. Ich finde es nur irgendwie komisch«, sagte Meredith rasch, verärgert von ihrer eigenen Zögerlichkeit.

»Du hast Recht, es ist komisch«, antwortete Stephen trocken.

»Ich möchte mich demnächst mit dir treffen, okay?«

»Kannst du herkommen?«

»Ich muss mich heute an der Uni einschreiben«, antwortete Meredith. Plötzlich fühlte sie sich der Aufgabe nicht gewachsen, Stephen von ihren Begegnungen mit Jordan zu berichten – und hatte gleichzeitig nicht die Willenskraft, das Thema zu vermeiden. Sie bezweifelte, dass Jordan in dieser Hinsicht offener gewesen war.

»Uni. Scheiße«, sagte Stephen.

»Ja. Bald gehen wir wieder in dieselbe Schule«, antwortete sie, halb überrascht von dieser Feststellung.

»Stimmt. Bald … bald gehen wir wieder in dieselbe Schule.«

Meredith hörte die Anspannung in seiner Stimme. Eine einfache Feststellung hatte sie beide aus der Bahn geworfen.

»Ich lass dich jetzt«, sagte sie mit belegter Stimme.

»Bye-bye«, antwortete Stephen. Bye-Bye wie ein Junge. Nicht good-bye wie ein Junge, der versucht, ein Mann zu sein.

»Ich liebe dich«, sagte sie und legte auf.

An diesem Abend wurde der tropische Sturm Brandy zu einem Hurrikan aufgewertet, der nun mit Windstößen von bis zu hundert Meilen pro Stunde auf die Südostküste Kubas eindrosch.

TEIL VIER
ANTWORT DES HIMMELS

»Und ich sah etwas, das einem gläsernen Meer glich und mit Feuer durchsetzt war. Und die Sieger über das Tier, über sein Standbild und über die Zahl seines Namens standen auf dem gläsernen Meer und trugen die Harfen Gottes.«

Offenbarung 15,2

I

Der Schlamm war in Bewegung.

Warner Doutrie beobachtete es von der Veranda seiner Hütte aus. Er hatte sie zusammen mit seinem Freund Earl gebaut, der in Vietnam mit ihm in einer Einheit gewesen war, dieselben Jungs in die Luft hatte fliegen sehen und sich wie er bis zur Hüfte eingesunken durch Reisfelder geschlagen hatte, Götter anrufend, an die sie nicht glaubten.

Warner und Earl hatten den Wunsch geteilt, weit weg von allem am Ende schlaglochübersäter Straßen zu wohnen, fern der Zivilisation. Sie stammten beide aus Louisiana, aus Lafourche Parish im Süden von New Orleans, und waren zufällig demselben Zug zugeordnet worden. Nach dem Krieg hatten sie gemeinsam die Hütte errichtet. Earl war zwei Jahre zuvor gestorben, und bis zu dem Tag, an dem der sonderbare halb nackte Junge aus dem Sumpf getaumelt kam, hatte Warner allein gelebt.

»Junge, komm ma her, guck ma!«, rief Warner, als der Schlamm erbebte.

Warner nannte Brandon »der Junge«, weil Brandon in dem Monat ihres Zusammenlebens kein Wort gesagt hatte. Warner redete, nahm seine rostig knarrenden Stimmbänder wieder in Gebrauch, und Brandon hörte zu. Warner hatte ihn gewaschen, gefüttert und seine Ankunft gepriesen, als wäre er ein Wechselbalg aus dem Sumpf, eigens zu seiner Gesellschaft gekommen.

Der Schlamm bewegte sich in Windungen, die von den Ufern des Meeresarms ausgingen.

Als Brandon auf die Veranda trat, tauchte ein Gedränge

roter Scheren aus dem Wasser, massenhaft Flusskrebse, die in trägen Fluten von Weichem und Gepanzertem aufstiegen.

»Guck dir das ma an!«, johlte Warner.

Brandon ließ sich gegen einen Pfosten sacken und schaute zu. Seit der Nacht, als er vor dem Feuer davongelaufen war, war Greg ihm nicht erschienen. Aber dies hier war mit Gewissheit ein Zeichen. Die Krebse auf Wanderschaft aus dem Wasser heraus, ein Strom, der sich teilte und um die Hütte herumfloss. Ziehe hinweg von diesem Ort.

»Huu je, 's muss was mit 'm Wetter sein, das sag ich dir«, pfiff Warner durch die Zähne.

Ja, dachte Brandon, das Wetter. Jetzt spricht er durch den Himmel zu mir. Dies hier war ein notwendiges Exil, aber bald wird der Himmel eine Antwort senden.

Nach dem Feuer hatte Brandon mehrere Tage lang das Sumpfgebiet entlang des Nordufers durchwandert. Als er Warner Doutries Hütte erreichte, hatte er nichts als eine Nutria gegessen und nur in zwei Nächten unruhig geschlafen. Um die Dämonen zu vertreiben, sprach er laut den Vers vor sich hin, nach dem er lebte.

Er war bereit gewesen, den alten Mann zu töten, der vom Steg aus fischte, doch Warner Doutrie hatte ihn mit dem offenen Blick des Ausgestoßenen begrüßt. Dann war Brandon in Ohnmacht gefallen, und als er aufwachte, hatte Warner ihn schon mit Sumpfwasser gewaschen und auf den Boden der Hütte gelegt.

Warners unaufhörliches Gerede belebte Brandons Kraft. Warner hatte von Kriegen gesprochen, doch Brandon teilte seine eigenen soldatischen Erfahrungen nicht mit Warner. Tagsüber wanderte er im Sumpf herum und hielt nach Greg Ausschau. Wenn er den würzigen Duft von Warners brutzelndem Wels einatmete, machte er sich auf den Rückweg zur Hütte, wo der alte Mann schon einen Teller für ihn bereit hatte.

Ziehe hinweg von diesem Ort.

»Die Pestilenz brach aus in Thibodaux«, wiederholte Brandon rasch hintereinander, wie einen Zungenbrecher für Kinder. Er ging über die Veranda. Zum ersten Mal, seit er aus dem Sumpf gekommen war, schien Warner Angst vor ihm zu haben. Brandon ließ sich neben ihm auf der Veranda nieder. Er trug kein Hemd und Warner sah eine Unzahl von Kratzern auf seinen Schultern, Zeichen vom Gestrüpp. Brandon ballte eine Hand zur Faust und streckte sie aus, wie um einen Schmetterling freizulassen.

Warner starrte ihn an, ballte dann seine eigene Faust und berührte damit Brandons, als unterhielten sie sich in Zeichensprache.

»Die Welt«, sagte Brandon. Seine dunklen Augen glühten vor Ehrfurcht. »Gott und der Teufel. Gott ... das eine. Der Teufel ... viele, Legion.«

Warner nickte verwirrt. Was hatte das mit den Krebsen zu tun?

»Der Teufel ist überall verstreut. Wie Pfeffer. Als hätte Gott, schau, Gott hat einfach seine großen, riesigen Hände genommen und den Teufel auf die Erde runtergeworfen, wo er sich dann überall verteilt hat. Er sitzt in den Ritzen und Winkeln. Er ist in den Menschen!«

Warner nickte nachdrücklich. Er war vielen Menschen begegnet, die ihm wie der Teufel vorgekommen waren.

»Er wartet auch ab. Er kann massenhaft verschiedene Leute in seine Gewalt bringen, aber verstehst du ... er ist nie nur das eine. Du musst ihn mit Stumpf und Stiel ausrotten ...«

Er zwickte die Knöchel seiner Faust mit den Fingern der andern Hand und knirschte dabei mit den Zähnen, um die Anstrengung zu mimen, mit der er den Teufel mit Stumpf und Stiel ausrottete. Plötzlich erschlaffte er und schnappte nach Atem, erschöpft von der Offenbarung reiner Wahrheit.

Brandon blickte auf die Flut der Gliedertiere, die unter den Planken der Veranda vorbeizogen. »Wie viele Menschen sind durch ihre Lüste und Begierden verloren gegangen, nur durch die Pestilenz?«, fragte er mit leiser, ausdrucksloser Stimme.

Warner sah Brandon ehrfürchtig an. »Pestilenz«, stimmte er zu.

Brandon sah noch immer das Blutrinnsal vor sich, das vor fünf Jahren aus Gregs Nase geflossen war. Nachdem er ihm einen harten Schlag versetzt hatte, worauf Greg seinerseits ausgeholt, Brandon aber die Beine hochgenommen und Greg mit Tritten bearbeitet hatte, bis der sich krümmte und aus der Tür von Brandons Cadillac wand. Er hatte Greg in die Pestilenz gezwungen, die ihn erwartete.

»Stevie«, flüsterte Brandon.

Stephen, Hüter des Glockenturms. Der den Portikus mit seiner Pestilenz erfüllt, Greg Darby in einem Moment der Schwäche hineingelockt hatte.

»Wer?«, fragte Warner.

Brandon sah ihn an. »Ich muss bald hier weg«, sagte er knapp.

Warner nickte, enttäuscht, dass der Junge so bald aufbrechen würde. Brandon stand auf und ging in die Hütte. Warner konnte ihn vor sich hin murmeln hören, von seinen Gedanken in Bann geschlagen.

Der alte Mann betrachtete die Krebse. An diesem Morgen wanderten die Krebse über das südliche Louisiana, Hunde bissen und schnappten nach ihren Ketten, Vögel erhoben sich in sonderbaren Formationen in die Luft. Der Luftdruck fiel. Der Himmel zog sich zusammen.

2

ROGER HATTE ELISE aufs Wohnzimmersofa geholfen und ihr eine Decke über die Schultern gelegt. Sie hockte vor dem Fernseher und schaute *The Young and the Restless*: *Schatten der Leidenschaft*, während ihr Mann ihrer beider Kleidung in drei Koffer packte.

Sie starrte mit leerem Blick auf den Bildschirm, als Jordan hereinkam. Am unteren Rand lief ein Streifen über den Bildschirm: »HURRIKAN BRANDY IST IN DIREKTER RICHTUNG AUF DAS SÜDÖSTLICHE LOUISIANA UNTERWEGS. BÜRGERMEISTER MORRISON BITTET ALLE EINWOHNER VON NEW ORLEANS, DIE STADT ZU VERLASSEN ODER SCHUTZ ZU SUCHEN.«

Oben traf Jordan Roger an, der neben einem Stapel Koffer auf dem Boden hockte. »Kannst du die Fensterläden für mich zumachen?«, fragte Roger seinen Sohn, während er die Kleider in den Koffer packte.

»Ich bleibe«, kündigte Jordan an.

Roger schüttelte den Kopf, aufgebracht, aber nicht überrascht. »Hast du eine Ahnung, was hier los ist, wenn das Ding die Flussmündung erwischt?«

»Ich möchte hier sein.« Jordan lächelte.

Roger schnaubte. »Kannst du dann bitte die Fensterläden zumachen? Dafür sorgen, dass alle festgehakt sind? Ich werde alle Fenster mit Klebeband abdichten. Und die Wohnzimmermöbel in die Küche stellen. Für alle Fälle.«

Jordan nickte.

»Und verabschiede dich von deiner Mutter.«

Jordan ging hinunter, drückte sich hinter der Couch herum und wartete darauf, dass Elise seine Anwesenheit spürte. Im Fernsehen hatte *Schatten der Leidenschaft* dem Bürgermeister Platz gemacht, der sich an eine Reporterschar wandte.

»Wir benutzen jedes nur denkbare statisch sichere Gebäude als Sturmschutz. Den Medien wurde eine Liste dieser Orte ausgehändigt, darunter der Superdome. Wir bitten jeden, der New Orleans verlassen kann, dies unverzüglich zu tun, während alle, denen ein Verlassen der Stadt nicht möglich ist, sich zu diesen Schutzgebäuden begeben sollten …«

Elise drehte sich mit gequälter Langsamkeit zu ihm um.

»Ich bleibe hier«, sagte Jordan.

»Auf das hier hast du doch gewartet, oder?«, fragte sie.

Im Wohnzimmer schleifte Jordan Möbelstücke von den Fenstern weg. Durch die Fensterscheiben sah er, wie die Philip Street in unheimlicher Stille dalag, zwischen den Eichenästen noch immer gewöhnliches Blau. Nicht ein einziges Auto parkte auf der Straße.

Die Nachrichtensender hatten den ganzen Tag lang verkündet, dies sei nur die Ruhe vor dem Sturm. Am Vorabend war Stephen und Jordan aufgefallen, dass Brandys dicht bevorstehendes Hereinbrechen den Reportern einen Energieschub versetzt hatte und sie sich verhielten, als wäre es die Nacht vor dem Superbowl. Am Morgen aber, als die Interstate 10 bis nach Baton Rouge hinaus verstopft war, waren die Reporter und Nachrichtensprecher düsterer geworden, und in ihren bedrückten Augen sah man den Gedanken, dass der Sturm vielleicht auch ihr eigenes Haus verwüsten würde.

Seine Mutter hatte zur Hälfte Recht. Um nichts in der Welt würde er das verpassen wollen.

Drei Tage vor der offiziellen Warnung hatte Meredith einen Generator gekauft und sich drei Stunden lang im Schweggman's Supermarkt angestellt, um genug Wasser und Konserven für eine Woche zu besorgen. Trish Ducote hatte allen einschließlich Meredith eilig versichert, dass Brandy die Stadt nicht treffen würde. Ein Jahr zuvor habe Hurrikan Georges New Orleans einen ähnlichen Schrecken eingejagt und für massenhaft sinnlose Panik gesorgt, sagte sie.

Meredith hatte sie nicht beachtet. Sie hatte ihre Vorräte im Gästehaus hinter dem Swimmingpool verstaut, das scherzhaft »Futterkrippe« genannt wurde. Bei Partys hatte Meredith ihre Mutter oft sagen hören: »Wenn im Hotel kein Platz mehr ist, bleibt ihr einfach in der Futterkrippe!«

Im Obergeschoss des Gästehauses klebte Meredith mit Isolierband ein X über die Fensterscheiben. Sie hoffte, dass das Band das Glas zusammenhalten würde, falls der Sturm die Fenster zertrümmerte. Angesichts der Aussicht auf den Sturm inzwischen ernüchtert, erblickte Trish die gekreuzten Streifen, als sie durch den Garten ging. »Du solltest verdammt noch mal besser mit mir ins Auto steigen«, rief sie die Treppe hinauf.

»Nein«, sagte Meredith einfach. Sie wechselte die Bettwäsche des französischen Betts.

»Das ist ein Hurrikan, Meredith!«, schrie Trish. »Hier draußen ist es nicht sicherer als im Haus.«

»Wenn es schlimm wird, gehe ich zu Tante Judy«, antwortete Meredith, warf eine Decke aufs Bett und zog die Ecken gerade.

»Judy ist schon weg. Sie sind heute Morgen nach Mississippi aufgebrochen.«

»Fahr einfach, Mutter«, sagte Meredith. Trish begann laut zu weinen. Meredith rollte die Augen, stieg die Treppe zu ihr hinunter und schlang ihrer Mutter einen Arm um die Schultern.

»Mom, du brauchst jemanden, der hier bleibt. Ich weiß, wie sehr du Überschwemmungen hasst, darum …«

»Also wirklich!«

»Wenn du ein Schloss vor die Hausbar hängst, fühlst du dich dann besser?«

Trish schüttelte Merediths Arm von der Schulter. »Du bist alt genug, um zu wissen, wann du eine Dummheit begehst, und ich bin inzwischen zu alt, um dich daran zu hindern«, erklärte sie und ging wieder in den Garten hinaus.

»Vielleicht sollten wir einfach die Badewannen mit Gin füllen«, schlug Stephen vor.

Jordan lachte auf der Vorderveranda, wo er die Fensterläden schloss. Monica trat aus der Küche.

»Möchtest du was trinken, Mom?«, fragte Stephen, während hinter ihm die Fensterläden klappernd zuschlugen.

»Ja, danke«, antwortete Monica. »Hast du die Badewanne in deinem Badezimmer gefüllt?«

»Ja. Was möchtest du trinken?«

»Was Alkoholisches«, sagte Monica in einem Tonfall, der Stephen klar machte, dass er das eigentlich inzwischen wissen sollte. Sie blickte aus dem Wohnzimmerfenster, wo Jordan die Läden aus den Haken links und rechts löste, und pochte mit den Knöcheln gegen die Scheibe.

»Die Haustür nicht!«, rief sie.

Jordan wirkte verblüfft, nickte aber, bevor er die Läden zwischen ihnen zumachte.

»Er ist doch kein Butler, Mom«, murmelte Stephen, während er einen winzigen Schuss Gin in Monicas Tonicglas gab. Jordans Schritte hallten auf der Vorderveranda wider, als er seitlich am Haus entlangging. Die Küchenfenster würde er mit Spanplatten vernageln.

»Wir sollten miteinander reden«, sagte Stephen.

»Nein, sollten wir nicht«, erwiderte Monica fest und nahm ihren Drink entgegen. »Falls du mich brauchst, ich bin im zweiten Stock …«

»Mom, was ist denn mit dem zweiten Stock *los?* Meinst du nicht, dass Dads Büro warten kann?«

»Nein. Heute Nacht schmeiß ich alles weg, was da drin

ist«, sagte Monica. »Wenn das Wasser draußen hoch genug steht.«

»Das ist irgendwie komisch«, bemerkte Stephen.

»Ja, alles ist ziemlich komisch.« Sie warf einen Blick auf Jordan hinter den Vorderfenstern und stieg die Treppe hinauf, mit der Last des Wissens, dass Jordan Stephen glücklich machte. Durch diese Tatsache wurde die Aufgabe, Jeremys Büro leer zu räumen, zu etwas absolut Entscheidendem.

Warner Doutries zerbeulter 1978er Ford Pick-up schlüpfte an der Highway-Polizei vorbei, bevor die Straßensperren auf der Nordseite der Lake-Pontchartrain-Dammstraße errichtet waren. Die einundzwanzig Meilen seichtes, stürmisches Wasser überspannende Dammstraße war als Evakuierungsroute geschlossen worden. Sie hatten die tote Mitte erreicht, wo der Horizont des sich verdunkelnden Himmels in keiner Richtung Land erkennen ließ. Vor ihnen war die Dammstraße ein einsamer Asphaltstreifen, der ins Nirgendwo zu führen schien. Der Junge hatte um eine von Warners Schrotflinten gebeten und Warner hatte eingewilligt. Für einen Soldaten der Wahrheit konnte er eine Flinte entbehren. Er hatte dem Jungen auch ein weißes T-Shirt gegeben. Es war um die Achselhöhle eingerissen und ein Stück Brust guckte durch den weißen Baumwollstoff.

Brandon wühlte in dem Durcheinander von Werkzeug hinter dem Sitz herum, was Warner nervös machte. Brandon holte eine Rolle mit Angeldraht heraus.

»Die brauche ich.« Mit diesen Worten legte Brandon sich die Rolle auf den Schoß.

Warner fasste die Rolle und dann Brandon ins Auge.

»Das is gutes Zeugs. Da kannste 'nen Zwanzigpfundwels mit halt'n.«

»Die brauch ich«, wiederholte Brandon.

Warner sagte gar nichts. Er hatte dem Jungen eine Schrotflinte gegeben. Warum brauchte der Junge seine stärkste Angelleine? »Willste angeln?«, fragte Warner mit einem dümmlichen Grinsen um die Lippen.

»Die brauch ich«, wiederholte Brandon, diesmal mit leiserer Stimme.

»Komm schon, Junge, du kannst nicht meine bes...«

Der erste Schlag schleuderte Warners Kopf gegen das Lenkrad und ließ die Hupe aufjaulen. Er schmeckte Blut auf der Zunge. Der zweite Schlag traf Warners Schulterblätter und schleuderte seinen Kopf hoch. Er spie einen Blutstrom übers Armaturenbrett.

»Die brauch ich, verdammt«, heulte Brandon auf.

Beim dritten Schlag sackte Warner zurück. Das Steuerrad drehte aus seiner Hand heraus und die linke Seite des Trucks pflügte gegen die Betonleitplanke, wo der linke Scheinwerfer zerbrach. Brandon sah die Leitplanke am Beifahrersitz vorbeizischen.

Über Warners Kinn rann Blut.

»Verdammt!«, fluchte Brandon. Der Truck verlangsamte seine Fahrt beim Kuss mit der Leitplanke und kam schließlich zum Stehen. Das Heck schwang um fünfundvierzig Grad herum, als die Schnauze an der Planke zerknautscht wurde.

»Junge ... Junge«, stöhnte Warner.

»Shit! Fuck!« Mit einem einzigen Ausholen des Arms schmetterte Brandon die Rolle Angeldraht in Warners Gesicht und brach ihm den Nasenrücken. Warners letzte zwei Atemzüge waren dünne Pfeiflaute, während er zusah, wie Brandon die Beifahrertür mit dem Fuß auftrat. Die Tür traf die Planke mit einem dumpfen Schlag. Warner beobachtete, wie Brandon sich aus dem Truck herausquetschte und auf den Asphalt sprang. Während Warner starb, marschierte Brandon die einsame Dammstraße entlang auf den sich schwärzenden Horizont zu, die Rolle Angeldraht in der Hand.

3

Andrew Darby schaute die Nachrichten, trank dabei seinen Glenlivet und stellte sich vor, dass sein Haus heute Nacht vielleicht weggeschwemmt werden würde. Die Offenbarung streifte ihn sanft in seinem Alkoholnebel. Er stellte den Fernseher aus und goss den Scotch in eine Plastiktasse um. Überzeugt, dass er sein Haus zum allerletzten Mal verließ, fuhr er nach Bayou Terrace.

Als er in den Parkplatz des Krankenhauses einbog, sah er drei Busse des Orleans-Gemeindegefängnisses am Straßenrand vor dem Eingang stehen und Schwestern in Ölhäuten, die die Busse dirigierten, als wären sie Flugzeuge auf einer Rollbahn.

Er ging durch die Eingangshalle zum Empfang. Die Schwester dort betrachtete ihn prüfend, als wäre er ein verwirrt umherstreifender Patient. »Ich hätte gerne meine Frau, bitte«, sagte er ruhig und stellte seine Tasse Scotch auf dem Empfangstisch ab.

»Mr Darby?«, fragte die Schwester. Andrew nickte. »Ich muss Sie bitten, diesen Ort hier zu verlassen. Sollten Sie eine Entlassung beantragen wollen, können Sie dies nach dem Transport der Patienten nach Magnolia Trace tun, aber dazu müssen Sie sich an ...«

Andrew kippte die Tasse über den Tisch, dass ihr der Whisky ins Gesicht spritzte. Die Schwester schrie auf und Andrew schoss durch die Tür zum Korridor.

»*Angela!*«

Der Durchgang zu Angelas Zimmer stand offen. Ein Wachmann stürzte sich von hinten auf Andrew und umklammerte seine Arme mit einem schraubstockartigen Griff. Andrew erblickte ein geöffnetes Fenster und ein Loch im Maschendraht.

Zwanzig Minuten später wurde er in den letzten Bus zum Magnolia Trace Hospital sechzig Meilen nördlich der Stadt verfrachtet. Die Hände mit Handschellen auf dem Rücken gefesselt, murmelte Andrew lautlos: »Baby«, und ließ sich dann rückwärts in den Sitz sacken, was ihm die Handschellen ins Kreuz drückte. Als er losschluchzte, folgten mehrere andere Patienten seinem Beispiel.

»Insekten!«

Angela hatte bis jetzt geschwiegen. Doch sobald der Acura auf die Jefferson Highway einbog, packte sie Meredith am Handgelenk.

»Insekten!«, schrie Angela wieder.

»Angela, hier sind keine Insekten«, meinte Meredith ruhig.

Angela Darby hatte seit zwölf Stunden weder Haldol noch Thorazin eingenommen, und der Nebel um sie lichtete sich, was halluzinatorische Zustände hervorrief. Der Jefferson Highway lag einsam da, die Schaufensterfronten waren vernagelt. In der Düsternis vor dem Sturm tauchten Tankstellen auf. Meredith verlangsamte das Tempo auf dreißig Meilen, als sie an einer Abteilung Streifenwagen der Staatspolizei und Armeelastwagen der National Guard vorbeikamen, die den entlang des Mississippi verteilten Unterabteilungen Sandsäcke brachten.

»Heb mir meine Handtasche vom Boden auf«, bat Meredith Angela.

»Aber da krabbeln sie überall drauf rum!«, jammerte Angela.

»Ich habe keine Angst vor den Insekten, okay. Gib mir einfach meine Handtasche«, sagte Meredith. Angela ergriff mit zitternder Hand den Riemen und ließ die Tasche in Merediths

Schoß fallen. Sie zog die Beine an die Brust und warf sich im Sitz herum, um die unter ihrem Kleid herumkrabbelnden Käfer zu zerquetschen.

Mit der einen Hand fischte Meredith die Diättabletten ihrer Mutter aus der Handtasche. Sie ließ vier aus dem Fläschchen in ihre geöffnete Hand gleiten und hielt sie Angela hin.

»Nimm die da.«

»Meredith, ich sehe sie!«

»Angela, wenn du die hier schluckst, gehen die Käfer weg. Vertrau mir. Ich bringe dich an einen sicheren Ort, erinnerst du dich?«

Meredith streckte ihr die Hand hin. Angela nahm die Tabletten und schluckte sie mit einem Ächzlaut. Sie fuhren schweigend weiter, während sich der Jefferson Highway aus dem Zentrum hinauswand. Oben krochen schwarze Wolkenfinger über den Himmel und kündigten Brandy an. »Ein Sturm kommt, nicht wahr?«, fragte Angela, das Kinn aufs Knie gelegt.

»Ja«, antwortete Meredith. Als sie schließlich in die St. Charles Avenue einbogen, grübelte sie darüber nach, was sie Andrew Darby sagen sollte, wenn sie ihn anrief. Sie wusste es. Sie führte eine verrückte Mission durch: Falls Andrew Darby seine Frau zurückhaben wollte, musste er alles richtig stellen, was er ihr angetan hatte. Er musste ihre Entlassung veranlassen. Andernfalls würde Meredith ihn und die Verwaltung von Bayou Terrace an den Pranger stellen, mit dem Risiko, selbst vor Gericht zu landen.

Sie fuhren in den Garden District ein. Meredith hatte das Gefühl, dass sie nichts zu verlieren hatte.

Angela ließ sich auf Trishs Gästebett plumpsen, die Hände vor der Brust geballt, und flüsterte ins Kissen. Meredith horchte auf das Freizeichen am anderen Ende der Leitung. Als der Anrufbeantworter ansprang, bat eine alte Aufnahme von Angelas seltsam gleichmäßiger Stimme den Anrufer, Name und Telefonnummer zu hinterlassen. Seit dem Tod seiner beiden Söhne hatte Andrew die Ansage auf dem Anrufbeantworter nicht geändert.

Er ist weggefahren, merkte Meredith. Er hat sie zurückgelassen.

Eine Stunde verging. Schließlich beruhigte sich Angela und flüsterte: »Sie sind alle weg. Greg ist auch weg ...«

Meredith nickte.

»Das ist gut«, sagte Angela mit merkwürdig normaler Stimme, so wie auf dem Anrufbeantworter. »Das ist gut, denn sonst hätte er mich bestimmt besucht. Ich weiß, dass er ...«

»Nein«, widersprach Meredith unvermittelt. »Er hätte dich nicht besucht.« Sie begann es zu erklären, als die ersten Regentropfen gegen das Fenster im ersten Stock des Gästehauses schlugen.

Im Rückspiegel des Cadillacs beobachtete Roger Charbonnet, wie schwarze Wolken über den Himmel schäumten. Elise betrachtete die immer grauer werdende Landschaft aus dem Beifahrerfenster. Der Green-Lawn-Friedhof erstreckte sich die Interstate 10 entlang. Vor ihnen senkte sich die Interstate aufgrund einer Gleisunterführung so steil ab, dass sie schon drei Meter vor sich keine Rückleuchten mehr erkannten.

Seit beinahe fünf Stunden standen sie bewegungslos im Stau.

Als der Regen gegen die Windschutzscheibe schlug, wollte Elise das Radio andrehen, doch Roger griff nach ihrer Hand. Elise machte sich frei. »Ich hab dir gesagt, du sollst nicht auf die verdammte Interstate fahren«, schimpfte sie.

Sie suchte die Stationen ab. Überall nur Musikfetzen und statisches Rauschen. Dann aber erfüllte plötzlich eine brüllende Männerstimme den Cadillac. »Der Sturm gewinnt jetzt wirklich an Gewalt ... hier draußen ist es nachtschwarz ...«

»Von wo berichtet er?«, fragte Elise.

»Bald müssen wir … Jesus, okay … Die National Guard hat uns gerade aufgefordert, das Gebiet hier zu räumen … Dies hier sind die ersten Sturmausläufer von Hurrikan Brandy, die nun auf Grand Isle die Küste erreichen …«

Roger und Elise erbleichten beide. Grand Isle lag an der Flussmündung, weniger als eine Stunde von New Orleans entfernt.

Stephen, der in Jordans Armbeuge lag, hörte Monica oben Pappkartons herumschleifen. Der Sturm hatte zugelegt und ließ Sperrholz und Sturmläden klappern. Im Fernsehen schrie eine Reporterin in ihr Mikrophon, während der Wind ihr die Kapuze ihres Ölzeugs übers Gesicht blies. »Wer sein Haus noch nicht evakuiert hat, sollte dies jetzt tun«, sagte sie, wobei sie so klang, als wäre sie selbst am liebsten in Memphis. Stephen spürte, wie Jordans Brust unter seinem Gelächter vibrierte. »Ja«, sagte er. »Als ob man jemals davonkommen könnte.«

Als die Meldung bei einem Blitzschlag abbrach, der spinnwebartig den Himmel über dem Zentrum von New Orleans durchschoss, setzte Stephen sich überrascht auf. In dem mit Läden verriegelten Haus hatte er nicht gemerkt, dass die Nacht sich so schnell herabgesenkt hatte.

»Jesus …«, flüsterte er.

»Wie alt ist dieses Haus?«, fragte Jordan.

»Alt. Es ist seit etwa einem Jahrhundert im Besitz der Familie meines Vaters.«

»Das ist gut. Dann hat es also schon mal einen Sturm überstanden.«

»Das hier ist nicht einfach nur ein Sturm.«

Jordans Gesicht leuchtete vor Erregung. »Du bist begeistert davon, oder?«, fragte er Stephen.

»Es ist irgendwie aufregend.«

Im Fernsehen zeigte der nächste Bericht Menschenmengen, die sich entlang der Treppenschächte des Superdome drängten. Kinder spielten und hüpften vor den Kameras herum. Eine verärgerte Frau beschwerte sich, dass man nur Würstchen zu essen bekam.

»Stephen?«

»Was?«

»Warum hast du deiner Mom nichts davon erzählt?«, fragte Jordan.

»Wovon?«

»Greg?«

Stephen stemmte die Ellbogen auf Jordans Brust, Verblüffung in den Augen. »Sie weiß Bescheid ... Sie hat mich damals nachts heimgebracht.«

Bevor Jordan noch nachfragen konnte, hörten sie etwas, was wie riesige Fingernägel klang, die die Hausfassade entlangkratzten, und dann zersplitterten die Fenster des Arbeitszimmers oben. Monica schrie. Stephen sprang vom Bett und polterte die Treppe hinauf.

Er fand sie gegen die rückwärtige Wand gekauert. Glasscherben hatten sich fächerartig über den Boden verteilt. Der Wind peitschte durchs Zimmer. Ein Blatt Papier wurde an ihm vorbeigeweht und er schnappte es sich. Oben auf der beschrifteten Seite mit dem Titel »Einem Kind, das noch nicht geboren ist« erblickte Stephen Jeremy Conlins strenge Handschrift: »*Elise – gib ihm das.*« Eine Glasscherbe schnitt in Monicas nackten Fuß, als sie auf ihn zukroch. Sie versuchte ihm das Blatt aus der Hand zu reißen, doch der Wind nahm es Stephen aus den Fingern und ließ es aus dem zerbrochenen Fenster tanzen.

»Hilf mir die Kartons runterschaffen!«, schrie sie, während ihr rechter Fuß eine Blutspur über die Holzdielen zog.

Die Vordertür war der einzige nicht vernagelte Zugang. Blind gehorchend half Stephen Monica, die Kartons die Treppe hinunterzutragen und vor die offene Tür zu stellen, von wo Monica sie zu Stephens Erstaunen auf die Veranda hinauszerrte. Der Regen fiel in Sturzfluten, die die Äste schüttelten. Monica trat zum Rand der Veranda, und der Wind peitschte ihr das Kleid über die Hüfte, bevor sie es mit den Händen umklammerte und festhielt.

Über einen Meter hoch floss das Wasser durch den schmiedeeisernen Zaun und schwoll im vorderen Garten immer höher an. Durch eine Regenwand sah Stephen, dass die Third Street überflutet war.

»Noch nicht hoch genug!«, erklärte Monica.

»Mom, das ist verrückt!«, blaffte Stephen aus der Tür heraus.

Der Sturm fuhr reißend über die Flut und peitschte die Oberfläche zu wilden, kabbeligen Fußspuren auf. Jenseits der Kreuzung Third und Chestnut umstrudelte das Wasser den Strommast vor dem Transformator in anderthalb Metern Höhe. Mit stiller Ehrfurcht sah Stephen, dass das Wasser alles in unterschiedlicher Höhe zu verschlucken schien – den Strommast, den Zaun auf der anderen Straßenseite, die Eichenstämme: Die Flut enthüllte, wie uneben die von ihr bedeckte Erde war.

»Mutter.« Stephen trat zu ihr und ergriff sanft ihre Schultern.

»Geh zu Jordan«, sagte sie. »Lass mich tun, was ich tun muss.«

»Mach das nicht meinetwegen!«, schrie Stephen heraus. »Du musst ihn nicht aus meinem Leben tilgen, das ist nicht nötig!«

»Das Zimmer steht dir zu!«, rief Monica ungerührt zurück.

»Ich will es nicht! Der einzige Grund …«

Ein riesiger Eichenast fiel platschend auf die Kreuzung. Ein Strudel saugte ihn unter Wasser.

»Für mich ist es anders, Mom. Du hast ihn gekannt. Er hat dich verraten, aber du hast ihn wenigstens gekannt. Ich nicht. Die Teile von mir, die von ihm stammen – er war nie da, um mir zu sagen, welche das sind.«

»In diesen Kartons hier sind sie nicht«, antwortete Monica. »In diesen Kartons findest du gar nichts!« Sie hob die Hand, um sich das windzerzauste Haar aus den Augen zu streichen.

Stephen lockerte seinen Griff und wich vor dem Regenschleier zurück. Er zog sich ins Haus zurück, wo das Brüllen des Sturms leiser war. Der Kerzenleuchter in der Eingangshalle schaukelte leicht und sein kristallenes Licht verteilte sich über Boden und Treppe.

Stephen war auf der Hälfte der Treppe, als er Jordan oben warten sah.

»Alles in Ordnung mit ihr?«, fragte Jordan.

»Bald geht der Strom aus. Alles ist überschwemmt.«

»Was macht sie?«, fragte Jordan.

»Genau das, was sie gesagt hat. Lass uns schlafen gehen«, antwortete Stephen und nahm Jordan beim Arm. Jordan zuckte zurück und schien Anstalten zu machen, die Treppe hinunterzugehen. Seine Augen waren auf den offenen Eingang und das stürmische Chaos dahinter gerichtet.

»Wir müssen sie im Moment in Ruhe lassen«, sagte Stephen, die Stimme eindringlich, aufgebracht. Jordan fegte an Stephen vorbei ins Schlafzimmer. Stephen folgte. Schon seit Wochen schlossen sie die Schlafzimmertür nicht mehr hinter sich ab. Innerhalb einer Stunde waren Stephen und Jordan in einen Schlaf gefallen, der vom Gehämmer der Äste gegen die Hauswand durchdrungen war.

4

WEGEN DER BLITZE blieben Roger und Elise im Cadillac sitzen, obwohl andere Autofahrer ihre Fahrzeuge mit Armen voll Kleidung, kostbaren Bilderrahmen und ausgestopften Tieren verließen, manche mit Schusswaffen in der Hand. Alle rannten sie in die Dunkelheit zu beiden Seiten der Interstate. Ein Blitz schlug ein und ließ aus der Mitte des Green-Lawn-Friedhofs eine vollkommene Blüte blauer Funken herausbrechen.

»Roger!«

Elise sah es als Erste. Vor ihnen füllte sich die Senke der Gleisunterführung mit Wasser. Plötzlich stieg der Kombi direkt vor ihnen hoch und kippte dann mit der Schnauze nach unten. Die überflutete Senke verschluckte ihn bis zu den Türen, während das Wasser die Steigung der Interstate hochstieg, auf die Vorderräder des Cadillacs zu.

»Wir können nicht ...«, blaffte Roger.

»Roger, bitte!«, jammerte Elise. »Wir können nicht hier bleiben!«

Roger schüttelte heftig den Kopf. Sie blieben an Ort und Stelle sitzen. Elise löste ihren Griff um seinen Arm und öffnete die Beifahrertür mit einem Tritt. Der Wind pfiff durch den Wagen. Regennadeln stachen Roger ins Gesicht, als der Wind die Beifahrertür hinter ihr zuschleuderte.

Als Roger die Tür auf der Fahrerseite aufstieß, packte ihn etwas und warf ihn gegen die Motorhaube. Das Wasser stand knöcheltief. Er wirbelte herum, einen Moment lang verwirrt. Dann erkannte er rundum Autos und oben die sich undeutlich abzeichnende Gleisbrücke. Er hörte Autotüren, die im

Wind schlugen. Zu seinen Füßen schwappte Müll: zerquetschte Milchkartons, durchweichte Kleider, aufgequollene Brotlaibe.

Roger stieg auf die Motorhaube des Cadillacs. Elise kletterte gerade den grasigen Abhang am Rand des Freeways hinauf, durch den Schlamm auf die Zuggleise zu. Sie hatte die Richtung zum Green-Lawn-Friedhof eingeschlagen. Als er laut ihren Namen rief, wurde seine Stimme von einem Donnergrollen übertönt. Der Blitz war so hell, dass er das Gesicht mit den Händen abschirmte und dabei fast das Gleichgewicht verlor. Als er die Finger zu Spalten öffnete, wirbelte ein Funkenstoß nach unten. Der Blitz war in eine Eisenbahnschwelle eingeschlagen.

Elise war nirgendwo zu sehen.

Roger watete zum Rand des Freeways, zögerte einen Moment lang und sprang dann über die Gleise. Ein Windstoß warf ihn um, er kugelte durch den Schlamm und stieß gegen einen Maschendrahtzaun. Er streckte die Hand aus und zog sich auf die Beine.

Über das Feld von Familiengruften, das sich vor ihm erstreckte, wogte schwarzes Wasser. Roger sah Särge auf dem Wasser treiben. Er ging auf die Knie nieder und quetschte sich durch einen Riss am unteren Zaunrand; die kaputten Drahtmaschen zerkratzten ihm den Rücken wie mit Klauen. Als er es auf die andere Seite geschafft hatte, konnte er in der Ferne Elises Silhouette erkennen, die zwischen den Gruften watete, vorgebeugt und an den Steinen Halt suchend. Es sah aus, als klopfte sie Einlass begehrend an die Gräber.

Roger versuchte ihr zu folgen, geriet ins Taumeln und fiel kopfüber ins Wasser. Er schwamm, stieß gegen das mahagonibraune Aufblitzen eines Sargs, schnappte nach Luft und war im Inneren einer Gruft, bevor er merkte, dass Elise neben ihm saß. Er berührte ihr bebendes Kinn. Mit der anderen Hand tastete er den Boden der Gruft ab und bemerkte, dass nur ein paar Zentimeter Wasser durch die zerborstene Tür gesickert waren.

Elise zitterte vor Kälte. Roger zog sich rückwärts zur hinteren Wand zurück. »Elise?«, rief er sie an. »Nimm meine Hand!«, schrie er.

Sie fand sein Handgelenk und zog ihn mit einem Ruck näher. Seine Wange streifte ihre weichen Brüste. »Ich d-dachte nicht ... ich dachte nicht, dass man so be-bestraft wird ...«, stammelte ihm Elise ins Ohr. »Ich d-dachte, m-man müsste einfach nur mit dem leben, was man get-tan hat!«

Beide entspannten sich in ihrer Umarmung. Als Elises Hände Rogers Rücken hinunterglitten, sah er ihr Gesicht im flackernden Gewitterlicht.

»Was hast du getan, Elise?«

Elise begann zu reden. Über dem Toben draußen konnte Roger sie nicht verstehen. Er reckte sein Ohr an ihre Lippen und fing ihre Worte mitten im Satz auf.

»... sie hat mich gefragt, o-ob ich reingehen und mich umsehen w-wollte, und ich sagte j-ja ... Na-Nanine wollte nicht, dass ich ...«

»Während der ganzen Bestattungszeremonie hatte ich das Messer in meiner Tasche«, sagte Meredith.

Angela und Meredith hörten das Ächzen der Möbel unten, als das Wasser unter den Türen des Gästehauses hindurchsickerte. »Ich wusste, dass er ... ich wusste, dass er zerbrechen würde«, sagte Meredith, die Augen auf das Geschwirr der Zweige vor dem Fenster gerichtet. »Es war meine Waffe. Eigentlich gehörte es meinem Dad. Er ließ es liegen, als er wegzog. Ich habe es ihm nie zurückgegeben. Er sagte, es hätte seinem Großvater gehört und der hätte es im Zweiten Weltkrieg benutzt ...«

Sie hielt inne und sog die elektrisch geladene Luft ein, als wäre das der Drink, den sie so dringend gebraucht hätte.

»Beim Empfang … Bei dir zu Hause sagte uns Mr Andrew, du seist ins Krankenhaus gegangen. Greg sagte gar nichts. Er nahm mich einfach mit hoch in sein Zimmer. Man erwartete von mir, dass ich wieder an seiner Seite war, du weißt schon, die Trost spendende Freundin oder so was. Als wir in seinem Zimmer waren, versuchte er …«

Ihr Blick heftete sich auf Angela. »Er war außer sich. Weil du im Krankenhaus warst. Bei der Bestattung hatte er geweint, aber er war nicht außer sich gewesen …«

»Hat er dich verletzt?«, fragte Angela.

Aufgeschreckt schüttelte Meredith den Kopf. Nein. Sie hörten das Klirren von Glas, als eine der Verandatüren unter dem Druck des Wassers einbrach. Keiner der beiden bewegte sich. »Ich hatte das Messer«, sagte Meredith. »Er wollte Sex. Direkt da. Er war wie … ein Tier, und als ich ablehnte, stieß er mich aufs Bett. Er wusste nicht, dass ich schon die Hand am Messer hatte. Als ich es … Als ich es ihm an den Hals hielt, schaute er völlig geschockt. Ich hätte fast, ich weiß nicht, die Nerven verloren. Ich hätte ihn nicht verletzt …« Sie zog die Beine im Sitzen an die Brust, um ihre eigene Körperwärme zu spüren.

»Er hat dich verletzt«, antwortete Angela.

»Ich glaube, er wollte.« Die Worte steckten ihr wie ein Klumpen im Hals.

»Hinterher, wirst du mich dann wieder dahin zurückbringen?«, fragte Angela. »Wenn der Sturm vorbei ist?«

»Möchtest du zurück, Angela?«

Es gab eine lange Pause und dann traf Angela Darby ihre erste echte Entscheidung seit fünf Jahren. Sie schüttelte den Kopf. Nein, sie wollte nicht zurück. »Ich rede gerne mit dir …«, sagte Angela und ihre Augen schossen zum Fenster. Bei diesem Sturm würde das X aus Klebeband das Glas nicht lange festhalten. »Allmählich erinnere ich mich wieder an dich«, sagte Angela.

Meredith ließ die Beine auf den Boden nieder. »Woran erinnerst du dich?«

»Du hast immer so traurig gewirkt.«

Meredith biss die Zähne zusammen, damit ihr Kinn nicht zitterte.

»Sprich weiter mit mir«, sagte Angela freundlich. Der Wind riss einen Fensterladen auf.

»Ich habe ihm das Messer an die Kehle gehalten und ihm gesagt, dass er mich nicht mehr schlagen darf. Nie wieder. Ich sagte ihm, das mit Alex täte mir Leid, aber das gäbe ihm nicht das Recht, mir ... wehzutun. Und ich sagte ihm ...« Sie musste abbrechen.

Am Abend nach Alex' Bestattung hatte Meredith Ducote Greg Darby erklärt, dass andauernd Kinder ums Leben kämen, dass an Alex Darby in dieser Hinsicht nichts Besonderes sei. Meredith hielt ihm das Messer an die Kehle. Er hatte geflucht und gespuckt, doch nur abgehackte Worte hervorgebracht, wegen der Klinge an seinem Adamsapfel.

Als sie das Messer wegnahm, schoss Greg hoch und sprang quer durch den Raum. Sie erhob sich vom Bett, noch immer das Messer umklammernd, der schwarze Rock war über die Schenkel hochgerutscht. Greg holte aus, um sie zu schlagen. Sie verließ sich nicht auf das Messer als Schutz. Stattdessen sagte sie: »Ich weiß, was du und Stephen immer gemacht habt.«

Gregs Hand war mitten in der Bewegung erstarrt. Meredith hatte mit perverser Faszination beobachtet, wie sein Gesicht bleich geworden war.

»Wenn du mich jemals wieder schlägst, wenn du mir jemals wieder wehtust. Dann sage ich es. Dann erzähle ich es jedem.«

Bevor er reagieren konnte, eilte Meredith aus dem Zimmer und die Treppe hinunter. Sie war ohne Pause bis nach Hause gerannt. Sie schloss sich in ihr Zimmer ein. Als mehrere Stunden später das Telefon läutete, nahm sie ab. Meredith hörte zu, wie Brandon seiner Wut durchs Telefon Luft verschaffte. *»Er hat verdammt noch mal den Verstand verloren!«* Meredith hatte still zugehört. Sie hatte vor sich gesehen, wie Gregs Welt zerbröckelte; eine einzige weitere Frage würde ihn vernichten.

»Weißt du, was er und Stephen immer zusammen gemacht haben?«, fragte sie Brandon.

Brandon legte auf, eine Reaktion, die Meredith nicht erwartet hatte. Das Triumphgefühl in ihrer Brust war abgeflaut, als sie den Hörer auf die Gabel legte. Schlecht, dachte sie, ich habe gerade etwas ... Schlechtes gemacht.

Meredith tauchte aus ihrer Erinnerung auf, als sie ein irgendwie vertrautes Geräusch hörte. Sie schloss die Augen in dem Glauben, dass sie zwischen der Gegenwart und ihrer Erinnerung gefangen war. Doch den metallischen Schlag, der über dem Heulen von Regen und Wind hallte, hatte sie sich nicht eingebildet. Meredith stand unvermittelt auf.

»Ich muss gehen«, sagte sie.

»Meredith?«

Sie stürzte nach unten, reagierte auf den Glockenruf des Bishop-Polk-Glockenturms.

Jordan erwachte vom Zischen des Transformators, der die Eisenstäbe des vorderen Zauns rammte. Seine Augen öffneten sich in der absoluten Dunkelheit. Ihm fiel auf, dass das grüne Glühen der Nachttischuhr fehlte. Der Strom war ausgefallen.

Plötzlich setzte er sich im Bett auf.

Es war kein Gewicht neben ihm. Er klopfte auf Stephens Kopfkissen. Als er seinen Namen rief, konnte er beim Hämmern des Sturms gegen den verschlossenen Fensterladen seine eigene Stimme nicht hören. Ein Schimmer, der wohl von einem Blitzschlag kam, erhellte das Schlafzimmer einen Moment lang.

Er tastete sich zur Treppe vor, von wo aus er die Haustür gähnend weit aufklaffen sah. Durch die Öffnung wurde ein dünner Streifen Wasser hereingefegt, der den Orientteppich auf dem Boden der Eingangshalle durchweichte. Er stieg die Treppe blind hinunter, verfehlte die letzten paar Stufen und fiel gegen den Türrahmen, bevor ein weiterer gelber Lichtblitz den Garten vor dem Haus beleuchtete. Das Wasser klatschte auf die Veranda. Tintenverschmiertes Papier trieb in einem Strom an seinen Füßen vorbei ins Haus. Die Third Street war ein Fluss mit winzigen Stromschnellen um die obersten Stäbe des Vorderzauns. Mitten darin erblickte Jordan einen Fleck von dahintreibendem Stoff.

Er brauchte drei Sekunden, bis er es kapierte.

Es war der Rücken von Monicas Kleid.

Er machte einen Kopfsprung von der Veranda. Sein Kopf tauchte auf, und er sah Monica mit dem Gesicht nach unten treiben, beinahe nahe genug, um sie zu berühren. Sie war in dem Ast eines Indischen Flieders verheddert, der seine durchweichten purpurroten Blüten um sie verstreute.

Hinter ihr wurde etwas sichtbar. Der abgestürzte Transformator hing an den Zaunstäben fest und spannte dabei das Stromkabel hinter sich, das eine verrückte Gavotte über die Kreuzung tanzte, hinauf zum Strommast auf der anderen Seite der Straße. Das Einzige, was den Transformator daran hinderte, sich vom Tor zu lösen, war die unregelmäßige Kraft des Sturms, der das Stromkabel stramm zog.

Jordan rief Monica beim Namen und paddelte wie ein Hund auf sie zu. Wasser, das wie grüner Tabak schmeckte, lief ihm in den Mund und brannte, als er es schluckte. Er packte sie bei der Schulter und riss sie mit einem kräftigen Ruck vom Ast los. Sie rollte auf den Rücken. Er hielt sich mit Beinschlägen über Wasser und die Sohlen seiner bloßen Füße wühlten im weichen Kissen überfluteter Farnwedel.

Jordan schlang schließlich die Arme um sie und zerrte sie

auf seine Brust, was ihn unter Wasser drückte, unter sie. Etwas streifte sein Bein, als er sich hochkämpfte. Er schloss die Augen, legte den Arm fest um ihren Rücken und strampelte, als das Gefühl sich an seinen Schenkeln und Waden wiederholte. Jordan schloss wieder die Augen und strampelte wie wild, was den Schwarm unter der Wasseroberfläche fliehender Ratten auseinander trieb.

Monica glitt gegen die oberste Verandastufe. Jordan stieß mit dem rechten Fuß tiefer ins Wasser und fand eine der unteren Stufen. Er schob sie auf die Veranda, kroch hinterher und nahm Monica auf beide Arme wie eine Braut, die gleich über die Schwelle getragen wird. Als der Transformator in die Kreuzung Chestnut und Third stürzte, hatte Jordan Monica schon auf die unteren Stufen der Haustreppe gelegt. Er drehte sich um und erblickte einen Wirbel von Elektrizität, der den vorderen Garten in Flammen setzte; unter der Wasseroberfläche zeichneten sich plötzlich mindestens fünf Ratten als Silhouette ab, wie Bakterien unter der Lampe eines Mikroskops. Der heulende Wind übertönte die Explosion des Transformators. Der Blitz war schnell ausgebrannt. Die Leichen der durch den Strom getöteten Ratten schwappten auf den Wellen und wurden dann durch die Zaunstäbe des Tors von der Strömung zum Mississippi ein paar Straßen weiter davongetragen.

Jordan hob Monicas schlaff baumelnden Kopf von der dritten Stufe hoch. Aus ihrem Mund sickerte Wasser. Sie war ganz kalt. Er schüttelte sie. Mehr Wasser blubberte zwischen ihren Lippen hervor.

Jordan kannte sich mit Wiederbelebungsmaßnahmen nicht aus, wusste aber, dass er sie flach auf den Rücken legen musste. Doch das schien ihm nicht richtig. Gegen seine Angst ankämpfend, zog er ihren Oberkörper nach vorn hoch und drückte ihr das Knie in den Bauch. Er spürte eine warme Flut auf seinem Fuß. Er stieß ihr das Knie noch tiefer in den Bauch und Monicas ganzer Körper rebellierte gegen ihn. Alle Muskeln spannten sich gegen den Druck seines Beins an.

Ein Blitzstrahl fing ihr Gesicht ein und verzerrte es zur schlitzäugigen Maske eines Neugeborenen. Er legte seine Lippen auf die ihren und atmete aus. Die Hälfte seines Atems entkam und strich an ihrer Wange vorbei, doch plötzlich zuckten ihre Lippen in seinem Mund. Eine ihrer Hände schlug ihm gegen die rechte Schulter. Er nahm seinen Mund weg.

Sie versuchte zu sprechen.

»Monica!« Jordan schüttelte sie wieder, dass ihr Kopf gegen die Treppe schlug. Ihre Augen öffneten sich nicht. Jordan legte ihr eine Hand auf die Stirn und zwängte vorsichtig ihre Augenlider auseinander. Das glänzende Weiß der Augäpfel kam zum Vorschein, bevor ihre Pupillen an Ort und Stelle glitten.

»Stephen!«

Mit dem ersten Atem öffnete sich ihr Mund für dieses erste, zerrissene Wort.

»Er hat Stephen geholt!«, keuchte sie.

5

»Stevie?«

Der Sturm hatte sich verändert. Es war nicht mehr das unaufhörliche Gebrüll, das ihn an Jordans Brust in den Schlaf gewiegt hatte. Der Klang war tiefer, ausgehöhlt.

»Zeit, zu Gott zu gehen, Stevie!«

Beim Klang der Stimme zuckte er zusammen und spürte die Stelle, wo der Angeldraht in sein Handgelenk schnitt. Er hielt etwas umarmt. Er wusste, dass er nicht mehr in seinem Schlafzimmer war. Er suchte tastend in seinem Gedächtnis – erinnerte sich an den plötzlichen Schlag gegen die Schläfe, bei dem er gedacht hatte, das Schlafzimmerfenster sei eingedrückt worden, bevor ihn Dunkelheit umfangen und zu dieser vertrauten Stimme gebracht hatte.

Die Latte vor einem Fenster wurde in einem Hagel von Holzsplittern eingedrückt. Als Reaktion taumelte dicht bei Stephen ein Schatten nach vorn. Was befand sich unter ihm?

Stephen wand sich und zappelte. Als seine Brust über kaltes Metall scheuerte, merkte er voll Entsetzen, wo er war. Er befand sich zehn Meter über dem Erdboden, an eine der Glocken im Bishop-Polk-Glockenturm gefesselt. Um ihn her klapperte und krachte das Ziegeldach, gerüttelt vom heulenden Wind, während die Glocke sich nicht rührte.

Stevie. Seit Jahren hatte ihn keiner mehr Stevie genannt.

Brandon trat von der Glocke zurück, an der er Stephen mit der Drahtrolle festgebunden hatte. Er legte den Draht in einer Schleife um Stephens Beine, die die Glocke komplett umschlangen, und schnürte mit dem Rest Stephens Handgelenke an der Glockenaufhängung fest.

Brandon schaute fasziniert zu, wie der Wind die ersten Bodenbretter aus dem Fenster saugte. Er trat zurück, bevor die Bretter ihren Platz verließen und den zehn Meter tiefen Abgrund des dunklen Turmschachts erkennen ließen. »Hör dir den Sturm an, den du über uns gebracht hast!«, schrie er.

Stephen öffnete den Mund zum Schreien, schmeckte aber stattdessen das Metall der Glockenwölbung. Er konnte Brandons hemdlosen Schatten im flackernden Unwetterlicht sehen, als der näher zur Glocke trat. »Brandon …«, brachte er hervor und spürte dabei Blut an den Lippen kleben. Er konnte hören, wie zwei weitere Bodenbretter aus dem Fenster gesaugt wurden und Keramikziegel sich mit einem Scharren vom Dach lösten.

»Schlange«, sprach Brandon in den Wind.

Stephen suchte tastend nach einer Antwort und fand stattdessen Wut. Nicht den frustrierten Zorn des unerwidert Liebenden oder des von Trauer verzehrten Überlebenden. Dieses Gefühl hier war völlig frisch; bei all dem mit angehörten Getuschel, jeder Verleumdung gegen ihn war es ungenutzt geblieben; es hatte ihn im Stich gelassen, als man ihm für den Rest seines Lebens ein Brandzeichen auf den Rücken gedrückt hatte. Es war aus ihm herausgewrungen worden, als Greg Darby ihn fünf Jahre zuvor an dieselbe Stelle gelockt und bis zur Bewusstlosigkeit vergewaltigt hatte. Diese Wut wusch den schweren Schlamm des Selbstmitleids aus seiner Seele.

»Wenn ich hier nicht sterbe, Brandon, dann bring ich dich um.«

Brandon schlug die leere Rolle gegen die Glocke. Die Glocke erklang. »Hier wirst du Gott sehen!«, brüllte Brandon mit dem Zorn eines Kindes. »Hier hast du Greg umgebracht …«

Der Sturm nagte an den zerfransten Ecken des Fensters, bevor das Holz darüber plötzlich zersplitterte. Es klang wie das Knacken eines gigantischen Knöchels. Das Pfeifen des Sturms wurde noch lauter.

»Ich habe ihn nicht umgebracht«, sagte Stephen durch zusammengebissene Zähne, deutlich, damit der Sturm es weitertragen konnte.

»Lügner!«

»Er hat sich selbst umgebracht.«

»Du hast die ganze Zeit gelauert. Du hattest eine Schlange in dir, Stephen! Du hattest eine verdammte Schlange in dir, und du wolltest, dass sie uns beide beißt, nicht wahr? Du hast verdammt auf ihn gewartet und du weißt das!« Stephen spürte Brandons Hand auf seinem Nacken, die ihn plötzlich von der Glocke wegriss und den Draht tiefer in sein Fleisch grub. Stephen heulte auf.

Brandon führte den Mund dicht an Stephens Ohr. »Willste wissen, was Gott macht, Stevie? Gott besitzt den Teufel. Und als er die Welt machte, nahm er verdammt noch mal eine große Hand voll Bösem und warf es auf die Erde. Es ist überall, aber es versucht, sich zu vergraben. In Menschen. Es ist in dir, Stevie. Das habe ich mein ganzes Leben lang gewusst und du weißt es auch. Du bist ein Monster und du brauchst Nahrung. Greg war verdammt noch mal deine Mahlzeit!«

Brandon umklammerte Stephens Kopf und zerrte ihn eine Handbreit von der Glocke weg. Stephens Gesicht verzog sich zur Grimasse. Der Draht grub sich in Stephens Nacken und Blut tropfte über Brandons Finger.

»Die-die wahren M-monster ...«, Stephen hustete und spie einen dünnen Blutklumpen über Brandons Wange, »... die wahren Monster sind die Menschen, die meinen, Gott zu sehen ...«

»Schlangen um die Säulen ...«, erwiderte Brandon.

Vier weitere Bodenbretter tanzten zum Fenster hinaus. Das Loch ließ nun den unteren Teil des Gerüsts erkennen, das die drei Glocken festhielt.

»... der Tempel der Erlösung ...«

»Du gehst jetzt besser, Brandon ...«

Draußen hatte der Wind den letzten Keramikziegel vom Dach des Portikus gerissen und das nachgiebige Holz freigelegt. Das Zweimeterkruzifix stürzte vom höchsten Punkt des Portikus.

»Ich tilge dich von der Erde. Ich reinige die Erde ...«

Regen peitschte auf sie herunter, fiel wie durch einen Trichter aus dem Flecken freien Himmels, den das Kreuz aufgerissen hatte. Ein schwaches graues Licht erhellte ihre Gesichter, die nur Zentimeter voneinander entfernt waren. Ihre Augen begegneten sich. Stephens Mund verzerrte sich zu einem bösen Lächeln.

»Angst hält mich nicht!«, rief Stephen.

Er sah den Schatten noch vor Brandon.

Brandon hörte die erste Zeile des Verses und stieß Stephens Kopf gegen die Glocke. Stephen spürte einen Schauder des Schmerzes in der Stirn, doch das spielte keine Rolle. »Sie höhnt nur ...«, schrie er zwischen zusammengebissenen Zähnen hervor.

Dann sah Brandon den Schatten. Er sank neben der Glocke auf die Knie und starrte in die Dunkelheit oben auf der Leiter.

Stephen wusste, was Brandon erblickte: Greg nahm Gestalt an.

Mehrere Bodenbretter flogen klappernd durch die Luft. Der Regen wirbelte durch die Öffnung im Dach herein. Der Sturm hieb auf den Fensterrahmen ein. Doch nichts davon beührte Greg, als er in den Portikus hinaufkletterte.

»Sie holt mich nicht«, antwortete eine Stimme.

Es war nicht Gregs Stimme.

Meredith Ducote rammte ein Brett in Brandons linke Schulter. Der Nagel durchdrang Brandons Haut und riss eine Kerbe in den Knochen, bevor sie das Brett zurückzog. Stephen erkannte ihre Gestalt und sah dann zu, wie Brandon über die splitternden Bodenbretter kroch.

»Sie weist nur den Weg!«, rief Meredith.

Meredith schmetterte das Brett auf Brandons Rückgrat nieder. Der Nagel blieb stecken, während sein Körper sich aufbäumte, mit durch die Luft schlagenden Armen, und dann zusammenbrach. Sie riss ihm das Brett aus dem Rücken. Ein Abschnitt der Portikusverkleidung riss sich los und ein Windstoß fuhr brüllend durchs Innere.

Meredith taumelte auf die Fersen zurück. Als der Wind sie mehrere Schritte zurückschleuderte, richtete Brandon sich auf und wollte sich auf sie stürzen. Stephen stieß einen Warnruf aus.

Brandon erkannte Meredith und erstarrte mitten in der Bewegung.

»Ich kann wählen: Ich folge dem Weg …«, zischte Meredith. »Oder bleibe im Bett …« Sie erhob das Brett und ließ es wie einen Hammer niedersausen. Brandon streckte abwehrend die Arme aus. Der Nagel riss ihm die Handfläche auf. Brandon knurrte wie ein wütender Hund, als er sah, dass seine Hand vom Brett durchbohrt und über seinem Kopf an der Holzverkleidung der Portikuswand festgenagelt war. Meredith ergriff seine freie Hand.

»Sag es mit mir …«

»Schlange!«, kreischte Brandon.

»Sprich es mit mir zu Ende!«, schrie Meredith. »Und bewahre, was ich kenne.«

»SchlangenumdieSäulenderTempelderErlösung … Schlangenumdie …« Brandons Worte waren reine Raserei.

»Die Toten sind tot. Sie gehen nicht um. Die Schatten sind das Dunkel …«

Stephen sah, wie eines von Brandons Beinen sich anspannte. »Meredith, pass auf!«, schrie er. Sofort schlug sie eine Hand in Brandons Schritt und schloss die Faust um seine Hoden. Seine Augen weiteten sich, sein Körper schlug sich windend gegen die zitternde Wand des Portikus und Blut tropfte von seiner verletzten Hand den Arm hinunter.

»Und das Dunkel ist stumm ...«

Stephens Schreie wurden plötzlich lauter. Brandons Augen begegneten Merediths, müde und besiegt. »Er hat ihn ermordet ... Stephen hat Greg ermordet ...«, versuchte er es, die Stimme kippend vor Panik.

»Du irrst dich«, erwiderte Meredith. Der Boden unter ihnen erbebte, die Wand hinter Brandon schwankte wie ein Laken auf der Wäscheleine. Sie trat von ihm zurück und stemmte sich gegen den auf sie eintrommelnden Regen. Sein Blick folgte ihr, die Augen weit vor Entsetzen. Sie drehte sich um und balancierte auf dem verbliebenen Bodenbrett.

Der Spalt über dem Fenster war bis zum Scheitelpunkt des Portikus aufgerissen und streute graue Lichtflecken um sie her. Stephen wusste, Meredith konnte ihn unmöglich rechtzeitig herunterbekommen. Sie schaute auf den bebenden Boden unter ihren Füßen und erblickte eine dünne Metallstrebe, die unter den Bodenbrettern verlief. Über ihr ließ der Wind das Holz Stück um Stück wegsplittern und legte das stählerne Glockengerüst frei, das fest im Betonfuß des Schachts verankert war.

Während Brandon außer sich vor Wut aufheulte, spürte Stephen, wie Merediths Hände sich Zentimeter um Zentimeter seinen Arm hinaufarbeiteten, zum doppelten Drahtstrang, mit dem seine Handgelenke an die Glockenaufhängung gefesselt waren. Sie schlang ihre eigenen Handgelenke unter die Stränge. Der Draht biss ihr ins Fleisch.

Brandon hebelte an dem Brett herum, das seine Hand an die Wand nagelte, da zerbarst der Portikus. Brandon verschwand.

Der Wind traf Stephen und Meredith mit einer Kraft, die ihre Körper miteinander verschlang. Die Glocke begann zu schwingen, während sich über ihnen ein Himmel öffnete, der mit Blitzen übersät war und vom wütenden Versprechen des Himmelreichs brüllend widerhallte.

An einen Laternenpfahl geklammert, meinte Jordan zu halluzinieren, als er sah, wie das Gehäuse des Portikus in zwei Hälften zerbrach und in zwanzig Meter Höhe über den Boden schwebte, bevor die eine Hälfte in dem wie magnetisch wirkenden Zentrum zusammenfiel, das die beiden mehrere Sekunden lang zu bilden schienen. Die beiden Hälften zerstörten sich gegenseitig und lösten sich zu etwas auf, was wie ein verrückter Schwarm Vögel beim Flug über die Kreuzung aussah.

Jordan zog den Kopf an die Brust und hoffte, dass die Trümmer ihn nicht treffen würden. Der Laternenpfahl ruckte unter ihm und kippte nach vorn, aus seinem Betonfundament gehebelt. Als Jordans Unterarme das Wasser berührten, wurde ihm klar, dass der Pfosten sich beinahe um fünfundvierzig Grad geneigt hatte.

Er schaute auf. Ein Gesicht sah zu ihm zurück.

Die Lampe hatte sich in die Brust eines Männerkörpers gebohrt, der vom Wind entkleidet war. Jordan brauchte einen Moment, bis er merkte, dass er seinen Bruder ansah. »Brandon.« Jordan hörte seine eigene Stimme nicht.

Brandon konnte nicht antworten. Der Pfahl neigte sich noch tiefer und Brandons herabbaumelnde Füße trafen auf das dahinschießende Wasser. Während Brandon immer tiefer sank, starrte er, das Gesicht verträumt und friedlich, auf Jordan.

Der Pfahl senkte sich nicht weiter. Jordan sah zu, wie Brandons Körper von der zersplitterten Lampe herunterglitt, vom Gewicht des Holzes nach unten gezogen, während ihm der Kopf schlaff auf die Schulter hing. Jordan klammerte sich am Pfahl fest und drückte seine Stirn gegen das Metall, als

Brandons Leiche in einem Wirbel von Treibgut die Jackson Avenue hinuntertrieb.

Jordan hob den Kopf. Der Wind hatte sich gelegt. Das Wasser floss in eleganten Spiralen an ihm vorbei. Die Stoßstangen von Autos tauchten auf, als plötzlich der peitschende Regen weg war. Eine von Bishop Polks Vordertüren war aus den Angeln gerissen worden und lag da wie erschöpft. Und jetzt läuteten die Glocken.

Jordan betrachtete die Überreste des Portikus oberhalb des zehn Meter hohen Schachts. Es sah aus wie ein abgekauter Fingernagel. Das Metallskelett der Glockenaufhängung ragte aus den Betonwänden heraus. Die drei Glocken schlugen, aber nicht im Takt. Es schien unmöglich, doch zwei menschliche Gestalten hatten sich an der linken Glocke festgeklammert: Meredith und Stephen.

Oben kreisten kreischend Möwenschwärme, gefangen in Hurrikan Brandys Auge.

Jordan kämpfte sich durch das hüfthohe Wasser, das den Eingang zur Kirche überflutet hatte. Der Schrei der Möwen führte ihn zu einem offenen Fleck grauen Himmels, verdunkelt von den Glockenmänteln. Die Leiter war teilweise intakt. Jordan stieg hinauf.

Das Einzige, was er von Stephen erkennen konnte, war sein an die Glocke gepresstes Gesicht, ein Oval bleicher Haut, in dem Jordan eine Wange und ein geschlossenes Auge unterscheiden konnte, als er gut einen Meter tiefer die letzte Leitersprosse umfasste. Stephen hing in einer Falle aus Draht fest, der ihm ins Fleisch schnitt.

Jordan griff nach der stählernen Querstrebe, dem einzig verbliebenen Rest des Portikusbodens. Er hielt sich mit dem einen Fuß auf der obersten Leitersprosse und einer Hand an der Querstrebe im Gleichgewicht und lehnte sich in den zehn Meter tiefen Schacht hinaus. »*Meredith!*«, schrie er. Von unten sah er, wie sie die Glocke oben umklammert hielt und mit den Zähnen die Drahtschlingen um die Aufhängung lockerte. Jordan merkte, dass sie ihn nicht hören konnte. Die Glockenschläge hatten sie taub gemacht.

Meredith entfernte die letzte Drahtschleife von der Aufhängung. Sie glitt am Glockenmantel hinunter, das Drahtende zwischen den Zähnen. Jordan schaute benommen zu, wie der Draht in einem metallenen Wirbel um die Aufhängung herumpeitschte und Stephens Körper traf. Merediths Unterleib schlug gegen Stephens Kopf. Sein schlaffer Körper löste sich vom Glockenmantel. Jordan verengte die Augen zu Schlitzen, ein Arm schoss vor. Er spürte ein plötzliches Gewicht und das Zerren von losem Draht.

Als er die Augen wieder öffnete, erblickte er Stephen, dessen Körper schlaff wie eine Lumpenpuppe gefesselt im Draht hing. Jordan hielt dessen Ende in der fest geballten Faust. Über ihm war Meredith auf die stählerne Querstrebe gefallen, die blutigen Hände zwischen der Stange und ihren Brüsten eingequetscht, als wolle sie gleich eine Serie verrückter Klimmzüge beginnen. Das Gewicht ihrer Beine zog sie rückwärts von der Strebe nach unten. Jetzt hing sie mit beiden Armen zehn Meter über dem Boden an einer einzelnen Strebe.

Stephens Körper schaukelte im Drahtnetz. Jordan griff nach den losen Strängen, wobei Stephens Gewicht ihn von der Leiter zu ziehen drohte. Mit der anderen Hand klammerte Jordan sich an der obersten Leitersprosse fest. Er wusste, sollte Meredith fallen, konnte er ihr nicht helfen. Er schaute zu ihren zerkerbten Handgelenken hinauf.

Meredith ließ die Strebe los.

Sie fiel die zehn Meter glatt hinunter und schlug klatschend im dunklen Wasser auf. Jordan sah, wie hinter ihr weißer Schaum aufwirbelte.

Mit Stephen, der an seinem rechten Arm baumelte, nahm Jordan den Abstieg in Angriff, wobei er sich mit der Linken an den Sprossen festhielt. Als er die Leiter halb hinunter war, sah er Meredith im hüfthohen Wasser stehen, die Arme zu ihm hochgereckt. Er stieg weiter hinunter. Stephens Körper schaukelte in der Hülle der Angelschnur, die in Jordans Faust hing.

Jordan ließ Stephens Körper in Merediths Arme nieder. Als Meredith die eine Hand fest unter Stephens Nacken und die andere unter seine Kniekehlen gelegt hatte, sprang Jordan neben ihr ins Wasser.

»So!«, rief er ihr zu. Sie trugen Stephen über ihren Köpfen, Meredith beide Hände an Stephens Schultern, Jordan die eine Hand um Stephens Knöchel, während seine andere dessen Rückgrat stützte. So hoch oben konnte das stinkende, schmutzige Wasser Stephens zerschnittenes Fleisch nicht berühren.

Er schwankte auf der Plattform ihrer Arme. Das Wasser stieg ihnen bis zum Kinn. Ein Kunststoffmülleimer glitt an Merediths Brust vorbei. Irgendwie gelang es ihnen, Stephen aus dem Gebäude hinaus und auf die überschwemmte Kreuzung von Chestnut und Third Street zu tragen.

Beim Anblick von Jordan und Meredith, die Stephens zerschnittenen Körper nach Hause trugen, fiel Monica Conlin auf die Knie nieder. Sie kamen durchs Gartentor. Monica watete ihnen entgegen. Das Geschrei der Seemöwen war verstummt und der Wind gewann wieder an Kraft. Das Auge des Sturmes ließ New Orleans hinter sich. Doch Stephen war zu Hause.

6

JORDAN UND MEREDITH saßen auf der Vorderveranda und sahen zu, wie die Sonne aufging. Während das Wasser allmählich wieder sank, tauchte die vordere Gartentür Zentimeter um Zentimeter daraus auf. Meredith schaukelte ein wenig mit dem Oberkörper und hatte die verbundenen Handgelenke an die Knie gelegt. Jordan saß einen guten Meter entfernt in der äußeren Verandaecke, wo er sie nicht störte. Das erste Tageslicht brachte die Verwüstung in der Nachbarschaft zum Vorschein. Oben schlief Stephen, während Monica den Kopf an seine Brust gelegt hielt und den Rhythmus seines angestrengten Herzschlags überwachte.

»Ich muss gehen«, sagte Meredith. Sie stand wackelig auf und Jordan nickte. »Ich muss Stephen was holen«, sagte sie und watete dann durchs hüfthohe Wasser zum Tor und die Third Street hinunter.

Meredith fand Angela auf dem Rücken im Wasser treibend. Das Türkisblau des Swimmingpools hatte sich zu einem schlammigen Grün getrübt. Angela schoss plötzlich hoch, als sie Meredith um die Ecke der Zufahrt biegen sah. Sie schwamm zum Beckenrand und richtete sich auf den überschwemmten Steinplatten auf. Durch den Stoff des Krankenhauskittels waren ihre Brüste zu sehen.

Angela zeigte auf etwas und Meredith folgte der schnellen Bewegung ihrer Hand. Eine Eiche war durch den ersten Stock des Gäste-Cottages gekracht, wo ihr zersplitterter Stamm hinter der Außenwand verschwand. Angela zuckte die Schultern, als würde allein dieser Anblick erklären, warum sie sich träge hinten im Garten im Wasser treiben ließ. Sie hatte Merediths Anweisung nicht befolgt und es tat ihr Leid. Ihre Augen wurden schmal, als sie Merediths grob gewickelten Verband sah. Sie watete auf sie zu, nahm Merediths Hände in die ihren und betrachtete sie aufmerksam. Langsam hob sie die Hände zu Merediths Kopf und strich ihr durch das zerzauste Haar. Sie kämmte es nach hinten zurück, dem natürlichen Scheitel folgend.

Endlich spürte Meredith ihr Schluchzen kommen. Angela umarmte sie und Meredith weinte bitterlich an ihrer Schulter.

Angela hielt sie fest umarmt. »Ich kann mich nicht an ihre Gesichter erinnern …«, flüsterte sie.

Meredith reckte den Hals und blickte die Ältere an. Angelas Augen glänzten lebhaft. »Ich kann mich nicht erinnern«, wiederholte sie, und ein leichtes Lächeln spielte um ihre Lippen.

Meredith nickte, wollte ihr glauben. »Kannst du dich überhaupt an etwas erinnern?«

Angela dachte einen Moment lang nach und antwortete dann: »El Paso.«

Monica fand Jordan auf der Vorderveranda und legte ihm die Hand auf die Schulter. Es war die erste freiwillige Berührung.

»Er ist wach«, sagte sie. »Die Wunden sind nicht so tief. Sie haben einfach nur stark geblutet. Wenn wir sie sauber halten, sollte er sich erholen. Andernfalls versuchen wir ihn ins Krankenhaus zu bringen. Jedenfalls ist er wach.« Monica brachte die Kraft auf, es zu sagen. »Er hat nach dir gefragt.«

Oben ließ Jordan sich neben Stephen ins Bett gleiten, warf die Decke beiseite und betrachtete die Schnitte und Schürfwunden. Stephen bewegte sich, schob sich an Jordan heran und verdeckte so die Wunden, die dieser untersucht hatte. Jordan legte einen Arm um Stephens Seite und hielt ihn vorsichtig fest.

»Hast du ihn gesehen?«, flüsterte Stephen.

»Ja«, antwortete Jordan, und ihm wurde klar, dass sie nie mehr über Brandon reden würden.

Im Haus nistete sich ein ekliger Schimmelgeruch ein. Drei Tage nach dem Sturm gab es noch immer weder Wasser noch Strom. Trotz der erstickenden Hitze wurden Türen und Fenster geschlossen gehalten. Am Tag nach dem Hurrikan hatte Monica Schlangen in der Third Street schwimmen sehen. Stephen schlief, döste und schlief wieder ein. Alle paar Stunden stützte Monica ihn auf dem Weg zur hinteren Veranda, lehnte ihn ans Geländer und gestattete ihm so, sich in das über einen Meter hohe Wasser zu erleichtern, das in ihrer Zufahrt stand.

Jordan und Monica machten das Haus sauber. Monica sammelte Glasscherben und verklumptes Papier ein, während Jordan versuchte, wieder eine Möblierung zustande zu bekommen. Die meisten Teppiche waren nicht zu retten. Er schmiss sie raus.

Am dritten Tag nach Hurrikan Brandy wachte Stephen auf und setzte sich im Bett auf, allein. Er hörte Schritte und bemerkte dann ein ramponiertes blaues Spiralheft auf seinem Schreibtisch. Darauf stand: *Meredith Ducote – Freshman-Jahr, Biologie.* Stephen schwang ein Bein zu Boden und hoffte inständig, dass seine Schnitte nicht wieder zu brennen begannen. Er ließ sich im Schreibtischstuhl nieder, blätterte das Heft durch und las dann die Seiten über das erste Mal, als Greg Darby Meredith Ducote geschlagen hatte.

Jordan öffnete die Schlafzimmertür einen Spalt weit. Stephen blickte kurz zu ihm auf und hielt das Heft so, dass er den Namen auf dem Umschlagblatt sehen konnte.

Meredith saß auf der vorderen Veranda, sah zu, wie die Straße allmählich wieder feste Gestalt annahm, und wartete auf Jordan.

7

»Nachdem dein Bruder mich angerufen hatte, wusste ich, dass Greg mit Stephen etwas Schlimmes anstellen würde«, sagte Meredith. Ihre Beine baumelten vom Rand der Veranda und ihre nackten Fußsohlen berührten fast das schlammige Wasser. Jordan hatte sich an die dorische Säule neben ihr gelehnt. Als Meredith fortfuhr, überkam ihn Angst.

»Als wir klein waren, war ich das einzige Mädchen. Ich hatte immer Angst, die Jungs würden weglaufen und mich allein lassen. Also fand ich heraus, wo jeder seinen Ersatzschlüssel versteckt hatte, nur so für alle Fälle. Angela hatte ihn immer im Geranientopf bei der Hintertür. Monica legte ihn ins Blumenbeet zwischen Zufahrt und Haus.« Meredith hielt inne und atmete beherzt ein. »Nachdem dein Bruder am Abend nach Alex' Bestattung einfach den Hörer aufgelegt hatte, ging ich zu Greg nach Hause. Es war keiner da. Andrew brachte Angelas Sachen ins Krankenhaus. Ich nahm den Schlüssel, öffnete und ging ins Gregs Zimmer ...«

Jordan beobachtete, wie Merediths Augen in die Ferne wanderten. Direkt vor ihr reckte sich ein Eichenast über die Stäbe des schmiedeeisernen Zauns, doch Jordan wusste, dass sie in Gedanken in Gregs Zimmer war. »Es war ein ... Saustall«, sagte sie. »Er hatte Schubladen aufgerissen. Überall Sachen hingeschmissen. Offensichtlich war er in einer Art Raserei gewesen. Und dann sah ich das Bild. Es lag auf dem Bett. Ich hatte auch einen Abzug davon. Den hatten wir alle. Deine Mutter hat es aufgenommen und jedem von uns einen Abzug gegeben. Greg hatte Stephen mit einem schwarzen Marker ausgelöscht. Da ging ich los, um die Pistole zu suchen.

Als wir klein waren, gab Greg immer mit der Pistole seines Vaters an. Ich erinnere mich, dass ich ihm immer sagte, er soll das sein lassen wegen Stephens Dad. Aber er hat sich nicht stören lassen, und er sagte immer, er wisse, wo sie sei. Er verriet es uns nie, aber ich glaube, nur deshalb, weil wir alle wussten, dass Brandon sonst damit Vögel schießen würde oder so was.«

Meredith senkte den Kopf. Die Erwähnung Brandons hatte die Luft zwischen ihnen schwer werden lassen. Jordan blickte weg, versuchte, nicht an die Leiche seines Bruders zu denken, wie sie vom Laternenpfahl aufgespießt unter Wasser sank.

»Als Nächstes ging ich ins Schlafzimmer seiner Eltern. Die Schranktür stand offen, und einen Moment lang dachte ich, Greg hätte das ganze Haus auseinander genommen. Aber alles war in Ordnung, nur sämtliche Kleider von Angela fehlten. Andrew hatte sie ihr alle ins Krankenhaus gebracht. Ich fand die Pistole im Nachttisch; sie war nicht mal versteckt.«

Jordan richtete sich auf und stützte sich fester gegen die Säule. Hier ging es ans Eingemachte.

»Ich seufzte auf. Ich erinnere mich, dass ich laut aufseufzte, als ich die Pistole da liegen sah. Greg hatte sie also nicht. Aber das dauerte nur Sekunden. Denn ich wusste, dass ich die Pistole wohl selbst an mich nehmen und ihn suchen sollte.«

Merediths Kieferpartie verspannte sich. Jordan hörte, wie das Wasser an der Vorderveranda vorbeigurgelte.

»Ich war auf dem Weg zum Friedhof. Und dann hörte ich es. Die Glocke. Die Glocken hatten seit Jahren nicht mehr geläutet. Als wir noch an Bishop Polk waren, redeten immer alle darüber, wie unecht die Glocken klangen. Weil es vom Band kam. Aber dieser Klang war echt. Metall. Das konnte ich von da aus hören, vor Gregs Haus.«

»Alle haben es gehört«, flüsterte Jordan.

»Ja«, antwortete Meredith scharf. »Aber keiner hat sich

die Mühe gemacht herauszufinden, was es war. Es war Greg, der Stephens Kopf gegen die Glocke schmetterte.«

Jordan spürte, wie es ihm den Hals zuschnürte. Er strich sich mit der Hand über die Kehle. Meredith rührte sich nicht, die verbundenen Hände im Schoß gefaltet.

»Ich konnte nichts sehen. Ich hielt die Pistole vor mich, damit sie gegen die Wände stieß. Ich riss mir die verdammte Hose auf, als ich über den Zaun sprang, und mein Bein blutete. Ich wusste nicht, wie schlimm, aber ich fühlte es. Und dann hörte ich Gregs Stimme irgendwo über meinem Kopf und er sagte wieder und wieder: »Du wolltest mich so!«

Tränen liefen Meredith über die Wangen, doch ihre Stimme blieb ruhig. Jordan beobachtete sie und hielt sich an der Säule fest.

»Greg war nackt. Er hörte mich nicht einmal. Ich hielt die Pistole mit beiden Händen vor mich und erinnere mich, dass ich mich nicht entscheiden konnte, ob ich auf die Mündung oder auf Greg schauen sollte. Stephen war unter ihm. Ich dachte, Stephen wäre tot. Ich hatte mir nie vorgestellt, was Greg Stephen da antat. Ich dachte, wenn Jungs sich so zusammentäten, dann müsste einer von ihnen dabei sterben.

Lange Zeit habe ich versucht mir einzureden, ich hätte es deswegen getan. Ich hätte den Abzug im Reflex gedrückt, weil ich dachte, er bringt Stephen um. Aber das ist eine Lüge.«

Heiße Tränen ließen ihr die Sicht verschwimmen.

»Warum hast du es denn getan, Meredith?«, fragte Jordan.

»Weil man uns belogen hatte«, antwortete Meredith. »Weil jeden Tag, nachdem wir an der Cannon angefangen hatten, ein Teil von uns starb, und Brandon und ich und … Greg. Wir verloren alles, was wir besaßen.« Meredith hielt inne und wischte sich mit dem Arm über die Nase.

»Nur Stephen nicht. Stephen behielt es. Er hat den Preis dafür bezahlt. Aber wie sehr Brandon und Greg es auch versuchten, wie oft ich auch zurücktrat und es zuließ, diesen Teil von Stephen konnten sie nicht abtöten. Diesen Teil, der mir sagte, ich solle mich nicht vor dem Regen fürchten.

Doch Greg wollte es ihm wegnehmen. Und das konnte ich nicht zulassen.«

Merediths Mund bebte wie bei einem kleinen Mädchen. »Ich schoss«, sagt sie. Sie führte eine Hand an den Mund und ließ sie dort, mit durch die Knöchel pfeifenden Atemzügen.

Jordan stand unbewegt da. Er hatte ihr keinen Trost zu bieten. Ihr Verbrechen gehörte allein ihr selbst, genau wie während der letzten fünf Jahre ihres Lebens.

Die Details des Mords selbst berichtete sie ihm so leidenschaftslos wie die Handlung eines Romans, den sie vor Jahren gelesen hatte. Greg hatte sie nicht gesehen, auch dann nicht, als sie ihm die Waffenmündung an die Stirn hielt, direkt über seinem linken Ohr. Diese zufällige Lage hatte sie gerettet. Ohne es zu merken, hatte sie den Schuss eines Selbstmörders imitiert, indem sie aus der Nähe auf die linke Seite des Körpers schoss. Das Mündungsfeuer blendete sie und der Schuss hallte in ihren Ohren wider. Sie ließ die Pistole polternd auf den Bretterboden des Portikus fallen. Sie trat zu Greg, zerrte an seinen Schultern und versuchte ihn von Stephen wegzuheben. Nach einiger Mühe rollte Gregs Leiche auf den Brettern auf den Rücken. Dann bemerkte sie, dass Stephens Rücken sich hob und senkte. Meredith nahm Gregs T-Shirt, wischte den Pistolengriff damit sauber und legte Greg dann den Abzug in die Hand. Mit dem Shirt wischte sie Greg die glitschige Spermapfütze vom Bauch.

»Es gab nur eine Möglichkeit, Stephen da rauszubekommen«, fuhr Meredith fort.

Jordan war näher gerückt. Meredith hatte sich ihm nicht zugewandt, um ihn anzuschauen.

»Ich schob mich unter ihn und packte ihn bei den Armen. Ich legte sie mir um den Hals, und ich erinnere mich, dass ich immer wieder sagte: »Bitte, Stephen, bitte, Stephen.« Er gab keinen Laut von sich, aber ich spürte seinen Atem an meinem Rücken. Sicherheitshalber band ich ihm die Handgelenke mit seinem Shirt zusammen und legte mir seine Arme so um den Hals, dass seine Hände auf meinem Nacken lagen. Ich musste ihn zwischen mir und der Leiter halten. Ich legte seinen Kopf auf meine Schulter ...«

Sie zeigte dahin, wo Stephens Kopf auf ihrem Nacken geruht hatte.

»Er war nackt, darum legte ich ihn in der Eingangshalle hin und stahl eine der Fahnen von der Wand. In die wickelte ich ihn ein. Ich ging zum vorderen Tor raus. Es war unmöglich, ihn über den Zaun zu hieven. Daran dachte ich nicht einmal. Ich trug ihn zu sich nach Hause.«

Jordan setzte sich neben Meredith auf die Veranda. Keiner der beiden sagte etwas, als sie die Zerstörung in der Nachbarschaft um sich herum begutachteten. Nicht allzu weit entfernt ragten die Reste des Bishop-Polk-Glockenturms zwischen den zersplitterten Eichenästen steil nach oben.

»Das alles steht in dem Heft«, sagte Meredith schließlich. Sie erhob sich von der Verandakante.

»Wohin gehst du?«, fragte Jordan.

Sie blieb auf der obersten Stufe der Verandatreppe stehen. Sah ihn zum ersten Mal an diesem Morgen an. Ihre Augen waren jetzt trocken. »Ich habe in jener Nacht getan, was ich tun wollte«, sagte sie.

Jordan nickte eine schwache Zustimmung.

»Sag du Stephen, dass ich ihn liebe«, fügte sie hinzu.

»Und *du*, liebe ihn«, befahl sie ruhig, bevor sie die Treppe hinunter ins schwarze Wasser stieg.

Bei Anbruch der Dämmerung hatte Stephen die letzten Seiten von Merediths Heft gelesen. Als er fertig war, stieß er einen Laut aus, den Monica nicht deuten konnte, als sie ihn bis in ihr Schlafzimmer hörte. Sie ging zu seiner Tür und fand ihn am Schreibtisch sitzend vor, das Heft aufgeschlagen vor sich. Während er weinte, trat sie zum Schreibtisch und nahm das Heft in die Hand. Sie las die letzten Worte:

Du hast mir von dem erzählt, was du das Licht in der Dunkelheit nanntest. Davon, dass das Leben weder gut noch schlecht sei, sondern eine Verbindung von beidem, und manchmal taucht mitten im Tragischen etwas Gutes auf, aber das heißt nicht, dass das Tragische dann nicht mehr tragisch ist.

Das Gute kann einen nicht beschützen. Es ist einfach nur Licht.

Aber eines sagtest du nicht: dass bestimmte Menschen manchmal ein Licht in der Dunkelheit sein können.

Es gibt Menschen auf dieser Welt, die es zu retten lohnt, wenn andere Menschen zu dem Schluss kommen, dass sie die falsche Art von Licht auf die falschen Dinge werfen.

Du warst und bist für alle Zeit mein Licht in der Dunkelheit.

Ich liebe dich,
Meredith

8

Jordan erwachte vom Dröhnen der National Guard Hummers, die sich über die Straßen wanden. Anderthalb Wochen nach Hurrikan Brandy war das Wasser so weit zurückgewichen, dass die Menschen wieder in ihre Häuser zurückkehren konnten. Vom Fenster aus beobachtete Jordan, wie einer der mit Heimkehrern beladenen gepanzerten Jeeps in der Chestnut Street über den Schutt rollte. In einer Lärmorgie von Motoren und Propellern erwachte New Orleans wieder zum Leben.

Trish Ducote kniete auf ihrer Vorderveranda und versuchte, nicht zu weinen, als der Transporter über die Straße davonfuhr. Ihr Haus war intakt geblieben. Nur einer der Fensterläden war abgerissen worden, das Fenster dahinter war aber wie durch ein Wunder nicht zerbrochen. Trish hatte New Orleans fast schon dreißig Meilen hinter sich gelassen, als sie aus ihrem Wagen gestiegen war. Die gestrandeten Flüchtlinge waren von National-Guard-Trupps aufgesammelt und eilig zu nahe gelegenen Schutzräumen gebracht worden. Die vergangene Woche hatte sie mit kalten roten Bohnen und Reis in der Cafeteria der Destrehan High School verbracht, sich mit Fremden unterhalten und um die wenigen Fernsehgeräte versammelt und schweigend die Luftaufnahmen des überschwemmten New Orleans angesehen, der Stadt, die tiefer als der Meeresspiegel liegt.

Roger und Elise Charbonnet hatten die Gruft verlassen, nachdem Brandy endgültig abgezogen war. Ohne sich zu berühren, wateten sie durch den Green-Lawn-Friedhof. Roger ging Elise den ganzen Weg zum Tor voran, ohne auf sie zu warten und ohne ihr hilfreich die Hand zu reichen. Ein Schiff der Hafenwache beförderte sie dann zum Superdome im Zentrum von New Orleans.

Als sie mit dem Bus zur Jackson Avenue zurückgebracht wurden, stieg Elise als Erste aus und ließ Roger im Gedränge der verzweifelt nach draußen strebenden Passagiere zurück, die unbedingt sofort sehen wollten, ob ihr Haus noch stand. Sie ging schnell zu ihrem Haus zurück. Roger fand sie vor der Gartentür, die eine Hand um einen Zaunpfahl geklammert. Die Villa der Charbonnets besaß kein Dach mehr.

Durch das Skelett des Dachstuhls konnten Elise und Roger die Überreste ihres Schlafzimmers erkennen. Matratze und Sprungfederkasten lehnten ihrer Bettwäsche beraubt am Türrahmen. Roger merkte, dass er seine Frau unmöglich verlassen konnte.

Das Säubern von Stephens Wunden hatte sich von einer gefürchteten Aufgabe zu einem feierlichen Ritual entwickelt. Mehrere Tage nach dem Sturm übertrug Monica sie Jordan. Stephen lag auf dem Bett. Sie hörten den Lärm draußen, das Gezisch der Lastwagenbremsen. Stephen kicherte, als Jordan mit dem Tuch sein nacktes Bein entlangtupfte.

»Was?«

»Du machst das immer so«, murmelte Stephen.

Plötzlich verstand Jordan. Wenn er die Wunden reinigte, folgte er automatisch dem Pfad der Schnur vom oberen Spalt unter Stephens rechter Pobacke zur Rückseite seines linken Schenkels.

»Das Wasser ist weg?«, fragte Stephen.

»Ja …«

Jordan dachte an seine Eltern und hielt in seinem Pflegedienst inne.

»Wo ist Mom?«

»Sie ist unten. Sie stellt alle Geräte aus, weil es sonst zum

Kurzschluss kommt, wenn es jetzt wieder Strom gibt«, sagte Jordan und tupfte von Stephens rechter Kniekehle zur linken Wade und dann zum Knöchel hinunter.

»Dann kann ich also rausgehen«, sagte Stephen aufseufzend. Er hatte das Haus nicht verlassen dürfen.

Jordan war fertig, warf das Tuch auf den Nachttisch, beugte sich vor und knabberte an Stephens Ohrläppchen. Stephen lachte.

Jordan traf Roger auf der vorderen Veranda an, den Kopf in die Hände gestützt. Roger betrachtete ihn, als wäre er ein Fremder.

»Mom?«, fragte Jordan ruhig vom Bürgersteig aus.

»Drinnen. Sieht sich wohl die Verwüstung an«, antwortete Roger und strich sich ein paar feuchte Haarsträhnen zurück. »Wir können unmöglich hier bleiben.«

Jordan nickte.

»Du wirst wohl nicht mitkommen?«, fragte Roger.

»Ich muss jetzt bei Stephen sein.«

Roger starrte Jordan mit einen Blick an, der Jordan hasserfüllt vorkam. Roger stand auf, drehte sich um und verschwand kopfschüttelnd durch die Haustür. Jordan wartete und hörte das erstickte Weinen seines Vaters durch das Chaos aus zerstörten Wänden und Glasscherben. Er hielt sich am Tor fest, unfähig hindurchzugehen. Der zerstörte Zustand des Hauses bewirkte nur, dass es nun noch weniger wie sein Zuhause wirkte.

Trish Ducote stand auf der Veranda und kämpfte mit dem Öffnen der Fensterläden, da sah sie den hochgewachsenen jungen Mann die Chestnut Street entlang auf ihr Haus zukommen. Sie starrte ihn an. »Stephen?«, brachte Trish endlich heraus. »Stephen Conlin?«

Stephen lächelte leicht und nickte. Trish schüttelte den

Kopf. Sie hatte Stephen seit Beginn seiner High-School-Zeit nicht mehr gesehen.

»Ist Meredith da?«

Trishs Gesicht verdüsterte sich. Sie erinnerte sich an den Zettel auf der Küchenzeile: »*Mit dem Haus ist alles in Ordnung. Mit mir auch, wenn du nicht versuchst, mich zu finden. Love, Meredith.*«

Trish schüttelte den Kopf.

Stephen sagte nichts. Trish schaute von ihm weg und zurück zu den verrammelten Läden.

»Danke, Mrs Ducote«, sagte Stephen und wandte sich vom Tor ab.

Stephen war schon die halbe Straße hinunter, da rief Trish ihm nach: »Stephen!« Er blieb stehen.

»Du bist wirklich erwachsen geworden«, sagte Trish laut.

Sie schämte sich sofort für diese Bemerkung.

Angela schlief, als Meredith die Lichter sah. Sie erblühten am Rand der Interstate und erstreckten sich über Meilen wie eine glitzernde Decke. Meredith streckte die Hand aus und berührte Angela an der Schulter. Angela rührte sich und wachte auf, während die Lichter Mexikos über ihr Gesicht spielten.

»El Paso«, flüsterte Angela. Sie hielt Merediths Blick fest, um ganz sicherzugehen, dass diese es auch ernst meinte. Jahre zuvor hatte Andrew Darby seiner Frau erklärt, er würde den Teufel tun, die Grenze zu überqueren, nicht für eine Minute. Es lag nicht auf ihrem Weg.

»Mexiko«, antwortete Meredith.

Meredith schaute zum Patchwork der Lichter zurück, unglaublich nah, gedrängt auf den Dächern von Hütten, während die Feuer von Ölraffinerien sich durch Ciudad Juárez erstreckten. Ein glitzernder Stern zeigte dunkle Berge an. Meredith war sich nicht mehr sicher, ob sie Angela sagen sollte, dass sie ihren Sohn getötet hatte.

EPILOG

Der Oktober brachte die erste Kälte, die den Nachklang der Sommerhitze auslöschte. In den Monaten seit Hurrikan Brandy waren siebzigtausend Dollar gesammelt worden, um den Bishop-Polk-Glockenturm wieder zu errichten. Anfang September waren das Mauerwerk der Villa Charbonnet abgerissen und das Grundstück an der Philip Street verkauft worden.

Stephen hatte gerade das Arbeitszimmer seines Vaters frisch gestrichen, als die Postkarte von Meredith eintraf. Darauf waren ein gesichtsloser Strand und eine Muschel zu sehen. Auf der Rückseite stand: »Ich schreibe … Love, Meredith.« Er steckte die Karte an die Pinnwand im Arbeitszimmer.

Monica suchte Stephen im Arbeitszimmer. Er war weg. Ihr fiel auf, dass der für seinen neuen Schreibtisch vorgesehene Platz dem von Jeremys ehemaligem genau gegenüberlag. Sie fragte sich, ob Stephen das wohl bewusst so entschieden hatte. Sie bemerkte die Postkarte. Um 17.45 Uhr verließ sie das Haus und ging zum Friedhof.

Auf halbem Weg nach New Orleans fiel Elise auf, dass sie ihren Pullover vergessen hatte. Sie konnte nicht umkehren, um ihn zu holen, da sie um sechs mit Monica auf dem Lafayette-Friedhof verabredet war. Im Alter war Nanine Charbonnet in ihre Heimatstadt Convent dreißig Meilen nördlich von New Orleans zurückgekehrt. Ihr letztes Zuhause, ein Dreizimmercottage, war über Jahre in Familienbesitz geblieben und jetzt waren Roger und Elise eingezogen.

Die Gräber standen im schräg einfallenden Sonnenlicht, als Elise auf die Familiengruft der Conlins zuging. Monica drehte sich nicht um, als Elise sich auf eine kalte Steinplatte Jeremys Grab gegenüber setzte. Die Inschrift auf einer früher weißen Marmorplatte war noch immer schlammbedeckt. Elise zog ein Päckchen Parliament Lights aus der Tasche. Monica zuckte beim Geräusch des Gasfeuerzeugs zusammen.

»Gib mir auch eine«, sagte Monica.

»Ich dachte, du rauchst nicht«, erwiderte Elise. Sie zog eine Zigarette heraus und reichte sie hinüber. Monica drehte sich um, nahm sie entgegen und streckte dann die Hand nach dem Feuerzeug aus. Sie zündete die Zigarette an, ohne das Feuerzeug zurückzugeben, und vermied Elises Blick.

»Er meinte, er würde es dir vielleicht sagen«, erklärte Elise, die Stimme leise und ehrfürchtig. Monica sah Elise jetzt an. Sie war nicht verblüfft. Sie schien nicht einmal gekränkt. Sie wirkte beeindruckt, dass Elise sofort den Grund ihres Treffens angesprochen hatte.

»War er betrunken?«, fragte Monica.

Elise hielt einen Herzschlag lang ihren Blick fest und schaute dann auf Jeremys Grabinschrift. *Geliebter Gatte, Geliebter Vater.* Sie inhalierte den Rauch und versuchte, etwas Dickköpfigkeit zu sammeln. Eine Entschuldigung für das, was sie dreiundzwanzig Jahre lang geheim gehalten hatte, würde ihr jetzt nicht leicht fallen. Zu viel anderes war geschehen und erfüllte sie mit Trauer. Brandon war unter Dutzenden von Leichen identifiziert worden, die man aus Entwässerungskanälen und Pumpstationen gezogen hatte. Roger hatte ihm ein namentlich gekennzeichnetes Grab verweigert.

»Warum hat er es mir wohl nicht gesagt, was meinst du?«, fragte Monica in schnoddrigem Tonfall.

»Ich weiß es nicht«, nuschelte Elise und inhalierte noch einmal. Sie atmete den Rauch aus und lehnte sich gegen die Gruft. »Er meinte, er würde es dir vielleicht sagen, um etwas zu beweisen. Dass es nicht nötig ist, sich vor Frauen wie uns zu fürchten, weil man uns genauso schnell und mühelos ficken kann.«

Monicas Gelächter schnitt durch Elises Brust und spaltete die eiskalte Entschlossenheit, mit deren Hilfe Elise da hatte hindurchkommen wollen. Monica schüttelte leise den Kopf, als lachte sie über einen groben Scherz. Elise spürte das Salz von Tränen in den Augen. Die Zigarette in ihrer Hand zitterte.

Doch selbst als ihre Wut der Furcht wich, wusste Elise, dass sie Monicas Gelächter verdient hatte. Es vertrieb das Mysterium um jenen Moment in Jeremy Conlins Arbeitszimmer, als ihr Seufzen und Stöhnen von Mahler übertönt wurde, während Jeremy sie auf seinen Schreibtisch legte, ihr den Rock über die Schenkel hochschob und in ihr Ohr brummte. Sie hatte törichterweise geglaubt, er entdecke Teile ihrer selbst, von deren Existenz sie gar nichts wusste. Jede Vermutung, dass dort an jenem Sommernachmittag tatsächlich ein Liebesakt stattgefunden hatte, war mit Monicas Gelächter erledigt.

»Was soll ich sagen, Monica?«, fragte Elise, die Stimme tränenerstickt.

»Nichts!«

Elise öffnete den Mund und schwieg. Sie spürte Tränen die Wangen hinunterrinnen. Monica sah sie. Sie wurde nicht weicher, sondern trat zurück und warf noch einen Blick auf Jeremys Grabinschrift.

»Wir werden es ihnen niemals sagen«, flüsterte Monica.

Elise nickte. Sie zwang ihre Lippen, sich zu bewegen. »Wir haben schon zu viele Kinder verloren.«

Monica sah sie wieder an. Elise erblickte etwas in ihren Augen, ein Aufflackern von Anerkennung hinter dem Schleier aus Zorn. Elise wusste, dass Monica sie zum letzten Mal ansah und abwog, ob ihre junge, zerbrechliche Freundschaft diese Enthüllung überstand. Als Monica sich umdrehte und über den Pfad davonging, merkte Elise, dass die andere schon versuchte, sie zu vergessen.

»Entschuldigung.«

Monica blieb stehen. »Wofür? Jetzt ist es nur noch eine Erinnerung.«

Elise wartete ab, bis Monica eine Gräberreihe umrundet
hatte, bevor sie ihren Schluchzern gestattete, sich aus ihr los-
zureißen. Sie weinte eine Stunde lang vor Jeremys Grab. Es
war ihr erster Besuch dort überhaupt.

Monica hatte problemlos den Bilderrahmen repariert, den
Elise an jenem Nachmittag vor mehr als zwei Jahrzehnten
zerbrochen hatte. Sie hatte die hölzernen Leisten wieder zu-
sammengeklebt und das Bild auf ihren Nachttisch gestellt.
Auf dem Foto standen Jeremy und sie lächelnd vor ihrer
Hochzeitskapelle in Reno, wo sie vor einem Altar mit von
Kunststoffblumen durchflochtenem Gitter geheiratet hatten.
Sie drehte das Bild so, dass sie es vom Bett aus sehen konnte.

Unten in der Diele kam Stephen aus der Dusche. Das
Handtuch um seine Hüften konnte die roten Narben nicht
verdecken, die seine Haut wie mit einem Straßenplan überzogen ... nur ohne Anfang und Ende. Jordan drehte Merediths
Postkarte um und betrachtete prüfend den Poststempel, während Stephen neben ihm ins Bett glitt.

»Mexiko?«, fragte Jordan und stellte die Karte auf den
Nachttisch.

»Sie verschwinden nicht«, sagte Stephen.

»Wahrscheinlich nie. Aber sie tun nicht mehr weh, oder?«

»Manchmal. Aber zu komischen Zeiten. Zum Beispiel wache ich manchmal mitten in der Nacht auf, und dann tun sie
zwar nicht weh, aber ich spüre sie.«

Jordan machte das Licht aus. »Das wird sich wahrscheinlich nie ändern«, flüsterte er. »Du wirst sie wahrscheinlich
immer spüren.«

Unter der Decke fuhr Jordan der Bahn der Narben auf Stephens Brust nach. Stephen stieß einen entspannten Atemzug
aus, als Jordans Hand zu seinem Bauch hinunterglitt. Stephen

drehte sich auf die Seite, wie er es gelernt hatte, und Jordan kuschelte sich an seinen Rücken, den Mund an Stephens Nacken. Sie schliefen wie zwei aus demselben Stein gehauene Hälften, ein Stockwerk unter dem Zimmer, in dem Jeremy Conlin und Elise Charbonnet Jordan an einem Sommernachmittag des Jahres 1976 gezeugt hatten.

Monica betete um Schlaf. Das Hochzeitsbild würde auf ihrem Nachttisch stehen bleiben, als Buße für jeden Tag, an dem sie Stephen und Jordan nicht darüber informierte, dass sie denselben Vater hatten.

Stephen träumte jetzt in Musik, ein Lärm erinnerter Stimmen, eine Dichte der Seelen, in der kein Einzelner die Wahrheit sagte, in der aber die übereinander geschichteten Lagen von Lügen und Verlust einer großen und seltenen Wahrheit Platz machten, die einem Teil der Welt die Wunden nehmen konnte.

In Stephens Träumen saß Meredith unter einem wolkenfreien, sternenübersäten Himmel, die Beine an die Brust gezogen, und spähte auf den offenen Ozean hinaus, hörte aber den hallenden Fall erinnerten Regens.

Danksagung

Sid Montz ermutigte mich, die Kurzgeschichte, die die Anregung für diesen Roman bildete, bei der Spoken-Interludes-Lesungsreihe in Los Angeles vorzulesen. Mein Dank gilt ihm und dem Veranstalter der Reihe, DeLauné Michel, weil er genau die richtige Umgebung schuf, damit der Funke sich entzünden konnte.

Viele Freunde haben diesen Roman in seinem Frühstadium gelesen. Die Ermutigung und Kritik von Julia DiGiovanni, Todd Henry und Leigh Butler waren von unschätzbarem Wert.

Meine Agentin Lynn Nesbit hat den Roman nach ihrer einfühlsamen und scharfsichtigen ersten Lektüre mit Vertrauen und Engagement begleitet.

Mein Verleger Jonathan Burnham sah die Landschaft des Romans und ermutigte mich, sie tiefer zu erkunden. David Groff überredete mich auf die denkbar sanfteste Art zum notwendigen Sprachrhythmus. Kristin Powers entwarf eine Bildersprache, die Gestalt und Atmosphäre des Romans widerspiegelte.

Das Haus ächzte. Meistens ächzte es zwischen drei und vier Uhr morgens, manchmal noch ein zweites Mal gegen halb fünf. In den ersten Nächten waren Leon und Martina davon aufgewacht. Jetzt integrierten sie das Geräusch in ihre Träume, in denen es fortan von knarrenden Brücken und umstürzenden Bäumen nur so wimmelte. Und dann die neuen Tapeten. Sie hafteten nicht überall gleich gut. An verschiedenen Stellen kam Wasser aus der Wand und löste den Klebstoff oder hinterließ Ränder, die wie peinliche Schwitzflecken aussahen. Innen an den Fensterrahmen tropfte Wasser herunter. »Wird alles besser, wenn es zu regnen aufhört«, sagte Leon.

»Ein gnadenloses Debüt.«
Die Zeit

Karen Duve
Regenroman

»Ein sensationeller Erfolg.«
Der Spiegel

Econ | **Ullstein** | List

B116